W0313762

IVAN IVANJI

Schlussstrich

Gedruckt mit freundlicher Unterstützung der Kulturabteilung der Stadt Wien.

Gedruckt nach der Richtlinie des
Österreichischen Umweltzeichens
„Druckerzeugnisse",
Christian Theiss GmbH, Nr. 869

MIX
Papier aus verantwortungsvollen Quellen
FSC® C012536

Copyright © 2017 Picus Verlag Ges.m.b.H., Wien
Alle Rechte vorbehalten
Grafische Gestaltung: Dorothea Löcker, Wien
Umschlagabbildung: © akg-images/arkivi
Druck und Verarbeitung:
Christian Theiss GmbH, St. Stefan im Lavanttal
ISBN 978-3-7117-2051-1

Informationen über das aktuelle Programm
des Picus Verlags und Veranstaltungen unter
www.picus.at

IVAN IVANJI

Schlussstrich

ROMAN

PICUS VERLAG WIEN

1. OBERST HELLMER

Die ersten Sonnenstrahlen am frühen Morgen des 19. August 1941 versprachen der Hauptstadt Serbiens, Belgrad, einen angenehmen Sommertag. Es würde hoffentlich nicht mehr so heiß werden wie in den vergangenen Wochen, als man mit nackten Füßen kaum auf den Asphalt hatte treten können und der wolkenlose Himmel wie ein blauer Deckel über dem siedenden Topf des Häusermeers gelegen war. Die deutsche Besatzungsmacht bemühte sich um Normalität, die Bevölkerung sollte ruhig und zufrieden mit der neuen Ordnung sein, das war einfacher als Gewaltanwendung, die Truppen wurden an der Ostfront benötigt. Im Widerspruch dazu stand, dass auf einem der wichtigsten Plätze der Stadt, dem Terazije, mitten im Zentrum, von den Masten, die die Straßenbahnleitungen hochhielten, die Körper von fünf gehängten Männern baumelten.

Der Terazije-Platz mündet in den Hauptplatz, auf dem sich das Nationaltheater und die Reiterstatue des Fürsten Mihailo befinden. Junge Paare verabreden sich »unter dem Schwanz«, womit der Bronzeschweif der Skulptur gemeint ist. Man verliebt sich auch im Krieg. Vielleicht sogar erst recht im Angesicht der Gefahr?

Vor dem sechsstöckigen Haus schräg gegenüber des Theaters wäre Rudi fast mit einem Dreiertrupp der deutschen Militärpolizei zusammengestoßen, doch er sah es rechtzeitig, bemühte sich, Ruhe zu bewahren, und ging einfach an ihm vorbei. Trotz der Hitze trug er einen grauen Zweireiher mit blauer Krawatte, es erwies sich jetzt als günstig, dass Mama darauf bestanden hatte, ihm für das Studium je einen seriösen Anzug für den Winter und für die warmen Tage nähen zu lassen. Damals hatte er es überflüssig gefunden, aber nicht widersprochen, weil er sie in Belgrad ohnehin nicht tragen musste, wenn seine Mutter ihn nicht sah. Den Hut hatte er in der Hand. Er rannte das Stiegenhaus hinauf, ohne wie früher stets zwei Stufen zu nehmen – nicht weil er es damals eilig gehabt hätte, sondern weil er seine Energie nicht hatte zügeln können; jetzt bewegte er sich absichtlich gesetzt, ruhig, gutbürgerlich. Nicht auffallen!

Das Klingelzeichen hatten sie, lange bevor sie in die Illegalität abgetaucht waren, verabredet, nur so zum Scherz, dreimal kurz, dann länger und nach einer kleinen Pause noch zweimal ganz kurz. Petar, Kosename Pero, auch Mali genannt, der Kleine, öffnete tatsächlich fast sofort und sah ihn entsetzt an.

»Bist du verrückt geworden? Du solltest nicht herkommen!«

»Willst du mich nicht erst einmal reinlassen?«

Pero trat zurück, warf einen kontrollierenden Blick in das Stiegenhaus, versperrte die Wohnungstür hinter ihnen und begann mit einem Redeschwall: »Du, ich weiß nicht, ob es bei mir sicher ist, für eine Nacht vielleicht oder zwei, wir müssen etwas Besseres finden … Unterbrich mich nicht! Du weißt doch, wie mein Vater ist, also verpfeifen würde er dich nie, nie direkt … Aber gewiss wird er dich bitten, uns nicht zu gefährden. Er weiß, dass du Jude bist, aber natürlich nicht, dass wir beide Jungkommunisten sind. Dass man mir selbst auf die Schliche kommen könnte, wenn jemand verhaftet wird und nicht durchhält, das weiß er natürlich erst recht nicht, aber … Hör mal, wieso trägst du keinen Judenstern?«

»Lass mich doch endlich zu Wort kommen. Ich brauche keine Bleibe, ich bin ganz legal in einem Hotel angemeldet …«

»Was bist du?«

»Legal bin ich. Ein braver, ungarischer Mitbürger, Mitglied des deutschen Kulturbunds, angestellt beim deutschen Militärkommando. Ich will dich abholen, du kommst jetzt mit, Pero.

Und zieh dich anständig an, wie ich. Feine Herrschaften fallen nicht auf. Ich muss dir auf dem Terazije-Platz etwas zeigen. Aber willst du mir nicht inzwischen einen Platz anbieten?«

»Ja, ich sage doch, dass du verrückt geworden bist. Bitte, nimm Platz. Soll ich dir vielleicht einen Kaffee kochen? Meine Mutter hat rechtzeitig einige Kilogramm beiseitegeschafft ...«

Der Besucher kümmerte sich nicht um die Nervosität seines Kommilitonen und Genossen, er fand sie sogar ein wenig lächerlich. Freilich staunte er gleichzeitig, dass er so überlegen war, was ihn ziemlich selbstzufrieden machte: »Deine Eltern sind nicht zu Hause?«

»Nein, sie sind ... Papa in der Bank, Mama in ihrem Blumenladen.«

»Das ist gut. Brave Gewohnheitsmenschen trotz des Krieges und der Besatzungszeit, das habe ich mir gedacht. Ist auch für dich gut. Ich möchte trotzdem, dass du dich beeilst. Nein, danke, keinen Kaffee ...«

Anstatt sich zu setzen, trat Rudolf ans Fenster und öffnete es. Eine erschrockene Stadt. Wenige Passanten. Ein Fiaker rumpelte über den Platz, ein deutscher Kübelwagen bog in die Französische Straße ein. Hielt vor der Nummer sieben, gleich nach dem Theater. Dort war der Sitz der Gestapo.

»Willst du mir nicht erklären ...«

»Gleich. Aber nur um dich zu beruhigen: Schau dir das an.«

Ein Ausweis, gutes graues Papier, oben der schwarze Reichsadler, ausgestellt auf Rudolf von Radványi, Dolmetscher, unleserliche Unterschrift, roter Stempel.

»Echt?«, staunte der Freund.

»Hundertprozentig.«

»Du bist nicht nur verrückt, sondern auch ein Hochstapler. Und wieso dieses Adelsprädikat? Wie bist du zu dem gekommen?«

»Das Ypsilon im Ungarischen ist so eine Art Adelsprädikat und es ist besser hoch- als tiefzustapeln. Je mehr du übertreibst, desto glaubwürdiger wirkst du heutzutage, niemand denkt auch nur im Schlaf, dass ein Illegaler ausgerechnet so etwas machen würde.«

»Bist du mit nicht einmal zwanzig nicht zu jung, um offizieller Dolmetscher für die Deutschen zu sein?«

»Ich glaube, dass ich älter aussehe. Insbesondere in dieser Aufmachung mit Hut.«

»Ich kenne dich doch, Mensch. Dein Blick soll schelmisch wirken, du funkelst so mit deinen schwarzen Augen, aber dahinter verbirgt sich nichts als Angst.«

»Wenn du das von meinem Blick ablesen kannst, hast du das Zeug zu einem guten Gestapoagenten.«

»Kann ich ja noch werden, wenn du ein amtlicher deutscher Dolmetscher bist …«

Es war jedoch nicht viel Zeit für Frotzeleien. Die beiden Jungkommunisten hatten keine Ahnung, wer der Generalsekretär ihrer Partei war, dass sein Pseudonym Tito lautete und schon gar nicht, dass er seine Illegalität in Belgrad im Laufe des Sommers auf ähnliche Weise schützte wie Rudi, nämlich mit einer Art Hochstapelei. Er wohnte in der Botić-Gasse in der Villa des steinreichen Besitzers der Tageszeitung *Politika*, Vladislav Ribnikar. Zwei Häuser weiter befand sich die Residenz des deutschen Stadtkommandanten, und Tito spazierte jeden Morgen elegant gekleidet mit einem großen, deutschen Schäferhund an dem Posten vorbei. Auffälliger konnte man sich gar nicht benehmen, und deshalb wurde dieser Herr mit Hund von keiner Patrouille verdächtigt und angehalten.

Während Pero in sein Zimmer gegangen war, um sich umzuziehen, sah sich Rudi in dem vertrauten, mit alten Möbeln vollgestopften Salon um. Nichts hatte sich verändert. Ein wenig roch es nach Staub. Er atmete durch, denn es fiel ihm nicht leicht, die Ruhe zu bewahren. Die beiden waren schnell unzertrennliche Freunde geworden, der Belgrader Pero, der kleiner und magerer war, hatte sich des »Provinzlers« angenommen. Rudi hatte pechschwarze, ein wenig zu lange Haare, was seinen Vater geärgert, aber seine Mutter gut geheißen hatte, Pero hingegen trug eine hellbraune, fast blonde, ordentlich gescheitelte Frisur.

»Na endlich!« Pero hatte gar nicht so lange gebraucht, sich anzuziehen. »So ist es recht. Gehen wir?«

»Du bist … Wie zum Teufel hast du dir so einen Ausweis verschaffen können? Und hast du überhaupt Verbindung zur Organisation?« Organisation nannte man unter Genossen die Partei.

»Das erzähle ich dir später. Oder vielleicht lieber nicht. Vorerst immer mit der Ruhe. Eines kann ich dir sagen, die frühere Verbindung habe ich nach dem Putsch am 27. März verloren, aber … Du kannst beruhigt sein, ich kann dir jetzt nicht alles sagen, das wirst du verstehen, und ob du berichten musst, dass wir uns gesehen haben, weiß ich nicht. Das musst du selber entscheiden.«

Pero seufzte und sagte zum dritten Mal: »Sag ich ja, du bist definitiv verrückt geworden! Wieso meinst du, dass ich noch eine Verbindung mit der Partei habe?«

»Ich kenne dich doch!«

Terazije ist ein persisches Wort, das aber auch im ottomanischen Reich dieselbe Bedeutung hat, nämlich Waage, gleichzeitig jedoch kennzeichnet es auch den Begriff der Wasserverteilung. Belgrad gehörte bis tief in das neunzehnte Jahrhundert zum Osmanischen Reich, erst 1867 wurde die türkische Fahne eingezogen und Ali Riza Pascha übergab feierlich dem Fürsten

Mihailo die Schlüssel der Stadt, demselben, unter dessen 1882 errichteten Denkmal sich junge Belgrader am liebsten zu versammeln pflegten.

Die türkische Verwaltung hatte Wasserspeichertürme gebaut, der größte wurde 1859 abgerissen, um einem schönen Brunnen Platz zu machen, und so erhielt Terazije seinen Namen. Es war eigentlich gar kein Platz, sondern schon seit Langem eine nach beiden Seiten erweiterte Hauptstraße. In der Mitte gab es 1941 kleine Rasenflächen und eine Bedürfnisanstalt, rechts und links verliefen Straßenbahnschienen. Die erste Linie wurde 1894 in Betrieb genommen, die Wagen wurden von Pferden gezogen, aber ab 1905 fuhr die Tram schon elektrifiziert.

Als Belgrad die Hauptstadt nicht nur Serbiens, sondern des Königreichs Jugoslawien wurde, erhielt Terazije eine gute Beleuchtung. Hohe Masten trugen rechts und links auch die Leitungen für die Straßenbahn an schön geschwungenen schmiedeeisernen Armen, auf die freilich bisher kaum jemand geachtet hatte. Auf sie knüpfte die deutsche Besatzungsmacht fünf junge Männer, die für Mitglieder der Befreiungsbewegung gehalten wurden. Die Hinrichtung wurde nicht hier durchgeführt, man hatte sie vorher erschossen. Ihre Leichname mitten im Zentrum der Stadt aufzuhängen, war eine Idee des Gestapochefs, des SS-Sturmbannführers Karl Kraus. Kraus musste sich mit seiner makabren Idee an den Befehlshaber für Serbien, General Heinrich Dankelmann, wenden, der einige Bedenken hatte, er wollte nicht riskieren, die Bevölkerung gegen seine Truppen aufzuhetzen. Der SS-Offizier setzte sich durch, musste allerdings versprechen, dass die zum Tode verurteilten Männer klar als kommunistische Terroristen bezeichnet würden.

Dutzende Menschen blieben an diesem Morgen entsetzt oder nur verwundert stehen. Es war unglaublich. Mehr als zehn Meter über ihnen hingen die gefesselten Männer ruhig, fast unbeweglich, nur ganz leise schaukelten sie im Wind, starr wie Puppen. Es war unvorstellbar, aber real. Die neue Realität. Und da sie so hoch hingen und sich nichts an ihnen rührte, die Gesichter kaum erkennbar waren, keine Todesangst, kein Krampf des Erstickens zu sehen war, sondern eine blasse Gleichgültigkeit, war es zwar möglicherweise nicht so furchtbar, wie es sich Kraus vorgestellt hatte, aber schrecklich genug und weckte neben Angst und Verzweiflung auch Wut.

Die Straßenbahnen fuhren wie gewöhnlich vorbei. Dass Juden die Fahrt mit ihnen verboten war, war eigentlich überflüssig, denn in Belgrad gab es keine freien Juden mehr. Sie waren schon tot oder in Lagern. Wenige von ihnen hatten sich zu den Partisanen in die Wälder durchgeschlagen, noch weniger waren bei guten Menschen versteckt.

Auf der Mauer eines modernen Eckhauses verkündeten große Buchstaben auf Deutsch »Kraft durch Freude – Front Bühne«. Es war das jüngste, sehr moderne Kino der Stadt, in dem auch schon vor dem Krieg vor allem UFA-Filme gezeigt worden waren. Ein anderes, etwas kleineres Plakat auf Serbisch warb für Pferderennen. Vier Monate nach der Eroberung versuchte die Besatzungsmacht vorzutäuschen, das Leben gehe weiter wie bisher. Für manche war es tatsächlich so. Die gehängten Männer bewiesen jedoch, dass es sich im wahrsten Sinne des Wortes um eine neue Ordnung handelte.

Rudolf und Pero betrachteten die Gehängten lange von der anderen Seite des Platzes. Unwillkürlich gaben sie sich die Hand. Sie standen vor dem Hotel »Moskva«, das 1906 im sezessionistischen Stil erbaut worden war, nur von einem kleineren Platz mit Brunnen von ihm getrennt auf derselben Seite des Platzes das modernere, 1936 fertiggestellte Hotel »Balkan«. Aus den Fenstern der beiden besten Herbergen der Stadt bot sich ein guter Blick auf die Hingerichteten.

»Den einen kenne ich«, sagte Pero und verbesserte sich sofort. »Ich habe ihn gekannt ... Das ist Milorad Pokrajac. Er ging in die siebente Klasse des Gymnasiums.«

»In welches Gymnasium?«

»Nicht in Belgrad, in Vinkovci. Die Deutschen haben dort seinen Vater ermordet und dann ist er hierher geflohen und hat sich uns angeschlossen.«

»Uns? Jetzt hast du es zugegeben ... Du musst aufpassen, Pero. Und?«

»Ja, er wollte ein Attentat auf einen deutschen Offizier verüben. Das hat er wahrscheinlich versucht ...«

Die beiden jungen Männer standen noch ein Viertelstunde still, als wären sie eine Ehrenwache, sodass sie einem serbischen Geheimpolizisten im Dienste der Deutschen auffielen. Junge Männer waren ohnehin verdächtig. Er trat an sie heran, zeigte seine Dienstmarke und befahl harsch: »Papiere!«

Rudolf zeigte seinen Ausweis. Der Mann nickte: »Und der andere?«

»Der Herr ist in meiner Begleitung!«

Als der Polizist weitergegangen war, flüsterte Pero: »Die Leute stehen herum, gaffen, gehen wir weiter ...«

Später erfuhren sie, wer die anderen Ermordeten waren, der Schneidergeselle Jovan Janković, der Schustergeselle Svetislav Milin und die Bauern Velimir Jovanović und Ratko Jevtić.

»Warum hast du mich eigentlich hergeschleppt, Rudi?«

»Ich hatte einfach die Bedürfnis, es mit noch jemandem anzuschauen ...«

»Eigentlich ist das dumm und gefährlich.«

»Das weiß ich.«

Die beiden Freunde waren seit dem Einmarsch der deutschen Besatzungsmacht am 13. April vorsichtiger geworden, hatten nicht sofort gewusst, wie es weitergehen sollte. Sie trafen sich im

Laufe der ersten Wochen selten und nur in Parkanlagen, denn sie wollten einander nicht gefährden. In der letzten Zeit waren sie auf verschiedene Weise »organisiert«, wie man das nannte, auf unterschiedliche Weise an die streng illegale, gemeinsame Partei gebunden, eigentlich durften sie nicht gemeinsam öffentlich gesehen werden, aber von ihrer alten Kameradschaft wollten sie nicht ablassen, noch begriffen sie nicht ganz, wie lebensgefährlich das war.

Frühherbst. Ein warmer Oktobertag. Sie saßen auf einer Bank in der Grünanlage der alten Festung Kalemegdan und ihr Blick schweifte über den Fluss Save. Rechts konnte man die Mündung in die viel mächtigere Donau erkennen. Die Möwen waren vielleicht vom weit entfernten Schwarzen Meer, wo die Russen eine schwere Niederlage nach der anderen erlitten, bis hierher geflogen. Auf dem anderen Ufer begann der neue, sich unabhängig nennende, aber nur durch deutsche Gnade entstandene Staat Kroatien. Der Fluss, der bis vor Kurzem nur zwei Stadtteile voneinander getrennt hatte, war jetzt Staatsgrenze wie vor dem Ersten Weltkrieg. In ihrem Blickfeld befand sich auch das ehemalige Belgrader Messegelände. Sie wussten noch nicht, dass dort gerade Vorbereitungen liefen, ein Konzentrationslager für Juden und Roma zu errichten. Sie flüsterten von deutschen Meldungen über unerhörte Siege im fernen Russland, von dem die Jugoslawen vergeblich Hilfe erwartet hatten, fragten sich, ob sie wahr waren oder nur Propaganda.

»Ich fürchte, es ist mehr als Propaganda«, sagte Rudolf.

Die beiden Freunde hätten einander viel erzählen können, aber es war besser, nichts zu wissen, was man unter Gestapofolter verraten könnte. Niemand wusste, wie lange man durchhalten würde. Was man nicht weiß, kann man nicht verraten. Es war belastend, ständig aufpassen zu müssen.

»Ich wäre ja so neugierig, wie du es geschafft hast«, begann Pero. »Was machst du eigentlich für die Deutschen? Aber sag mir nur ja nichts, was gefährlich sein könnte!«

»Und wie kommt dein Vater so zurecht?« Rudolf lenkte ab.

»Ein braver Angestellter seiner Bank, was freilich in der Praxis bedeutet, dass er de facto für die Besatzungsmacht arbeitet …«

»Gerne würde ich ihn grüßen lassen, aber dann müsstest du sagen, wo und wie wir uns getroffen haben. Und die Mama?«

»Danke. Sie klagt, wie schwierig es ist, Ware zu beschaffen, aber es geht ganz gut, die deutschen Offiziere brauchen viele Blumen für ihre Maitressen, echte Kavaliere, besonders die Österreicher.« Das war natürlich ironisch gemeint. Er zögerte, ob er fragen sollte. »Und die deinen?«

»Mutter ist in Novi Sad. Soviel ich weiß … Unter den Ungarn ist es angeblich besser als hier. Meine Großeltern … Keine Ahnung, wie es meinen Großeltern mütterlicherseits ergangen ist, die leben ja in Deutschland, in Weimar, wahrscheinlich schrecklich. Opapa aus Perlez, der Tierarzt, ist tot. Es heißt, er habe sich zu Tode gesoffen, was ich mir nicht vorstellen kann. Ich habe ihn nie betrunken gesehen. Vielleicht hat er das alles nicht ertragen wollen. Die Omama ist auch nach Novi Sad gezogen.«

»Ich weiß nicht, ob ich weiter fragen darf … dein Vater?«

»Das sollte ich wahrscheinlich … Ach was, ich sag's dir. Ich habe gehört, dass er in den Wald gegangen ist.« So nannte man das, wenn sich einer den Partisanen angeschlossen hatte. »Er ist sofort nach dem Einmarsch der Ungarn in die Batschka verschwunden. Aber meine Eltern haben sich ohnehin schon früher auseinandergelebt, er hat selten zu Hause übernachtet.«

»Er als Freiheitskämpfer?«, wunderte sich Pero.

»Ja. Falls es stimmt. Der solide, pragmatische Mensch, den ich immer ein wenig als Opportunisten verachtet habe …

Schön wäre es, falls es wahr ist. Ich habe natürlich keine Verbindung zu ihm. Wer weiß, manchmal war er so ruhig, freundlich zu Hause, ich habe ihn aber auch aggressiv und brüllend erlebt. Was ihn angeht, kann ich mir wirklich alles vorstellen. Nun ja, wer kennt schon seinen Vater, du vielleicht?«

Dazu sagte Pero nichts. Sie schwiegen und fühlten, wie ihre Gedanken aneinander vorbeischwirrten.

»Und die Liebe?« Rudolf wollte das Gespräch irgendwie weiterführen.

»Wenn du Vera meinst, ich habe sie seit Kriegsausbruch nicht gesehen. Ich weiß nicht einmal, ob sie in Belgrad ist ...«

»Schau doch bei ihr vorbei.«

»Das wäre vielleicht zu gefährlich für sie. Unsereins sollte mit niemandem Kontakt haben, man sollte niemanden damit in Gefahr bringen, dass man ihn verdächtigen könnte, zu uns zu gehören. Und ich fühle mich ohnehin wie eine Wolke in Hosen.«

»Majakowski?«

»Natürlich. Aber weißt du, in den Hosen wäre noch etwas da bei mir, im Kopf jedoch heißt es, Ruhe zu bewahren ...«

»Und das Herz?«

»Das klopft manchmal rasend. Und bei dir? Tut sich was?«

»Etwas schon ... vielleicht ...« Einen Augenblick überlegte Rudolf, aber dann beschloss er, lieber nichts von Irina zu sagen.

Jedermann hat manchmal das Bedürfnis, seine Gedanken, Sorgen und Ängste laut auszusprechen, sie jemand anderem mitzuteilen, Bedrängnisse loszuwerden. Darum braucht man Freunde, die einen anhören, die mitfühlen, trösten können. Nachdem Rudolf über seinen Vater mehr mitgeteilt hatte, als er es im Nachhinein für gut hielt, hätte er am liebsten über seine Begegnung mit Oberst Martin Hellmer berichtet, aber das war unmöglich, es hätte für alle drei lebensgefährlich werden können, auch für den deutschen Offizier. Immer mehr Genossen wurden verhaftet, gefoltert, in das Konzentrationslager Banjica in Belgrad interniert oder hingerichtet. Möglicherweise gab es Verräter und Provokateure in den Reihen der Jungkommunisten, die Agenten der serbischen Sonderpolizei kannten ohnehin von früher viele Kommunisten, die noch im Königreich zu Haftstrafen verurteilt worden waren oder langfristig beobachtet wurden. Sofort nach dem Einmarsch der deutschen Wehrmacht wurden serbische Polizeiorganisationen der Gestapo unterstellt, um die schmutzigste Arbeit zu leisten, aber auch weil ihnen die Szene schon seit Langem vertraut war. Wie lange würde Pero unter Folter aushalten, falls man ihn erwischte? Rudolf wusste es auch von sich nicht, er musste aber den Freund zumindest vor dieser Versuchung bewahren und schwieg. Er schwieg so lange, dass es Pero auffiel.

»Was hast du?«

»Nichts, Mali.« Pero zuckte zusammen. Schon lange hatte ihn niemand mit diesem Kosenamen angesprochen. »Sind diese Wolken nicht wunderschön?«

»Das sind sie, aber ich verstehe schon, du möchtest mir etwas sagen und traust dich nicht.« Und als Rudolf schwieg, setzte er fort. »Sicher hast du recht. Die schönen Wolken werden sich in nichts auflösen.«

Rudolf hatte es nach mehr als zwei Monaten der Besetzung Belgrads durch die deutschen Truppen gewagt, in das Dorf Perlez im Banat zu fahren um, wenn möglich, Speck, Würste und Schinken zu holen. Die Gegend östlich der Theiß gehörte formal zu Serbien, man benötigte keine Papiere. Viele Belgrader setzten über die Donau, um sich mit Nahrungsmitteln zu versorgen. Die einzige große Brücke war zwar gesprengt, aber der Fährdienst funktionierte gut. Nach Hause, nach Novi Sad in der Batschka, wagte er sich nicht. Diesen Teil des Landes hatten die Ungarn besetzt, also hätte er einen Pass gebraucht.

Satter Juli. Kukuruz hoch wie ein Wald. Das kannte er, das war wie ein Ausflug in die Kindheit. Kurz stand er am Grab des Großvaters. Er wusste, ein guter Jude würden einen Kaddisch sprechen, aber er fühlte sich überhaupt nicht als Jude und hätte nicht gewusst, wie man das macht. Einen Stein soll man aufs Grab legen, das wusste er und das tat er.

Großmutter war entzückt und erschrocken zugleich. Ordentlich frisierte graue Haare, graues Kleid, jugendlich in stets schneller, fast hastiger Bewegung. Seltsam, dachte der Enkelsohn, ich habe sie, noch vor kaum zehn Jahren, als langsame, bedächtige Frau in Erinnerung. Sie rief laut, wie glücklich sie sei, ihn in so guter Verfassung zu sehen, aber sofort danach, wie gefährlich sein Erscheinen sein könnte, hier kenne doch jeder jeden und alle wussten, dass sie Juden waren. Nun, vielleicht lebten hier auch gute Menschen. Allerdings … Bisher jedenfalls … Sie kam ins Stottern. In Novi Sad sei es womöglich besser und in Belgrad könne er vielleicht leichter untertauchen, oder … Und dann kam die Großtante aus dem anderen Zimmer und weinte und lachte zugleich und zeigte sich noch besorgter. Rudolf erklärte, er müsse etwas holen, um zu überleben, und ob noch Speck da sei, ironisierte er, als gute Juden habe man doch geschlachtet, als die Großtante ans Fenster trat und schrie: »Die Deutschen kommen!«

»Verschwinde in die Scheune!«, rief Omama. Aber Rudolf trat auch ans Fenster, ein Mercedes und ein Kübelwagen waren vorgefahren, es war zu spät sich zu verstecken, weil ein groß gewachsener Offizier bereits an der Tür klopfte. Rudolf stellte gleich fest, dass das Klopfen irgendwie höflich und normal klang, und da die beiden alten Damen wie erstarrt waren, machte er selbst auf und erkannte sofort die Rangabzeichen eines Obersten. So hohe Offiziere kamen bestimmt nicht, um kleine Juden abzuholen.

»Guten Tag!«, sagte der Offizier. »Hellmer mein Name. Vielleicht kann sich jemand von Ihnen an mich erinnern ...«

Oberst Hellmer war kein junger, aber ein noch immer gut aussehender Mann, mehr als eins achtzig groß, der weiße Lippenbart war zu einem schmalen Hitlerbärtchen gestutzt, aber Rudolf fühlte sich erleichtert und wurde gleich frech.

»Ja, doch, Herr Oberst ... Aber Sie waren damals in Zivil und hatten einen gezwirbelten schwarzen Schnurrbart!«

»So ist es, junger Mann. Darf ich mich setzen? Der Enkelsohn? Und wo ist der Herr Doktor Radványi?«

»Er ist nicht mehr bei uns.«

Der Offizier begriff.

»Mein Beileid. Aber Sie, Frau Flora? Bei guter Gesundheit? Na, Gott sei Dank ...«

Rudolf konnte sich sehr gut erinnern, er war damals acht oder neun Jahre alt gewesen, Großvater und Vater waren in den Sommerferien mit ihm nach Perlez gekommen, weil der Urgroßvater gestorben war, ein Mann noch in besten Jahren. Sie wollten sein Wirtshaus und das Gut verpachten, doch dann beschlossen sie, einen Verwalter anzustellen. Sie alle schliefen damals im alten Haus mit dem kleinem Vorgarten, der Hinterhof war Hühnern, Enten, Gänsen und einem Pfau vorbehalten. Mindestens ein farbenprächtiger, Rad schlagender Pfau gehörte zu jedem wohlhabenden Hof im Banat. Einige Kühe und Schweine standen im Stall. Im Wirtshaus »Zum weißen Krug«, das auch ihnen gehörte, wurde der Junge damals einem Herrn aus Österreich vorgestellt, mit dem Urgroßvater gute Geschäfte gemacht hatte und der nun mit Opapa über die künftige Zusammenarbeit reden wollte. Rudolf durfte sich mit an den

Tisch setzen, bekam eine Limonade, die beiden älterem Herren tranken Maulbeerschnaps und unterhielten sich über Getreidepreise, dann stieß auch sein Vater dazu und es wurde erst eine Suppe und danach Gegrilltes aufgetragen. Das neue Thema war, wie der Wein dieses Jahr sein würde. Gut, wahrscheinlich, es war warm genug und gehagelt hatte es überhaupt nicht.

Später fragte er seinen Vater, wieso der österreichische Herr seinen Großvater mehrmals als Bruder und mit dem Vornamen, Leopold, angesprochen hatte, nicht als Herrn Doktor Radványi, wie es sich gehörte – sei man verwandt? Und warum hatte Urgroßvater Rotbart geheißen und sein Sohn, der Großvater, Radványi? Nein, erklärte der Vater, verwandt sei man nicht mit dem Österreicher, die beiden gehörten aber einer Vereinigung an, in der sich die Mitglieder so ansprachen. Und was die Nachnamen anging: Großvater habe seinem Namen magyarisiert. Erst einige Jahre später würde Rudolf das alles halbwegs begreifen. Jetzt bohrte er nach:

»Was sind Freimaurer, Papa?«

»Kein Ahnung.«

»Soll ich Opapa fragen, der ist doch einer, nicht wahr?«

»Der weiß auch nicht, warum er das macht! So ist er nun einmal. Er muss immer alles übertreiben …« Es klang so abweisend, dass der Junge Ruhe gab.

Und jetzt? Konnte ein hoher Hitleroffizier Freimaurer sein? Die Frage direkt zu stellen, wagte er natürlich nicht. Er wäre ohnehin nicht zu Wort gekommen, weil Oberst Hellmer seiner Großmutter und seiner Großtante erklärte, sie müssten so bald wie möglich über die Theiß in die Batschka übersetzen. Sie sollten noch heute und morgen alles, was möglich war, losschlagen, Geld und womöglich Gold mitnehmen, durchsuchen werde man sie an der Grenze nicht, dafür würde er sorgen, er würde ihnen noch heute Papiere verschaffen.

»In einigen Tagen werden alle Juden im Banat verhaftet!«, erklärte er.

»Und Rudolf?«, fragte Großmutter ängstlich.

»Keine Sorge, den nehme ich mit!«

In diesem Augenblick trat, ohne anzuklopfen, ein Mann im schwarzen Anzug, weißen Hemd und der Hakenkreuzbinde am Ärmel forsch in das Zimmer, zuckte aber vor dem Obersten zusammen, der sofort fragte: »Sie sind?«

»Klemens Lorenz, Herr Oberst. Mein Vater war Gutsverwalter beim Juden und ich habe Haus und Hof zu übernehmen … Mein Vater ist auch noch da, und …«

»Recht so, Volksgenosse«, unterbrach in der hohe Offizier. »Die Erträge werden Sie mit meiner Intendantur in Belgrad abrechnen, der junge Mann da wird mein Verbindungsmann sein.«

»Aber der ist doch Jude!«

»Der Reichsmarschall hat einmal gesagt, wer Jude sei, bestimme er. Hier im Banat und in Serbien bestimme ich das, Lorenz, und verantworte es vor dem Führer, verstanden?«

»Jawohl, Herr Oberst.«

»Die beiden alten Frauen da lasse ich über die Theiß nach Ungarn verfrachten. Erst einmal können Sie jetzt gehen, Volksgenosse Lorenz, natürlich bleiben wir in Verbindung, das Reich braucht das Getreide hier und das Vieh. Das ist kriegswichtig!«

»Zu Befehl, Herr Oberst!« Er ging aber nicht, sondern blieb an der Tür stehen, als müsste er die Situation auch weiterhin überwachen.

Rudolf wagte kein Wort zu sagen. Dieser Lorenz war doch Vaters Freund gewesen, die beiden waren gemeinsam ausgeritten, waren zur Jagd gegangen. Jetzt sprach er verächtlich vom Juden. Wenn dieser Offizier nicht aufgetaucht wäre, hätte er ihn also wahrscheinlich ohne Weiteres angezeigt. Rudolf suchte den Blickkontakt zu dem Volksdeutschen, aber der vermied ihn, wandte sich nur an den Obersten.

»Wir haben auch zwei Jagdgewehre und eine Pistole, Marke Browning, beschlagnahmt.«

»Interessiert mich nicht. Melden Sie das den Behörden!«

Der Oberst besichtigte kurz Haus und Hof, Lorenz und die Frauen zwei Schritte hinter ihm. Als er die Scheune aufmachte, rief er überrascht: »Ein Laubfrosch!«

»Wie bitte?«, fragte Lorenz.

»Das war der Spitzname dieses Opels. Fährt er noch?«

»Das Ding steht schon mehr als ein Jahrzehnt nur so herum.«

»Wollen Sie mir das Auto verkaufen, Frau Radványi?«

»Es gehört meinem Sohn und der …«

Lorenz fiel ihr ins Wort: »Sie können das Fahrzeug doch beschlagnahmen, Herr Oberst. Vielleicht hätten wir es anmelden sollen, ich habe aber gedacht, dass es nichts wert ist.«

Hellmer kümmerte sich nicht um diese Bemerkung: »Und wo ist Ihr Sohn, Frau Radványi?«

»Das wissen wir schon lange nicht«, seufzte Frau Flora.

»Das wissen wir wirklich nicht!«, bestätigte Lorenz ungefragt.

Für einen Augenblick wurde es so still, dass Rudolf wieder nur Vogelgezwitscher hörte, das Summen von Insekten, Lieder der Banater Erde im Sommer. Dann umarmte er Großmutter und Großtante. Der Oberst wies ihn an, in den Kübelwagen zu steigen. Lorenz grüßte den Oberst mit erhobener Hand.

»Heil Hitler, Herr Oberst!«

Später erfuhr Rudolf, dass Martin Hellmer aus dem Burgenland stammte, deshalb ebenso gut Deutsch, Ungarisch und Kroatisch sprach wie hier im Banat fast jedermann, nur dass fast dieselbe Sprache hier Serbisch hieß. Hellmer wollte als junger Bursche das Gut seiner Vorfahren nicht übernehmen, sondern Berufsoffizier werden, kämpfte im Ersten Weltkrieg an der Isonzo-Front, wurde verwundet und hoch dekoriert. Als nach dem Zerfall Österreich-Ungarns mit dem Soldatentum, das ihn ohnehin enttäuscht hatte, nichts mehr los war, übernahm er doch das Familiengut, das ihm jedoch nicht genügte, und so stieg er erfolgreich in den Großhandel mit Getreide ein. Das hatte ihn auch bis nach Perlez und zu Rudolfs Urgroßvater und Großvater geführt. Nach dem »Anschluss« Österreichs an Großdeutschland bekam er es mit der Angst zu tun. Zwar war er Mitglied der wenig bekannten Freimaurerloge »Prometheus«, was man in seinem Heimatdorf im Burgenland nicht wusste, aber es galt vorzubeugen. Er beantragte die Aufnahme in die Wehrmacht, sprachgewandte Experten waren gefragt. Zu Kriegsbeginn erwies er sich in Frankreich als so energisch und geschickt, dass er befördert und mit Beginn des Jugoslawienfeldzugs im April 1941 als Oberstintendant nach Belgrad geschickt wurde und nicht nur für das besetzte Serbien, sondern ganz besonders auch für den Banat zuständig war. Er war praktisch für die Geldversorgung, Verpflegung, Bekleidung und auch die Lazarette und die Feldpost zuständig, die Generäle verließen sich lieber auf ihn, als sich in Dinge, die sie nicht verstanden, einzumischen. Er hatte, wann immer er es wünschte, Zutritt zum Befehlshaber Serbiens, Dankelmann, deshalb war er sehr mächtig. Der Sicherheitsdienst beäugte ihn argwöhnisch, mit dem Hauptmann der Abwehr, Josef Matl, ein weiterer Österreicher, war er hingegen eng befreundet. Die Offiziere der militärischen Abwehr der Wehrmacht und die SS konnten einander ohnehin nicht leiden, wer jedoch über so viele praktische Möglichkeiten verfügte, alles Denkbare schnell zu erledigen, wie Oberst Hellmer, stand über jeder Intrige.

Natürlich wussten Gestapo und SD alles über ihn und er wusste, dass sie es wussten. Die Beziehungen zwischen deutschen Freimaurern und der nationalsozialistischen Bewegung waren nicht einfach. Alfred Rosenberg hatte 1921 seine Schrift »Die Verbrechen der Freimaurerei. Judentum, Jesuitismus, Deutsches Christentum« veröffentlicht. Die drei altpreußischen Großlogen gaben am 16. Februar 1924 in einer gemeinsamen Erklärung bekannt, dass nur Christen in eine Freimaurerloge aufgenommen werden könnten und die Logen keine Beziehungen mehr zu den Brüdern in den Logen der Siegermächte des Ersten Weltkriegs unterhalten würden. Das war zwar gegen die Grundprinzipien der Freimaurerei, aber wen kümmerte es? Die Großloge von Preußen, »Royal York zur Freundschaft«, die Großloge der Freimaurer von Deutschland und die Große National-Mutterloge »Zu den drei Weltkugeln« nahmen eine nationalistische und konservative Haltung an, was nicht alle Logen goutierten. Am 7. April 1933 wurde auf einem Treffen des Großmeisters der Großen Landesloge der Freimaurer von Deutschland mit Hermann Göring die Umbenennung in den Deutsch-Christlichen Orden der Tempelherren vereinbart und die meisten Logen passten sich an. Die von der Großloge »Zur Sonne« ab 1926 als Erkennungsmerkmal verwendete kleine Blume, ein blaues Vergissmeinnicht, wurde später zum allgemeinen halbgeheimen Abzeichen.

Hitler hatte 1938 eine Amnestie für Freimaurer erlassen, die keine hohen Ämter in ihren Logen innehatten. Wenn sie im Staatsdienst bleiben wollten, wo er viele von ihnen brauchte, sollten sie einfach die Verbindung mit der Organisation abbrechen. In einem SS-Bericht hieß es ausdrücklich, Freimaurer erledigten ihre Aufgaben meist gut, aber es sei unzulässig, sie in der Wehrmacht zu fördern oder für leitende Dienstgrade vorzusehen. Oberstintendant war freilich ein ziemlich hoher Dienstgrad und Hellmer hoffte, der SD würde ihn trotzdem in Ruhe lassen. Lebensbedrohlich würde eine Entdeckung seiner früheren Verbindungen nicht sein, aber wer weiß? Zumindest an die Ostfront würde man ihn schicken. Mit der Beschaffung von Papieren für jüdische Frauen und der Anstellung von Rudolf in der Intendantur hatte er allerdings etwas getan, was er nicht als Irrtum erklären hätte können.

Rosenberg hatte schon lange vor der Machtergreifung behauptet, an der Spitze aller deutschfeindlichen Kräfte stünden die Großloge Frankreichs und serbische Freimaurer. Hitler dachte eigentlich differenzierter. Im Laufe eines seiner Tischgespräche in der Wolfsschanze im Februar 1942 erzählte er, vor der Machtergreifung sei er selbst einmal zum Besuch einer Loge in München eingeladen worden, habe natürlich abgelehnt, Ludendorff jedoch sei nicht nur hingegangen, sondern habe sich sogar unvorsichtig in ihr Buch eingetragen. Manche Deutsche seien aus Dummheit Freimaurer geworden, wenn sie austräten, habe man sie in Ruhe zu lassen.

Es war für Oberst Hellmer überhaupt kein Problem, Rudolf Radványis Identität zu verbessern, ihn etwas älter zu machen und als ziviles Mitglied seines Stabes als Dolmetscher anzustellen.

Rudolf war klar, dass seine Partei diese Entwicklung begrüßen würde. Natürlich war das alles gefährlich. Sehr gefährlich sogar, aber ein richtiges Abenteuer. Er bekam nur eine einzige Kontaktperson und einen Ersatzkontakt, die vorläufig nicht aktiviert wurden, allerdings würde er jetzt von anderen Genossen als abtrünnig, sogar als Verräter wahrgenommen werden, auch wenn man ihm als Juden diesen verzweifelten Versuch zu überleben vielleicht nachsehen könnte. Vielleicht würde man trotzdem versuchen, ihn als Verräter zu ermorden. Wirklich vorstellen, von den eigenen Genossen getötet zu werden, konnte sich Rudolf jedoch nicht, er lebte nicht in Angst und Schrecken, ihn verfolgten keine schlimmen Träume, alles war so … er suchte ein richtiges Wort für sich … so interessant. Interessant war nicht der richtige Ausdruck. Aufregend? Besser, aber er war ihm nicht gleich eingefallen.

Also war er nun Herr Rudolf von Radványi. Abwarten. Das ist stets schwierig, aber warten heißt auch, dass etwas noch kommt. Bestimmt kommen wird.

Indem er ihn gerettet hatte, hatte sich Hellmer Rudolf gewissermaßen ausgeliefert. Wenn man entdecken würde, dass der Dolmetscher der deutschen Intendantur Kommunist und dazu auch noch Jude war und man ihn foltern würde? Dann könnte auch herauskommen, dass der keineswegs geliebte Oberst früher nicht nur Freimaurer gewesen war, sondern auch eine alte Verbindung zu Juden im Banat besaß, die er verschwiegen hatte. Schon deshalb musste er alles tun, um seinen Schützling nicht auffliegen zu lassen. Aber warum hatte er überhaupt das Risiko auf sich genommen, Rudolf, dessen Großmutter und Großtante zu retten? Weil er eigentlich trotz der Uniform ein guter Mensch war? Gab es das also wirklich?

Der erste Herbst in Belgrad unter deutscher Besatzung ging zu Ende, der Winter drohte. Ein kalter Wind wehte aus dem Osten, aus Russland, wo deutsche Truppen auch weiter auf dem Vormarsch waren und bald Moskau und Leningrad einnehmen wollten. Bei ihren Gegnern breitete sich Verzweiflung aus, und viele Menschen versuchten, sich der Lage anzupassen. Man fürchtete sich davor, die Wohnungen nicht heizen zu können, niemand wusste, wie die Versorgung mit Holz und Kohle im Winter funktionieren würde. Wohlhabende Bürger hatten sich in den serbischen Kurorten, zum Beispiel in Vrnjačka Banja, Wohnmöglichkeiten gesichert.

Die Stadt war voller Plakate, die eine Ausstellung über Freimaurer, Juden und Kommunisten ankündigten. Sie wurde am

20. Oktober in der Garašanin-Straße 6 eröffnet. Dort hatte sich früher die Großloge Jugoslawiens befunden. Wie wichtig es für die Quisling-Regierung war, sich auch auf diese Weise bei der Besatzungsmacht einzuschmeicheln, bewies, dass sechzigtausend Plakate und hundertachttausend Broschüren gedruckt, vier Sonderbriefmarken ausgegeben und hundertsechsundsiebzig Werbespots in den Kinos gezeigt wurden.

Von einem der Plakate glotzte die Fratze einer in einen schwarzen Kaftan gehüllten Figur mit einer Waage in der Hand. Auf der rechten Waagschale lag viel Geld, auf der anderen stand Stalin mit rotem, fünfzackigem Stern an der Brust, die Inschrift lautete: »Was wiegt schwerer? Nichts, denn der Jude sorgt für das Gleichgewicht. Besuchen Sie die Ausstellung über das wahre Wesen der Freimaurerei und Sie werden überzeugt sein.« Auf einem anderen balancierte der Jude im Kaftan mit gegrätschen Beinen auf einem Brett über einem Globus, rechts war ein Mann mit einer Krücke, links ein anderer mit Glatze, beide blickten untertänigst hinauf und die Inschrift lautete »Jüdisches Gleichgewicht«. Auf einem dritten war eine Fratze zu sehen, die jüdisch wirken sollte, der Bart ging in ein Schlangenknäuel über, die Köpfe der Reptilien zierten ein roter Stern, ein Dollar-Zeichen, Hammer und Sichel sowie ein Dreieck als Symbol des Freimaurertums.

In seiner Eröffnungsrede hatte Djordje Perić, der als Chef der staatlichen Propaganda vorgestellt wurde, behauptet, Ziel der Freimaurer sei es, Familie, Staat und Religion zu vernichten und die eigene Weltherrschaft an ihre Stelle zu setzen, wodurch die ganze Menschheit versklavt werden solle.

Der erste Saal war die Nachbildung einer Freimaurerloge, in der sowohl das Geld als auch Satan angebetet würden. Der zweite Saal war Juden als Gefahr für die Welt insgesamt, vornehmlich aber für das serbische Volk gewidmet. Besondere

Aufmerksamkeit wurde dem Verleger und Buchhändler Geza Kohn geschenkt, er sei der große Vergifter des serbischen Volkes, obwohl er ein wichtiger Pfeiler der serbischen Kultur war. Geza Kohn hatte von einem Piloten das Angebot erhalten, ihn samt seiner Familie nach Griechenland auszufliegen, er jedoch glaubte noch immer an die Deutschen als Kulturmenschen, ließ die Gelegenheit verstreichen und wurde ermordet. Im dritten Saal ging es um Kommunisten, aber auch hier wurde die Aufmerksamkeit vor allem auf einen Menschen, den Maler und Publizisten Moša Pijade, gerichtet, den einzigen Juden unter den führenden Mitgliedern der Kommunistischen Partei Jugoslawiens. Pero wunderte sich sehr. Von diesem Pijade hatte er nie etwas gehört, er musste aber wohl ein Mordskerl sein, wenn die Deutschen sich seinetwegen so erregten, aber Kommunist und Freimaurer, wie passte das zusammen?

Für Schulklassen war der Besuch der Ausstellung Pflicht, Besucher wurden auch mit Geschenken wie Lebensmittel und Bons für Heizmaterial angelockt. Der dreißigtausendste Besucher, ein Eisenbahnbeamter, erhielt als Gabe zwei geschlachtete Hühner und eine Handvoll Broschüren, worüber die örtlichen Zeitungen mit Fotos berichteten.

Im Süden Serbiens hatte es einstweilen schwere Kämpfe mit den Partisanen gegeben, sie hatten eine große Region mit einigen Städten, mit Užice als Hauptstadt, erobert. Mit vier Divisionen, die jetzt in Russland fehlten, und der Hilfe der Tschetniks des königlichen Obersten Draža Mihailović hatte eine Großoffensive begonnen, um die Freiheitskämpfer zu vernichten oder zumindest in die bosnischen Berge zu vertreiben. Rudolf konnte im Büro von Oberst Hellmer die Wehrmachtsberichte lesen, aber was an ihnen war wahr?

Die Behauptungen der Ausstellungsmacher standen im Gegensatz zur Wahrheit, denn Freimaurer bekannten sich überall im Prinzip zu dem Staat, in dem sie lebten, und respektierten alle Religionen. Mitglied werden durften nur Männer mit bestem Leumund, also möglichst verheiratet und tadellose Ehegatten. Die Gleichsetzung der Juden mit dem Freimaurertum war Nazipropaganda. Im alten England gab es keine Steinmetze, die Juden waren, so war auch keiner von ihnen von Anfang an dabei. Toleriert wurden sie in England jedoch bald, in Deutschland wurden Juden erst Ende des neunzehnten Jahrhunderts in Logen aufgenommen. Wohlhabenden Juden galt die Aufnahme als Beweis, dass sie jetzt gleichberechtigte Mitmenschen waren.

»Haben Sie diese interessante Ausstellung gesehen, die die serbische Regierung organisiert hat, Herr Oberst?«, fragte der Vertreter des SD, Doktor Wilhelm Höttl.

»Nein, Obersturmbannführer, mir hat der Führer andere Aufgaben anvertraut. Ist doch ein Schmarrn. Mensch, haben Sie in unserer Situation nichts Gescheiteres zu tun?«

Der SS-Offizier hielt Hellmer für einen aufgeblasenen burgenländischen Bauern, er selbst war Doktor der Geschichtswissenschaften aus Wien und fühlte sich ihm in jeder Hinsicht weit überlegen. Aber er wollte einen Pelzmantel für seine Geliebte aus dem Magazin mit Kleidungsstücken, die eigentlich für das Winterhilfswerk bestimmt waren, und der Oberstintendant wachte mit Argusaugen darüber, dass möglichst wenig davon in ungewünschte Bahnen gelangte.

In diesem Augenblick klopfte es kurz, und Rudolf erschien, ohne eine Antwort abzuwarten, in der Tür. Als er den SS-Offizier sah, entschuldigte er sich sofort, Hellmer sagte streng, aber nicht sehr laut: »Später!«

»Jawohl, Herr Oberst.«

Als die Tür zugefallen war, schüttelte Höttl den Kopf und

zwinkerte anzüglich: »Einen hübschen Jungen haben Sie sich da zugelegt, Herr Oberst!«

Jetzt stutzte Hellmer doch, kam aber sofort zum Schluss, dass es vielleicht besser war, den Verdacht nicht ganz auszuräumen, dass es eine homosexuelle Verbindung zwischen ihm und Rudolf geben könne. Dann würde der SD wahrscheinlich nicht besonders neugierig werden, zumindest nicht auf die Idee kommen, Hellmer habe einen jungen Juden gerettet.

»Der Mann spricht perfekt Deutsch, Serbisch und Ungarisch und kennt sich aus. Er gehört zu den Ungarn im Banat, die rechtzeitig in den Deutschen Kulturbund eingetreten sind, weil sie wissen, dass das auch für ihre nationale Politik mehr hergibt, als Extrawürste zu braten. Und was mein Privatleben angeht, Obersturmbannführer, ich kümmere mich auch nicht darum, für wen Sie einen neuen Pelz brauchen, aber bitte sehr …«

»Sie haben es überhaupt bequem, Herr Hellmer«, absichtlich nannte er nicht mehr den Offiziersrang, um Intimität vorzuspiegeln. »Sie werden zu keinem unserer Einsätze hinzugezogen, Sie wissen schon, was ich meine …«

»Wissen natürlich schon, aber darum reißen werde ich mich gewiss nicht …«

»Das meine ich ja. Heydrich hat meinem Chef, Schellenberg, gesagt, jeder von uns müsse auch im Einsatz gewesen sein, sich bewähren, so wie er sich das wünscht, wortwörtlich hat er gesagt, jeder soll am Morden beteiligt sein, mitschuldig werden und sich nicht auf akademische Grade berufen und heraushalten.«

»Das gilt für Sie von der SS.«

»Für die Wehrmacht nicht, sagen Sie? Unser Grundsatz ›Meine Ehre heißt Treue‹ bedeutet Ihnen nichts?«

»Ich habe als Offizier meinen Eid auf den Führer geschworen.«

»Ja, also, lieber Kriegskamerad, Herr Oberstintendant Hellmer, wir müssen miteinander auskommen. So lange es geht …«

War das eine Drohung gewesen?

Rudolf hatte als Büro eine Kammer neben dem Kabinett des Obersten bezogen. Platz war gerade für den Schreibtisch und zwei klapprige Stühle, einen Vorhang für das schmale Fenster hatte er nicht bekommen, aber er saß ohnehin selten und nur für Minuten auf seinem Arbeitsplatz, er war viel unterwegs, den Chef begleitend, meist aber selbständig. Seine Übersetzungen diktierte er aus dem Stegreif der Sekretärin im Vorzimmer.

»Schauen Sie mir nicht so unverschämt ins Gesicht, Radványi!«, sagte der Oberst einmal.

»Wohin soll ich denn schauen, Herr Oberst? Ich will ja nur zeigen, dass ich Ihren Worten gehorsamst folge …«

»Aber nicht mit so einem impertinenten Blick, als wollten Sie mich auf den Arm nehmen. Bei den Schwarzen kommen Sie damit nicht an. Freche Leute reden manchmal zu viel, und wenn Sie sich irgendwie verplappern, werde ich größte Mühe haben, mich herauszureden, komme bestenfalls an die Ostfront, während Sie eines gar nicht leichten Todes sterben. Was schauen Sie weiter so komisch?«

»Darf ich etwas sagen?«

»Wenn wir schon reden … Los!«

»Sie schauen so oberlehrerhaft, Herr Oberst. Und Sie sind ein gütiger Mensch, Herr Oberst.«

Hellmer konnte ein Lächeln nicht verbergen, obwohl er streng bleiben wollte: »Machen Sie sich an die Arbeit, Radványi. Sie können gehen!«

»Zu Befehl, Herr Oberst!«

Der Oberst hatte ihm eine Garçonnière, ausgerechnet im ersten Stock des Hauses auf dem Terazije-Platz, verschafft, aus der er auf den Strommast schauen konnte, an dem vor einigen Monaten der Gymnasiast Pokrajac und vier andere Genossen aufgehängt gewesen waren. Ein großes Zimmer, ein elegantes Badezimmer und eine kleine Teeküche. So angenehm, so selbständig hatte er noch nie gelebt wie jetzt als Jude mitten im vom Deutschen Reich besetzten Belgrad. Ach wie gut, dass niemand weiß, dass ich Rumpelstilzchen heiß. Verpflegung erhielt er wie die Deutschen.

Im Stadtzentrum gab es keine Hinrichtungen, das von deutschen Bomben beschädigte Nationaltheater wurde mithilfe deutscher Soldaten renoviert, es gab Opern und Stücke klassischer serbischer Dichter, Wettbewerbe für Tischtennis und Ähnliches wurden veranstaltet, aber im Konzentrationslager Banjica fanden tagtäglich Erschießungen statt und aus dem Lager bei dem ehemaligen Artillerieschuppen wurden Männer, Juden und Zigeuner, zur Hinrichtung geführt, hundert für einen getöteten, fünfzig für einen verwundeten Deutschen.

Wenn man jung ist, denkt man nicht viel nach, genießt den Augenblick, findet gute Ausreden, um sich keine Sorgen zu machen. In meiner jetzigen Lage kann ich für die richtige Sache mehr tun, als wenn ich mich töten lasse, dachte Rudolf. Für seine Partei, für die Aufständischen, war er vorläufig eine Art Maulwurf. Er sollte beobachten und von Zeit zu Zeit berichten.

Der Winter wurde sehr streng, als wollte er die Lage der Menschen weiter erschweren. Rudolfs Wohnung besaß eine Etagenheizung, die funktionierte, weil er auch Koks beziehen konnte, aber viele Belgrader froren jämmerlich, tauschten im ersten Kriegswinter den letzten Schmuck für einen Klafter Holz oder hundert Kilogramm Kohle.

Die Intendantur war nicht weit. Rudolf hatte einen blauen Wintermantel angezogen, den er sich im Magazin ausgesucht hatte und der vielleicht einem ermordeten Juden gehört hatte, was er befürchtete, jedoch hinnahm. Der Oberst hatte befohlen, dass er sich ordentlich anziehen solle, mindestens zwei Winteranzüge solle er nehmen, gute Hemden, Krawatten, er sei jetzt Angestellter einer deutschen Militärbehörde. Den wahrscheinlich ermordeten ehemaligen Besitzern konnte er die Garderobenstücke nicht mehr zurückgeben, aber … Kein Aber! Es galt weiterzuleben.

An diesem Morgen hatte er keine Zeit mehr für ein Frühstück, wollte er pünktlich vor dem Chef an seinem Arbeitsplatz sein. Wenn er mit schnellem Schritt auf dem von Schnee und Eis geräumten Gehweg unterwegs war, fühlte er sich erwachsen, gut gelaunt und schämte sich ein wenig deswegen. Er war verschont, zufällig, wer weiß warum und wieso und wie lange noch.

Vor der Intendantur stand ein Mädchen und redete auf den Posten ein, der sie überhaupt nicht anzuhören schien, sondern gerade Anstalten machte, sie grob wegzuschicken.

»Worum geht es?«, fragte er auf Serbisch, weil es eindeutig um eine einheimische Bittstellerin ging. Erst als sie ihm ihr Gesicht zuwandte, sah er, wie schön sie war, jung, ungeschminkt, in einem Mäntelchen, das ihr zu klein geworden war und sich deshalb so eng an ihren Körper schmiegte, dass es ihre Figur betonte, als hätte sie nur ein Trikot an, auf dem Kopf eine große blaue Baskenmütze.

»Ich wollte zu Herrn Oberst Hellmer«, ihre Stimme klang tiefer als erwartet. »Mein Vater ist verhaftet worden und hat mir noch gesagt, ich soll das dem Herrn Oberst …«

»Wer ist Ihr Vater?«

»Ein Mühlenbesitzer in Pančevo, im Banat …«

»Ja und?«

»Er hat mit Herrn Oberst Hellmer … Sie kennen sich noch von früher … Sie hatten …«

»Das werden Sie dem Herrn Oberst selbst sagen. Wenn irgendjemand helfen kann, ist er es. Kommen Sie mit!«

Dem Posten gab er nur ein Zeichen. Der nickte, hatte wohl seine Meinung über diesen Zivilisten, aber solange der Chef diesen Frechdachs duldete, war kein Kraut gegen ihn gewachsen.

Im Erdgeschoß führte Rudolf das Mädchen zu einem Schalter.

»Wir müssen Sie anmelden, einen Zettel ausfüllen. Wie heißen sie? Ein Anmeldeformular, bitte!«

Sie war wirklich hübsch.

»Ich heiße Vukov.«

»Wir brauchen auch Ihren Vornamen und die Telefonnummer, falls Sie eine haben«.

»Ja, haben wir, aber in Pančevo … Irina!«

»Irina ist ein feiner Name.«

Starke Augenbrauen, ein schmales, ovales Gesicht, schön geschwungene Lippen und der Blick … War es ein Blick der Dankbarkeit oder mehr? Oder lag es daran, dass er so lange kein weibliches Geschöpf aus der Nähe gesehen hatte und sie ihn so hoffnungsvoll mit ihren großen kaffeebohnenbraunen Augen ansah?

2. LEOPOLD

»Ich will nicht mehr so heißen, Papa. Ich habe keinen roten Bart. Wer hat uns diese blöden Namen verpasst?«

»Wenn du es so genau wissen willst, Kaiser Josef II. Ihm haben wir vieles zu verdanken. Setz dich ...«

Es war im Frühjahr 1885. Der neunzehnjährige Leopold Rotbart hatte vieles von dem, was ihm Samuel erzählte, überhaupt nicht oder zumindest nicht in allen Einzelheiten gewusst. Als Kind im Dorf Perlez, im Banat, wurde er als Sohn des wohlhabenden Gastwirts und Gutsbesitzers akzeptiert, er war für jedermann der kleine Leo. Erst als er 1876 in Szeged ins Gymnasium kam, hatte er ein Problem, weniger mit seinem Judentum, als überhaupt mit dem Fremdsein, die Schulkameraden waren Ungarn, katholisch oder reformiert, orthodoxe Serben und Rumänen, man sprach viele Sprachen durcheinander, in den höheren Klassen nicht nur Ungarisch, sondern Deutsch, Serbisch, Rumänisch und Slowakisch, auch Latein und sogar Altgriechisch. Nach dem österreichisch-ungarischen Ausgleich war allerdings das Ungarntum auch in Szeged die beherrschende Ideologie und Leopold fühlte sich davon angezogen, allein deshalb, um sich weniger von den anderen zu unterscheiden. Oder um überhaupt nicht anders zu sein als sie.

Ein 1867 in Ungarn verabschiedetes Gesetz über die Judenemanzipation hatte wesentlich dazu beigetragen, dass Juden nicht mehr abseits der Gesellschaft leben mussten und auch nicht verfolgt wurden. Nicht mehr. Das genügte Leo nicht. Er hatte sich in seinem Banater Dorf nie abgesondert oder gar verfolgt gefühlt, aber er wollte mehr, er wollte voll dazugehören. Wozu? Zum ungarischen Volk?

Das Hochwasser, das Szeged 1879 überschwemmte und von etwa sechstausend Häusern nur dreihundert stehen gelassen hatte, vertrieb Leo aus der fünften Klasse des Gymnasiums, er musste danach in Großbetschkerek in die Schule gehen. Der Vorteil war, diese Kleinstadt lag näher bei Perlez, der Nachteil: Sie war viel provinzieller. Leopold Rotbart war nicht der einzige ehemalige Szegediner Gymnasiast, der am Ufer des Begakanals statt an der mächtigen Theiß seine Matura machen musste, und bald hatten sich, wie bei jungen Schülern üblich, viele neue Freundschaften gebildet. Leo war ein guter Schüler, erhielt aber einen strengen Verweis, weil er heimlich eine Tanzschule besucht hatte, eigentlich einfach nur, um Mädchen an der Taille berühren zu dürfen.

Nach dieser Rüge, die Leo schwer traf, nahm ihn der neue, relativ junge Lateinlehrer, Professor Török, beiseite.

»Nehmen Sie das nicht so ernst, Rotbart!« Ab der fünften Klasse wurden die Gymnasialschüler gesiezt. »Lesen Sie Ovid, Arma gravi numero violentaque bella parabam, aber ein bisschen auch die »Ars amatoria«. Latein ist keine kriegerische Sprache.«

Der Professor klopfte den Rhythmus des Hexameters mit knochigem Finger auf die Tischplatte und schaute Leo mit seinen kurzsichtigen, brillenbewährten Augen ins Gesicht.

»Haben Sie verstanden?«

»Ja, gewiss. Der Dichter sagt, er habe grausame Kriege und Waffengänge in Hexametern herausgeben wollen.«

»Sicher, aber was meint er damit? In der Folge kommt Amor dazwischen. Wir sollten mehr von Liebe lehren und lernen, nicht nur von ruhmreichen Kriegen und Revolutionen. Aber Sie werden es gut machen, Rotbart, Sie tun immer so liebenswert, ut ameris, amabilis esto!«

Leo verstand auch das, er liebte Latein, Liebenswürdige würden die Liebe verdienen.

»Ich habe aber aus Liebe getanzt, Herr Professor, sondern nur so, um mitzumachen … Und warum sagen Sie immer so streng Rotbart zu mir?«

»So heißen Sie doch?«

»Ich mag den Namen nicht. Ich werde ihn magyarisieren, sobald ich volljährig bin.«

»Und was sagt Ihr Herr Vater dazu?«

»Er ist dagegen, aber wenn ich einmal selber entscheiden kann, will ich ein richtiger Ungar sein.«

»So, so! Nun, mein lieber junger Mann, mein ungarischer Nachname bedeutet eigentlich ›der Türke‹.«

»Dann stimmt der Satz Nomen est omen nicht, Sie sind doch keiner, Herr Professor …«

»Was wissen Sie schon, was ich bin.«

Zwischen dem Schüler und dem nur zehn Jahre älteren Lehrer entwickelte sich ein freundschaftliches Verhältnis. Professor Török sorgte dafür, dass in Leopolds Reifezeugnis kein Vermerk über die Strafe wegen der Tanzschule eingetragen wurde.

Leo hatte seinem Vater nichts über den Vorfall erzählt. Auch die besten Väter müssen nicht alles wissen. Als Anerkennung für das gute Reifezeugnis bot ihm der merklich zu früh gealterte Samuel zum ersten Mal ein Schnäpschen an, einen Barack, dazu wurde auch die Mutter eingeladen, die aber nur nippte. Vom Alkohol ermutigt sagte Leo, es gehe jetzt nicht um Lob, er habe sich eben bemüht, und sprach die Namensfrage an.

»Jetzt setzen wir uns einmal gemütlich hin, mein Sohn!«, sagte Samuel ernst. Es war ein ruhiger Vormittag Ende Juni, die Arbeit auf den Weizenfeldern war voll im Gange und das Wirtshaus leer. Die Linden dufteten sehr stark. Der alte Mann war immer kurzsichtiger geworden, hatte sich einen Kneifer angeschafft, den er Pince-nez nannte, konnte sich jedoch nicht an das

Ding gewöhnen, entweder musste er es mit der Hand auf seiner Nase festhalten, wenn er etwas genauer betrachten wollte, oder es fiel hinunter, zum Glück war es an einer schwarzen Schnur am Knopf seiner Weste befestigt. Jetzt fingerte er am Kneifer herum, weil er vor seinem Sohn nicht komisch wirken wollte.

Samuel schweifte weit ab und begann damit, dass noch vor nicht so langer Zeit die Kaiserin Maria Theresia Juden für höchst gefährlich gehalten habe. Nur jeweils die ältesten Söhne jüdischer Familien durften sich vermählen, damit sollte gesichert werden, dass sich der jüdische Anteil der Bevölkerung in Österreich nicht vergrößerte. An kirchlichen Feiertagen bestand Ausgehverbot für Juden. Wenn sie einem katholischen Geistlichen begegneten, mussten Juden den Gehsteig wechseln. Einige sogenannte Hofjuden waren Ausnahmen, die brauchte die Kaiserin für diverse Geldgeschäfte.

»Stell dir diese Lebensweise vor! Und heute leben wir wie alle andere Menschen ...« Er räusperte sich. »Nun ja ... fast so.«

»Und du meinst, das haben wir den Habsburgern zu verdanken, Papa?«

»Gewiss!«

»Und deshalb habe ich einen habsburgischen Vornamen?«

»Leopold ist ein schöner Name. Leo bedeutet Löwe. Ich bin vielleicht nur ein kleiner grauer Hauskater, aber du sollst ein Löwe sein!« Und er erzählte weiter.

Als der erstgeborene Sohn Maria Theresias, Joseph, Kaiser wurde, erließ er eine Reihe von Toleranzpatenten, die zuerst den protestantischen Kirchen weitgehende Freiheiten garantierten, 1782 aber auch Juden und 1785 Freimaurern. Allerdings verfügte er, dass die Juden deutsch klingende, erbliche Familiennamen annehmen mussten, denn sonst konnte der Staat nicht kontrollieren, wo sich jüdische Untertanen aufhielten, und selbstverständlich sollten sie brav ihre Steuern zahlen. Bis dahin waren sie stets nur nach dem Vater benannt worden.

»Würdest du lieber Leopold ben Samuel, Sohn des Samuels, genannt werden als Leopold Rotbart?«

Leo wunderte sich, dass sein Vater so viel, nicht nur über das Leben im Allgemeinen, sondern auch über Geschichte wusste, nicht nur über Schnaps- und Getreidesorten, Pferde und Hornvieh. Jetzt erfuhr er, dass es feste Familiennamen, wie er sie kannte, auch bei Christen erst seit Anfang des siebzehnten Jahrhunderts gab. Er wurde nachdenklich, sagte aber schließlich: »Meinen Namen werde ich trotzdem magyarisieren, Papa. Du hast mich doch ins Gymnasium geschickt, weil du möchtest, dass ich es im Leben zu etwas bringe, nicht wahr?«

»Namensänderungen sind aber teuer«.

»Aber das wirst du mir vorschießen, Papa, nicht wahr? Im Vergleich zu einem Studium ist das eine Bagatelle.«

Samuel lachte: »Wer hat dir gesagt, dass wir Geld für dein Universitätsstudium haben? Nun ja, die Ernte war im Vorjahr gut und wird auch dieses Jahr gut sein, aber ich könnte mir, zum Beispiel, ein zweites Haus bauen lassen, vielleicht in der Stadt, statt dich zu vertreiben. Du könntest doch eines Tages Wirtshaus und Gut übernehmen.«

»Das ist doch nicht dein Ernst?«

»Natürlich nicht, deine Mutter würde mich totschlagen. Wir werden darüber noch reden müssen, aber was stellst du dir vor?«

»Szeged? Die Stadt soll sich wunderbar erholt haben. Oder doch lieber Budapest?«, tastete sich Leo vor.

»Kann ich mir vorstellen, mein Sohn. Wenn schon, denn schon. Und was sagst du zu Pharmazie?«

»Wäre Tierarzt nicht noch besser? Ich liebe Tiere. Ich reite so gerne …«

Peter Lorenz wurde als Sohn eines gutmütigen, ungeschickten, demzufolge wenig erfolgreichen donauschwäbischen Bauern geboren. In dieser Hinsicht war er eine Ausnahme, die meisten seiner Landsleute waren sehr tüchtig, die besten Bauern weit und breit. Als junger Bursche vermittelte er zwischen seinem bankrotten Vater und dem reichen Juden, Samuel Rotbart, der alle Wechsel des alten Lorenz billig gekauft und Peter zum Verwalter seines Landbesitzes bestellt hatte. Die Beziehungen zwischen dem Juden Rotbart und seinem deutschen Angestellten Lorenz waren nicht nur gut, sondern fast familiär. Am Stammtisch des Wirtshauses »Zum weißen Krug«, das Rotbart gehörte, saßen mindestens jeden zweiten Abend der Notar, der Serbe Jovan Konstantinović, der Friseur Mischa Nenadović, ebenfalls ein Serbe, oft der ungarische Bürgermeister des Dorfes, László Németh, manchmal auch die beiden Priester, Pfarrer Kolozsvári und der Pope Sima Simić. Die serbische Mehrheit im ansonsten ungarisch dominierten Dorf fiel niemandem auf, Leo hatte sie jedoch schon als Kind festgestellt, es aber vorgezogen, nicht darüber zu diskutieren. Man lebte doch in Ungarn! Den lustigen Lorenz mochte er, vielleicht deshalb, weil er von ihm reiten gelernt hatte.

Als Geschenk für die mit Auszeichnung bestandene Reifeprüfung kaufte Samuel Leo ein Reitpferd, einen Rappen, der Max genannt wurde und bei Lorenz im Stall stand. Der Gymnasiast und spätere Student Leopold ritt regelmäßig mit dem Sohn des Gutsverwalters aus und betreute, striegelte, liebkoste seinen Max, hatte immer Würfelzucker für ihn in der Tasche. An Wintertagen las er viel, Samuel selbst hatte kaum Zeit dafür, vielleicht auch keine Lust, aber er hatte ungarische Bücher und Zeitungen abonniert. Alle neuen Romane des schon berühmten Mór Jókai standen im Bücherregal, die Werke des allmählich bekannt werdenden Kálmán Mikszát und natürlich alles vom größten ungarischen Dichter, Sándor Petőfi.

Seine Pferdeliebe war der Hauptgrund, weshalb Leo nun doch kein Apotheker, sondern Tierarzt werden wollte. Nein, er konnte sich nicht vorstellen, sein ganzes Leben lang hinter einem Pult stehend Pülverchen und Tinkturen zu mischen, obwohl es seinem Vater verlockend schien, in Perlez eine Apotheke aufzumachen. Von Gut zu Gut reiten, im Herbst in einer Kutsche, im Winter in einem Schlitten mit zwei vorgespannten Pferden, und Pferde und Rindvieh zu betreuen, in Gottes Namen auch Federvieh – das wäre sicher interessanter.

Die Veterinärmedizinische Hochschule in Budapest war eine der ältesten der Welt, sie wurde als Zweig der Humanmedizin 1787 gegründet und spaltete sich 1851 als selbständige Institution ab, die auch die Doktorwürde verleihen durfte. Leopold war es mittlerweile gelungen, seinen Namen zu Radványi zu magyarisieren und er inskribierte unter diesem Namen im Sommer 1875.

An einem vorangehenden Augustvormittag wollte seine Mutter in Ruhe mit ihm sprechen. Die Hitze war vergangen, erste Blätter auf den Bäumen begannen schon braune und gelbe Nuancen zu zeigen, die Weizenernte war längst eingefahren, das Korn gedroschen, bald würde der Kukuruz reif zum Pflücken sein. Immer größere weiße Wolken wischten das Blau des Himmels blank. Seit er sich erinnern konnte, war Mutter immer kränklich gewesen, nur mit halber Kraft dem Haushalt vorgestanden, aber es gab zum Glück genug Hilfspersonal. Manchmal steckte sie ihrem einzigen Sohn etwas Taschengeld zu. Als reiferer Junge bemerkte Leo, dass sein Vater zur Mutter höflich und zuvorkommend war, aber sie selten etwas fragte und sie schon gar nicht bei Entscheidungen heranzog. Sie nahm stets bedingungslos zur Kenntnis, was ihr Mann sagte. Nach dem Szegediner Hochwasser musste der Junge ihr über alles, was er erlebt hatte, berichten, aber sie sagte kaum etwas dazu, murmelte nur ein Stoßgebet auf Hebräisch, das er damals noch nicht verstand. In die Überlegungen, ob er Apotheker oder Tierarzt werden sollte, hatte sie sich nicht eingemischt.

»Komm, Leo, wir werden nicht mehr oft Gelegenheit haben, uns auszusprechen …«

»Aber Mama, ich komme doch in allen Ferien …«

»Natürlich, mein Sohn, aber ich bin krank und weiß nicht, wie lange ich noch leben darf …«

Er nahm diese Worte seiner Mutter nicht sonderlich ernst, ältere Menschen sprachen nun einmal oft über die Vergänglichkeit des Lebens, er beruhigte sie und erklärte altklug, dass sie besser auf sich aufpassen sollte. Sie ließ ihn aussprechen, setzte dann jedoch fort, als hätte er nichts gesagt: »Alle guten Jüdinnen haben viele Kinder, der Herr hat sie gesegnet, nur ich habe allein dich, Leo, mein liebes, liebes Kind.Ich könnte dich auch dann nicht noch mehr lieben, wenn du ein Dutzend Brüder und Schwestern hättest … Aber der Herr hat es mir verwehrt und ich ahne warum! Meine Lenden haben nicht mehr hergegeben, weil ich gottlos gelebt habe neben deinem Vater, meinem lieben Mann, der Herr segne ihn trotz allem!«

Samuel, sein Vater, sei ein guter, aber eben ein gottloser Mensch. Er habe die heiligen Regeln des Volkes Moses nie eingehalten. Gut, ein Wirtshaus im Banat kann nicht koscher geführt werden, aber warum habe er auch Wirt der Gojim werden müssen? Und warum hatte man nicht wenigstens in der engeren Familie die Gebote eingehalten? Sie habe sich nie durchsetzen können, nie, aber gerne nehme sie alle Sünden auf sich, wenn nur ihr Leo davor bewahrt würde.

»Sogar deinen Namen hast du gewechselt. Der alte war nicht gut genug für dich, nicht wahr? Weißt du, dem Herrn ist es egal, wie du dich auf dieser Welt nennst …«

»Wir leben auf dieser Welt, Mama.«

Sie hörte nicht richtig zu.

»Keine Feiertage haben wir eingehalten!«

Sie sprach dann noch lange, er solle anständig und fleißig sein, so bald wie möglich, aber natürlich erst nach beendetem Studium, ein hübsches, jüdisches Mädchen finden, um dann vielleicht doch so zu leben, wie es dem Herrn lieb sei. Sie klagte, dass er nicht einmal die Gebete für den richtigen Zeitpunkt kenne.

»Einige kenne ich doch, Mutter, ich habe ja Religionsunterricht beim Rebbe gehabt und ich habe ein gutes Gedächtnis. Soll ich es dir beweisen?«

»Ja, bitte, bitte ...«

»Ich hole mir ein Bissen Brot aus der Küche.«

Er nahm die Scheibe Weißbrot, die er sich zur Verwunderung des Küchenmädchens abgeschnitten hatte, und wollte beginnen, als seine Mutter ihn daran erinnerte, eine Kopfbedeckung aufzusetzen. Also holte er sich seine Mütze aus dem Vorzimmer.

»Baruch atah Adonai Eloheinu Melech haolam hamotzi lechem min haaretz!«

»Wunderbar, wunderbar, Leo. Der Herr hört, wie du um seinen Segen flehst!«

Dann gab sie Leo einen kleinen schwarzen Lederbeutel.

»Samuel weiß es vielleicht und lässt mich gewähren, vielleicht auch nicht, das habe ich mir in all den Jahren zusammengespart. Der Herr segne dich, Leopold, mein Sohn!«

Als er später nachsah, zählte er einunddreißig Napoleondukaten, das war viel, sehr viel Geld.

Am Abend drehten sich im Hof ein Ochse, ein Lamm und ein nur sieben Kilogramm schweres Ferkel auf je einem Spieß. Das halbe Dorf kam, dazu viele Gäste aus umliegenden, Salasch genannten Höfen und einige Besucher aus der Stadt Betschkerek. Leo bekam viele Geschenke. Der Rabbiner aus

Betschkerek, Moritz Klein, war nicht angereist, das wunderte niemanden, es war ja wahrlich keine koschere Veranstaltung, er hatte aber ebenfalls ein kleines Paket für Leo geschickt. Später stellte sich heraus, dass er auf dieselbe Idee gekommen war wie der Pope, ein Lederbeutel mit silbernem Rasiergerät, Messer, Pinsel, einer Schale für das Aufschäumen der Seife, einem Seifenbehälter und parfümiertem Rasierwasser.

Lorenz gab ihm ein Klappmesser mit der Bemerkung, es sei immer nützlich zum Speckaufschneiden, notfalls aber auch zur Verteidigung. Der Herr Notar überreichte ihm einen schlanken schwarzen Spazierstock, dessen Silbergriff abschraubbar war und ein kleines Röhrchen für Schnaps freigab. Die meisten Gäste hatten keine eigenen Ideen, sondern legten Umschläge mit kleinen oder etwas größeren Geldbeträgen auf ein Tischchen im Vorzimmer.

Mit jedermann sollte Leo einen kleinen Schnaps trinken, man wollte auf seine Gesundheit und Erfolge in Budapest anstoßen, aber es wurde zu viel, obwohl man ja als Maturant in Betschkerek auch nicht immer nüchtern gewesen war. Als er vom Esstisch – es war auf mehreren Tischen im Vorgarten gedeckt – zum Abort im Hinterhof rannte, um sich zu übergeben, kam bald sein Vater mit einem nassen Handtuch nach.

»Hast du mich je besoffen gesehen, mein Sohn? Im Wirtshaus muss ich oft mit Gästen trinken, weißt du, wie ich das mache? Ich tu nur so, als tränke ich, behalte den Schnaps im Mund, nicke nur anstatt zu reden, und finde Gelegenheit, auszuspucken. Das musst du lernen, ein Getränk ablehnen darfst du nicht, wenn du ein guter Ungar werden willst!«

In der Küche bekam Leo starken Kaffee, um die Nacht durchzuhalten. Zum Abschied gab ihm der Pope einen Zettel mit Adressen: »Wenn du dich in Budapest auch an junge Serben wenden willst, damit du nicht so allein bist … Du wirst auf keine materielle Hilfe in der ungarischen Hauptstadt angewiesen sein, aber gute Gesellschaft kannst du immer brauchen. Wie ich dich kenne, wirst du dich nicht der jüdischen Gemeinde ausliefern, und bevor du von den Edelmagyaren angenommen wirst, wird trotz deines schönen, neuen Namens einige Zeit vergehen, aber wir Serben werden immer für einen Banater Landsmann da sein …«

Als Leo am nächsten Mittag aufwachte, konnte er sich nicht mehr erinnern, wie er ins Bett gekommen war.

Jedenfalls fuhr er am nächsten Tag noch einmal nach Betschkerek, um für seine Schulfreunde einen auszugeben und mit seinem Spazierstock mit Silbergriff zu prahlen. Sie mussten sich nicht mehr verstecken, konnten am Abend im Garten des Hotel »Rozsa«, der sich zum Begakanal hin öffnete, sitzen und zum Champagner ungarische Zigeunermusik bestellen.

Er erzählte, dass er in Budapest Veterinärmedizin studieren werde und seinen Nachnamen geändert habe.

»Wie heißt du jetzt?«, fragte Jevrem Petrović, ein serbischer Junge, der in seiner Heimatstadt bleiben wollte, um in der Möbeltischlerei seines Vaters die Geschäftsführung zu übernehmen.

»Wozu hast du dich mit dem Gymnasium abgequält, wenn du Tischler sein willst?«, fragte Leopold zurück.

»Papa wollte es. Nebenbei habe ich auch das Handwerk ganz gut gelernt. Jedenfalls werde ich jetzt besser auf Ungarisch Briefe und Rechnungen abfassen können.«

»Deinen neuen Namen hast du uns noch nicht verraten, Leo!«, erinnerte der Deutsche Hans Steiner, den seine Eltern zum Studium nach Deutschland schicken wollten.

»Radványi, ich wollte wenigstens den Anfangsbuchstaben behalten.«

»Ich weiß nicht, ob du das nötig hast«, meinte Hans. »Ich heiße als Deutscher Steiner, es gibt aber auch Juden die denselben Nachnamen führen.«

»Aber Rotbart heißt kein Deutscher!«

»Schade«, erklärte Harry Kohn. Er war stark buckelig und dazu auch noch kurzsichtig, sollte Jus studieren und später die Hotels seiner Familie übernehmen.

Leo war jetzt viel vorsichtiger mit den Getränken, so wie ihm sein Vater geraten hatte. Auf dem Weg zur Toilette kam er an einem Tisch vorbei, an dem Professor Török mit einer mageren blonden Frau saß. Der ehemalige Schüler grüßte höflich und wollte vorbeigehen, aber sein ehemaliger Lehrer hielt ihn freundlich auf.

»Gut, dass Sie vorbeikommen, Rotbart, ich wollte Ihnen sogar schreiben. Setzen Sie sich einen Augenblick zu uns?«

Natürlich freute sich Leo. Török bot ihm ein Glas Gespritzten an, stellte seine Gattin vor und erklärte ihr: »Einer meiner besten Schüler. Hat ein einzigartiges Gedächtnis. Ich höre, Sie fahren nach Budapest zum Studium und wechseln den Namen. Haben Sie schon? Und wie nennen Sie sich jetzt? Radványi? Gut so. Ich gebe Ihnen zwei, drei Adressen mit. Ich werde meine Freunde benachrichtigen und Sie melden sich bei ihnen, ja? Vor allem bei Professor Barna. Er lehrt an der Veterinärmedizinischen Hochschule und sein Sohn ist etwa in Ihrem Alter. Ich schreibe ihm noch morgen.«

Den Sommer über ritt Leo viel auf seinem Max über die Ackerfelder, oft bis an die Theiß, wo er das Pferd grasen ließ und badete. Die Abende verbrachte er zum Teil in Vaters Wirtshaus, viele Stunden auf der Terrasse mit seiner meist schweigsamen Mutter. Um die Acetylenlampe summten Insekten, Nachtfalter prallten gegen das heiße Glas und verbrannten, er vertiefte sich wieder in sein Latein, für Anatomie würde er es brauchen, auch Chemie schlug er auf und vergewisserte sich, was er sich gemerkt hatte. Und jeden Abend las er auch mindestens eine Seite Ovid. Er hatte sich in Betschkerek eine schöne Ausgabe gekauft. Die Verse sagte er sich laut auf und klopfte, wie er es bei Professor Török gesehen hatte, den Takt dazu.

Als sein Vater Samuel einmal vorbeikam, murmelte er anerkennen: »Brav, Leo, sehr brav! Wenn ich einen Segensspruch wüsste, der den Fleiß lobt, würde ich ihn jetzt sprechen.«

»Oh, Papa, so einen gibt es. Baruch atah Adonai Eloheinu Melech haolam, schenetan mechochmato lebasar vadam.«

»Und was bedeutet das?«

»Gepriesen seist du ...«

»Ja, ja, die einleitenden Worte kenne ich auch, aber den zweiten Teil, bitte!«

»Du lässt Menschen aus Fleisch und Blut an deiner Weisheit teilhaben.«

»Gut«, sagte Samuel nachdenklich. »Sehr gut. Wo hast du das her?«

»Vom Rebbe in Betschkerek. Habe ich auch Mama erzählt. Ich habe doch auch Religionsunterricht genossen. Na ja, wenn du erlaubst, genießen nenne ich eigentlich etwas anderes ...«

Der Vater lächelte, drohte mit dem Zeigefinger und ging weiter. Seine Mutter war sehr glücklich und nickte.

Dann kam der Abend des Kofferpackens. Mutter saß mit müdem Körper, aber lebhaften Blicken in ihrem Lieblingssessel und gab Magda Anweisungen. Magda, vielleicht nur ein, zwei Jahre älter als Leo, war als Stallmädchen zu ihnen gekommen, aber bald befördert worden, weil sie gelehrig und folgsam war und hübsch auch. Also wurde sie ins Haus geholt und war für die bessere Wäsche zuständig. Sie hatte muskulöse Arme und

Beine, aber ein überraschend schmale Taille und braune Zöpfe, die wie selbständige Wesen über ihrem Rücken schaukelten.

Als sie fertig waren, Magda beide Koffer geschlossen hatte, gab ihr Mutter einen müden Wink, sie könne gehen.

»Kommen Sie für einen Augenblick in meine Kammer, Herrchen, ich will Ihnen noch etwas zeigen …«

»Ich habe dir schon hundertmal gesagt, nenne mich nicht Herrchen!«

»Sondern wie? Sie sind doch einer. Oder soll ich Herr Rotbart sagen, wie zum Papa?«

»Ich heiße Leo Radványi!«

Noch nie war er in Magdas Zimmer gewesen. Er wunderte sich, was für ein schönes, breites Bett sie hatte, einen Teppich, einen weißen Vorhang am kleinen Fenster, eine Petroleumlampe aus Porzellan mit grünem Schirm, ein großes Bild der blau gewandeten Mutter Gottes mit Kind an der Wand. Sie sah ihn neckisch an und öffnete langsam ihre Bluse. Als ihre festen Brüste zum Vorschein kamen, sagte sie: »Gut, jetzt darf es endgültig Leo sein, Herrchen. Das wollte ich Ihnen zeigen. Fassen Sie sie ruhig an …«

Am nächsten Morgen begleitete die Mutter ihren Sohn zum Zweispänner, sie ging ziemlich mühsam, holte ein Taschentuch aus dem Ärmel, weinte aber nicht, Samuel wollte seinen Sohn persönlich zum Bahnhof in Betschkerek kutschieren, Lorenz, der Ältere, klopfte ihm auf die Schulter, der Jüngere schüttelte kräftig seine Hand, das Gesinde winkte. Magda auch.

Als sie schon in Fahrt waren und der leichte Wind sie streichelte, begann der Vater: »Das mit Magda habe ich eingefädelt. Sie ist ein braves Mädchen, wenn sie einen guten Burschen findet, werde ich ihr eine anständige Aussteuer spendieren. Jedenfalls hat sie bei uns viel über den Haushalt gelernt.«

Die beiden Männer sahen einander nicht an, jeder blickte für sich geradeaus. Leo fragte sich, ob Vater auch mit Magda …? Er war ja bei Kräften, und seine arme Mutter …

»Eins will ich dir von Mann zu Mann noch sagen, mein Junge. Wenn du ein Bedürfnis hast, und einmal im Monat ist das sogar gut, spare nicht. Geh in teure Puffs. Dort werden die Frauen kontrolliert und es ist billiger als die Ärzte, falls du dir etwas zuziehen solltest.«

Leo wusste nicht, was er sagen sollte.

»Du bist mein einziger Sohn, Leo. Und Mama ist sehr krank. Gib auf dich Acht, bitte!«

Nachdem ihm, schneller als er befürchtet hatte, seine Namensänderung gelungen war, ließ sich Leo Visitenkarten drucken: »Leopold Radványi, Student der Veterinärmedizin«. Professor Barna hatte er schon gesehen, seine Vorlesungen besucht, aber erst als alles an der Hochschule geordnet und unter Dach und Fach war, wagte er es, die Villa des Universitätslehrers oben auf dem Berg Buda aufzusuchen. Er gab sein Kärtchen ab, auf dem er vermerkt hatte: »Auf Empfehlung von Prof. Török, Betschkerek«.

»Sie sind der, der als Rotbart avisiert worden ist? Magyarisierter Name? Ist jetzt Mode. Nicht mein Problem. Aber wenn der Török jemanden empfiehlt, hat der sicher etwas an sich. Willkommen in Budapest, junger Mann.«

Man trank einen guten Tee. Dann kam Sohn Sándor, genannt Sanyi, herein, die beiden waren einander gleich sympathisch.

»Es ist jammerschade, dass man Török in die Provinz abgeschoben hat, er hat eben nie den Mund halten können, dabei ist er doch so begabt. Wenn Sie Zeit haben, wird Sanyi sich heute Abend um Sie kümmern.«

Der junge Barna schlug vor, ins ehemalige »Pilvax« zu gehen: »Als junger Ungar muss man damit beginnen!«

Das 1838 gegründete Kaffeehaus hatte mehrmals den Namen gewechselt, jetzt hieß es nach dem neuen Besitzer Schöja, aber 1848 war es das Pilvax gewesen, der Treffpunkt radikaler Intellektueller, feuriger Nationalisten. An einem Stammtisch, genannt »die Zehn«, saß, wenn er in der Hauptstadt war, der Dichter Sándor Petőfi, und am 14. März 1848 legte er mit seinen Gesinnungsgenossen hier die zwölf Forderungen fest, mit denen am nächsten Tag die Demonstration begann, die die Revolution einleitete. Hier schrieb er das Nationallied. Sanyi rezitierte:

Auf, die Heimat ruft, Magyaren!
Zeit ist es, jetzt oder nie!
Wollt ihr frei sein oder Sklaven?
Das ist die Frage, beantwortet sie.
Auf den Gott der Magyaren schwören wir
Denn unsere Seelen sind rein.
Schwören wir,
Sklaven werden wir nicht mehr sein!

Leo kannte das Gedicht, doch hier, wo Petőfi an einem dieser Tische gesessen war, erhielt es einen ganz neuen Klang.

»Gott, ein Jammer, dass wir zu spät geboren wurden, um an solchen Heldentaten teilzunehmen.« Sanyi winkte die Zigeuner zu sich und begann zu singen:

Kossuth Lajos hat es schwer,
Er hat keine Truppen mehr,
Wird er auf seinen Ruf bestehen,
Müssen wir alle gehen.

Im ersten Augenblick war Leo sehr ergriffen, aber dann besann er sich auf Professor Török und Ovid: Arma gravi numero violentaque bella parabam! Ja, kurz danach beginnt Cupido zu diktieren, weiter geht es um Liebe. Auch Petőfi hatte ergreifende Liebeslieder geschrieben. Jetzt jedoch war Frieden. Sanyi, der seinen Namen nach Petőfi trug, war für Leo eine

Nummer zu begeistert. Musste man das sein, wenn man ein richtiger Magyar sein wollte? Radványi klang sehr ungarisch, aber Leopold umso österreichischer, Petőfis Revolution war gegen Habsburg gerichtet gewesen und der Dichter hatte auch gereimt: zerschlagt die Throne, hängt die Fürsten auf! Fast hätte er seinen neuen Freund daran erinnert, das Petőfi Sándor eigentlich ein Pseudonym des Serben Aleksandar Petrović war, in dessen Geburtshaus man Slowakisch gesprochen hatte, weil seine Mutter, die Hruzova mit Mädchennamen geheißen hatte, energischer war als der phlegmatische serbische Vater. Dieses Österreich-Ungarn, in dem man lebte, war ja nicht einseitig ungarisch, oder? Ziemlich nachdenklich ging er in sein möbliertes Zimmer schlafen.

Verunsichert, was sein Ungarntum betraf, suchte Leo serbische Studenten im Tökelianum auf und geriet in heftige Diskussionen mit ihnen. Die einen behaupteten sehr laut, dieser Kossuth sei ein ungarischer Nationalist gewesen, der für die übrigen Nationen in Ungarn nichts übrig gehabt habe. Deshalb sei es selbstverständlich gewesen, dass die meisten Serben nicht für die ungarische Revolution, sondern sogar gegen sie gekämpft hatten. Andere behaupteten, es sei eine ewige Schande für die Serben, auf der falschen Seite gestanden und den verhassten kroatischen Banus Jelačić und Wien unterstützt zu haben. Sie beriefen sich auf das Heldentum Petőfis, doch die Entgegnung lautete, Kossuth habe zweimal Mörder gedungen, um den Nationaldichter umbringen zu lassen.

»Die Österreicher haben nach dem Zusammenbruch der Revolution dreizehn ihrer Führer in Arad hingerichtet, Petőfi ist siebenundzwanzigjährig im Kampf gegen die Russen gefallen, aber dein Kossuth ist rechtzeitig geflohen, sitzt fett geworden in London oder Italien, ist über siebzig und predigt aus sicherer Entfernung Demokratie! Der wird hundert Jahre alt!«

Alle feurigen Diskutanten beriefen sich auf ihre Väter, die auf der einen oder der anderen Seite gestanden, einige auch mit der Waffe gekämpft hatten. Leo schwieg und wusste nicht, wem er zustimmen sollte. Falls im Wirtshaus seines Vaters darüber gesprochen oder gestritten worden war, hatte er nicht aufgepasst, nichts mitbekommen, oder er war zu jung gewesen. Samuel war beim Ausbruch der Revolution immerhin schon achtundzwanzig Jahre alt gewesen, hatte sicher einen Standpunkt gehabt, aber mit seinem Sohn nie darüber gesprochen, als wäre das in Österreich-Ungarn nach dem sogenannten Ausgleich 1867, ein Jahr nach seiner Geburt, kein Thema mehr gewesen. Dass Kossuth 1852 in England nicht nur Freimaurer geworden, sondern schon am Tage nach seinem Eintritt dort zum Meister befördert worden war, konnte er damals ebenso wenig wissen, wie dass Kossuth einundneunzig Jahre alt werden würde. Üblicherweise wird ein Mann, der um Eintritt in die Bruderschaft gebeten hat, als Suchender behandelt, als Lehrling aufgenommen, erst nach einem Jahr kann er Geselle werden, nach einem weiteren Meister – aber die Loge kann diese Beförderung von einem Grad in den höheren und noch einmal in den höheren auch am selben Tag vornehmen, wenn einer Lajos Kossuth heißt. Oder ein Fürst oder sonst etwas ganz Besonderes ist.

Es war doch nicht so einfach für einen denkenden Menschen, feuriger Ungar zu werden, dachte Leopold. Petőfi war gewiss sympathisch, aber wenn man kein Lyriker sein wollte, musste man sich in diesem Leben einrichten und fleißig studieren. Er hatte sich nun einmal für Veterinärmedizin, nicht für Sprache, Dichtung oder Geschichte entschieden. Für Politik schon gar nicht. Sich auf die Vorlesungen und praktischen Übungen konzentrierend, gelang es ihm, seine Zweifel hinsichtlich der Bewertung der Revolution zu verdrängen. Er wollte weniger mit ungarischen oder serbischen Kommilitonen trinken und die Nächte lieber gebeugt über seine Bücher verbringen. Manchmal war er mitten in der Nacht hungrig, nicht als ob er sich nicht jederzeit eine Gulaschsuppe und eine Semmel hätte leisten können, aber er vergaß einfach, rechtzeitig dafür zu sorgen und etwas Genießbares im Haus zu haben.

Leopold lebte in Budapest besser als die meisten anderen Studenten aus der Provinz. Sein Vater hatte für ihn ein Zimmer beim Handelsreisenden Moritz Löwy in der Innenstadt gefunden. Löwy war mit seinen Knöpfen, Nähnadeln, Zwirn und ähnlichem Bedarf oft auch in Perlez gewesen. Der elegantere Teil der Wohnung lag auf der Straßenseite des Hauses und war von der Haupttreppe aus zu betreten, aber die Küche öffnete sich auf einen langen Balkon, der sich den Hinterhof entlangstreckte, und neben ihr war ein weiteres Zimmer, das Leopold bezog. Er konnte die Hintertreppe nehmen, durfte sich das Wasser aus der Küche holen, hatte aber sonst mit den Löwys nichts zu tun, außer die Miete zu bezahlen. Das Klosett war über diesen Balkon zu erreichen. Im Hof gab es keinen einzigen Baum, geschweige denn ein Blumenbeet, nur eine Teppichklopfstange und die Mistkübel, aber Leo war vollkommen selbständig, nach neun am Abend wurde es still und er konnte lesen und lernen so lang er wollte. Wenn er dann endlich doch ins Bett ging, fiel es ihm oft nicht leicht einzuschlafen. Er musste an Magdas nackte Brust denken, wenn seine Hand langsam die eigenen Schenkel hinauf streichelte. Papa hatte Freudenhäuser empfohlen, aber trotz hämischer Einladungen seiner neuen Freunde hatte er sich im ersten Studienjahr darauf nicht eingelassen. Er hatte sich von dem Geld, das Vater ihm schickte, sogar etwas zurücklegen können.

Seine Kommilitonen gingen jeden Sonntag in ihre Kirchen, die Ungarn in katholische oder reformierte, die Serben in die orthodoxe. Nicht dass sie alle gläubig waren, aber es gehörte sich so. Leo verkroch sich am Sonntagvormittag in seine Kammer. Sollte er sich taufen lassen, um endlich dazuzugehören? Wozu? In die Synagoge zog ihn nichts, die Rabbiner in Budapest lernte er gar nicht kennen. Der junge Mann geriet zu einem einsamen Kauz.

In seinen Ferien nach dem ersten Studienjahr brachte er für die Mutter eine Bernsteinhalskette, für den Vater Zigarren mit. Für Magda heimlich dünne, goldene Ohrringe. Mutter erwartete ihn an der Haustür stehend, sie stützte sich aber am Türstock ab, bis er sie in die Arme nahm. Zu Mittag saß sie am Tisch, aß jedoch fast nichts und musste gleich danach wieder ins Bett. Sie war abgemagert, bewegte sich unsicher, ihre schwarzen Augen schienen viel größer geworden zu sein.

Als sie sich zurückgezogen hatte, sagte Samuel: »Es steht nicht gut um die Arme. Unser Doktor Lazar gibt uns wenig Hoffnung. Sie sagt mir manchmal, das sei die Strafe, weil wir in Sünde leben, aber ich bin hier der Sünder und mir geht es gut, soll ich mich deswegen schämen?«

Endlich fand er die Möglichkeit, Magda allein in der Küche zu treffen und ihr das Geschenk zu geben:

»Darf ich mich heute Nacht zu dir schleichen?«

»Das ist schlecht, Herrchen, ich weiß nie, wann dein Vater kommt …«

Das zweite Jahr an der Budapester Veterinärmedizin war noch interessanter. Eines Tages sagte Professor Barna, dem er in einem der langen Flure begegnete: »Ach, gut, dass ich Sie treffe, Radványi, ich wollte ohnehin nach Ihnen schicken. Seien Sie morgen um acht bei mir im Kabinett, ich will Sie zu einer interessanten Sache mitnehmen … Seien Sie so gekleidet, dass Sie sich bei Bedarf schmutzig machen können.«

Natürlich war er pünktlich da. Sie nahmen einen Fiaker, Leo durfte sich neben den Professor setzen, ein Gehilfe mit einer schwarzen Ledertasche, wie er sie meist bei Ärzten gesehen hatte, kletterte zum Kutscher auf den Bock. Es ging über die Kettenbrücke, die sich über die Donau schwang, und dann um den Burgberg herum bis zu einer großen Wiese, auf der ein Zirkuszelt umringt von Wohnwagen aufgestellt war. Der Zirkusdirektor stellte sich als Henry Donath der Vierte vor, sah aber aus wie die Zigeuner in Leos Heimat: »Darf ich Sie bitten, Herr Professor, meine Herren …«

Donath führte sie hinter die Wohnwagen, wo sechs Pferde und ein Mädchen warteten. Es hatte schwarze Locken und trug Hosen. Leo hatte noch nie ein Mädchen in Hosen gesehen, außer die den Cherubino mimende Sängerin in Mozarts »Hochzeit des Figaro«. Sanyi Barna hatte ihn in die Oper mitgenommen. Den Barnas hatte er hier in Budapest viel zu verdanken, und er dachte öfter daran, dass ihn Professor Török empfohlen hatte. Dankend hatte er ihm eine Postkarte gesandt. Er begriff, dass es im Leben auf Bekanntschaften und Verbindungen ankam, auch die Wohnung hatte er ja bekommen, weil Vater mit Löwy gut war. Wie man wirklich alleinstehend vorwärts kommen sollte, wollte er sich nicht einmal vorstellen.

»Fünf sind in Ordnung, Herr Professor, aber mit dem sechsten haben wir ein großes Problem, fürchte ich …«

»Na dann heben wir uns das Problem für den Schluss auf!«

Das Mädchen brachte vorsorglich einen Flickenteppich und breitete ihn vor dem ersten Ross aus. Barna kniete nieder, winkte Leo, es ihm gleichzutun, untersuchte eine Fessel nach der anderen, ließ seinen Studenten jede Bewegung seiner langfingrigen Hände beobachten und nachmachen, kommentierte. Endlich standen sie vor dem sechsten Pferd, einem Braunen mit weißem, sternförmigen Fleck auf der Stirn. Es stand seltsam, sogar der relativ unerfahrene Leo bemerkte, dass die Vorderfesseln irgendwie schief standen.

»Unser guter, alter Django!«, sagte Donath.

Barna schüttelte den Kopf, kniete wieder nieder. Als er die Hufe hob, zuckte das Pferd schmerzvoll zusammen und wieherte leise. Es klang wie menschliches Stöhnen.

»Fühlen Sie nach, Radványi«, und er wandte sich an den Zirkusdirektor: »Nichts zu machen, wie alt ist das Ross?«

»Noch keine sechzehn Jahre. Ich habe es als Fohlen gekauft. Gibt es Salben, es muss nicht mehr arbeiten …«

»Man darf es nicht mehr quälen. Ich gebe ihm eine Spritze, es wird ruhig einschlafen.«

»Nein!«, schrie Donath.

»Mein Ratschlag, Ihre Entscheidung!«

»Ich mache das mit meiner Pistole. Wenn Sie es einschläfern, darf das Fleisch nicht mehr gegessen werden!«

Wieder habe ich etwas gelernt, dachte Leo. Zuerst meinte ich, der Mann liebe sein Pferd und wolle es so lange wie möglich leben lassen, aber gleich danach erfahre ich, dass er sein Fleisch verkaufen wird.

Barna winkte, der Fiaker solle vorfahren, aus der Tasche des Gesellen ließ er sich Formulare geben, der Direktor brachte Urkunden, der Professor schrieb. Inzwischen hatte das Mädchen das alte Pferd an den Nüstern zu streicheln begonnen, gab ihm Würfelzucker und sprach ihm auf serbisch Trost zu.

»Sie sprechen Serbisch?«, fragte Leo in ebendieser Sprache.

Das Mädchen zuckte zusammen.

»Sie auch?«

»Ich bin aus Perlez, aus dem Banat!«

»Ich aus Melenze, dann sind wir ja fast Nachbarn, junger Herr!«

»Wollen Sie nicht zuschauen, wie man die Dinge da ausfüllt, Radványi?«, tönte der Professor streng.

»Ich heiße Leopold«, er wunderte sich selbst, dass er der Zigeunerin seine Hand hinstreckte.

»Ich heiße Selma!«

Dann musste er den Blick von ihr abwenden, aber sie rief ihm noch nach: »Ab zehn Uhr, nach jeder Vorstellung, können Sie mich finden!«

Noch am selben Abend kam Leo in den Zirkus. Karten kaufen musste er nicht, der Direktor hatte ihnen Freikarten gegeben, der Professor legte keinen Wert darauf und schenkte Leo auch die seinen. Clowns, lustige Pudel, eine Nummer mit einem gezähmten Bären. Und die Pferde! Auf einem ritt Selma in eng anliegendem Trikot. Die Frisur war jetzt ganz anders, irgendwie wilder, lange Beine, herrliche Schenkel, ein aufrichtig scheinendes Lächeln. Danach fragte er sich durch, man zeigte ihm, in welchem Wohnwagen sie sich umzog, und niemand wunderte sich, dass er nach ihr fragte. Als sie frisch, aber weniger wild geschminkt, herauskam, bot sie ihm die Wange zum Kuss an. Sie roch gut. Dann fragte sie, als wäre es das Natürlichste der Welt: »Hast du ein brauchbares Nest? Hier ist zu viel los.«

Gehofft hatte er es, aber dass es so einfach sein würde! Es war eine Woche nach seinem zwanzigsten Geburtstag.

Am frühen Morgen wachte sie zuerst auf, weckte ihn: »Ich muss jetzt weg. Willst du hinunterkommen, um mir das Haustor aufzusperren?«

In Budapest waren Haustore zwischen zehn am Abend und morgens um sechs zugesperrt, wer keinen Schlüssel hatte, musste den Hausmeister aus dem Schlaf klingeln und ein gutes Trinkgeld zahlen. Leo war sehr verwirrt.

»Du, ich weiß nicht … Entschuldige … Ich habe … Was bin ich dir schuldig …«

Das Zigeunermädchen gab ihm eine kleine, eher scherzhafte Ohrfeige.

»Ich bin doch keine Hure! Ich mach's nur gerne. Und mit einem jungen Landsmann ganz besonders.«

»Kannst du … auch heute Nacht?«

»Nein. Übermorgen kannst du mich nach der Vorstellung abholen, wenn du willst.«

Leo sah sich aber auch am selben und am nächsten Abend die Vorstellung an, konnte ihre Nummer kaum erwarten, war in Versuchung, bei ihrem Wohnwagen auszuspähen, ob sie mit jemand anderem ausgehen würde, aber klug genug, sich nicht dieser Versuchung hinzugeben.

Am übernächsten Abend bekam er gleich einen Wangenkuss.

»Darfst du mitten in der Nacht die Küche benützen?«

»Ja. Meine Wirte sind sogar weg, auf Kur am Balaton.«

Sie ging noch einmal in ihren Wohnwagen und kam mit einem kleinen Paket heraus. Bei ihm angekommen, wollte sie gleich zum Herd und wickelte Fleisch, ein Glas Schmalz, zwei kleine Tüten mit Pfeffer und Salz und Brot aus. Stolz zeigte sie das tiefrote Stück.

»Das Filet vom Django!«

»Du willst, dass wir das Fleisch von deinem geliebten Pferd essen?«

»Natürlich. Es ist das beste Stück. Und dann nehmen unsere Seelen etwas von seiner Seele auf. Und unsere beiden Seelen bleiben miteinander und mit seiner verbunden.«

Leo überwand sich. Es schmeckte sehr gut.

»Also wieder übermorgen, am Freitag, ja?«

Bin ich jetzt verliebt?, fragte sich Leo. Das war keine Magda, die auch mit seinem Vater … Aber mit wem und wie oft schlief das Zigeunermädchen sonst, das sagte, es sei keine Hure, das kein Geld von ihm nehmen wollte? Selmas Lächeln. Ihre langen braunen Beine, hüpfende kleine, feste Brüste. Ritt sie auf ihm nicht wie auf den Pferden? Zum ersten Mal, seit er in

Budapest war, konnte sich Leo diese Woche nicht auf sein Studium konzentrieren. Sanyi fragte er nach einem guten, aber nicht zu teuren Juwelier.

»Dachte ich mir doch! Wir haben uns schon gefragt, wer es ist! Los, raus mit der Sprache!«

Leo berief sich auf die Diskretion eines Gentleman, bekam trotzdem eine Adresse. Überlegte lange. Perlen waren sicher nichts für dieses Mädchen. Er kaufte eine goldene Halskette mit Korallen, die so viel kostete, wie er sonst im Monat ausgab.

Am Freitag bekam er ein Telegramm. Mutter war gestorben, er solle den ersten Zug nehmen. Selma holte er trotzdem ab und sagte es ihr gleich, als sie aus dem Wohnwagen kam.

»Mein Beileid!«, es klang nicht sehr bestürzt. »Soll ich trotzdem mitkommen?«

»Nein, versteh mich bitte. In spätestens einer Woche bin ich zurück.«

»In einer Woche bin ich nicht mehr da. Wir gehen auf Tournee, erst nach Prag, dann weiter hinauf nach Polen. Schade, ich habe dich wirklich gerne gehabt. So jung, wie du bist, mein kleiner Jude!«

Sie sagte zum ersten Mal Jude zu ihm. Warum war das wichtig? Er war doch Ungar, ein Radványi! Er war Student der Tiermedizin, der mit seinem Professor die Zirkuspferde begutachtet hatte. Wieso wusste sie, dass er Jude war? Dann fiel ihm ein, dass sie es ja bemerkt haben musste … Das bedeutete doch, dass sie wusste, was beschnittene Glieder bei Männer besagten, dass sie auch andere gesehen, mit anderen Juden geschlafen hatte. Aber er hatte über sie auch als Zigeunerin nachgedacht, nicht als Nachbarin aus einem serbischen Dorf oder Zirkusreiterin. Er holte die Korallenkette aus der Tasche.

»Wie lieb von dir!« Das war alles.

Zum Begräbnis kam er dennoch zu spät an. Sein Vater hatte

das Absenden der Trauernachricht absichtlich ein wenig verzögert, um Leo den Schmerz der Zeremonie zu ersparen.

»Wie?« Er hatte vom Vater eine blaue, schön bestickte Kippa bekommen und einen Stein aus ihrem Garten mitgenommen, den er auf das frische Grab legte.

»Der Rebbe aus Betschkerek hat alles organisiert und sich gut dafür bezahlen lassen … Auch ich werde einmal hier landen, Leo!«

Leopold schämte sich und wagte es nicht, irgendjemandem zu sagen, dass er gleichzeitig mit dem Tod seiner Mutter auch den seines Rosses Max betrauerte. Es hatte sich das Bein gebrochen und Lorenz hatte ihm den Gnadenschuss geben müssen. War das am selben Tag gewesen, als das Zirkuspferd in Budapest erschossen wurde? Oder einige Tage später, als er Djangos Fleisch gegessen hatte?

Leopold Radványi promovierte summa cum laude mit einer Dissertation über die besondere Belastung, der Zirkuspferde wegen des Trabs, der ihnen andressiert wird, ausgesetzt sind und über die Lehren, die sich aus diesen Erfahrungen für die Pferdehaltung im Allgemeinen und für strapazierte Reitpferde in Besonderem ziehen lassen. Das ungarische Verteidigungsministerium – Magyar Honvédelmi Minisztérium – das dem k. u. k. Kriegsministerium unterstellt war, übernahm diese Dissertation als Dokument, das die entsprechenden Kommandos der Kavallerie zu studieren hatten. Deshalb durfte Leo seinen Militärdienst als Offiziersanwärter leisten, blieb in Budapest und erhielt zu seinem Diplom bald auch die Ernennung zum Leutnant der Reserve. Noch bevor er abgemustert war, kam ein Angebot aus Großbetschkerek, die zufällig eben vakant gewordene Stelle des staatlichen Veterinärs zu übernehmen, gemeinsam mit einem Brief von Professor Török, er hoffe, er werde die Berufung annehmen, es sei ihm, dem alten Freund, wie er sich nannte, vergönnt gewesen, dazu beizutragen.

Endlich zu Hause. Samuel, den man im Dorf nur noch den alten Rotbart nannte, obwohl er nie einen roten Bart gehabt hatte, war glücklich und enttäuscht zugleich.

»Was soll mit dem Wirtshaus und den Landgütern werden? Ich kann nicht mehr lange …«

»Du sagst doch, der Sohn vom Lorenz sei bereit, die Stellung des Verwalters von seinem Vater zu übernehmen? Das ist doch gut, nicht wahr? Er kennt sich aus, ihr beide kennt einander gut. Und du hast schöne, ruhige Jahre vor dir, Papa. Du wohnst bei mir in Betschkerek, wann immer du Lust hast, und wir besuchen Bälle, gehen ins Theater und hören uns Konzerte an.«

Samuel sollte kein einziges Mal bei seinem Sohn Leopold in Großbetschkerek übernachten.

Um nicht jeden Tag von Perlez aus hin- und herfahren zu müssen, nahm Leo ein Zimmer im vor einigen Jahren errichteten neuen Hotel »Rozsa«, wo er aber nicht lange bleiben musste. Bei einem Abendessen, zu dem ihn Professor Török zu sich nach Hause eingeladen hatte, lernte er den jungen Rechtsanwalt Imre Várady kennen, der ihm ein Haus vermittelte, und den etwas jüngeren Medizinstudenten Mór Iványi. Bald stellte sich heraus, dass die beiden Freimaurer waren. Török war es schon seit Langem.

Das L-förmige Haus befand sich am östlichem Rand der Stadt. Zur Straße öffneten sich die Fenster zweier größerer Zimmer, zum großen Hof hin ausgestreckt befand sich der längere Arm mit einer Flucht von vier Zimmern, die alle auf eine überdachte Flur hinausgingen, aber auch miteinander, der Küche und einem Dienstbotenzimmer verbunden waren. Am Ende des Hofes stand ein Häuschen, das ebenfalls mit einem gemauerten Sparherd ausgerüstet war, solche Bauten nannte man im Banat Sommerküche. Einen Schuppen für Werkzeug und Geräte gab es ebenfalls.

Leo zeigte seinem Vater das Haus, sagte, er werde ein Zimmer im Hof als Wartezimmer, ein weiteres als Ordination für Kleintiere benützen, den Schuppen als Untersuchungsraum für Pferde und Hornvieh und mit der Zeit einen Stall für zwei eigene Pferde und eine Kutsche bauen lassen, bis dahin werde er, wenn Dorfbesuche anstanden, Kutscher mit Kutsche oder im Winter mit Schlitten mieten.

»Doktor Várady wird mir einen günstigen Kredit bei der Bank vermitteln.«

»Das wird nicht nötig sein. Du kannst gleich Geld haben, auch für Möbel, obwohl du einiges aus Perlez nehmen kannst, wenn es dir passt. Du brauchst Vorhänge, Bettwäsche, Teppiche, Küchengeschirr, Lampen, alles Mögliche für einen selbständigen Haushalt. Wir können deinen Advokaten bitten, ein Dokument aufzusetzen.« Samuel erklärte, dass Leo ja Wirtshaus und einige Güter erben würde, vorläufig solle er aber schon die Hälfte aller entsprechenden Erträge erhalten, darauf könne er einen großen Vorschuss nehmen und auch auf die Erbschaft. Ein neues Testament müsse man ohnehin machen. »Das kann dieser Várady alles aufsetzen und wir ermächtigen ihn dazu noch, dass er dem Lorenz über die Schulter schaut, das ist bequemer für dich.«

»Du hast recht, Papa, danke, aber das machst doch ohnehin du.«

»Jetzt mache ich es noch, aber der Herr allein weiß, wie lange. Wir sind kein langlebiges Geschlecht. Und jemand muss deinen Haushalt besorgen. Soll ich Magda fragen, ob sie ein Mädchen kennt, das sie empfehlen möchte?«

»Nein!« Das klang energischer und lauter, als er beabsichtigt hatte, er wollte keine Magda haben. »Ich werde eine ältere Frau, möglichst eine Witwe, anstellen, die früh am Morgen kommt und am Abend nach Hause geht. Ins Dienstbotenzimmer nehme ich einen Burschen, der mir bei größeren Tieren hilft und den Hof in Ordnung hält. Ich werde ihn zum Teil pflastern lassen und am Rand Blumen setzen.«

»Du hast an alles gedacht. Das ist gut. Du bist jetzt ein erwachsener Mann, Leo. Ein Doktor! Und du kennst freundliche Menschen in dieser Stadt. Das ist ganz besonders wichtig. Du beginnst ein neues Leben, dein eigenes, richtiges Leben. Leo, Leo, mein Sohn.«

Waren das Tränen in den Augen des alten Mannes? Vater war ja noch gar nicht so alt, knapp über sechzig.

Aber Samuel hatte erraten, was Leo selber glaubte und beschlossen hatte – ein neues Leben wollte er anfangen. So wie er sich die Zukunft vorstellte, durfte er kein Junggeselle bleiben. Er hatte alle Voraussetzungen für einen Ehemann, er war jedoch nicht verliebt. War er bisher überhaupt je verliebt gewesen? In die Magd und die Zirkusreiterin? Er hatte sie geliebt, ja, ihre Körper, Brüste, Beine, aber über sie als Menschen, als Frauen, über ihre Gefühle hatte er nicht nachgedacht. Mit Magda hatte er überhaupt über nichts sprechen können, mit Selma wenigstens über Pferde, aber … Viel hatten auch Vater und Mutter nicht miteinander geredet, allenfalls über Haushalt und Hof und ihn, ihren einzigen Sohn, über anstehende Besuche und kurzfristige Pläne, aber zwischen ihnen hatte es eine Verbindung gegeben, etwas Inniges, Vertrautes, auch wenn sie ihre Mahlzeiten meist schweigend einnahmen. Bei Juden gab es immer noch Heiratsvermittler, aber … Er begriff plötzlich, dass er in seinen Gedanken zu oft das Wörtchen »aber« benutzte und musste lächeln.

Betschkerek wurde 1883 an das ungarische Eisenbahnnetz

angeschlossen. Eine private, sechzig Kilometer lange Schmalspurbahn fuhr fauchend mitten durch die Stadt, auf dem Hauptplatz vor der katholischen Kirche war der zentrale Bahnhof. Leo nahm sie oft, um in die Dörfer zu fahren, in die er als Tierarzt gerufen wurde. Ein Kraftwerk nahm 1896 seine Arbeit auf, in besseren Häusern konnten nach und nach die Petroleum- und Gaslampen abgeschafft werden. Von Wasserleitung und Kanalisation war oft die Rede, vor allem auch in der Freimaurerloge, aber man konnte nicht einmal das notwendige Geld für die entsprechende Planung auftreiben, das wäre viel zu teuer geworden. Stattdessen wurden die beiden Holzbrücken über die Bega durch richtige, schöne Eisenbrücken ersetzt.

Die Witwe Meisch, eine Volksdeutsche, die Leo als Haushälterin eingestellt hatte, war eine freundliche Frau in den Fünfzigern. Leo bekam seinen Milchkaffee, ein Spiegelei und frische Kipferl am Morgen und ein Mittagessen, wie er es von zu Hause gewöhnt war. Abends aß er auswärts, hatte aber in der Speisekammer auch seinen Schinken, Wurst, Speck, Eier, Marmeladen, Gurken, eingelegte Paprika aus Perlez. Falls ihn mitten in der Nacht Hunger ergriff, wie in Budapest, konnte er sich bedienen.

Er gab Annoncen in den ungarischen, deutschen und serbischen Zeitungen auf, für Kleintiere ordiniere er am Montag und Dienstag von fünfzehn bis zwanzig Uhr, am Freitag von neun bis dreizehn Uhr. Bald hatte er viel, sehr viel zu tun, denn auch als Amtstierarzt hatte er viele Aufgaben. Es war natürlich wieder Török, der dafür sorgte, dass man ihn zu Bällen im Festsaal des Hotels »Rozsa« einlud. Jetzt erinnerte er sich an seine Tanzschule. Er war sechsundzwanzig und es war aufregend, jungen Damen ins Dekolleté zu blicken, eigentlich aufregender als der Anblick von Magdas nackten Brüsten. Oder Selmas. Oder der Fotos in Zeitschriften.

Als er zum ersten Mal mit »Herr Doktor« angesprochen wurde, war er noch zusammengezuckt und hätte sich fast umgewandt, um zu sehen, wer gemeint war, aber inzwischen hatte er sich längst an diese Anrede gewöhnt.

War es Liebe auf den ersten Blick? Vielleicht nicht, aber schon als er zum ersten Mal mit Flora Kohn einen Walzer tanzte, stellte er fest, dass eine Harmonie in ihrer gemeinsamen Bewegung lag, als hätten sie sie bei einem guten Tanzmeister lange eingeübt, er fühlte, dass auch sie fühlte, dass sie sich verstanden. Flora trug zwar den gleichen Nachnamen, war aber nicht mit seinem Freund Harry Kohn verwandt. Eine gute Gelegenheit, über ihre Familien zu sprechen. Er war viel größer als sie, wollte aber nicht in ihren Ausschnitt starren, sondern in ihre neugierigen Augen und spürte von Anfang an eine große Zärtlichkeit für sie. Kann Zärtlichkeit der Beginn der Liebe sein oder ist sie doch nur Wunsch, zu beschützen?

Im Sommer gab es Tanzveranstaltungen im Garten des Hotels, der auf den Begakanal ging, und als Leo einen Spaziergang am Ufer vorschlug, sie seien ja so erhitzt, sagte sie so schnell Ja, dass er begriff, dass sie darauf gewartet hatte. Aus dem Lärm und dem Gaslicht in die Nacht hinaustretend, die von dem Mond am Himmel und seinem Abbild auf dem Wasser beleuchtet war, legte er seinen Arm um ihre schmale, nackte Schulter, wie er es ja auch während des Walzers getan hatte, doch jetzt fehlte der Vorwand, dass es des Tanzes wegen geschah. Sie schlenderten die wenigen Hundert Meter bis zur im Volksmund sogenannten »kleinen Brücke«, überquerten den Begakanal und bogen rechts ab. Die Parkanlage hieß Csókliget, das bedeutet auf Ungarisch Hain der Küsse, und setzten sich auf eine Bank unter einem Kastanienbaum.

Sie hatten schon genug miteinander gesprochen, sie kannten einander bereits. Es war so einfach zu fragen: »Muss ich mich im Smoking in den Staub hier niederknien, um um Ihre Hand anzuhalten, Fräulein Kohn, oder darf ich gleich du sagen um dir mitzuteilen, wie gerne ich mein ganzes Leben mit dir verbringen möchte ...«

Dann folgte der erste echte Kuss von Mund zu Mund, Lippe an Lippe, Zunge an Zunge. Die zwanzigjährige Flora Kohn wusste nicht genau, wie sie sich anstellen sollte. Sie hatte keine männlichen Selma als Lehrmeister gehabt.

Kurz danach flüsterte sie: »Von mir aus ja, ja, ja ... Aber mein Vater ... So blöd es ist, aber du musst auch bei ihm ...«

»Das weiß ich doch, Geliebte!«

Geliebte? So stand es in den Büchern, die er über Liebe gelesen hatte. War er zu voreilig gewesen?

»Mein Vater ist nicht wirklich religiös, aber irgendwie hält er auf Religion. Wäre eine religiöse Hochzeit schrecklich für dich?«

Der Rebbe sollte später nicht an Ironie sparen: »Zum Heiraten und Sterben braucht ihr mich, aber sonst nie. Was glaubt ihr, was meint der Herr dazu?«

So stand Leo dann unter dem Traubaldachin, trug den Betschal und die blaue, silberbestickte Kippa auf dem Kopf. Zum zweiten Mal. Das erste Mal war der Besuch von Mamas Grab gewesen, und jetzt auf seiner Hochzeit, die sie nicht mehr erlebt hatte. Flora umkreiste ihn siebenmal nach uralter Sitte, der Rebbe sprach die Schewa Berachot, die sieben Lobpreisungen, wobei Leo glaubte, einen leicht ironischen Ton zu hören. Er streifte ihr den Ring über den Finger, Mamas Ring. Schwiegervater Kohn war Juwelier, der Versuch, bei ihm einen neuen zu kaufen, wäre sinnlos gewesen, zur Konkurrenz zu gehen, wäre eine Beleidigung gewesen, und so entsprach es wunderbar der Tradition. Dann tranken die Brautleute je einen Schluck Wein aus demselben Glas, das er auf den Boden warf und mit einem Fuß zerstampfte, in Erinnerung an alle alten Leiden des Volkes Israel und die Zerstörung des Tempels zu Jerusalem, und alle Hochzeitsgäste, auch die Ungarn und Serben und Volksdeutschen, die dabei waren, riefen Mazel tov!

Das Fest war zu Ende, Leopold und Flora endlich allein im Haus. In ihrem großen Haus. Allein. Die Schwiegermutter war nachmittags dagewesen und hatte mit Frau Meisch für alles gesorgt, für die Bettwäsche – eigens für diese Nacht, flüsterte Frau Kohn –, Blumen im Wohnzimmer, noch mehr im Schlafzimmer, ihr Duft war etwas zu intensiv. Es war eine laue Septembernacht.

Bin ich verliebt in diese zarte, junge Frau?, fragte er sich. Muss man in der Ehe verliebt sein? Leidenschaft ist es nicht … wie mit Selma. Der Stier bespringt die Kuh ohne nachzudenken, der Hahn die Henne, das wusste der Tierarzt nur zu gut, wir Menschen sind doch auch Tiere, aber etwas hat sich im Laufe der Entwicklung der Arten verändert. Verbessert? Verschlechtert?

»Soll ich die Fenster aufmachen?« Leo nahm seine Brille ab. Es war ihm nicht unangenehm, jetzt alles ein wenig trüb zu sehen.

»Nein!«, rief Flora erschrocken. Ihr schien unsinnigerweise, als wäre das eine Aufforderung, andere sollten zuschauen. Da standen sie in ihren besten Kleidern einige Meter entfernt voneinander, er sah sie an. Sie sah zu Boden. Und da er nicht wusste, was er machen sollte, war sie es, die endlich fragte: »Wie macht man das jetzt?«

»Ich weiß nicht«, entfuhr es ihm, obwohl er wusste, dass er, der Mann, sie nehmen sollte, aber mit Magda war es so einfach gewesen, sie hatte die Initiative ergriffen. Mit Selma hatte er im Laufe der wenigen Nächte alles probiert, was man im Bett, aber auch auf dem Tisch und angelehnt an die Wand, von allen Seiten und wie die Körper es hergeben, machen kann, aber die Frauen hatten fröhlich, neckisch, verspielt, dann stöhnend, jauchzend, sich hingebend, ihn fordernd und fördernd geführt. Das war das richtige Wort, jetzt musste er führen.

»Du hast nie mit einer Jungfrau geschlafen?«, sie sprach doch als Erste.

»Nie!«

»Aber Erfahrungen hast du?«

»Ja.«

»Also, was machen wir jetzt, Leo?«

»Willst du etwas trinken?«

»Ja, wenn man jetzt trinken soll.«

»Was wollen wir trinken?«

»Ich weiß nicht, das musst du sagen.«

Leo nahm sich zusammen. Das war kein Liebesgeflüster. Er trat an sie heran, umarmte sie und küsste sie auf das Haar, auf die Wangen, auf die Augenlider, sie aber war erstarrt, nicht so hingebungsvoll wie im nächtlichem Park am Ufer des Begakanals. Und in ihm regte sich nichts. Selma hatte er nur anschauen müssen.

Leo führte Flora an den Tisch im Wohnzimmer, holte Likörgläser aus Kristall aus der Kredenz, eine Flasche Chartreuse. Sie prosteten einander zu, er dachte, so machen wir es im Wirtshaus, tut man das in der Hochzeitsnacht? Aber er wusste, dass er die Initiative ergreifen musste.

Er hob sie auf, sie war so leicht. Er trug sie ins Schlafzimmer und sagte: »Ziehen wir uns aus«, und als sie schwieg, ergänzte er: »Wenn du dich noch schämst, gehe ich hinaus, du ziehst dich aus und legst dich unter die Daunendecke und …«

»Nackt?«

»Das wäre am besten, aber wenn du meinst …«

»Wenn du meinst …«

Die Nacht kam ihm vor, wie als er zum ersten Mal Hufe beschlagen hatte. Das Pferd hatte alles erduldet, er hatte energisch sein müssen und sich gewundert, dass es dem Tier nicht wehtat. Sie fragte sachlich, was sie tun sollte, ob es so gut sei, hielt die Augen fest zugedrückt, ließ ihn machen, war wie erstarrt. Da fiel ihm ein, dass Selma einmal vorgeschlagen hatte, zu spielen sie sei eine Jungfrau, dabei hatte sie sich ganz so verhalten wie die liebe, kleine Flora jetzt. Er dachte an die braune Zigeunerin, die Zirkusreiterin, und endlich gelang es. Sie lagen noch lange schlaflos nebeneinander und er musste sich einen Ruck geben, um seine Frau zu streicheln und ihr zuzuflüstern, dass er sie liebe.

Bald nach der Hochzeit lud ihn Professor Török zu einem Bier in das Wirtshaus »Solyom« auf dem Hauptplatz ein.

»Was ich Sie fragen wollte, Doktor Radványi, so viel älter als Sie bin ich nicht, aber wollen wir nicht Brüder sein? Verstehen Sie, was ich meine?«

»Oh ja, Herr Professor, ich verstehe Sie sehr gut. Ja, gewiss, ich will, es ist mir eine große Ehre. Ehrlich gesagt, ich habe es erwartet.«

Das Aufnahmeritual in der Loge »Árpàd« in Szeged fand er ein wenig lächerlich, genau wie Baldachin und Glaszertreten bei der Hochzeit, aber in der dunklen Kammer beantwortete er brav die Fragen zum Sinn des Lebens, ließ sich die Augenbinde anlegen und ins immaterielle Licht des Tempels führen, wurde Lehrling, sehr bald darauf Geselle, später Meister, wie es sich gehörte. Die Freimaurer gaben die Namen ihrer Mitglieder nicht bekannt, um sie vor Angriffen zu bewahren, ihre Privatsphäre zu beschützen. Von der katholischen Kirche wurden sie angefeindet, mehrere Päpste hatten Enzykliken über die Unvereinbarkeit des katholischen Glaubens mit der Freimaurerei geschrieben, sogar ein Bannfluch wurde über sie verhängt. Es blieb jedoch jedem freigestellt, sich öffentlich als Freimaurer zu bekennen, wenn er es wollte. In Betschkerek war es kein Geheimnis, wer zu den Freimaurern gehörte.

Nachdem er diese beide Zeremonien hinter sich hatte, war Leopold nun nicht nur Doktor der Veterinärmedizin, sondern auch Ehemann und Freimaurer, ein gleichberechtigtes Mitglied der Gesellschaft, nicht mehr allein, nicht mehr ausgeschlossen, er arbeitete viel, einmal pro Woche ging er in einen Kartenklub, wo das seltsame ungarische Spiel »Alsós« gespielt wurde. Das war sein Ziel gewesen, aber jetzt, nachdem er es doch ziemlich schnell und ohne große Hindernisse erreicht hatte, fragte er sich, ob das wirklich alles gewesen sei. War er ein glücklicher Mensch? Warum fühlte er sich nicht glücklich? Es fehlte nur noch eines, aber auch das erfüllte sich bald. Sein erstes Kind. Sein Sohn.

Es war nicht so schwer gewesen, erwachsen zu werden, wie er noch als Student in Budapest gefürchtet hatte, aber auch nicht so leicht, wie er manchmal gehofft hatte – aber Glück? In Gedanken spielte er mit dem Wort. Kannte er überhaupt einen Menschen, den er ohne jeden Zweifel glücklich nennen konnte? Leopold war gesund. Sein Verstand sagte ihm, ja, das ist ein großes Glück. Es ist kein besonderes Glück gesund zu sein, als Glück erkennen nur kranke Menschen Gesundheit. Gesunde und Starke können den für sie normalen Zustand nicht als besonderes Glück bewerten. Bis sie krank werden.

Würden diese dreieinhalb Kilogramm Fleisch, sein Fleisch und Blut, wie Floras Mutter betonte, ein glücklicher Mensch werden und war er, Leopold, nicht glücklicher, weil erfolgreicher, als sein Vater Samuel? Im Vergleich zum jüdischen Gastwirt in dem serbischen Dorf Österreich-Ungarns war Doktor der Veterinärmedizin in einer Stadt gewiss ein Fortschritt. Was war notwendig, wie sollte er es anstellen, dass auch sein Sohn einen weiteren Schritt fort von hier in Richtung Glück würde machen können? Mit seiner Frau konnte er nicht über solche Gedanken sprechen, er meinte, sie würde ihn nicht verstehen.

»Liebst du mich noch?«, fragte Flora jede Nacht, und Leo antwortete, dass er sie liebe, nahm sich vor, es morgen als Erster zu sagen und vergaß es doch wieder. Immer noch schämte sie sich im Bett, über die Missionarsstellung waren sie nicht hinausgekommen, und er konnte sich nicht überwinden, ihr zu zeigen, was man im Bett sonst noch alles machen kann. Ihr Umgang blieb höflich und nett, nie gab es ein hartes Wort zwischen ihnen. Sie fügte sich, freute sich, wenn er etwas vorschlug, zum Beispiel, das Wochenende in Perlez zu verbringen. War es nicht so ähnlich auch zwischen seinen Eltern gewesen? Musste es so sein?

Es war mild für die Jahreszeit, ein freundlicher Oktober, man konnte bis spät am Abend im Gastgarten sitzen. Gaslampen beleuchteten fröhliche Gesichter.

Samuel schlug vor, sie sollten im Elternschlafzimmer übernachten, er würde in Leos Zimmer übersiedeln, aber das wollte Leo keineswegs, und so lagen die jungen Eheleute fast regungslos in seinem schmalen Bett nebeneinander. Mit Magda oder Selma hatte ihn die Enge des Bettes nicht gestört.

Am nächsten Morgen fragte er Flora, ob sie mit ihm ausreiten wolle. Nein, aber sie begleitete ihn zum Pferdestall, wo Vater und Sohn Lorenz schon auf ihn warteten, die auch eine ruhige Stute für die junge Frau Doktor Radványi vorbereitet hatten. Aber erst jetzt sah Leo, wie groß ihre Angst vor den Tieren war und wie sehr sie sich überwinden musste, um die Pferde zu streicheln.

Lorenz schlug eine Entenjagd vor, die Schonzeit sei am 1. Oktober vorbei. Ein Blick auf Flora genügte Leopold, um zu danken, diesmal habe er leider keine Zeit.

Später fragte Flora fast entsetzt: »Du schießt auf Vögel? Und auf Tiere?«

»Wieso nicht? Auch in deinem Elternhaus werden Karpfen auf den Kopf geschlagen und Hühnern wird der Hals umgedreht, und du isst nachher mit bestem Appetit«.

»Das ist etwas anderes«, sagte sie zögernd. Er fragte nicht genauer nach, denn es war sinnlos, sie hätte gewiss nichts erklären können, aber Gefühle sind Tatsachen, das weiß ein Tierarzt, das gilt sogar für seine vierbeinigen oder gefiederten Patienten.

Mit wem konnte Leo über das alles reden. Mit Vater? Zu peinlich. Mit dem jungen Lorenz? Da würde er etwas preisgeben, was man besser für sich behielt. In Betschkerek mit Professor Török? Ausgeschlossen. Mit dem Rebben? Diese Freude würde er ihm nie machen, der wäre ironisch und es wäre eine Art Anerkennung, dass der Mann Gottes, des Herrn, alles wusste. Mit seinen Kameraden aus dem Gymnasium hatte er sich auseinandergelebt, sie grüßten einander freundlich, lebten aber in verschiedenen Welten.

Genau dreizehn Monate nach der Hochzeit gebar Flora einen gesunden Jungen, der als Ferenc – Franz, Franjo – in die Bücher der jüdischen Gemeinde und des Standesamtes der Stadt Nagybecskerek – Großbetschkerek, Veliki Bečkerek – eingetragen wurde. Am achten Tag wurde das Baby beschnitten, wie es das Judentum als höchstes Gebot vorschreibt. Der Rebbe und Schwiegervater Kohn kümmerten sich um alles, vor allem auch um den Minjan, das Quorum von zehn erwachsenen Juden, die anwesend sein mussten, unter ihnen natürlich Großvater Samuel, der Leo zuflüsterte: »Dass deine Mutter,

Gott habe sie selig, das nicht erleben durfte … Du und ich, nun ja wir sind keine guten Juden …«

Leo zuckte die Achseln.

»Bei uns im Banat bei dem vielen Staub ist die Beschneidung tatsächlich genauso empfehlenswert wie seinerzeit in der Wüste, Papa«, erklärte er. »Ich kenne eine Reihe von Phimosefällen bei Bauernjungen, die dann beschnitten werden müssen, obwohl sie Serben, Ungarn oder Deutsche sind, und wenn man schon älter ist, bekommt man die Schmerzen mit. Es ist eine medizinische Vorsorge.«

»Er wachse heran zur Tora, zur Ehe und zu guten Werken!«, segnete der Rabbiner. Die Kohns hatten darauf bestanden, das Festmahl bei sich auszurichten. Leo war damit ohne Weiteres einverstanden.

3. FERKO

Das neue Jahrtausend war angebrochen. Doktor Leopold Radványi war staatlich bestellter kaiserlich und königlicher Amtstierarzt, dazu hatte er eine imposante Privatpraxis und bezog ein regelmäßiges Einkommen aus dem Betrieb des Gasthauses und des Gutes in Perlez, war Oberleutnant der Reserve, Ehemann, Vater eines Sohnes, Freimaurer und noch keine fünfunddreißig Jahre alt. Er verrichtete seine Pflichten als Tierarzt, in der Familie, in der Gemeinschaft, in der Loge und konnte in dieser Hinsicht zufrieden mit sich sein, aber Zufriedenheit ist kein Glück. Zufriedenheit bringt Ruhe, Glück ist stets unruhig, weil erwartungsvoll, begierig nach mehr.

Ferenc wuchs in einer wohlhabenden, bürgerlichen Familie auf, er hatte alles, was sich seine Mutter und die Großeltern vorstellten. Leopold mischte sich selten ein, er wäre für eine strengere Erziehung seines Sohnes gewesen, fand aber keine Zeit, selbst etwas dazu beizutragen. In die Bestellung des ersten Kindermädchens, das der schwächlichen, zarten Mutter beistehen sollte, mischte er sich allerdings doch ein. Er entschied sich für eine Ungarin, Aranka, die ihn ein wenig an Magda erinnerte – ein Schuft, der Böses dabei denkt. Jetzt störten ihn solche Erinnerungen nicht mehr.

»Wäre es nicht besser, eine Deutsche zu nehmen?«, wandte die Schwiegermutter ein.

»Unsere Donauschwaben können doch gar kein richtiges Deutsch!«

»Wir könnten eine Gouvernante aus Deutschland oder Österreich holen, wenn es dir zu teuer ist, kommen wir gerne für die Hälfte auf.«

»Hören Sie, Mama, ich habe Geld genug. Das Wesentliche ist doch, dass wir Ungarn sind! Unsere Muttersprache ist die ungarische.«

»Wir sind Juden, lieber Leo.«

»Wir sind Ungarn jüdischer Herkunft. Mein Sohn wird auf der Grundlage naturwissenschaftlicher Erkenntnisse erzogen, er soll Sprachen lernen, gewiss, und er wird in diesem wunderbaren Land Österreich-Ungarn aufwachsen und hoffentlich leben, aber eben auf der ungarischen Seite!«

Leopold sprach seit seiner frühesten Kindheit die drei Hauptsprachen seiner Heimat – Ungarisch, Serbisch und Deutsch –, aber als er dank Professor Barna und dessen Sohn in Budapest mit gebildeten Menschen zu verkehren begann, stellte er sehr schnell den Unterschied zwischen provinziellen Dialekten, Umgangssprache und gekonnter Hochsprache fest. Die nationale und sonstige Herkunft erkannte man nach zwei Sätzen. Er hatte ein feines Gehör, hörte auch sich selbst, war unzufrieden mit seiner eigenen Aussprache, begann darauf zu achten und sprach bald ungarisch wie die Intellektuellen aus der Hauptstadt. Dass es mit seinem Deutsch nicht ebenso gut stand, wusste er. Wie man spricht, so wird man in der Gesellschaft bewertet. Serbisch interessierte ihn weniger. Sein Interesse am Fortschritt in seiner Profession führte ihn zur Erkenntnis, dass die wichtigsten Fachzeitschriften in England verlegt wurden. Er erzählte das Professor Török, der ihn ermunterte, Englischunterricht zu nehmen. Sein Sohn, Ferenc, sollte ebenfalls Sprachen lernen. Auch das Licht des Freimaurertums stammte schließlich aus England. Nun kam also dreimal wöchentlich ein Sprachlehrer ins Haus. Zweimal nur für den Jungen, einmal zusammen mit seinem Vater.

Die Synagoge besuchte er nie, die großen jüdischen Feiertage nahm er kaum zur Kenntnis. Am Sabbat ging man zu den

Schwiegereltern zum Mittagessen, diese Bitte erfüllte er seiner Frau und ihrer Familie, und auch den Sederabend feierte man bei ihnen. Schon als Vierjähriger hatte Ferenc die vier Fragen auswendig gelernt, die ein Kind zu stellen hat, beginnend mit »Warum ist dieser Abend anders als alle anderen Abende?«. Er wartete die vorgeschriebene Antwort über den Auszug aus Ägypten nicht ab, sondern erklärte sofort selber: »Weil ich mitten in der Nacht noch so lange wach bleiben darf!« Man lachte, nur Leopold hatte gemischte Gefühle, weil er zum ersten Mal ahnte, dass sein Sohn ein vorlauter, vielleicht schwer zu erziehender Bursche sein würde.

Seinen ersten Vortrag für seine neuen Brüder, die Freimaurer, hatte er lange und sorgsam vorbereitet, er sprach über Hunde. Er begann damit, dass man sich eigentlich im Irrtum befinde, wenn man von Hunden im Allgemeinen spreche. Denn urteile man aufgrund der phänotypischen Systematik, müsse man Hunde in zwei Stämme aufteilen, nämlich jene der echten Füchse, der Vulpini, und jene der echten Hunde, der Canini. In der heutigen Gesellschaft meinten Laien, die von Hunden sprächen, freilich nur die Canini, und bei diesen habe der Mensch in die höhere Ordnung eingegriffen und den Wolf domestiziert. Aus freien Geschöpfen habe man Sklaven gemacht, die noch dazu erzogen werden, sich zu freuen, dass sie Herrchen und Frauchen ergeben sein dürfen. Er sagte, Hunde in Haushalten zu halten, gar auf Kissen oder Sofas, sei widernatürlich. Mit den Tatsachen müsse man sich allerdings abfinden, es gebe nun einmal die Art Canis lupus familiaris, aber Hunde sollte man nur so halten und erziehen, wie es ihrer Natur entspreche, also als Wachhunde, Jagdhunde, Hirtenhunde, Zugtiere für Schlitten, nicht als Spielzeug. Die enttäuschten Gesichter seiner Freimaurerbrüder, die vielleicht eine Beschreibung der beliebtesten Rassen erwartet hatten, nahm Leopold entweder nicht zur Kenntnis oder er bemerkte sie gar nicht, und ging zu den Hundekrankheiten über. Unwesentliche Erkrankungen von Schmusetieren, wie er sie nannte, beschrieb er nur am Rande, lange erklärte er, wie lebensbedrohlich für Menschen nicht nur die allgemein gefürchtete Tollwut sei, sondern die nie ernst genug genommene Echinokokkose, deren Ursachen Bandwürmer seien, und die gar nicht so selten beim Menschen und insbesondere bei Kindern tödlich verlaufen könne. Am Ende kam er zur Natur im Allgemeinen. Sie sei ein Geschenk für die Menschen, das man dankbar und achtungsvoll anzunehmen habe und liebevoll schützen und bewahren müsse. Der große Baumeister, der über ihnen allen stehe, habe es so und nicht anders gewollt.

Der Applaus war mäßig. Viele kleine Diskussionen entfalteten sich, als der Abend zu Ende gegangen war.

»Diesmal habe ich so richtig begriffen, warum keine Frauen bei uns sein dürfen, die schmusen doch mit den Viechern!«, sagte der Journalist Borsodi.

Der Zahnarzt Doktor Fogasch nahm Leopold auf den Arm: »Ja, lieben Sie denn keine Tiere, Bruder Radványi?«

»Natürlich liebe ich sie über alles, Bruder! Habe ich mich so unverständlich ausgedrückt? Ich möchte, dass Tiere, also auch Hunde, frei und glücklich sind, keine Knechte! Ich habe den Tieren mein Leben gewidmet!«

Das eine große Zimmer war jetzt für Ferenc eingerichtet, das andere wurde nur als Schlafzimmer benützt, so aß man in einem der Räume, die zum Hof gewendet waren, und der war für den herrschaftlichen Esstisch und die beiden großen Vitrinen zu klein. Leo musste den Bauch einziehen, um seinen Platz am oberen Ende der Tafel einzunehmen, worüber Ferenc jedes Mal lachte. Als einmal der Hausherr richtig aufatmete, nachdem es ihm gelungen war, sich zu setzen, fragte Flora auf ihre stille, immer schüchtern wirkende Art: »Uns geht es doch ganz gut, Leo, nicht wahr? Wird es nicht zu eng für uns hier, bald kommt wieder der Winter. Könnten wir uns nicht auch eine Stadtwohnung leisten?«

»Du, das ist eine gute Idee …« Einen Augenblick lang dachte er nach. »Das trifft sich gut. Also der Mita will ja heiraten …« Mita war der junge Mann, der bei den Tieren aushalf. »Wir machen Folgendes: Ich verlege das Wartezimmer und die Ordination für die Kleintiere in die beiden großen Räume, aus dieser Kammer hier mache ich ein Labor und die Küche und die anderen drei Räume soll er gratis haben, als Dank für seine Arbeit.«

Bald zogen sie in eine Vierzimmereckwohnung eines neuen Hauses an der Hauptstraße. Kurz danach erlitt Flora eine Fehlgeburt, es wäre ein Mädchen geworden. Sie sah schwach aus, behauptete jedoch, sich gut zu fühlen. Zwei Jahre später kam Roza auf die Welt und bald danach Elisabeth, ungarisch Erzsébet, man nannte sie nach der ehemaligen Kaiserin Sisi. Nun wurde es auch in der Wohnung an der Hauptstraße eng. Unter dem Vorwand, bis spät in die Nacht hinein arbeiten zu müssen, schlief Leopold immer öfter in seiner Ordination.

War das also das Eheleben? Seine Frau gab sich ihm hin, wann immer er wollte, er hielt sich aber oft zurück, weil sie ihm leidtat. Sie fragte, was er sich wünsche, ob sie es richtig mache, aber mit einer Stimme, als ginge es um den Spinat oder die Frühstückseier. Und der stattliche, kräftige Mann dachte oft an Budapest, an seine Zirkusprinzessin. Doktor Leopold Radványi und seine Ehegattin erfüllten ihre Pflichten als Ehefrau und Ehemann genauso wie alle sonstigen. Er erfüllte seine Pflichten als Familienvater, sie als Mutter. Und als Tierarzt und Freimaurer und Reserveoffizier und Mitglied der Betschkereker

Gesellschaft. Hoffentlich würde Ferenc auch seine Pflichten erfüllen, aber ein bisschen auch glücklich sein. Als Freimaurer hatte er jeden Tag an sich selbst zu arbeiten, warum gelang es ihm nicht richtig? Er zweifelte an sich, stets und in jeder Hinsicht, aber sagen konnte er es niemandem.

Betschkerek hatte immer noch keine Wasserleitung und Kanalisation, aber im Haus, in dem sie wohnten, befand sich im Dachstuhl eine Wasserzisterne, und sie hatten jetzt sogar das Klosett im Badezimmer mit fließendem Wasser.

»Das heißt We Ce«, erklärte Ferenc.

»Wirklich?« Leo tat überrascht. »Und was bedeutet das?«

»Water closet!«

»Sehr schön, welche Sprache ist das und was bedeutet es?«

»Englisch natürlich, Papa«, erklärte der Junge tiefernst. »Water ist Wasser, ganz ähnlich wie auf Deutsch, aber … closet? Das weiß ich eigentlich gar nicht. Sollen wir Herrn Roth fragen?«

Manuel Roth war ihr Englischlehrer, eigentlich Angestellter in einem Stoffgeschäft, er hatte eine Zeit lang in Manchester gelebt.

»Ich wusste es auch nicht, Ferenc, habe aber nachgeschlagen. Dort im Schrank stehen Wörterbücher, du kannst immer selbst nachschlagen, wenn du gut genug lesen kannst …«

»Kann ich!«, krähte der Fünfjährige.

»Bravo! Closet bedeutet einschließen. In unserem modernen Abort ist das Wasser eingesperrt. Und wir schließen ja auch ab, wenn wir drinnen unser Geschäft verrichten.«

»Ihr seid ja so gescheit!«, sagte Flora. »Meine beiden Männer!«

Sie hängte eine kleine Wandtasche neben das Klobecken, auf ihr waren einige Zeilen eingestickt:

Ist gelungen dein Bemühn,
Vergiss nicht, an der Kette zu zieh'n,

Mach's Fenster auf, lass Luft hinein.
Der Nächste wird dir dankbar sein!

Man hatte ja jetzt eine Kette, an der man nur ziehen musste, um das Wasser ins Klobecken schießen zu lassen. Man hielt das für sehr modern.

Flora hatte den Eindruck, dass sie nicht genug gefordert war. Sie hatte jetzt drei Kinder, aber die wurden von Aranka beaufsichtigt. Man hatte eine Bedienung, die Zimmermädchen genannt wurde und sehr energisch ihre Arbeit erledigte, sich unterstand zu sagen »Bitte, stören Sie mich nicht, gnädige Frau, wenn Sie keine besonderen Anweisungen haben«, sodass die Hausfrau zurückzuckte, eine Köchin, die zwar das Menü und den Einkaufzettel zeigte, aber gleich hinzufügte: »Ich hoffe, Sie sind zufrieden wie üblich, gnädige Frau«, sodass sie meinte, wieder nichts erwidern zu können. Zumindest Aranka, dem Kindermädchen, gegenüber fühlte sie sich überlegen genug und beschloss, Ferenc in verschiedenen Fächern zu unterrichten. Sie las ihm Märchen vor, bald darauf ernstere Geschichten, ging mit ihm spazieren, am liebsten in den Park Csókliget, wo sie sein Vater zum ersten Mal auf den Mund geküsst hatte, setzte sich dort aber still auf eine Bank und schaute aus der Ferne zu, wie wild er mit gleichaltrigen Buben spielte. Das Ergebnis war, dass er tatsächlich noch vor seiner Einschulung lesen und schreiben konnte.

»Da darf ich dir wirklich von Herzen gratulieren«, sagte Leo zu seiner Frau, als ihm Ferenc eines Abends Petőfi rezitierte. »Die Mädchen dürfen wir aber auch nicht vergessen, die Rolle der Frau verändert sich mit den Zeiten, meine Liebe.«

An einem Nachmittag kam Leo unerwartet früher nach Hause, weil er sich umziehen musste. Der Bürgermeister hatte ihn ins Rathaus gebeten, wo eine dringende Konferenz wegen der

Schweinepest stattfand, die in Rumänien ausgebrochen war, man wollte Vorsichtsmaßnahmen besprechen. Vor dem Haustor stolperte er fast über ein größeres Paket mit roter Masche. Als er sich bückte, um es aufzuheben, hörte er vom Fenster im ersten Stock einen Aufschrei und als er den Blick hob, sah er seinen Ferenc: »Nicht, Papa, nicht!«

»Wieso nicht? Ist ja vielleicht für uns«, und ohne sich um das Gebrüll des Sohnes zu kümmern, brachte er das Paket hinauf, stellte es auf den Tisch. Wieder rief der Knabe verzweifelt: »Lass das!«

Im Karton war menschlicher Kot.

»Ferenc!«, war alles, was der Tierarzt hervorbrachte.

»Ich erkläre es dir, Papa ...«

»Zuerst bringst du das da ins Klosett und leerst die Schachtel, dann gehst du so schnell du kannst mit dem Ding in den Hof und schmeißt es in die Abfalltonne, kommst wieder herauf, wäschst dir sehr gründlich die Hände. Danach kannst du mir erzählen was du damit zu tun hast!«

Während der Junge gehorsam verschwand, holte er aus der Abstellkammer den schwarzen Spazierstock mit dem Silbergriff, den er lange nicht mehr in der Hand gehabt hatte. Er hatte die Absicht, seinen Sohn zum ersten Mal im Leben zu verprügeln. Flora kam aus ihrem Zimmer, hatte nicht alles mitbekommen, merkte jedoch, dass die Lage bedrohlich war.

»Was ist passiert, Liebling?«

»Misch dich da nicht ein!«

Ferenc erschien mit so komischem, schuldbewusstem Gesicht, dass der Vater erst einmal seine Geschichte hören wollte: Also, was war das?«

»Zum Totlachen, Papa. Du solltest die Gesichter der Menschen sehen, wenn sie das Paket aufmachen!«

»Das war also nicht zum ersten Mal?«

»Zum dritten, nein, zum vierten Mal, aber die ersten beiden haben es nicht unter meinem Fenster aufgemacht, sondern mitgenommen.«

»Jetzt verschwindest du in dein Zimmer und ich denke über die Strafe nach!«

Erst als das Kind weg war, begannen die Eltern zu lachen.

»So ein Bengel!«, sagte Leo endlich. »Du, ich brauche dringend einen Schnaps und muss mich dann beeilen, um rechtzeitig beim Bürgermeister zu sein. Aber eines muss ich dir noch sagen: Wir können uns noch auf einiges gefasst machen mit dem Temperament unseres Sohnes. Von dir hat er es nicht!«

Das bewahrheitete sich schon in der ersten Klasse der Volksschule, als Ferenc am Mittagstisch, kaum dass die Suppe aufgetragen war, mit stolzer Stimme meldete: »Ich habe mich heute in der Schule geprügelt!«

»Was heißt geprügelt?«, fragte Roza, die es nicht gut verstanden hatte.

»Wenn die Jungen einander schlagen, meine Süße«, erklärte Leo.

»Und warum schlagen sie sich?«

»Das wollen wir klären. Warum hast du dich geschlagen?«

»Sie haben mich Ferko genannt und haben alle zusammen gebrüllt Ferko! Ferko! Das klingt doch wie Ferkel auf Deutsch und die glauben, Juden sprechen miteinander Deutsch. Darum musste ich auf sie losgehen!«

»Du auf viele?«

»Ja, aber die Lehrerin ist gerade ins Klassenzimmer gekommen und hat sie gerettet, und nach der Schule haben sie mich nicht mehr gehänselt.«

»Die Suppe wird kalt!«, warnte die Hausfrau.

Leo begann mit gutem Beispiel vorangehend zu löffeln, sagte jedoch: »Mir gefällt Ferko. Ich möchte dich auch so nennen, wenn du nichts dagegen hast, mein Sohn. Und dann sagst du morgen in der Klasse, einverstanden, ich bin der Ferko!«

Dabei blieb es.

An einem der nächsten Tage trug Flora ein ernsteres Problem vor: »Es wird allmählich auch hier zu eng, Leo. Ferenc sollte nicht mehr bei seinen Schwestern schlafen.«

»So ist es!«, rief der Junge dazwischen.

»Mein Vater sagt, in Amerika sei jetzt eine schöne Villa wohlfeil zu haben und er würde uns gerne dabei helfen …«

Mit Amerika meinten die Betschkereker nicht den Kontinent jenseits des Atlantischen Ozeans, sondern einen Stadtteil am linken Ufer des Begakanals, den man bis zum Bau einer Holzbrücke nur mit schwarzen Booten erreichen konnte, die wie kleine Fähren hin- und herfuhren.

»Lass mich darüber nachdenken, Liebes. Ich verspreche dir, dass ich mir die Sache ansehen werde.«

In einem eigenem Haus in der Stadt aufzuwachsen ist gut, dachte Leo. Ich bin auch in einem eigenen Haus aufgewachsen, allerdings im Dorf und ohne Geschwister. Wesentlich ist, was für Menschen die Kinder werden. Erleichtert es ihnen, wertvolle Mitglieder der Gesellschaft zu werden, wenn sie ohne materielle Sorgen aufwachsen, oder verwöhnt es sie zu sehr? Das hängt vor allem von mir ab. Von ihrer Mutter werden sie viel Zärtlichkeit erfahren, das ist gut, aber das genügt nicht.

Die Kosten für das Haus waren nicht das Problem. Er hätte das Geld selbst aufbringen können, obwohl er durchaus der Meinung war, dass auch die Großeltern ihren Anteil für das Wohl der Enkelkinder beisteuern sollten. Man war ja keine sehr große Familie. Sollte er es bedauern oder dem Herrn sei Dank sagen?

Wie sollte er als Freimaurer zu dieser Idee stehen? Er hatte sich verpflichtet, für Freiheit, Gleichheit, Brüderlichkeit, Toleranz und Humanität einzustehen. Immer. Gerade auch im Alltag. War er deshalb so freudig in die Gesellschaft eingetreten? Ja, aber nicht nur deshalb. Er wollte Mitglied dieser bürgerlichen Gesellschaft in Ungarn sein, er wollte nicht Jude sein, das Jüdischsein ging ihm auf die Nerven, genauso wie die pompös vorgetragene Frömmigkeit seiner katholischen, evangelischen, reformierten oder orthodoxen Bekannten und wenigen Freunde. Als Freimaurer war er gleichberechtigt, Bruder. Die meisten Brüder waren wohlhabend, arm war kein einziger. Obwohl die Toleranz besonders wichtig war, die Gleichberechtigung, in der Loge sollten ein Fürst und ein Tagelöhner dieselben Rechte haben, gab es in seiner Loge keine Fürsten, und Tagelöhner schon gar nicht. Sarastro in Mozarts Freimaureroper »Die Zauberflöte« sang »Ein Fürst, mehr noch, ein Mensch!«.

Von diesem Standpunkt aus gesehen sprach nichts gegen einen Hauskauf, aber zumindest sich selbst gab er zu, dass er auch etwas anderes wollte, etwas für sich, was mehr war als Pflicht. So viel hatte er erreicht, geschafft, aber er begann sich älter zu fühlen, als er mit vierzig Jahren tatsächlich war. Er sah an seinem Vater, wie schnell man alt und gewissermaßen auch des Lebens überdrüssig werden konnte. Freundlich wollte er sein, freundlich zu jedermann. Er war nicht überzeugt davon, dass ihm das so gelang, wie er wollte.

Die Einrichtung des neuen Hauses überließ er Flora und ihren Eltern, über jede Kleinigkeit, die Farbe der Fliesen in der Küche und den Badezimmern, die Möbel, Vorhänge und Teppiche, Luster und Lampen, wurde er unterrichtet und sagte meist Ja und Amen, nur in seinem Arbeitszimmer bestand er darauf, keine verglasten Bücherschränke, sondern offene Regale aufzustellen. Die junge Frau entwickelte jetzt eine Energie, die er von ihr bisher gar nicht gekannt hatte, und das freute ihn. Jetzt hatte sie ein wichtiges Betätigungsfeld gefunden. Als

Flora sich erkundigte, was ein Bösendorfer-Klavier koste, fragte er, ob das sein müsse.

»Die Mädchen sollten unbedingt Klavierunterricht bekommen, das gehört sich so!«

»Schön. Aber wenn ich zu Hause bin und mich ausruhe, will ich kein Geklimper!«

»Tagsüber bist du doch nie zu Hause, Leo.«

Es ging ihnen gut. Es wäre ihm nicht schwergefallen, viel Geld abzuzweigen und nach Paris zu fahren. Oder nach Monte Carlo. Weit weg. Wo man nicht nach Namen fragt. Wo es viele Zirkusprinzessinnen gibt. Für einen Monat. Für zwei oder drei. Die Familie war gut versorgt. Er hätte sagen können, es gehe ihm um Fortbildung. Nein. Keine Lügen. Noch keine. Es war bloß eine Versuchung. Es galt zu widerstehen. Höchstens ein klein wenig nachgeben in diesem einzigen Leben … Er beschloss, einen kurzen Urlaub zu nehmen und nach Budapest zu fahren. Das war weit genug. Er schrieb Professor Barna und der antwortete sofort, dass er sich freuen würde, einen seiner besten Studenten wiederzusehen.

Beim Professor gab es Tee. Sanyi Barna lud zum Abendessen in ein bekanntes Restaurant ein und danach in eine Nachtbar, die »Pipacs« hieß, Mohnblume. Mit dem Freudenmädchen, das sich Szilvia nannte, war es dann fast so wie bei seiner Frau, aber ohne jeden Hauch von Zärtlichkeit. Sie tat ihre Pflicht. Er benahm sich wie ein Mann im besten Alter. Nichts war besser geworden. Einiges schlimmer.

Ein Zimmer hatte er sich im Hotel »Königin von England« gemietet, das als eines der besten in der Stadt galt. Der Portier bejahte seine Frage, ob ein Zirkus in der Stadt sei, ein sehr guter deutscher Zirkus, ob der Herr Doktor eine Karte für heute Abend wünsche? Er wünschte. Und er langweilte sich, obwohl er anerkennen musste, dass die Trapezkünstler,

Clowns, Dompteure von Löwen und Bären besser und die Zirkusreiterinnen vielleicht schöner waren als Selma, und so fuhr er im Fiaker unbefriedigt zurück in die Innenstadt. Er konnte sich nicht mehr vorstellen, wie er vor wenigen Jahren vor einem Wohnwagen gestanden war, um sich von einer schönen Zigeunerin verführen zu lassen. Vor einem Jahrzehnt? Vor einem Jahrhundert! Natürlich würde er nicht nach Paris, nicht nach Monte Carlo fahren, weil man nicht zurück in die Jugend fahren kann. Das ist also mein Leben, dachte der Vierundvierzigjähige immer wieder, mein Leben gewesen? Immerhin ein bequemes, ein pflichterfülltes, wenn auch kein aufregendes Leben, dank sei dem allmächtigen Baumeister aller Welten.

Langweilig, das Leben? Die finsteren Wolken, die in einigen Jahrzehnten aufziehen und sicher nicht langweilig, sondern todbringend sein würden, sah fast niemand, der Tierarzt Doktor Leopold Radványi gewiss nicht.

Die Villa in Amerika wurde gekauft, Ferko erhielt sein eigenes, die beiden Mädchen Roza und Elisabeth ein gemeinsames Zimmer im ersten Stock mit Blick auf den Rosengarten. Auch die beiden Ehegatten schliefen in getrennten Zimmern. Zu Aranka gesellte sich Frau Maria aus Hannover, eine junge Witwe. Leo nahm seine Pflicht als Vater ernst, mindestens zweimal wöchentlich holte er die Kinder in sein Zimmer, hatte für sie je sechs Pralinen und ein Glas Orangensaft, erzählte Geschichten, und da er nicht im Stande war, gute zu erfinden, erzählte er vom Freiheitskampf des Dichters Petőfi, vom Ritter János, genannt Kukuruz János, seiner Liebe zur schönen Iluschka und von seinen Kämpfen am See mit der Fee, von Miklós Toldi, einem anderen Ritter, den ein anderer ungarischer Dichter, János Arany, besungen hatte. Leo versuchte interessant, aber gleichzeitig die ungarische Kultur lehrend zu erzählen, und tatsächlich hörte der Junge aufmerksam zu, die beiden Mädchen wirkten jedoch, als hätte ihnen Mama gesagt, sie müssten diese Abende brav über sich ergehen lassen.

Den Begakanal überquerte man seit 1904 leichter über zwei neue eiserne Brücken, deren größere nach Plänen Gustav Eiffels gebaut worden war. Die kleinen schwarzen Fähren fuhren trotzdem auch weiterhin über das Wasser, und der Stadtteil hieß im Volksmund immer noch Amerika, obwohl man von der Villa Radványi bequem zu Fuß oder mit der Kutsche am Park Csókliget, dem Palast des Gerichts, in dem sich auch Arrestzellen befanden, und der reformierten Kirche vorbei ins Stadtzentrum mit dem barocken Rathaus und der katholischen Kirche gelangen konnte. Über die Hauptstraße fuhr fauchend und Rauch spuckend die Schmalspurbahn, wie in richtigen Metropolen die Elektrischen. Doktor Radványi mochte sie, sie erinnerte ihn an seine Fahrten nach Szeged, nach Budapest, als er Gymnasiast, Student gewesen war, so jung … Die Welt war in Ordnung. Noch war sie in Ordnung.

Flora lebte nur noch für ihre Kinder, aber die Kinder brauchten sie nicht, sie liebten ihren Vater mehr, obwohl oder gerade weil er seltener zu Hause sein konnte, sich ihnen dann aber mit Leib und Seele widmete. Bis er wieder wegmusste. Flora litt oft unter Migräne, zog sich dann in ihr verdunkeltes Zimmer zurück. Die gemeinsamen Mahlzeiten waren Gesprächen über den Haushalt oder die Kinder gewidmet. Sie fragte ihren Mann jetzt nicht mehr, wie seine Arbeit gedieh, in welchem Dorf er gewesen war. Sie hatten einander nichts mehr zu sagen, spielten vor den Kindern die gute Ehe. Von Geschlechtsverkehr konnte keine Rede mehr sein. Sie hatte das vielleicht nie richtig gebraucht, nur befolgt, was zu einer guten Ehe gehörte und die Erwartung ihrer Eltern an eine anständige jüdische Ehe, die mit Kindern gesegnet war, erfüllt. Entsetzt verwarf Leo diesen

Gedanken und erinnerte sich an ihren ersten Kuss am Ufer des Begakanals im Park Csókliget.

Wie wäre es gewesen, wenn er nicht geheiratet hätte? Nie? Oder eine andere Frau, die seine richtige Lebenspartnerin geworden wäre, mit der man streiten, lachen, diskutieren hätte können? Einander lieben. Nicht nur eine stille Begleiterin. Aber ohne Flora hätte er nicht diese Kinder gehabt. Von einer anderen Frau andere Kinder? Was haben sie von der Mutter, von ihrem Geschlecht geerbt?

Eine andere Frau? Was für eine? Eine wie die Zirkusreiterin? Hätte so eine Frau ihn betrogen und was hätte er getan, wenn er es erfahren hätte?

Manchmal überlegte er, in ein Freudenhaus zu gehen. Doch er verwarf den Gedanken. Hier in der kleinen Stadt konnte er sich so etwas nicht leisten, er wollte nicht sein wie manche feine Mitbürger, über die man dann hinter vorgehaltener Hand lachte.

Das Telegramm aus Perlez überraschte ihn unmittelbar nach dem Frühstück. Lorenz meldete, dass Samuel Rotbart in der Nacht verstorben sei. Reue kommt immer zu spät. Warum war er nicht öfter in Perlez gewesen, und wäre es unter dem Vorwand gewesen, er wäre reiten gekommen, um dem Vater die Möglichkeit zu geben, im Wirtshaus mit dem erfolgreichen Sohn zu prahlen. Und dann hätten sie reden können, reden, reden. Hatte er seinen Vater überhaupt gekannt? Hatten sie je ernsthaft darüber diskutiert, warum Samuel ein begeisterter Österreicher war oder zumindest sein wollte, er, Leopold, jedoch Ungar? Nur ein einziges Mal hatten sie ein ernstes Gespräch geführt, als Leo erklärt hatte, er wolle nicht mehr denselben Nachnamen wie sein Vater tragen. Mit seinem Namenswechsel hatte er ihn gekränkt, das war nicht wiedergutzumachen. Wenig kann man gutmachen.

Ferko nahm zum ersten Mal an einem jüdischen Begräbnis teil. Er sagte: »Das war sehr interessant, Papa. Ich wusste gar nicht, dass Hebräisch so gut klingt.«

Was sollte mit dem Wirtshaus und den Gütern geschehen? Verkaufen? Aber wie würde man das Geld dann anlegen? In Aktien? Damit kannte er sich nicht aus. So kamen doch regelmäßig recht ansehnliche Erträge, und die Lorenz waren verlässliche Leute. Freunde. Oder? Rechtsanwalt Várady erledigte die notwendigen Formalitäten.

Die Landstraße zwischen Betschkerek und Perlez war holprig, im Sommer staubig, im Winter wegen des Schlamms schwer befahrbar, aber sie wurde von Akazien und besonders vielen Maulbeerbäumen bewacht. Maulbeerblätter brauchte man, um die Seidenraupen zu füttern. Aus deren Kokons wurde Seide gesponnen, ein wichtiger Nebenverdienst für viele Bauern. Aus den Beeren brannte man auch einen einfachen Schnaps, den billigsten, für besser hielt man den teureren Sliwowitz, der aus Zwetschken destilliert wurde, für besondere Gelegenheiten kredenzte man Barack, Marillenschnaps.

Kukuruz wuchs übermannshoch, im September ein hellbrauner Dschungel, der die Äcker mit Weizen ablöste, die bis zur Ernte goldene, mit unzähligen roten Mohnblumen bestickte Felder waren. Auf den Rauchfängen thronten vom Frühjahr bis in der Herbst hinein Störche. In kleinen Teichen und Sümpfen quakten unzählige Frösche. Die Schwalben verließen das Land mit den Störchen, brachten rechtzeitig den Frühling zurück. Oder der Frühling die Vögel?

Als die Erbschaft abgewickelt, der Vertrag mit Lorenz unterschrieben war und man einander noch im Gastgarten zutrank, überraschte sie ein starker Platzregen. Sie flüchteten unter das Dach. Als sie wieder heraustraten, dampfte die Erde, im Westen stand ein riesengroßer Regenbogen. So bewusst hatte Ferko noch nie einen gesehen, und sein Vater musste erklären, wie so ein Wunder entstand.

»Man hat mir gesagt, dass dort, wo der Regenbogen die Erde berührt, der größte Schatz auf der Welt vergraben ist. Aber auch, dass Tiere, die mit Menschen gelebt, mit ihnen eng verbunden waren, über den Regenbogen als Brücke in den Tierhimmel gehen. Ist das wahr?«

»Wahr ist es nicht, aber es sind schöne Märchen. Leider ist nicht alles wahr, was schön ist, mein Sohn.«

Aranka kam schwer atmend in die Tierarztordination gelaufen, der Herr Doktor solle nach Hause kommen, Sisi gehe es sehr schlecht. Er nahm einen Fiaker, der Hausarzt Doktor Iványi war schon in der Villa, kam die Treppe herunter:

»Leider muss ich Ihnen sagen, es steht nicht gut, Bruder. Diphterie. Ich habe einen Luftröhrenschnitt gemacht, aber auch eine Lungenentzündung diagnostiziert, und das kleine Herz ist schwach.«

Leopold blieb minutenlang sprachlos, der Arzt wartete geduldig.

»Was kann man machen?«

»Beten … Aber dafür bin ich nicht zuständig, ich bleibe natürlich da.« Der Vater beugte sich über sein jüngstes Kind. Es hustete schwach und leise, war nicht ansprechbar. Er kannte den süßlich-fauligen Geruch von Tieren. Wir sind alle Säugetiere, versuchte er sich zu trösten. Meine Kinder auch. Ich auch.

Dem Doktor ließen sie ein kleines Abendbrot anrichten, Leo aß mit, Flora konnte keinen Bissen hinunterwürgen.

»Heute Früh, als du schon weg warst, Leo, hat sie gesagt, dass es ihr wehtut, wenn sie schluckt. Hätte ich Sie sofort rufen müssen, Herr Doktor?«

»Es hätte keinen Unterschied gemacht, wenn ich einige Stunden früher da gewesen wäre.«

»Als Sisi dann Fieber bekommen hat, bin ich sehr erschrocken und habe Sie hergebeten und dich, Leo, benachrichtigt.« Der Arzt wischte sich mit der Serviette den Mund ab: »Ich sehe nach der kleinen Patientin. Nein, bitte, bemühen Sie sich nicht …«

Nach einer halben Stunde kam er sehr langsam wieder zurück, nahm Floras Hand und küsste sie.

»Es fällt mir schrecklich schwer … Mein herzliches Beileid!« Ohne ein Wort wäre Flora zu Boden gestürzt, wenn er sie nicht aufgefangen und gemeinsam mit Leo zum Sofa getragen hätte. Er griff zu seiner Tasche und zog eine Spritze auf. »Einen so raschen, tragischen Verlauf habe ich noch nie erlebt, Bruder Radványi.«

Das zweite Begräbnis nach wenigen Monaten, erst der Vater, dann die jüngste Tochter. Von Glück würde nie mehr die Rede sein können. Zufrieden sein? Kann man, darf man das in diesem Leben?

Ferko brachte einen Brief aus seiner Schule, der Herr Doktor Radványi möge doch bei Gelegenheit vorbeikommen, am besten vielleicht morgen oder übermorgen um neun Uhr.

»Was hast du angestellt?«

»Eigentlich nichts Besonderes, wir haben kleine Auseinandersetzungen im Schulhof gehabt …«

»Geprügelt hast du dich wieder?«

»Pista und ich haben ein wenig für Ordnung gesorgt.«

Der Direktor kam dem Tierarzt entgegen, bot einen Ledersessel und Zigaretten an und begann damit, dass der Ferenc ein seltsamer Junge sei. Sehr begabt, aber sehr undiszipliniert. Er wisse alles, sei blendend in allen Fächern, höre aber nie richtig zu, beschäftige sich während der Schulstunden oft auffällig mit etwas anderem, lese heimlich unter der Bank, zeichne etwas, was nichts mit dem Unterricht zu tun habe. Wenn ihn der Lehrer zur Ordnung rief, nickte er folgsam, widersprach nie, versprach sich zu bessern, sah aber die Lehrkraft so impertinent an, dass der Blick allein im Widerspruch mit dem Gesagten stand.

»Das kenne ich!«, sagte Leopold.

Nun sei der Junge schon in der vierten Klasse, kein Zweifel, dass er in allen Fächern eine Eins haben würde, nichts könne ihn daran hindern, ins Gymnasium aufgenommen zu werden. Er habe schon früher daran gedacht, den Herrn Doktor zu einem Gespräch zu bitten, aber es gab keinen echten Anlass …

»Und jetzt gibt es einen?«

»Ja, nämlich die Prügelei im Schulhof mit verletzten Kameraden, Ihr Sohn und Pista, ein Zigeunerjunge, haben die halbe Klasse verdroschen, entschuldigen Sie den Ausdruck, einige Eltern haben sich beklagt, weil ihre Kinder verletzt oder mit zerkratztem Gesicht, mit Beulen und Wunden nach Hause gekommen sind.«

»Ein Zigeuner?«

»Ja, aber sein Vater ist ein durchaus bekannter und in der Stadt beliebter Mensch. Der Geiger Boros, der auch im ›Rozsa‹ der Primas ist, Sie kennen ihn vielleicht.«

»Sicher. Ein hervorragender Musiker.«

»Ich habe eine formale Verwarnung als Strafe für die beiden ausgesprochen, aber ich bitte Sie, Sie und Ihre verehrte Gattin müssen sich Ferenc auch zu Hause vornehmen. Die Schule kann den Kindern einiges beibringen, wir sind bemüht, meine Lehrer und ich tun unser Bestes, aber von der Familie hängt doch das meiste ab, nicht wahr? Und meine Verehrung an die Frau Gemahlin. Und keine Sorge! Ein sehr begabtes Kind, aber er will sich nicht so recht einfügen in die Gesellschaft, er ist immerhin schon zehn Jahre alt!«

Leopold verließ die Schule in großer Eile, vor der katholischen Kirche nahm er einen Fiaker und ließ sich ins Nachbardorf Klek fahren, wo ein reicher Bauer Probleme mit seiner Viehherde hatte. Seine Tasche mit den wichtigsten Instrumenten trug er stets bei sich. Danach musste er weiter, um andere Höfe zu besuchen. Obwohl ihm überall alles mögliche angeboten wurde, eine Jause, ein Pörkölt, Frischgeschlachtetes, lehnte er solche Einladungen aus Prinzip ab, nahm nur einen Kaffee, das war so Sitte, das auch abzulehnen wäre einer Beleidigung nahegekommen, und so kam er erst am späten Nachmittag hungrig nach Hause, wo er sich schnell noch das immer bereitstehende Mahl aufwärmen ließ.

»Ist der Ferko da, Flora? Irgendwohin spielen gegangen? Hast du es erlaubt, hat er seine Hausaufgaben gemacht?«

»Er hat mich nicht gefragt, sondern nur zugerufen, dass er geht. Leo, mein Schatz, bist du müde?«

»Es geht. Er soll sich sofort bei mir melden, wenn er nach Hause kommt.«

Es war schon Abend, als Ferko an der Tür des väterlichen Arbeitszimmer anklopfte und verschwitzt, ungekämmt, rot ihm Gesicht, ausgesprochen fröhlich eintrat:

»Frau Maria hat gesagt, ich soll …«

»Du hättest dich gerne zuerst waschen können, gut, also setz dich und erzähl, was los war.«

»Du warst beim Direktor? Also, das war so: Der Pista und ich haben etwas miteinander geredet ihm Schulhof, und da hat der eine geschrien, der Hans als Erster, glaube ich, schaut wie sie zusammenstecken, der Jud und der Zigan. Und dann haben sie angefangen zu rufen Jud, Zigan, Jud, Zigan, und dann haben wir für Ruhe gesorgt.«

»Was? Ihr zwei gegen die ganze Klasse? Gegen wie viele?«

»Na, wir waren zu dritt, der Azo hat sofort auf unserer Seite mitgehauen und von denen sind ja einige sofort weggelaufen …«

»Wer ist Azo?«

»Aleksandar Petrović. Genauso wie auch dein Petőfi geheißen hat, bevor er Petőfi geworden ist!«

Das war wieder so eine Impertinenz.

»Ein Serbe also. Den hat der Herr Direktor nicht erwähnt.«

»Weil sein Vater steinreich ist, er hat eine Ziegelfabrik.«

»Ach, dieser Petrović. Also, mein Sohn, dass du dich aufgeregt hast, verstehe ich, weil wir ja alle gleichberechtigte ungarische Bürger sind. Aber mit Schlägereien erledigt man nichts. Du hättest das alles in Ruhe dem Lehrer erzählen sollen.«

»Wir petzen nicht!«

»Trotzdem. Man prügelt sich nicht. Man erledigt alle Probleme in Ruhe. So, und jetzt geh dich endlich waschen.«

Leopold zündete sich eine Zigarette an. Hätte er sich in einer solchen Situation geprügelt? Nein, er nicht! Er erinnerte sich wieder an die Gespräche mit seinem Vater über Maria Theresia, Joseph II. Der Weg der Juden zur Normalität war lang. Vor allem sollte man sich nicht selbst absichtlich von den anderen unterscheiden wollen, nicht absondern und das Gerede, man sei das auserwählte Volk, bleiben lassen. Assimilation war der einzig richtige Weg, dachte Leopold, und meinte, er habe ihn ein für alle Mal eingeschlagen. War er deshalb Freimaurer geworden? Freimaurer durfte man nicht in der Absicht werden, einen bestimmten Erfolg zu haben, sondern in dem aufrichtigen Streben, diesem Bund freier Menschen zuzugehören. Das Licht zu finden, das menschliche Wege erleuchtet. Diese Bindung bedeutete für ihn einen Hauch von Freiheit. Einen Ersatz für Prügeleien auf einem Schulhof? Es betrübte ihn ein wenig, dass sein Sohn das alles wohl nicht so sah. Ein Kind noch, aber schon mutig. Übermütig? Ferko interessierte sich vorläufig überhaupt nicht für das Judentum, für die Nation, aber er wollte nicht zulassen, dass ihn irgendjemand schräg ansah. Er würde es schwer haben im Leben. Hatte er, Leopold, es leicht gehabt?

Die Belgrader Freimaurerloge »Pobratim« war unter dem Schutz der »Symbolischen Großloge von Ungarn« gegründet worden, Freimaurer hatten jedoch auch schon früher, seit den Zeiten der serbischen Befreiungskriege gegen die Türken, eine nicht unbedeutende Rolle im Land gespielt. Nun wandten sie sich 1908 an sämtliche europäische Logen mit der Aufforderung, »den Serben in ihrem Kampf gegen Österreich die tätige Unterstützung aller maurerischen Brüder zuteil werden zu lassen ...«. Das wurde in Ungarn, so auch in Betschkerek, nicht zur Kenntnis genommen, weil es eines der wichtigen Prinzipien der Freimaurerei war, loyaler Bürger zu sein. Aber außerhalb der Arbeit der Loge wurde die Aufforderung der Serben lebhaft diskutiert. Einiges von dem, was sie von ihren Eltern aufgeschnappt hatten, gelangte über seine serbischen Kameraden auch dem zehnjährigen, altklugen Ferko zu Ohren.

»Papa, du bist doch Tierarzt, was ist der Schweinekrieg?« Ferko stellte die erste politisch brisante Frage in seinem Leben.

»Wo hast du diesen Begriff aufgeschnappt?«

»Im Schulhof natürlich. Was glaubst du, dass wir Kinder keine Bürger sind?«

Die Annexionskrise. Leopold hatte sich aus politischen Diskussionen beim Kartenspiel, beim Bier im Solyom oder dem Gasthaus der Bierbrauerei Dundjerski meist herausgehalten, weil er keine Stellung beziehen wollte, auch nicht genau wusste, was wirklich vorging. Dass das Osmanische Reich von Österreich-Ungarn auf dem Balkan zurückgedrängt wurde, die

Österreicher den Sandschak von Novi Pazar besetzt hatten, wurde besprochen, zum Teil begrüßt, das stand ja in den Zeitungen. Auch von dem Vertrag von Mürzsteg zwischen den Russen und den Österreichern hatte er gehört, der sollte Ruhe auf dem Balkan bringen, und das war natürlich zu begrüßen. Für ihn jedoch waren Sandschak oder Bosnien ebenso fremd und exotisch wie die Urwälder in Afrika. Er blickte lieber in Richtung Norden und Westen, nach Budapest und Wien. Im Gegensatz dazu kannte er Belgrad oder Sarajevo so wenig wie Konstantinopel. Und jetzt hatte man also Bosnien und Herzegowina annektiert, die Türken, Russen und Serben waren wütend, aber auch in Wien war man uneins, weil es darum ging, ob diese Länder nun zu Transleithanien oder zu Cisleithanien gehören sollten. Transleithanien, die Gebiete jenseits des Flusses Leitha, war alles, was nach der Errichtung der Doppelmonarchie zur ungarischen Stephanskrone gehörte. Das war auch der Banat. Dann wäre man irgendwie mit diesem Bosnien verbunden. Unwesentlich war es jedenfalls nicht. Es würden sich daraus Konsequenzen ergeben. Cisleithanien war »diesseits der Leitha«. Dazu gehörend wäre Bosnien mit Kroatien verbunden gewesen, es wäre keine Doppelmonarchie mehr, wie im Ausgleich verabredet, was ja bis jetzt gut funktioniert hatte. Wenn Kroatien und Bosnien auf diese neue Weise direkt mit Wien, nicht mehr mit Budapest und erst auf diesem Umweg mit dem Kaiser und König verbunden wären, dann wäre es eine Dreiermonarchie, aber diesen Unterschied begriff der brave Provinztierarzt selbst nicht ganz. Franz Joseph war ohnehin Kaiser von Österreich, König von Ungarn, Böhmen, Dalmatien, Kroatien, Slawonien, Galizien, Lodomerien, Illyrien, Jerusalem und Großfürst, Erzherzog, Graf oder Gott weiß was von noch mindestens fünfzig Landschaften, das hatte man in der Schule gelernt. Wie sollte er, was er selbst nicht begriff und nicht einmal verstehen wollte, seinem zehnjährigen Sohn erklären? Sein Herz schlug jedenfalls für Budapest.

»Schwierig, Ferko. Von meinem Standpunkt aus ist Folgendes geschehen: Wir haben Serbien den Export von Schweinen verboten. Angeblich wegen Seuchengefahr. Von einer solchen konkreten Bedrohung aus Serbien weiß ich zwar nichts, aber man kann nie vorsichtig genug sein. Daraufhin hat Serbien allen Waren aus unserer Monarchie tödliche Zölle auferlegt. Das schadet, soweit ich es beurteilen kann, beiden Seiten. Es ist eigentlich keine Sache der Veterinärmedizin, sondern der Zölle. Weißt du überhaupt, was Zoll ist?«

»Nein.«

»Das muss ich dir dann einmal extra erklären. Eigentlich geht es jedoch darum, dass wir den Slawen Bosnien vor der Nase weggeschnappt haben. Na ja, und es ist einfacher, Schweinekrieg zu sagen, weil es mit diesen Tieren angefangen hat, obwohl es richtiger wäre, die Affäre Zollkrieg zu nennen.«

»Aha. Wird es Krieg geben?«

»Gott behüte! Wie kommst du darauf?«

»Hast du doch eben gesagt, Papa. Das wäre jedenfalls interessant. Haben wir schon lange nicht gehabt. Mir gefallen die Serben, weil die meisten meiner Freunde Serben sind.«

»Ich habe serbische, deutsche, ungarische, slowakische und viele andere Freunde. Aber das ist in diesem Zusammenhang unwichtig. Die Frage ist, wer gute, wer gleichgültige und wer schlechte Menschen sind. Verstehst du das?«

»Ja, Papa. Juden erwähnst du überhaupt nicht.«

»Wir sind alle ungarische Staatsbürger und unser Kaiser und König heißt Franz Joseph der Erste!«

»Ja, Papa, das lehrt man uns auch in der Schule und deshalb ist es langweilig!«

Dabei blieb es vorerst. Leopold fürchtete jedoch, dass in diesem Papa-Papa-Geplapper keine Folgsamkeit steckte, sondern eine Dosis Ironie.

Ferko blieb auch weiterhin ein vorzüglicher, aber frecher Schüler, obwohl er versuchte, sich ein wenig zurückzuhalten. Schulfreunde waren wichtiger als alle Lehrer und der Vater zusammen, und die hatte er im Gymnasium gewechselt und festgestellt, dass alles auch davon abhing, wie reich oder arm die Eltern waren und nicht, welcher Nationalität sie angehörten.

Der Junge hatte die vierte Klasse des Gymnasiums mit lauter Einsen bestanden. Er prüfte vor dem Spiegel seinen Bizeps, sah sich von der Seite mit eingezogenem Bauch an, ließ die Unterhose fallen und warf einen Blick auf sich. Zufrieden war er nicht mit sich. Es war Sommer und die meiste Zeit verbrachte er badend und schwimmend am Begakanal. Es gab viel Gekicher zwischen den Buben, wenn man die Mädchen betrachtete, aber in die Schule ging man getrennt, die Sitten in der Kleinstadt waren streng. Azos Schwester Radmila war ein Jahr älter, Ferko ließ ihr über seinen besten Freund Grüße senden und die Botschaft, sie sei am ganzen Begaufer die Schönste. Wenn er nachts unter der Bettdecke onanierte, dachte er an sie. Er nannte das in Gedanken Verliebtsein.

Azo und er lagen an diesem warmen Nachmittag faul am Begastrand, man musste durch dicken Schlamm ins Wasser waten, wo Blutegel auf nackte Füße warteten, als sich wie ein Lauffeuer von Mund zu Mund verbreitete, in Sarajevo seien der Thronfolger, Erzherzog Franz Ferdinand, und seine Frau Sophie ermordet worden. Das regte sie nicht besonders auf. Der Bruder Kaiser Franz Josephs, Maximilian, war in Mexiko erschossen worden, die Kaiserin, Elisabeth, nach der Ferkos verstorbene kleine Schwester ihren Namen bekommen hatte, in der Schweiz erstochen, der Sohn des Kaisers hatte sich selbst gerichtet, in

Russland war Zar Alexander II. einem Bombenattentat erlegen – Ferko zitierte Petőfi: »Nichts anderes wendet der Geschichte Lauf, zerbricht die Throne, hängt die Fürsten auf!«

Beim Abendessen fragte Ferko seinen Vater, was er zu Sarajevo sage? Leopold schüttelte besorgt den Kopf: »Das ist nicht gut.«

Im Hause von Azo war augenscheinlich mehr über dieses Ereignis geredet worden, denn der junge Serbe berichtete: »Was hatte der überhaupt am Vidovdan in Sarajevo zu suchen? Das war eindeutig eine Provokation!«

»Wer sagt das? Und was ist Vidovdan?«

»Alle Serben sagen das, weil der Vidovdan, der Sankt Veitstag, für uns heilig ist. An diesem Tag hat 1389 die Schlacht auf dem Amselfeld stattgefunden, das ist viel wichtiger als Mohács für die Ungarn, und ausgerechnet an diesem Tag musste der Kerl paradieren …«

Ferko zuckte die Achseln: »Wenn du es sagst!«

Danach ging es jedoch Schlag auf Schlag und einen Monat später erklärte Österreich-Ungarn Serbien den Krieg, was zum Weltkrieg führte. Das hatten die Burschen am Begastrand genauso wenig vorausgesehen wie ihre Eltern. Ferko wurde ungeduldig, seine Pubertät riss ihn hin und her. Sein Vater war zum Hauptmann befördert worden, trug jetzt Uniform und einen Säbel, kümmerte sich aber nur weiter um das Vieh, vor allem um Pferde, die die Kavallerie jetzt nötiger brauchte als je zuvor.

Im Jahr 1916 machte Ferko die Kriegsmatura und meldete sich als Freiwilliger, vor allem, wie er erklärte, um sich aussuchen zu können, wo er dienen würde, denn eingezogen würde er ja ohnehin bald werden.

»Und du wirst auf Serben schießen?«, fragte sein Freund.

»Die werden ja zurückschießen. Das wird eine riesige Rauferei!«

Er war der beste Fechter, ein hervorragender Reiter, ein guter Schütze, beliebt bei den Kameraden, vorsichtig geschätzt von den Vorgesetzten, und bevor er seinen ersten Fronteinsatz erlebte, wurde er zu einem kurzen Urlaub in die Heimat entlassen. Er durfte vor seinem Vater, dem Hauptmann, in der Uniform eines k. u. k. Fähnrichs treten, salutierte und meldete so ironisch, wie er nur konnte: »Bitte untertänigst, mich melden zu dürfen, Herr Hauptmann!«

»Mach keinen Schmarrn, du Hampelmann!«, sagte Leopold und umarmte ihn so herzlich wie er nur konnte, aber das bedeutete bei Weitem nicht, dass sich die beiden jetzt verstehen würden.

Dann kam seine Mutter munter, flott, wie er sich an sie gar nicht erinnern konnte, die Treppe herunter. Nach der ersten Umarmung trat er einen Schritt zurück: »Gut siehst du aus, Mama. Hast auch ein bisschen zugenommen.«

»Aber hoffentlich nicht zu viel!«

So wie zur Zeit des Hauskaufs, der Einrichtung der Villa, sprühte sie jetzt wieder vor Energie. Ihre früher auffallende Magerkeit war tatsächlich verschwunden, sie hatte zugenommen, und es stand ihr gut. Die Kopfschmerzen waren wie weggeblasen. Vater bestätigte das, erklärte, die schweren Zeiten hätten sie richtig verwandelt. Sie war in Wohltätigkeitsvereinen aktiv, kümmerte sich um Kriegswitwen.

Zum Abendessen gab es seine Lieblingsspeise. Rinderfilet halb blutig mit gebratenen Erdäpfeln, und Mutter aß richtig mit, trank auch ein Glas herben Weißwein vom Werschetzer Berg und sagte dann fröhlich: »Ihr könnt jetzt ruhig irgendwo hingehen, ihr beiden Soldaten, aber trinkt nicht zu viel. Ich lege mich doch etwas früher ins Bett, zu viel darf ich mir nicht zumuten …«

Ferko konnte mit Vaters Freunden brav dabei mithalten, »ein

wenig« zu trinken, berichtete, dass es ihm gut gehe, er aber nicht viel über seine Ausbildung erzählen dürfe. Man nickte ernst. Erst als sie kurz nach Mitternacht wieder zu Hause waren und in Leopolds Arbeitszimmer einen Gutenacht-Barack nahmen, sagte er: »Dir darf ich es doch sagen, Papa, weil du selbst Offizier bist. Ich komme nach Albanien!«

»Man schickt dich hinunter?«

»Ich spreche gut Serbisch, ich bin verlässlich ...«

»Man schiebt dich ab!« Leopold bereute jetzt, dass er nicht versucht hatte, über die Logenbrüder seinem Sohn einen angenehmen Posten hinter der Front zu verschaffen. Aber so etwas tat man nicht.

Ferko schickte seinen Eltern noch die neue Feldpostnummer, dann kam aber nichts mehr von ihm. Sein Einsatzort war streng geheim. Auf besorgte Anfragen kam als einzige Antwort, Fähnrich Radványi sei weder als gefallen noch als verschollen gemeldet.

Albanien hatte sich am 28. November 1912 für unabhängig erklärt, aber danach war der Teufel los. Einer der bekanntesten Volkstribunen, Essad Pascha Toptani, hatte sich mit den Serben, deren Rückzug aus ihrem Land durch die albanischen Berge führte, verbündet, die Österreicher nahmen 1916 den Norden und die Mitte des Landes ein. Einheimische Freischärler griffen alle Fremden an, es entstand ein totales Chaos, jeder kämpfte gegen jeden, Angriffe kamen aus dem Hinterhalt. Für die Großmächte war Albanien, wie es in einem Bericht hieß, »Objekt unterschiedlicher Begehrlichkeiten«, nicht nur Serbien, Montenegro und die Donaumonarchie, sondern auch Italien, Frankreich, Griechenland, Bulgarien und die Türkei waren stark daran interessiert. Die Österreicher waren von ihren Kommandostellen abgeschnitten, schlecht mit Munition und Bekleidung versorgt, mussten Nahrungsmittel von der ohnehin armen Bevölkerung requirieren. In Betschkerek wusste man von alledem nichts. Leopold aber wurde immer betrübter und tröstete sich mit seinem Dienst für die Kavallerie. Flora jedoch erschien immer munterer und erklärte, als Mutter fühle sie, dass ihr Junge lebe und gesund sei.

Am 22. November 1916 ordnete die »Symbolische Großloge von Ungarn« an »… aus dem traurigen Anlass der Umsiedlung unseres geliebten Königs, Franz Joseph, in die Ewigkeit, dass alle in der Provinz arbeitenden Brüder die Steuer der Andacht entrichten mögen. Die Großloge wird im laufenden Monat November am Donnerstag, dem 30., am Abend der Bestattung, Trauerarbeit leisten. Weiterhin ordnen wir an, dass angefangen mit dem 21. November drei Monate lang die drei Flammen und die Arbeitswerkzeuge mit Trauerschleier geschmückt werden mögen.«

Das galt auch für Betschkerek. Der Kaiser ist sechsundachtzig Jahre alt geworden, dachte Leopold, mein Sohn ist kaum achtzehn und ich weiß nicht, ob er noch lebt.

Es ist aufregend, nach zwei Jahren nach Hause zu kommen, dachte Ferko. Er hätte ein Telegramm schicken können, um seine Eltern vorzubereiten, dass er lebte, dass er nach Hause kommen würde. Dann wäre jedoch die Überraschung ausgeblieben. Er war nicht in Kriegsgefangenschaft geraten, desertierte im richtigen Augenblick, kaufte sich albanische Bauernkleider, ließ den Bart wild wachsen, setzte die Kopfbedeckung der Albaner, die Qeleshe, eine weiße, runde, flache Filzmütze auf sein struppiges Haar. Sie war ja einer Kippa nicht unähnlich. Als Flüchtigen aus dem österreichischem Heer würde man ihn nicht mehr suchen, bei der Durchquerung Serbiens aber musste er aufpassen, man hätte ihn für einen serbischen Deserteur oder einen albanischen Terroristen halten, verhaften oder einfach erschießen können. Sein Instinkt und die Goldstücke, die er vorsichtig einzusetzen wusste, halfen ihm durch. Er hatte gelernt, dass er sich auf ein Ehrenwort der Albaner, die Besa, hundertprozentig verlassen konnte, und, sprachbegabt wie er war, hatte er in den zwei Jahren auch ihre Sprache halbwegs erlernt. Glücklicherweise gab es so viele albanische Dialekte und Unterdialekte, dass man nicht sofort hören konnte, wenn ein Fremder versuchte, die Sprache zu sprechen. In Niš kaufte er einfache serbische Bürgerkleidung, ließ sich rasieren, mietete sich in einem Hotel ein und meldete sich den Behörden als aus österreichischer Gefangenschaft geflohener Banater. Für einen Napoleondukaten und das Versprechen, er würde sich in seinem Geburtsort, Betschkerek, melden, um dort ordentliche Papiere zu bekommen, erhielt er einen amtlichen Passierschein und musste keine Patrouille mehr fürchten. Viele irgendwie irgendwohin verschlagene Menschen waren jetzt unmittelbar nach dem Friedensschluss unterwegs. Und so kam der im magyarischen Nagybecskerek rekrutierte k. u. k. Infanteriefähnrich jüdischer Herkunft in Veliki Bečkerek an, im Königreich der Serben, Kroaten und Slowenen, wie das Land, in dem seine Heimat jetzt war, nun amtlich hieß. Er ging vom Bahnhof geradewegs nach Hause, ließ sich im schwarzen Kahn über die Bega bringen, nur einen Augenblick lang zögerte er und fragte sich, ob seine Eltern überhaupt noch in der alten Villa wohnten. Gott! Ob sie am Leben waren? Zwei Jahre Krieg hatten sie getrennt.

Und dann stand er vor der Gartentür. Noch einige Schritte bis zur Villa. Er klingelte. Ein unbekanntes Mädchen machte auf und fragte in schlechtem Serbisch, mit ungarischem Akzent: »Ja? Bitte?«

Er ging an ihr vorbei in das Zimmer mit der Treppe: »Ich bin Ferko. Ferenc Radványi. Meine Eltern …«

Da kam schon seine Mutter die Stiegen herunter, blieb einen Augenblick stehen, ob sie dann stolperte oder in Ohnmacht zu fallen drohte, wusste er nicht, er konnte sie jedenfalls auffangen, bevor sie sich böse verletzt hätte. Schon schlug sie die Augen auf und sagte leise, aber mit fast normaler Stimme im gewohntem Ungarisch: »Ich habe es gewusst, dass du lebst, ich habe es Leo immer wieder gesagt, aber er wollte es nicht glauben und dachte … Er ist immer so ein Zweifler und Pessimist, der Gute …« Sie brach ab, stieß ihn von sich, stand jetzt ganz aufrecht. »Blendend siehst du aus, Ferko, wunderbar. Ja, mager, aber da gibt es Abhilfe, erwachsen bist du geworden, ein Mann, dem Herrn sei Dank!«

»Vater?«

»In der Ordination, aber er muss jeden Moment kommen, bald ist es Mittagszeit, wir haben Kalbsbraten, nicht wahr, Mitzi?«

»Ja, gnädige Frau.«

»Was stehen Sie da so herum? Bringen Sie uns doch bitte zwei Stamperl Schnaps, aber vom gutem, vom Barack …«

Dann saßen sie in den alten Sesseln.

»Erzähl … Nein, erzähl erst, wenn dein Vater da ist. Lass dich anschauen …«

Es war die energische, aufrechte Mutter, die ihn vor mehr als zwei Jahren, als er in den Krieg hatte ziehen müssen, tapfer verabschiedet hatte, nicht die kränkliche Mama, die er aus der Kindheit in Erinnerung hatte.

»Wo ist Roza?«

»In der Schule. Sie kommt auch bald.«

Als nach einer guten Viertelstunde die Tür aufging, rief sie sofort, um ihren Mann ja nicht zu erschrecken: »Ferko ist da!«

Vater und Sohn umarmten sich und Leo flüsterte ihm ins Ohr: »Ich habe gefürchtet, dass du tot bist … Dass ich dich nie mehr sehen werde …«

Kurz danach konnte er auch seine Schwester in die Arme nehmen und sich von ihr abküssen lassen, bis er sie ein wenig von sich stieß und die nass gewordene Wange mit dem Taschentuch abwischte. Man sollte nicht sehen, dass auch seine Tränen dabei waren.

Am ersten Tag auf der Hauptstraße begegnete er Radmila, sie trug einen grünen Mantel, einen Hut mit Feder und schob einen Kinderwagen. Sie umarmten und küssten sich, für sie schien es nichts Ungewöhnliches zu sein, es gab viele Heimkehrer, er aber war zusammengezuckt: »Deines …«

Sie hob das Baby hoch und zeigte es stolz: »Ja! Ich habe vor einem Jahr geheiratet. Ist es nicht wunderbar? Warst du schon bei uns?«

Er zögerte, ob er es sagen sollte, dann aber sprach er es aus: »Weißt du, dass ich verliebt gewesen bin in dich? Du warst meine erste Liebe …«

Die junge Frau lachte: »Natürlich habe ich das gewusst und es hat mir gefallen, aber damals warst du noch ein Kind.«

»Und jetzt?«

Ihr Lachen war ansteckend, er lachte mit.

»Jetzt nicht mehr, aber ich bin glücklich verheiratet, Ferko. Keine Sorge, die Frauen werden dich lieben.«

Azo hatten die Ungarn interniert. Er studierte jetzt in Belgrad, aber seine Mutter begrüßte Ferko freundlich. Azos Vater, der Herr Petrović, war stellvertretender Bürgermeister. Franz, Ferenc, Ferko bekam seine neuen Papiere als Фрањо Радвањи. Für ihn war das überhaupt kein Problem, er beherrschte ja von Kind an, noch aus dem Vorschulalter, nicht nur die drei

Sprachen Ungarisch, Serbisch und Deutsch akzentfrei, sondern las und schrieb auch die drei Schriften Lateinisch, Sütterlin und Kyrillisch.

Leopold gewöhnte sich schwer an die neuen Umstände, fand sich jedoch mit ihnen ab, bemühte sich, es gehörte ja schließlich zu den freimaurerischen Prinzipien, die weltliche Macht anzuerkennen.

Ferko hielt sich an das Petőfi-Wort »Hängt die Fürsten auf«, das seiner Meinung nach jetzt genauso zutraf wie zu k. u. k. Zeiten, für ihn waren Franz Joseph I., der letzte Kaiser und König Karl, und sein jetziger Monarch, Aleksandar I. aus der Familie der Karadjordjević, »Figuren aus derselben Bande«.

Pista machte jetzt mit seinem Vater Musik, spielte die zweite Geige. Ferko schämte sich, ihm Trinkgeld zuzuschieben. In einer Musikpause ging er auf ihn zu, die beiden tauschten die obligatorischen Wangenküsse aus.

»Kannst du nicht studieren? Du warst doch so ein guter Schüler. Soll ich mich dafür einsetzen, dass du eine Unterstützung bekommst?«

Der junge Zigeuner zuckte die Achseln: »Geld hätten wir genug, aber mein Alter sagt, so verdient man besser als viele Akademiker, und was ich bin, werde ich ohnehin nicht los ...«

Ferko erinnerte sich, wie sie sich geprügelt hatten, als man sie Jud und Zigan genannt hatte: »Ich werde das Judesein loswerden, das wirst du sehen!«

Der Wohlstand der Familie war auch im neuen Staat erhalten geblieben. Gut bewirtschaftete Ackerböden und Viehweiden im Banat brachten reiche Früchte, die Stammgäste des Wirtshauses in Perlez waren zum größten Teil wieder beisammen, man zahlte mit neuen Geldscheinen, trank aber denselben Schnaps und Wein, bestellte denselben Pörkölt oder Ćevapčići und Ražnjići vom Grill. Störche und Schwalben flogen im Herbst nach Afrika, kamen aber brav im Frühling in ihre Heimat zurück. Die Frösche quakten im neuen Königreich genauso wie im früheren, Falter flatterten, Bienen summten, Gelsen stachen … Der alte Lorenz war nicht eingezogen worden und hatte für alles gesorgt, was dem Herrn Doktor gehörte, sein Sohn war an der Isonzofront verwundet worden und nach dem Genesungsurlaub nicht mehr zurück zur Truppe gegangen, für alle Fälle hatte man für ihn ein Versteck im Keller gebaut, das er zum Glück nie benutzen musste.

Ferko würde also studieren können, was und wo er wollte. Er war jetzt einundzwanzig, kriegs- und welterfahren, sah vielleicht etwas älter aus, als er tatsächlich war, aber jedenfalls gut, war noch einen Kopf größer geworden als sein stattlicher Vater. An Granateneinschläge, Schüsse aus dem Hinterhalt, Hunger und Kälte, die Todesangst, die er manchmal ausgestanden hatte, konnte er sich nur zu gut erinnern, aber diese Schrecken suchten ihn nur selten im Schlaf heim und er sprach nie über sie. Seine Eltern gaben ihm den Rat, sich doch ein Jahr lang auszuruhen, gut zu essen, zu schlafen, sich in Betschkerek um Bekanntschaften, auch um Mädchen zu kümmern, dann und wann in Perlez auszureiten, aber er erwiderte: »Ich habe genug Zeit verloren. Jetzt will ich so schnell wie möglich etwas werden!«

Aber was? Eines Tages sagte er entschlossen: »Einen Doktortitel will ich jedenfalls erwerben, Papa.«

»Hundertprozentig einverstanden. Willst du Jurisprudenz studieren? In Wien vielleicht? Einen guten Rechtsanwalt kann man immer brauchen …«

»Ich habe eigentlich an Medizin gedacht.«

Es gab einige Probleme, seine Kriegsmatura formal anerkennen zu lassen, aber Freimaurerbruder Várady ließ seine Beziehungen spielen und es wurde erledigt. Das alte Gymnasium, in dem jetzt auf Serbisch, nicht mehr auf Ungarisch unterrichtet wurde, stellte Franjo Radvanji – wie er sich jetzt hier schrieb – das Reifezeugnis aus. Medizin gab es in Belgrad und Zagreb, in Budapest und Wien. Ferko hatte die Wahl und wollte unbedingt nach Deutschland.

»Ich glaube, die allgemeine Lage gefällt mir dort am besten.« Von einem Adolf Hitler hatte auch in der jungen Weimarer Republik kaum noch jemand gehört. Seine Wahl fiel auf Leipzig. Von dem Frieden und der Ruhe, die Ferko erhofft hatte, war in dieser Stadt in seinem ersten Studienjahr allerdings wenig zu spüren. Im März 1920 versuchten rechtsradikale Politiker, die Regierung unter dem Sozialdemokraten Gustav Bauer zu stürzen, man rief Wolfgang Kapp zum Reichskanzler aus. In Leipzig bildeten sich Arbeiterräte, am 14. März fand eine Massendemonstration zugunsten der rechtmäßigen Regierung statt, aber ein selbsternanntes Zeitfreiwilligenregiment, dem sich auch viele Studenten angeschlossen hatten, überfiel die Demonstranten und schoss ohne Vorwarnung in die Masse. Ferko war aus reiner Neugier mit dabei, wusste, wie er Deckung finden konnte, er hatte Kriegserfahrung. Nach allem, was ich in Albanien durchgemacht habe, werde ich doch hoffentlich nicht in Deutschland durch einen Zufallstreffer ums Leben kommen, dachte er. Mit Mühe widerstand er der Versuchung, sich als Freiwilliger den Arbeiterwehren anzuschließen und auf die Barrikaden zu steigen, aber er sah doch ein, dass das hier nicht sein Kampf sein konnte. Nach vier Tagen gaben sich die Putschisten geschlagen.

Ferko konnte es sich leisten, sein abendliches Bier in Auerbachs Keller zu trinken, die Kommilitonen, die dort verkehrten, gehörten zu den rechtsextremen jungen Männern, die den Sportverein »Silberner Schild« gegründet hatten, in dem das Zeitfreiwilligenregiment weiterlebte.

»Komm doch zu uns! Wir können uns doch duzen, unter zukünftigen Kollegen, oder?« Die Einladung kam aus einer fröhlichen Runde. Ferko nahm sein Bier mit und setzte sich zu den vier jungen Herren, die er in Vorlesungen bereits gesehen hatte.

»Gewiss doch und vielen Dank.«

»Nimm Platz, übrigens, Platzmann mein Name, deshalb bin ich für so etwas zuständig. Das ist der Erich, das der Kurt und der Dicke heißt Robert.«

»Franz Radvanji. Freut mich, wenn ich bei euch Anschluss finden kann.«

»Wo kommst du her, aus Ungarn?«

»Aus einer kleinen Stadt, die Betschkerek heißt. Die war bis zum Ende des Krieges Ungarn, ja, Donaumonarchie, jetzt ist sie im Königreich der Serben, Kroaten und Slowenen.«

»Und was hältst du davon?«

Das klang wie eine Fangfrage.

»Ich will Arzt werden.«

»Das ist doch keine Antwort!«

Der Dicke mischte sich ein: »Das ist sehr wohl eine Antwort. Eine unpolitische, aber durchaus verständliche.«

Er solle doch etwas über sich erzählen. Der Vater Tierarzt, aber auch Guts- und Gasthausbesitzer. Als er gefragt wurde, ob er Graf sei, lächelte Ferko, nicht jeder, der im Banat etwas Land habe, sei Adeliger. Und wo er im Krieg gewesen sei? Dass er österreichischer Fähnrich in Albanien gewesen war, brachte ihm Achtung ein. Natürlich wusste er, dass er nicht sagen sollte, er sei Jude. Man hielt ihn für einen Ungarn. In Deutschland wusste niemand, dass ungarisch klingende Namen oft der Magyarisierung zu verdanken waren – als Rotbart wäre er »verdächtig« gewesen. Die Situation belustigte ihn umso mehr, weil er in anderen Kneipen mit kommunistischen Studenten verkehrte. Ferko brauchte nicht viel Schlaf und seine Wirtshausbesuche gingen nie auf Kosten des Studiums. Einigen Professoren war er schon im zweitem Semester angenehm aufgefallen.

Im Sommer wieder zu Hause, erzählte er nicht viel über den Kapp-Putsch, überhaupt wenig über Leipzig. Ja, es sei ganz schön, ja, er müsse viel arbeiten, lesen, Vorlesungen besuchen, nein, keine Mädchengeschichten, dafür habe er keine Zeit. Auch mit dem Vater sprach er nicht viel ausführlicher. Leopold trauerte nur im Stillen Ungarn nach.

Nach dem zweiten Studienjahr kam Ferko mit einem flotten schwarzen Schnurrbart nach Hause, aber nach dem dritten war auch dieses Experiment beendet, er rasierte sich wieder glatt. Als das Ende des Studiums und seine Approbation zum Arzt fast gleichzeitig mit seinem fünfundzwanzigsten Geburtstag bevorstanden, fragte Leopold in einem Brief, was er sich wünsche. Die Antwort fiel ihm leicht: ein Automobil natürlich. Im Sommer 1925 reiste er als Doktor der Medizin in einem Opel 4/12 PS an, einem Zweisitzer, der in grasgrüner Farbe ausgeliefert wurde und im Volksmund den freundlichen Kosenamen Laubfrosch erhalten hatte. Bis dahin waren fast alle Automobile schwarz gewesen. Für den Preis des Autos hätte man im Banat ein Haus kaufen können. Auf dem Beifahrersitz saß Fritzi, eigentlich Franziska Friedemann aus Weimar. Ferko stellte sie seinen Eltern als liebe Freundin vor.

»Ich hoffe, ihr habt nichts dagegen, dass sie das Gästezimmer nimmt …«

Flora und Roza umarmten das Mädchen begeistert, Leopold höflich. Als er mit seinem Sohn allein geblieben war, fragte er: »Ist die junge Dame Jüdin?«

»Zufällig ja, aber das interessiert uns beide nicht. Dich vielleicht? Du warst ja nie religiös ...«

»Das nicht, aber fragen darf man doch ... Und ihre Eltern?«

»Eigentlich hätte ich eher von Mama erwartet, dass sie solche Fragen stellt, Papa ...«

Die Universität in Leipzig wurde 1409 gegründet, gestattete jedoch erst 1870 Frauen, als Gasthörerinnen Vorlesungen zu besuchen, Prüfungen ablegen durften sie noch nicht. Ab 1906 – fast ein halbes Jahrtausend nach Gründung der Hochschule – konnten sich Frauen regulär einschreiben, immerhin früher als politisch tätig werden, denn das Wahlrecht erhielten sie erst in der Weimarer Republik. Die ersten siebenundzwanzig Studentinnen waren überwiegend Töchter von Professoren. Fritzi allerdings Tochter eines Stoffhändlers. Nach dem Weltkrieg, in dem viele junge Männer gefallen waren, beschlossen immer mehr junge Frauen, Medizin zu studieren, denn der Mangel an Ärzten war spürbar.

Als Ferko im sechsten Semester war, ersuchte ihn der Anatomieprofessor, für die Erstsemester zu demonstrieren. Nur zwei Mädchen waren unter ihnen, eine neugierige, ziemlich dicke, kurzbeinige und Fritzi, schwarze Haare, Bubikopffrisur, leuchtende Augen, eine große, mit Steinen, die Rubine imitierten oder vielleicht sogar waren, besetzte Brosche ans Oberteil ihres grauen Kostüms geheftet, viel zu gut gekleidet für die Universität.

»Darf ich eine private Bemerkung machen, Fräulein ...«

»Friedemann, Franziska Friedemann. Gewiss.«

»Mein Name ist Radvanji, ich studiere selbst noch und deshalb erlaube ich mir, Ihnen zu raten, auf der Uni nicht wie zum Kaffeekränzchen bei Ihrer Tante zu erscheinen. Sie verstehen doch, wie ich das meine?«

»Gefalle ich Ihnen so nicht?«

»Gefallen würden Sie mir auch, wenn Sie bescheidener gekleidet wären Fräulein Franziska.«

»Meine Freunde nennen mich Fritzi.«

»Der Name steht Ihnen gut … Passt zur Frisur, Fritzi!

»Haben Sie auch einen Vornamen, Herr … Ich kann mir Ihren Namen nicht so richtig merken.«

»Radvanji. Franjo. Meine Freunde nennen mich Ferko.«

»Fein. Ferko!«

Es ging dann schnell. Zu schnell? Beide hatten in Leipzig bereits Bekannte, aber keine Freunde beziehungsweise Freundinnen. Beide waren lebensfroh, lebenshungrig, Fritzi befreit vom provinziellen und familiären Zwang, sich »anständig« zu benehmen.

Ferko hatte den Krieg und seine Gefahren hinter sich. Im Nachhinein dachte er viel darüber nach, dass ihm im Laufe von Situationen des Kampfes, in denen auf ihn und seine Männer geschossen wurde, hastige Befehle, wie man in Deckung gehen und wie man zurückschießen sollte, wie man am Leben bleiben konnte, leichter gefallen waren als später in aller Ruhe gefasste Beschlüsse. Wie lange hatte er darüber nachgedacht, sich rechtzeitig von der Truppe zu entfernen, albanische Tracht zu besorgen und so den Weg nach Hause zu suchen? Ein Risiko war das gewesen. Von dem Zerfall der Donaumonarchie und dass sich seine Heimat jetzt in einem neuen Staat befand, hatte er nichts gewusst. Jetzt war er schon drei Jahre lang in Leipzig, genoss seine Studien und die Freiheit, die er vor allem der Tatsache zu verdanken hatte, dass er über genug Geld verfügte, im Unterschied zu den meisten Kommilitonen, die ihn dankbar und anerkennend neckten, da er stets die Spendierhose anhatte. Mit seinem seltsamen Namen und als Ungar aus Serbien hatte er etwas Exotisches, das wurde allgemein anerkannt. Er war jetzt dreiundzwanzig Jahre alt und fühlte sich sehr erwachsen. Fritzi mit ihren einundzwanzig auch.

Als sie an einem Maimorgen zum ersten Mal in seinem Bett aufwachten, sagte das Mädchen: »Du bist sehr unruhig im Schlaf, schlägst um dich ... mit dir kann man wirklich nicht schlafen!«

Trotzdem wiederholten sie es fast jede Nacht und erkundeten miteinander alles, was zwei junge, elastische Körper miteinander machen können.

»Wir lernen das Falsche!«, sagte Ferko.

»Wie kommst du gerade jetzt darauf?«

»Die Humanbiologie betrachtet menschliche Sexualität bloß als Funktion der geschlechtlichen Fortpflanzung. Aber im Augenblick wollen wir nichts in dich pflanzen ...«

»Sprich nicht so gemein.«

»Jedenfalls können wir unsere Aktivitäten als Teil unseres Medizinstudiums betrachten.«

»Dann rede weniger und werde aktiv.«

»Was würde Doktor Freud zu uns sagen?«

»Der hat sicher nie richtigen Sex gehabt!«

Einmal hielt er inne und sagte: »Weißt du eigentlich, dass du die schönsten Hände der Welt hast? So schmal, so feingliedrig, so ... so vollkommen!« Und er küsste erst ihre rechte, dann die linke Hand so feierlich, dass beide wieder lachen mussten.

»Nur meine Hände gefallen dir? Hast du nicht bemerkt, dass ich auch schöne Beine habe?«

»Zeig mal her. Das muss ich noch überprüfen!«

Ferko musste sich zusammennehmen, als er sich einverstanden erklärt hatte, ihre Eltern in Weimar zu besuchen. Er kaufte sich für diese Gelegenheit einen seriösen grauen Anzug, einen Zweireiher mit Weste, ließ sich die Haare schneiden. Es war dann weniger schlimm, als er gefürchtet hatte. Als er nach dem Mittagessen von Herrn Friedemann eingeladen wurde, sich doch für einen Augenblick mit ihm in sein Arbeitszimmer zu setzen, wo er die Zigarre dankend ablehnte und bat, bei seinen teuren ägyptischen Zigaretten bleiben zu dürfen, die er einer goldenen Dose entnahm, begann er, ohne auf eine Anspielung zu warten: »Ich glaube ich weiß, was Sie denken, Herr Friedemann, ich habe ja auch einen Vater. Erlauben Sie mir, dass ich Sie in unsere Pläne einweihe. Ich hoffe, dass ich nächstes Jahr meine Approbation bekomme. Ihr Fräulein Tochter wahrscheinlich zwei Jahre später. Ich möchte diese beiden Jahre benützen, um hier meinen Facharzt in Chirurgie zu machen. Erst wenn wir beide Ärzte geworden sind, wollen wir auch formal heiraten.«

Chaim Friedemann hüstelte und sprach dann sehr langsam:

»Ich bedanke mich sehr für Ihre Offenheit, lieber Herr Radvanji. Früher hätte jemand an Ihrer Stelle um die Hand meiner Tochter angehalten und zumindest formal um Erlaubnis gebeten. Sie teilen mir einfach Ihre Beschlüsse mit. Das muss ich akzeptieren. Wir leben in neuen Zeiten. Vieles ist anders, als ich es gewohnt bin, ich bin ein konservativer Mensch …«

»Fritzi hat mir viel über ihre Eltern erzählt.«

»Was nun die Mitgift angeht …«

»Ich komme aus einer wohlhabenden, vielleicht könnte man sogar sagen, aus einer reichen Familie, Herr Friedemann. Fritzi und ich wollen aus unseren eigenen Einkünften als Ärzte leben, wir werden nichts von unseren Familien annehmen.«

Die beiden Herren sahen einander in die Augen, ihre Blicke sagten, dass sie zufrieden miteinander waren.

»Wenn Sie auch im Namen meiner Tochter sprechen, kann ich mich wohl darauf verlassen, dass sie wirklich dieselbe Meinung vertritt.«

»Davon können Sie hundertprozentig ausgehen, Herr Friedemann. Wahrscheinlich führt sie in diesem Augenblick mit ihrer Mutter ein sehr ähnliches Gespräch. Wenn man je von einem Paar sagen konnte, sie seien ein Herz und eine Seele, dann gilt das für Fritzi und mich, Herr Friedemann.«

Für Franziska war Betschkerek eine neue Welt, vergleichbar weder mit Weimar, einer etwa gleich großen, aber irgendwie viel altehrwürdigeren Stadt, noch mit der Metropole Leipzig. Mit ihren Augen sah Ferko seine Geburtsstadt anders. Durch die Hauptstraße zog auch weiterhin diese blöde Dampflokomotive ihre Waggons und stieß pfeifend kleine Rauchwolken in den Himmel, das fand Fritzi lustig, aber keineswegs städtisch, die wuchtige katholische Kirche auf dem Hauptplatz dominierte, aber sie war weder schön noch groß, der schmale Fluss, der eigentlich ein Kanal war, ließ sich über die relativ neuen Eisenbrücken überqueren, trotzdem wollte Fritzi, wenn es nach Hause in die Radványi-Villa ging, mit den schwarzen Booten über das trübe Wasser gebracht werden.

»Nach Amerika!«, rief sie. »Und wann fahren wir in das richtige Amerika, Ferko?«

»Bald, sehr bald!« Dazu würde es freilich nie kommen, nie.

Franziskas kurze Röcke, die kaum bis zum Knie reichten, wurden von den Frauen Betschkereks mit schönen Waden stürmisch gelobt und bald nachgeahmt, von den dicklichen als primitiv und unmoralisch verpönt. Jedenfalls war die junge Deutsche Stadtgespräch. Ob sie Jüdin war, fragten nur die Juden, sie waren beruhigt, dass der Radványi Ferenc keine Schickse mitgebracht hatte.

Das offene grüne Auto wurde allgemein bestaunt, aber Fritzi ärgerte sich über die im Sommer furchtbar staubige Landstraße nach Perlez. Ferko erklärte, es würde bald noch schlimmer kommen: »Wenn wir im Winter, wenn die Gojim Weihnachten feiern, wiederkommen, wirst du sehen, wie sich alles bis auf die Hauptstraßen in der Stadt in Schlamm verwandelt. Dann werden wir mit dem Auto gar nicht durchkommen …«

»Sondern?«

»Mit einem Pferdegespann natürlich. Und wenn genug Schnee gefallen ist, mit Schlitten.«

»Wie in Russland? Das muss aufregend sein.«

Jedermann mochte Fritzi, sowohl in der Stadt als auch im Dorf. Und man fragte sich, wo die Hochzeit denn stattfinden würde. Und wie. Man wartete zunächst vergeblich auf eine Antwort, aber nicht sehr lange.

Junge Menschen hatten in den zwanziger Jahren des zwanzigsten Jahrhunderts, nachdem der Krieg vorbei war und man glaubte, dass ewiger Frieden herrschen würde, vor allem vor zweierlei Angst: vor Geschlechtskrankheiten und vor ungewollten Schwangerschaften. Ersteres war für Fritzi und Ferko kein Problem, aber die angehenden Mediziner hatten etwas falsch berechnet. Gerade in einer Phase, als sie sich ein wenig zurückhielten, weil für ihn die letzten Prüfungen anstanden, sagte Fritzi mit kaum veränderter Stimme im Wirtshaus, in dem sie beide, wie er glaubte, nur schnell eine Bratwurst essen und ein Bier trinken wollten: »Also, Herr Doktor in spe, wenn wir nichts unternehmen, wirst du bald nicht nur Arzt, sondern auch Vater sein.«

»Du bist …?«

»Ja.«

Er neigte sich so schnell über den Tisch, um sie zu küssen, dass die Biergläser auf den Boden fielen: »Ich will Vater werden!«

»Pass auf, Vater werden ist nicht schwer, Vater sein dagegen sehr!«

»Es soll so schöne Hände haben wie du.«

Dann bat er im Saal um Ruhe, rief, dass er um die Hand dieser wunderschönen Frau hier angehalten habe, und sie Ja gesagt habe!

»Du hast ja gar nicht um meine Hand angehalten, Mistkerl!«, sagte sie. »Und ich habe keineswegs schon eingewilligt!«

»Wieso nicht? Soeben und vor allen Leuten!«

Er bestellte eine Runde für alle Anwesenden.

Es musste schnell geregelt werden. Sie heirateten standesamtlich in Leipzig und benachrichtigten ihre Eltern nachträglich. Da sie Leopold und Flora so in der Eile, in der sie jetzt handeln wollten, nicht herbeibestellen konnten, sagten sie auch den Friedemanns nichts im Voraus.

Ferko erhielt problemlos die Approbation. Dann schickte das junge Paar ein langes Telegramm nach Betschkerek mit der Mitteilung, dass die alten Radványis sich auf ein Enkelkind freuen sollten, und fuhr nach Weimar, denn Fritzi wollte ihr Kind bei ihren Eltern zur Welt bringen und dann ihr Studium der Medizin beenden. Ferko würde seinen Facharzt als Chirurg machen. Leopold und Flora machten sich auf den Weg nach Deutschland, die werdende Mutter sollte sich keiner langen Fahrt aussetzen.

Radványis und Friedemanns, jetzt die »alten« Radványis und Friedemanns, lernten einander kennen und verstanden sich auf den ersten Blick. Oder taten zumindest so. Sie hatten keine andere Wahl.

Es wurde ein Junge. Er wurde als Rudolf beim Standesamt eingetragen. Zum Entsetzen der Friedemanns beschloss der junge Doktor Radvanji, seinen Sohn nicht beschneiden zu lassen.

»Ob er Jude, Christ oder Buddhist sein will, soll er entscheiden, wenn er alt genug ist, um zu verstehen, worum es geht!«

Leopold verlor zu dem Thema kein Wort. Es gefiel ihm

nicht, aber er hatte auch so manches getan, was seinem Vater nicht gefallen hatte. Eines freute ihn doch: »Wunderbar, Ferko, dass du für deinen Sohn einen habsburgischen Namen gewählt hast. Kronprinz Rudolf war mit ungarischen Adeligen befreundet …«

»Tut mir leid, Papa, aber an diesen Rudolf, diesen Lebemann und Selbstmörder, habe ich überhaupt nicht gedacht. Du weißt doch, was ich von Königen und Kaisern halte.«

»Ja, an wen dann?«

»An Rudolf Virchow habe ich gedacht. Der war nicht nur ein wunderbarer Mediziner, Begründer der modernen Pathologie, ohne seine Erkenntnisse wäre es viel gefährlicher zu operieren, er war auch politisch stark engagiert, aktiver Teilnehmer der Märzrevolution, später Abgeordneter des Reichstags.«

»Du bist ja richtig in Fahrt gekommen«, sagte Leopold enttäuscht.

»Ja. Er ist ein Vorbild für mich, der große Virchow. Er hat auch gesagt, dass er viele Leichen seziert, aber nie eine Seele gefunden habe.«

»War er vielleicht Freimaurer?«

»Der Virchow?« Ferko lächelte. »Das weiß ich nicht. Vorstellen könnte ich mir das schon, wenn es dich beruhigt, Papa.«

4. FRANZISKA

Doktor Franjo Radvanji wollte sich nicht in seiner Heimatstadt niederlassen, er trat 1926 eine Stelle als Chirurg im Städtischen Krankenhaus in Novi Sad an, das erst 1909 gegründet worden und modern ausgerüstet war. Im Vergleich zu Betschkerek war es eine größere, lebendigere Stadt, Sitz des Donaukomitats. Franziska würde sich hier viel besser fühlen, erklärte er seinen Eltern und Roza, er meinte aber vor allem, dass ihm selbst die größere Stadt mehr behagen würde. Die Verbindung zwischen den zwei Städten war umständlich, Novi Sad befand sich in der Batschka, Betschkerek und Perlez im Banat, die beiden Regionen waren voneinander durch die Theiß getrennt, mit dem Automobil oder einer Kutsche musste man die Fähre über den Fluss nehmen oder einen beträchtlichen Umweg über Belgrad machen.

Den Laubfrosch ließ Ferko in der Scheune in Perlez stehen, er hatte sich inzwischen einen DKW F1 gekauft, eines der weltweit ersten Automobile mit Frontantrieb, eine vorerst verächtlich beschmunzelte Novität.

In Novi Sad fand er in der Miletić-Straße eine ideale Wohnung, die sich über den ganzen ersten Stock erstreckte, sechs Zimmer, eine Dienstbotenkammer, ein Badezimmer mit Gasboiler, zwei getrennte Eingänge. Zwei Zimmer wurden Fritzis Ordination und Wartezimmer, vier blieben für die Familie übrig.

Der kleine Rudolf wurde die ersten zwei Jahre vor allem von seiner Großmutter in Weimar betreut, Fritzi, die ihr Medizinstudium erfolgreich beendet hatte, beschäftigte sich mit modernen medizinischen Apparaten, der Tiefenwärmung des

Körpers mittels Hochfrequenzstrom, mit Quarzlampen aus Hanau, die Linderung für Tuberkulosekranke brachten, jedoch auch die Möglichkeit anboten, den Körper zu bräunen, als wäre man irgendwo am Meer auf Sommerfrische gewesen. Zwar hatte Ferko seinerzeit jede Mitgift abgelehnt, aber er konnte nicht verhindern, dass Friedemann für seine Tochter einige der neuesten medizinischen Apparate erwarb. Natürlich hatte er keine Einwände, als sie in Novi Sad ankamen. Nachmittags ab vier Uhr übernahm er die Ordination und behandelte vor allem orthopädische Leiden, Knochenbrüche und Verrenkungen, dafür eignete sich die Bestrahlung mit wärmenden Lampen ebenfalls.

Man richtete sich ein. Sie stellten Piroska, eine junge Ungarin, als Hausmädchen ein, für Rudolf – den man auch Rudi nannte – engagierten sie eine pensionierte Lehrerin, Viktoria Panić, eine wirklich feine Dame alter Schule. Ihr Sohn arbeitete als Architekt in Belgrad und hatte nie geheiratet, die Tochter war früh an Tuberkulose verstorben. Sie kam morgens um acht, blieb auch zum Mittagessen und oft bis zum späten Abend, brachte dem Kind spielend erst die serbische Sprache bei, dann auch ein wenig rechnen, Ungarisch schnappte er schon bald auf der Straße auf. Leopold lächelte, das war ja fast so wie damals, als er die Witwe Meisch angestellt hatte. Tiere erbten unbewusst vieles, was ihre Eltern vor ihrer Geburt getan oder gewusst hatten, augenscheinlich stimmte das auch für Menschen.

Frau Viktoria verbesserte den Jungen bei jedem Fehler, mitunter sagten sie einander deutsche Gedichte auf. Für sie war Rudi ein Ersatzenkel, für ihn sollte sie für viele Jahre die wichtigste Bezugsperson werden. Omama Flora kam manchmal zu Besuch, blieb einige Tage, kochte dann etwas Besonderes und war ein wenig eifersüchtig auf Viktoria, wie früher auf die Frauen, die ihren Sohn betreut hatten.

Für die Ordination stellte man eine junge, vor Kurzem von ihrem Mann, einem Säufer, geschiedene Serbin ein, Mariza. Sie sprach ebenfalls gut Deutsch und diente am Anfang oft als Dolmetscherin zwischen der Frau Doktor und den Patienten.

Ferko arbeitete viel, aber Fritzi noch viel mehr. Sie lernte Serbisch, studierte den Fortschritt der Gerätemedizin in Zeitschriften, die sie abonniert hatte, kümmerte sich um ihre Patienten, machte am Abend Hausbesuche. Das fröhliche Lachen war ihr abhandengekommen, aber Ferko fiel es nicht auf. Nicht sofort. Sie waren dabei, sich im Alltag auseinanderzuleben.

»Sind wir Juden?«, fragte Rudolf einmal beim Mittagstisch.

»Ja«, sagte Ferko. »Wie kommst du darauf?«

»Na, der Mita, der am besten Fußball spielt, hat mich gefragt und ich war nicht sicher, ich habe nur gesagt, wir essen Speck und Schweinefleisch und alles und ich glaube, Juden tun das nicht.«

Ferko versuchte zu erklären, dass Abstammung und Religiosität nicht dasselbe seien, an seiner Herkunft könne man nichts ändern, was man glauben wolle, entscheide man hingegen, wenn man alt genug sei. Fritzi lächelte und sagte nur, ihre Eltern seien gläubig, aber nicht zu sehr.

»Deshalb gehen wir weder in irgendeine Kirche noch in die Synagoge?«

»So ist es.«

Rudolf hatte keine weitere Fragen über das Judentum. Noch nicht.

Zum Abendessen gab es Butter, Aufschnitt, manchmal das Aufgewärmte vom Mittag, immer einen Gespritzten; Weißwein, eine Flasche Sodawasser und ein Krug mit Leitungswasser standen stets auf dem Tisch. Nach dem Abendessen pflegte Ferko seinen Sohn mit einem Gutenachtkuss ins Kinderzimmer zu schicken. Fast jeden Abend wechselte er dann das Hemd und schlug seiner Frau vor, sich ebenfalls umzuziehen, um noch einmal auszugehen und das Leben zu leben, aber sie war fast immer zu müde. Eines Abends, als sie nachgegeben hatte, spazierten sie durch die Sommernacht in das nahe Donauviertel mit den alten Gasthäusern und setzten sich in einen Garten mit Zigeunermusik. Ferko bestellte seine Lieblingslieder, aber Fritzi wurde bald unruhig: »Ob Piroska mit Rudolf zurechtkommt …«

»Sei keine Spielverderberin, sei doch nicht so nervös, Geliebte … sicher ist zu Hause alles in bester Ordnung.«

Mit einem Kuss auf die Wange versuchte er sie zum Bleiben zu überreden, er küsste ihre beiden Hände, aber es war nicht zu übersehen, dass sie wegwollte, die Musik ging ihr auf die Nerven. Der Abend war verdorben und bald brachen sie nach Hause auf.

»In Leipzig sind wir doch immer so gern ausgegangen«, sagte er.

»Gewiss, aber heute Abend geht das irgendwie nicht. Ferko, wir sind älter geworden!«

Er fühlte sich keineswegs alt.

Immer öfter ging er allein aus, und wenn er nach Mitternacht leicht beschwipst, allerdings nie betrunken, ins Bett kroch und sich an seine schlafende Frau schmiegen wollte, stieß sie ihn weg und sagte: »Lass das, ich bin müde.«

Durch die Vorhänge drang genug Licht von der Straße. Fritzi hatte ihm den Rücken zugewandt. Bevor er einschlief, betrachtete er noch die makellos weiße Haut ihrer schön geschwungenen Schulter. Er war verliebt in seine Ehefrau und das war gut, aber erwiderte sie diese Liebe noch so wie am Anfang ihrer Beziehung? Fritzi liebte ihren starken, tüchtigen Mann, begriff aber nicht, warum er nach einem mühevollen

Tag noch einmal ausgehen, champagnisieren, Zigeunermusik hören musste. Sie liebten sich aneinander vorbei. Zu ihrem Vater in Weimar hatte Ferko gesagt, sie seien ein Herz und eine Seele. Das war damals wahr gewesen, stimmte aber nun nicht mehr.

Im Sommer des Vorjahres, als sie einige Tage in Betschkerek und danach in Perlez gewesen waren, hatte Leopold seinen Sohn darauf angesprochen, seinem Beispiel zu folgen. Ein gesetzter Mann, ein angesehener Chirurg und Familienvater wie er, sollte sich den Freimaurern anschließen.

»In Novi Sad leuchtet unser Licht in der Loge ›Stella solaris‹. Söhne von Brüdern werden gerne aufgenommen, in unserem Jargon nennt man sie Luftons. Ich könnte …«

»Ich habe keine Zeit für diesen Zirkus, Papa.«

»Hältst du mich für einen Zirkusclown?« Leopold fiel plötzlich wieder Selma ein, seine Zigeunerprinzessin, seine Zirkusreiterin. Seine Jugend in Budapest. Aber diese Bemerkung seines Sohnes war wirklich beleidigend.

»Es ist dein Leben.«

»Das ist es, Papa. Sei mir nicht böse …«

»Warum sollte ich?«

War er doch verärgert? Jedenfalls freute er sich immer aufrichtig, wenn sie zu Besuch kamen.

Als sie zum ersten Mal in der Geburtsstadt seines Vater die neue Badeanstalt am Begakanal aufsuchten, murrte Rudolf allerdings.

»Das kann man doch nicht mit dem Strand in unserem Novi Sad vergleichen!«

Der von hohen Pappeln bestandene, zwei Kilometer lange Donausandstrand in Novi Sad, den eine bunte Schar origineller Umkleidekabinen säumte, galt als die schönste Fluss-Badeanstalt Europas, vielleicht der ganzen Welt. Zumindest war jedermann in Novi Sad davon überzeugt.

An die neuen Umstände und Lebensregeln im jetzt serbisch dominiertem Banat konnten sich nicht nur Ungarn schwer gewöhnen, auch die serbische Bürgerschaft hatte Probleme, es schien, als hätte sich zu viel verändert. Das Alte, Konservative, Herrschaftliche war abhandengekommen. Alles modernisierte sich zu schnell, das Lebenstempo hatte sich beschleunigt. Allmählich fand man sich jedoch damit ab, dass man sich an Belgrad orientieren, nach Süden schauen musste. Budapest und Wien waren längst kein Vorbild mehr, sondern Hauptstädte zerfallener, besiegter Staaten.

Am 29. September 1934 wurde die Stadt Veliki Bečkerek in Petrovgrad umbenannt. Schon 1928 war für König Petar I. Karadjordjević ein Reiterdenkmal auf dem Hauptplatz vor der katholischen Kirche errichtet worden, jetzt sollte auch der Name der Stadt an ihn als Befreier der Serben, Kroaten und Slowenen erinnern. Ungarn und Deutsche waren eher skeptisch. Die Betschkereker, jetzt Petrovgrader Juden hatten sich meist als Ungarn gefühlt, manche bereits als Serben, nun nannten sie sich Serben mosaischen Glaubens. Zehn Tage nach der feierlichen Umbenennung, am 9. Oktober, wurde der Sohn des Bronzereiters, der jugoslawische König Aleksandar I., in Marseille von einem mazedonischen Terroristen, der von kroatischen Faschisten gedungen war, erschossen.

Einige Wochen später kam Lorenz, wie üblich mit einem großen Korb voller Eiern, Schinken, Speck und Wurst, aus Perlez nach Novi Sad und erzählte Ferko stolz, er sei in den Deutschen Kulturbund eingetreten. Das Reich sei Jugoslawien wohl gesonnen, der beste Beweis sei ja, dass der Reichsmarschall persönlich zur Bestattung des Königs gekommen sei.

Ferko sagte, solche Morde seien schrecklich, die Beschäftigung mit Kultur wichtig, er selber habe leider keine Zeit für Politik, denke nicht einmal viel darüber nach.

»Da ist dein Vater aber anderer Meinung, der hat alle Zeitungen abonniert und sich einen Radioapparat angeschafft, damit er Nachrichten aus aller Welt hören kann. Punkt Mitternacht schaltet er Radio Budapest ein und hört sich andächtig die ungarische Hymne an.«

Die ungarische Hymne? Davon konnte also der alte Tierarzt nicht lassen. Ferko wollte dem Deutschen nicht eingestehen, dass er gerade ebenfalls beschlossen hatte, sich so ein neues Gerät anzuschaffen. Ihn interessierten die Veränderungen in Deutschland sehr, aber dass sie für seine Familie lebensgefährlich werden würden, ahnte er nicht. Noch nicht.

Dank Viktorijas guter Vorbereitung hatte Rudolf überhaupt keine Probleme in der Schule. An seine ersten beiden Lebensjahre in Deutschland konnte er sich zwar nicht erinnern, aber seine Eltern hatten Wert darauf gelegt, die deutsche Sprache zu pflegen. Er sprach sie wie gebildete Deutsche, nicht wie die hiesigen Donauschwaben oder die Ungarn, die ihren charakteristischen Akzent nie verleugnen konnten. Auch weiterhin erhielt er regelmäßig Englischunterricht, es gelang ihm, »Robinson Crusoe« parallel im Original und der serbischen Übersetzung zu lesen.

In Novi Sad bildeten sich in der Schule kleine Gruppen. Rudolf setzte sich durch. Man hat immer einen besten Freund. Sein bester Freund wurde der Serbe Marko, Sohn eines Maschinenmeisters in der Marmeladefabrik »Kulpin«. Er spielte sehr gut Fußball und noch besser Schach, konnte blind simultan gegen vier Gegner antreten und gewinnen. Trotz dieser augenscheinlichen Gabe, die ein perfektes Gedächtnis erforderte, war er in den meisten Fächern im Gymnasium eher mittelmäßig.

»Das ist doch alles langweilig!«, sagte er. »Warum soll ich büffeln, wann welcher Idiot König oder Fürst geworden ist? Nun ja, in Chemie sollte ich besser sein, das braucht man, um eine anständige Bombe zu bauen …«

»Was hast du mit Bomben vor?«, fragte Rudolf irritiert. »Ich ziehe Schokoladebomben vor, für die muss man keine Chemie lernen, sondern genug Kleingeld in der Tasche haben, um sie in der Konditorei kaufen zu können.«

Leopold ritt noch immer gerne und gut. Wenn Ferko mit Rudolf nach Perlez kamen, galoppierten Vater und Sohn über die Stoppelfelder dem herbstlichen Sonnenuntergang entgegen, saßen dann zufrieden und ermüdet unter der Linde vor dem Wirtshaus »Zum weißen Krug«. Auch Rudolf begann auf einer braven Stute reiten zu lernen, Leopold hatte darauf bestanden und es abgelehnt, ein Pony für ihn zu kaufen: »Er soll auf Pferden reiten wie sie bei uns üblich sind!«

Eines Abends gesellten sich zwei ältere Herren an Ferkos Tisch in einem Wirtshaus in Novi Sad. Da alle Tische besetzt waren, hatten sie höflich auf Ungarisch gefragt, ob es, bitte, genehm sei. Sie stellten sich gegenseitig vor, da sagte der eine interessiert: »Mein Name ist Barna, ich bin aus Budapest. Entschuldigen Sie, ich habe einen Herrn Radványi gut gekannt, der bei meinem Vater studiert hat. Ihr Name ist ja nicht sehr häufig.«

»Veterinärmedizin?«, fragte Ferko.

»Ja.«

»Das wahr wohl mein Vater Leopold Radványi.«

»Richtig, Leopold. Der Leo! Ich möchte Ihnen nicht zu nahe treten, aber in so einer fröhlichen Gesellschaft darf ich es gewiss sagen, weil wir beide, Ihr Herr Papa und ich, oft so wie wir hier jetzt nachts zusammengesessen sind – er war ein echter Schwerenöter ...«

»Mein ernster, solider, zurückgezogener Vater? Das kann ich mir gar nicht vorstellen.«

»Ja, ja, mein Vater, der Hochschulprofessor Barna, soll ja auch einmal jung gewesen sein ... und ich auch.«

Und Herr Barna aus Budapest erzählte von dem finanziell gut ausgestatteten Studenten Leo und seiner großen Liebe, der Zirkusreiterin.

»Ein Zigeunermädchen, aber was für Beine! Und Augen! Ihr Herr Vater hat ja nicht mit ihr geprahlt, aber wir alle haben davon gewusst.«

Deshalb also war sein Vater so zusammengezuckt und hatte so unnötig energisch bestritten, dass er ein Zirkusclown war. Dann habe ich doch diese meine Gene von ihm, dachte Ferko, nur sind die Zeiten jetzt besser für ein fröhliches Leben.

Aniko Darabos war eine ausgesprochen schöne, jungverheiratete Frau und wurde mit schweren Bauchschmerzen ins Krankenhaus eingeliefert. Ferko hatte Nachtdienst und stellte eine akute Blinddarmentzündung fest, die sofort operiert werden musste. Man telefonierte, ihr Mann, ein wesentlich älterer Herr, Besitzer einer großen Holzhandlung, einiger Wälder und eines Sägewerks in Bosnien, kam sofort. Ferko musste ihn beruhigen: »Ihre Frau Gemahlin ist jung, hat einen gesunden Körper, gute Muskeln, es wird ein Routineeingriff sein.«

Und so war es auch.

Einige Zeit danach lud die Genesene ihn ein, um ihm noch einmal ihren Dank auszusprechen. Er möge doch, bitte, morgen Nachmittag in die Konditorei »Dornstetter« kommen. Sie war der berühmten Budapester Konditorei »Gerbeaud« nachempfunden und lag diskret hinter der katholischen Kirche. Ferko dachte, es würde eine Familienbegegnung werden, also lud er Fritzi dazu ein, ein wenig in der Hoffnung, die beiden jungen Damen könnten Freundinnen werden. Aber Fritzi lehnte schroff ab: »Ich habe den ganzen Tag Patientinnen, ich bin zu müde für so einen Quatsch … Aber du kannst Rudi und mir gern etwas Leckeres mitbringen …«

Ferko und Aniko Darabos trafen gleichzeitig ein.

»So pünktlich, gnädige Frau?«

»So reden mich nur Verkäuferinnen und Dienstboten an, ich heiße Aniko, wie Sie ja wissen müssen, Herr Doktor.«

»Mich nennen meine Freunde Ferko.«

Sie nahmen am großen Fenster zum Hinterhof der Kirche Platz und Aniko willigte ein, dass er zur Kirschtorte Eierlikör bestellte.

»Ihr Mann wird sich nicht zu uns gesellen?«

»Nein, der ist für eine Woche in Bosnien in seinen Wäldern und kümmert sich um den Lohn der Holzfäller. Ich bin oft einsame Strohwitwe.«

Zwei Knöpfe ihrer sonnenblumengelben Bluse waren geöffnet, ihr ohnehin ziemlich kurzer Rock war beim Sitzen etwas nach oben gerutscht. Sie verfolgte seinen Blick und sagte: »Sie haben ja schon ziemlich viel von mir gesehen. Mein Mann hat mir mitgeteilt, dass ich Ihnen augenscheinlich gefallen habe.«

Ferko wurde rot, sie nicht. Sie behauptete, sie koche einen besseren Kaffee, als man ihn in diesem Lokal anbiete und ob er nicht …

Das Liebesspiel mit ihr erinnerte ihn an seine ersten Nächte mit Fritzi, die jetzt immer so müde und abweisend war. Gegen sieben telefonierte er nach Hause, man habe ihn dringend ins Krankenhaus gerufen. Ja, aus der Konditorei, er teile ja immer mit, wo er zu finden sei. Als er schon auf dem Weg nach

Hause war, fiel ihm ein, dass er versprochen hatte, Süßigkeiten mitzubringen. Die Konditorei war zum Glück noch geöffnet.

Aniko hatte viel Zeit, ihr Mann war häufig auf Reisen, für Ferko war es mitunter ziemlich anstrengend, Ausreden zu finden. Er hoffte, Fritzi sei so beschäftigt, dass sie nichts bemerken würde, aber da irrte er, von Fraueninstinkten haben Chirurgen keine Ahnung, die kommen nicht unter ihren Messern vor.

Ferko berief sich immer öfter auf Nachtdienste. Zwei Kollegen seien krank, sagte er. Als Fritzi zum ersten Mal kurz vor Mitternacht im Krankenhaus anrief, sagte die Schwester, der Herr Doktor habe gerade eine Operation, das schien ihr verdächtig, aber die Schwester verbesserte sich, nein, er komme gerade aus dem OP. Er hatte also nicht gelogen. Sie fragte, ob er übermorgen Mittag Zeit habe, etwas länger zu Hause zu bleiben, sie wolle eine gute Freundin mit ihrem Mann zum Essen einladen. Selbstverständlich, sagte er, er freue sich. Beruhigt war sie trotzdem nicht. Sie konnte nicht einschlafen, stellte sich seinen Körper, seine festen Arme, seine langen Beine vor, wie sie einen fremden Frauenkörper umschlungen hielten. In der nächsten Nacht schmiegte sie sich im Bett an ihn, er wandte sich ihr sofort zu, es ging schnell, zu schnell? War sie etwas anderes gewöhnt, hatte sie sich abgewöhnt, so zu lieben wie früher? Bin ich eifersüchtig geworden?, fragte sie sich. Sollte ich mich nicht schämen?

Eines Abends, als er sich gerade anschickte, ins Wirtshaus zu gehen, um noch ein Bier zu trinken, fragte sie ihn direkt: »Hast du eine Geliebte, Ferko? Gehst du jetzt zu ihr?«

»Nein. Ich gehe ins Wirtshaus in die Donaustraße, komm doch mit!«

»Ich müsste mich umziehen …«

»Zieh dich um, ich warte.«

»Nein, danke. Ich bin zu müde …«

Diesmal hat er gewiss nicht gelogen, dachte Fritzi, aber … Ferko hatte schon immer die Gewohnheit gehabt, sich abends, wenn er ausging, umzuziehen. Um seine Wäsche kümmerten sich die Dienstboten. Sollte sie kontrollieren, ob da verdächtige Flecken zu finden waren? Die Wäscherin fragen? Fritzi schämte sich, solche Gedanken zu haben.

Für eines der nächsten Wochenenden meldete er im Voraus an, er würde gar nicht nach Hause kommen, sondern den Tagdienst mit dem Nachtdienst verbinden. Das kam selten vor, aber es war nicht zum ersten Mal. Tatsächlich fuhr er mit Aniko in ein Hotel auf dem nahen Berg Fruška Gora. Fritzi rief um neun Uhr im Krankenhaus an, sie hatte vor, ihn zu fragen, ob sie ihm etwas vom Braten schicken solle, wenn ihm die Krankenhauskost zu fad sei. Aber er war nicht da, und es stellte sich heraus, dass er nicht nur keinen Nachtdienst hatte, sondern auch am Tag nicht da gewesen war. Sie wollte mit dem Kollegen sprechen, der in vertrat, der meldete sich auch gleich: »Doktor Szendre, guten Abend, Frau Kollegin!«

»Wann ist mein Mann weg aus dem Dienst?«, fragte sie zu unwirsch und nervös, um ihn zu grüßen. Das ärgerte ihn.

»Ich habe ihn heute nicht gesehen und bin den ganzen Tag hier. Ich bin nicht sein Leibwächter. Übrigens, trotzdem wünsche ich Ihnen einen guten Abend, Frau Kollegin, und entschuldigen Sie mich, ich habe genug zu tun.« Er hängte auf. Wusste man in der Stadt, dass ihr Mann eine Geliebte hatte?

Als Ferko Sonntag am späten Nachmittag nach Hause kam, fand er an der Tür zu Fritzis Ordination ein Blatt Papier angeheftet: »Die Ordination bleibt aus familiären Gründen bis auf Weiteres geschlossen.« Bebend schloss er die Tür zur Wohnung auf, Piroska und Rudolf liefen ihm entgegen:

»Wo ist meine Frau?«, schrie er und gleichzeitig der zehnjährige Rudolf: »Wo ist Mama?«

»Die Frau Doktor hat zwei Koffer gepackt und ein Taxi gerufen, sie hat für den Herrn Doktor einen Brief auf ihrem Schreibtisch gelassen.«

Ferko warf seinen Hut auf einen Stuhl, legte nicht einmal seinen leichten Mantel ab, eilte in die Ordination, Rudolf ihm nach, er riss den blauen Umschlag auf.

»Du hast festgestellt, dass ich für dich zu müde bin. Recht hast du. Du bist nie müde. Ich habe genug, ich fahre nach Hause, mich ausruhen.« Das war alles. Nicht einmal eine Unterschrift. War sie in Weimar bei ihren Eltern immer noch »zu Hause«? Nicht hier mit Mann und Sohn?

»Wo ist Mama?«, wiederholte Rudolf jetzt leise, aber erschrocken.

»Opapa ist krank, sie musste zu ihm …«, log Ferko schlagfertig.

»Aber warum hat sie mir das nicht gesagt?«

»Wahrscheinlich war sie im Augenblick zu bestürzt. Es geht alles in Ordnung, keine Sorge, wir fahren morgen nach Petrovgrad zu deinen Großeltern und Tante Roza.«

»Ich habe doch Schule!«

»Ich werde deinen Klassenlehrer anrufen und ihm Bescheid geben.«

Am nächsten Tag freute sich Rudolf über die Autofahrt und natürlich auch, dass er einige Tage nicht in die Schule gehen musste. Es war windig auf der Fähre über die Theiß, am Banater Ufer hing am Ast einer Akazie ein riesengroßer Fisch. Stolz erzählten die Fischer, es sei ihr bester Fang überhaupt, der Wels sei sicher über hundert Kilogramm schwer. Der Junge wunderte sich: »Ich habe geglaubt, dass so große Fische nur im Meer vorkommen.«

Seinen Eltern erzählte Ferko zunächst dieselbe Geschichte von der schweren Krankheit seines Schwiegervaters. Aber etwas später berichtete er seinem Vater die Wahrheit, er solle um Himmels willen nicht in Weimar anrufen. Leopold war sehr ungehalten und fragte, ob Ferko sich nicht wenigstens nachträglich schäme.

»Es sind deine Gene, Vater. Ich habe in Novi Sad einen Herrn Barna aus Budapest kennengelernt und er hat mir von deiner Zirkusprinzessin erzählt.«

Leopold schüttelte den Kopf: »Ich war damals Student, kein fertiger Arzt und Familienvater. Deine Mutter habe ich nie betrogen, obwohl sie oft krank und müde ist und ich in den sogenannten besten Jahren ...«

Am nächsten Tag fuhr Ferko nach Weimar und konnte mithilfe der Friedemanns Fritzi bewegen, mit ihm zurück nach Novi Sad zu kommen. Schon des Kindes wegen. Und es würde nie wieder geschehen. Sie sei seine einzige, große Liebe. Sie habe die schönste Hände auf der Welt, ihr Sohn und ihre Patienten warteten auf sie. Sie seien beide überarbeitet und oft zu müde gewesen, nur habe er eben als Mann anders darauf reagiert. Es wurde nicht in allen Einzelheiten festgelegt, was nie wieder geschehen würde. Man tat so, als lebte man weiter wie zuvor, als sei nichts geschehen. Männern wurde immer noch mehr nachgesehen als Frauen, aber Fritzi war mit dieser Welt nicht einverstanden, war es nie gewesen. Damals in Leipzig hatte ja eigentlich sie die Initiative ergriffen, man konnte sagen, sie habe Ferko verführt. Ferko hatte wohl die zwanzigjährige Fritzi in Aniko gesucht.

»Sie hätten mich ein wenig decken können, Kollege«, sagte Ferko zu Szendre, als er wieder im Dienst war.

»Warum sollte ich für Sie lügen. Ich habe im Unterschied zu Ihnen keine Zeit herumzuficken, ich komme aus keiner steinreichen jüdischen Familie!«

Rudolf beendete die vierte Klasse der Volksschule mit besten Noten und fuhr mit der Organisation »Jadranska Straža« – »Die Wacht auf der Adria« – zum ersten Mal von Petrovgrad aus ohne die Eltern an die Adria.

Je acht Jungen waren in einem Coupé der Holzklasse eingeteilt und sollten sich für die Nacht einrichten. Die Kleinsten wurden hinauf auf die Gepäckablage geschubst, die Stärksten, wie Ferko, streckten sich auf den Bänken aus, die übrigen mussten sich auf den Koffern, die auf den Boden gelegt waren, zurechtfinden. Die Nacht verging trotzdem im Flug, das Rattern der Räder und gelegentliche Pfeifen und Zischen der großen Dampflokomotive wirkten einschläfernd.

Der erste Ruf am Morgen war: »Das Meer!«

Rechts schimmerte die blaue Unendlichkeit.

In Split wurden sie mit zwei Bussen zum Hafen gebracht, stiegen auf ein Dampfschiff, um ans Reiseziel zu gelangen, den kleinen Ort Omiš. Den Geruch von Rauch, Teer und noch etwas Unbeschreiblichem auf dem Deck würde Rudolf sein Leben lang nicht vergessen.

Die Stadt Omiš auf einer Landzunge an der Mündung des Flusses Cetina in die Adria liegt unter dem tausenddreihundertneununddreißig Meter hohen Berg Mosor. Oberhalb der Siedlung stehen Ruinen zweier ehemaliger Piratenburgen, Mirabella aus dem dreizehnten und Starigrad aus dem fünfzehnten Jahrhundert.

Das Kinderheim war ein moderner, zweistöckiger Bau, nur durch eine Landstraße von einer großen Terrasse und dem Meer getrennt und einige Hundert Meter von der Stadt entfernt. Gleich daneben befand sich eine kleine Werft für Fischerbarken. Weniger erfreulich fand Rudolf die großen Schlafsäle mit eisernen Stockbetten und dünnen Matratzen. Bisher hatte er immer ein eigenes Zimmer gehabt, jetzt husteten, quatschten, furzten fremde, unangenehme Jungen durcheinander. Schlimmer noch, alle waren miteinander befreundet oder kannten einander zumindest, er jedoch war ein Fremder.

Der Präsident der Jadranska Straža, der diesmal mitgekommen war und natürlich eine eigene kleine Suite im Heim bewohnte, war Doktor Mischa Matić, geboren im Dorf Opovo ganz nahe bei Perlez, ein Arzt aus Petrovgrad, Logenbruder und Freund seines Großvaters. Er nahm Rudolf beiseite, um sich mit ihm zu unterhalten, fragte, wie er sich fühle, was dem Jungen einen gewissen Respekt bei den Kameraden einbrachte, aber den Abstand zu ihnen noch vergrößerte.

Zum Frühstück und zur Nachmittagsjause gab es Milchkaffee in Blechschalen und Weißbrotschnitten mit Zwetschkenmarmelade, die er zu Hause nie gegessen hätte, aber auch die Näpfe für die Suppe und die Teller waren aus Blech, was seiner Meinung nach den Geschmack des ohnehin faden, wenn auch reichlichen Mittag- und Abendessens verdarb.

Den ganzen Tag über konnte man baden, mehrere Ruderboote standen zur Verfügung, Rudolf blieb jedoch lieber abseits der Menge. Abends pflegte er die Straße in Richtung der Stadt entlangzuspazieren und beobachtete das Meer. Leichte Wellen wischten über den Kies, er sah kleine Krebse, manchmal Fische – aber der Wels am Theißufer war viel, viel größer gewesen. Es war schön, den Flug der Möwen zu verfolgen. Grillengezirpe hatte er so intensiv noch nie gehört, nie zuvor Glühwürmchen gesehen. Die Abende waren auch schon deshalb besser als die Tage, denn die Bremsen und Wespen, die vom frühen Morgen an herumsummten, machten mit Einbruch der Abenddämmerung Pause.

Im seichten Meer lauerten Seeigel, doch das Wasser war sauber und klar.

Rudolf war ein guter, aber keineswegs eleganter Schwimmer.

»Du schwimmst ja wie ein Hund, Rudi!«

»Aber immer noch schneller als du!«

Tatsächlich war er schneller als alle anderen, aber Kopfsprünge vom Zweimeterbrett gelangen ihm nie, immer wieder plumpste er schmerzhaft auf den Bauch. Nachts träumte er einen wunderbaren Sprung direkt von oben, von der ehemaligen Piratenburg, fliegend über die Stadt hinweg, und alle, mit Doktor Mischa an der Spitze, lobten ihn sehr.

Wunderschön war es, mit dem Ruderboot in den Fluss hineinzufahren oder das Ufer entlangzuspazieren. Hier war es auch tagsüber kühler als am Strand. An den Felswänden blühten kleine Blumen mit ledrigen, ebenfalls weißen Blüten, die unbeschreiblich dufteten.

Im Städtchen besuchten sie eine Keksfabrik, wo sie so viel naschen durften, wie sie nur konnten.

Wieder einmal war er allein ziemlich weit hinausgeschwommen, als er Rufe hörte: »Zurück, Rudi! Zurück!«

Unwillig wandte er sich um, er glaubte, einer der Aufseher sei besorgt, es war jedoch Doktor Mischa persönlich, der winkte. Da musste man gehorchen. Nachdem er die kleine Leiter hinauf auf die Terrasse geklettert war, meinte Doktor Mischa munter: »Schau, wer da ist!«

»Wer?«

Die Mittagssonne blendete ihn. Und dann erkannte er sie und schrie: »Mama!«

Nie hätte er gedacht, dass er sich so über sie freuen würde. Da stand sie, ganz anders als zu Hause, in weiten, leichten hellblauen Hosen und einer bunten, ärmellosen Bluse. Zum ersten Mal im Leben stellte Rudolf fest, dass seine Mutter eine sehr schöne Frau war.

Einen Schritt hinter ihr stand ein junger, großer, unbekannter Mann mit braun gebranntem, kahlem Schädel und nickte dem Knaben freundlich zu.

Fritzi nahm ein Zimmer im Hotel in Omiš. Rudolf hatte sich beklagt, dass er das Essen im Heim nicht mochte, und so lud ihn seine Mutter am Abend in ihr Hotel ein. Das war etwas ganz anderes, leise Musik, Porzellanteller, Silberbesteck, Wiener Schnitzel. Nach einigen Minuten erschien Boris, ihr Begleiter, grüßte, fragte höflich, ob er sich zu ihnen setzen dürfe.

»Mama, kann ich nicht überhaupt zu dir ins Hotel ziehen? Ich mag dieses Heim gar nicht.«

Gab es da einen Blickwechsel zwischen Boris und Fritzi? Rudolf schien nichts ungewöhnlich. Noch immer nicht.

»Wenn ich etwas von Mann zu Mann sagen darf, Rudolf, ich fürchte du bist ein wenig verwöhnt. Du wirst nicht immer mit deiner wundervollen Mutter leben, sondern mit anderen Menschen …«

»Das geht Sie überhaupt nichts an.«

»Ich werde Herrn Doktor Matić fragen«, sagte Fritzi schnell einlenkend. »Immerhin bist du mit der Gruppe gekommen, er muss dich freigeben, das verstehst du doch?«

Rudolf verstand es nicht, bekam noch ein großes Eis und wurde von seiner Mutter ins Heim zurückbegleitet. Es war eine laue Sommernacht, sie sprachen über die Sterne, die hier doch ganz anders funkelten als zu Hause, und die Grillenmusik wurde immer lauter, während die Musik aus dem Hotelrestaurant im Hintergrund leise verklang.

Franziska kam am nächsten Vormittag tatsächlich, um sich mit Doktor Mischa über Rudolf zu unterhalten. Auch er war der Meinung, dass das Söhnchen den Hang zum Eigenbrötler zeigte, es solle sich doch an die Kameraden gewöhnen.

»Ich meine das wirklich nur aus pädagogischer Sicht, Frau

Kollegin, natürlich können Sie Ihren Sohn jederzeit aus der Gruppe herausnehmen, aber …«

»Wenn es Ihnen recht ist, will ich das hin und wieder tun. Wissen Sie, zu Hause in Novi Sad habe ich so viel zu tun, dass ich fürchte, ihn zu vernachlässigen …«

Fritzi und Rudolf gingen in die Stadt Eis essen.

»Wie geht es Papa, warum ist er nicht mitgekommen?«

»Er operiert viel, er konnte sich jetzt keinen Urlaub leisten.«

»Habt ihr euch gezankt?«

»Um Himmels willen, wie kommst du auf diese Idee!«

Rudolf war begeistert, als seine Mutter ihm mitteilte, dass sie mit Boris morgen mit einem Segelboot einen schönen Ausflug unternehmen würden.

»Warum muss er mitkommen?«

»Weil er segeln kann und das Boot gemietet hat.«

Am nächsten Morgen holten Fritzi und Boris mit einer schönen kleinen Jacht Rudolf vom Heim ab. Die übrigen Kinder betrachteten sie neidisch. Ein Delfin begleitete das Boot bis hinüber zur Insel Brač. Jeden Abend beobachteten Rudolf und seine Kameraden das Spiel der Delfine, wetteten, wer mehr von ihnen zählen konnte, aber aus solcher Nähe hatte er die großen Tiere noch nie beobachten können, so wie diesen, der sie begleitete, ab und zu unter dem Wasser verschwand, dann wieder so nahe an ihnen aus dem Wasser sprang, dass das Boot schaukelte.

Vor einem einsamen Strand warf Boris Anker und holte ein Picknickköfferchen und eine Decke aus der Kabine. Sie wateten ans Ufer und machten es sich bequem. Mama warf ihr leichtes Sommerkleid ab. Rudolf hatte mit ihr schon öfter am Donaustrand in Novi Sad und am Begastrand in Petrovgrad gebadet, kannte seine Mutter im Badekostüm, aber er war jetzt ein Jahr älter als im vorigen Sommer und sah sie mit anderen

Augen. Und er verfolgte den Blick des gut gebauten, glatzköpfigen Boris. Dann schwammen Mama und Boris weit, sehr weit hinaus und Rudolf verlor sie aus den Augen, unsicher, ob er ihnen nachschwimmen sollte. Er hatte Angst um seine Mutter. Der Junge wusste nicht, wie dieses unangenehme Gefühl hieß, das ihn ergriff, er wusste nicht, dass er wegen seiner schönen Mutter eifersüchtig war.

Sie segelten dann weiter nach Westen bis zur Meeresenge zwischen Brač und der Nachbarinsel Šolta und dann kurz dem offenen Meer entgegen. Rudolf hatte bisher die See nur mit der Insel vor Augen erlebt, als wäre das Eiland gegenüber nur ein recht fernes, anderes Ufer. Jetzt war er begeistert.

»Das ist endlich das Meer, wie ich es mir vorgestellt habe!«

Am übernächsten Tag machten sie noch einen Ausflug mit einem keuchenden, alten Bus zu den Ruinen der Piratenburgen hinauf. In einem um diese Tageszeit noch fast leeren Gasthaus aßen sie zu Mittag und blickten auf das Meer und die Landzunge mit dem Städtchen Omiš hinunter. Boris hatte eine Gitarre mitgebracht und begleitete sich zu wehmütigen russischen Liedern.

»Ist das Russisch? Sind Sie Russe?«

Zum ersten Mal wandte sich Rudolf direkt an den Mann, der also nicht nur segeln, sondern auch singen konnte, den er immer interessanter fand.

»Ja, aber ich war so alt wie du, als meine Eltern mit mir nach Jugoslawien gekommen sind.«

»Wie heißen Sie eigentlich mit Nachnamen?«

»Wolkow, Boris Wolkow.«

»Ach, darum haben Sie von der Wolga gesungen. Und welche Sprachen sprechen sie noch?

»Serbisch, Deutsch, Russisch, Italienisch, Französisch, Englisch und ein wenig Spanisch.«

»Bravo!«, der Junge war ehrlich erstaunt und wechselte ins Englische über. Boris antwortete mit leicht russischem Akzent, aber einwandfrei.

Fritzi umarmte ihren Sohn: »Boris lebt von Sprachen, er ist Dolmetscher und Übersetzer. Morgen muss ich zurück nach Hause. Meine Patienten warten. Aber du bist ohnehin nur noch vier Tage da. Bleibe brav.«

»Ich bin immer brav.«

»Gott sei Dank bist du das nicht, dann wärest du nach mir geraten, du hast durchaus auch die Energie deines Vaters, die manchmal überschäumt …«

Rudolf wusste nicht, was er sagen sollte. War das ein Lob oder eine Warnung?

Erst viel später, als er darüber nachdachte, versuchte Rudolf die Erinnerungen an Omiš, Mama und Boris zu verstehen und dachte in diesem Zusammenhang auch an ihre überstürzte Fahrt nach Weimar vor vielen Jahren, weil angeblich ihr Vater krank geworden war. Man muss selber einiges erleben, um seine Eltern besser zu verstehen.

Ferko hatte endlich, wie geplant, einen neuen, großen Radioapparat gekauft. Die Mittagsnachrichten wurden um eins gesendet, wenn die Familie beim Mittagstisch saß, alle hatten muckmäuschenstill zu sein. Wenn Rudolf etwas sagte, brüllte sein Vater, er wolle Ruhe haben, und die Mutter zischte zurück, er solle nicht so nervös sein. Deutsche Truppen waren in Österreich einmarschiert.

Den größten Teil des Sommers badete Rudolf am Donaustrand in Novi Sad, wo er auch unermüdlich Fußball oder im Schatten der schönen Pappel Schach spielte, aber zwei Wochen im August verbrachte die Familie wie jedes Jahr in Perlez. Leopold war zweiundsiebzig Jahre alt und im Ruhestand. Er half immer noch gerne aus, wenn seine alten Klienten ihn baten, sich um ihre Tiere zu kümmern, er hatte etwas abgenommen, aber es stand im gut. Die sechzigjährige Flora hatte ungefähr so viel zugelegt, wie ihr Mann an Gewicht verloren hatte, trug auch im Dorf stets eine gepflegte Frisur, dezente Schminke, hatte sich in den letzten zehn Jahren kaum verändert. Im Garten des Gasthauses pflegte sie mit den Frauen des Popen und des Notars Bridge zu spielen.

Für Rudolf war Schule der Alltag. Seine Reifeprüfung bestand er mit Leichtigkeit.

Vater und Sohn Lorenz waren im Deutschen Kulturbund sehr aktiv. Der Verein war 1920 zur Pflege der deutscher Kultur und als Vertretung der deutschen Minderheit im Königreich Jugoslawien gegründet worden. Fast alle Banater Deutschen waren eingetreten. Anfangs beschäftigte sich der Verein tatsächlich erfolgreich mit den in der Satzung angegeben Aufgaben, aber nach und nach wuchs die Zahl der Nationalsozialisten unter den Mitgliedern, die auf Anweisungen aus dem Reich agierten.

»Ich weiß nicht, wie das weitergehen wird«, sagte Leopold zu seinem Sohn. Sie saßen abends beim Wein und Ferko bemerkte, dass sein Vater mehr und irgendwie schneller und gieriger trank als früher. »Ich habe mein Testament gemacht und bei den Váradys hinterlegt. Dort ist es sicher, denn sein Sohn übernimmt ohnehin die Kanzlei. Du bist Alleinerbe mit der Verpflichtung, für deine Mutter zu sorgen, und ich habe einige kleine Legate vermerkt ...«

»Ich bin Arzt, Vater, ich weiß, dass du gesund bist, lass mich deinen Puls fühlen.«

»Ich bin Tierarzt und wir Menschen sind Säugetiere, ich verstehe auch etwas davon. Nun, ich weiß natürlich nicht, wie lange ich noch leben werde, ich bin schon älter als mein Vater geworden ist. Anständige Bürger sorgen jedenfalls nicht im allerletzten Augenblick für ihr Ableben vor. Ich wollte dir nur noch etwas erzählen, ich fahre im Herbst nach Frankreich …«

»Was machst du?«

»Keine Sorge, wir haben ein großes Vermögen, ich kann mir das leisten, ohne euch zu schädigen.«

»Darum geht es doch nicht, wenn ich mir Sorgen mache …«

»Eben hast du festgestellt, ich sei noch gesund. Ich habe schon vor mehr als dreißig Jahren, als deine jüngste Schwester, das arme Ding, eben erst geboren war, überlegt, ob ich nicht einfach weg soll, nach Paris, Monte Carlo, nach Amerika, wo immer hin, weg aus dieser Banater Einöde, und dann habe ich mich schon allein für diese Gedanken geschämt und euch natürlich nicht im Stich gelassen. Aber jetzt schade ich niemandem, wenn ich mir eine kleine Reise gönne …«

Ferko war überrascht. Was steckte in diesem alten Herrn?

»Und Mama?«

»Sie wird mit ihren Freundinnen Bridge spielen, neue Hüte kaufen, im Kaffeehaus Kuchen essen. In zwei Wochen bin ich ohnehin zurück.«

So war es dann auch. Leopold nahm im September den Zug erster Klasse nach Budapest, von dort aus flog er mit dem Flugzeug nach Paris. Das war ungewöhnlich, sprach sich in der Stadt und im Dorf herum. Als Leopold braun gebrannt zurückkam, erklärte er auf die vielen Fragen nur, er habe sich ausgezeichnet gefühlt und es sei ja eigentlich etwas Dreifaches gewesen: sein erster, einziger und letzter Urlaub in diesem Leben.

Im November erschoss ein polnischer Jude in Paris einen deutschen Diplomaten. Das war der Anlass für die Pogrome, die der Volksmund in Deutschland Reichskristallnacht nannte. Fritzi gelang es, ihre Eltern in Weimar telefonisch zu erreichen:

»Uns ist nichts geschehen, Liebes«, sagte ihr Vater. »Sei beruhigt …«

»Solltet ihr nicht sehen, dass ihr wegkommt, Papa? Kommt doch her. Oder geht nach England, du hast dort ja gute geschäftliche Verbindungen.«

»Wir bleiben hier. Wir leben in Weimar, Kind. Wir sind Deutsche, nun ja, meinetwegen deutsche Juden, aber die Deutschen sind ein Kulturvolk, das weißt du doch. Diese Unruhen werden schon vorübergehen.«

Er erwähnte nicht, dass auf dem Weimarer Bahnhof Tausende von Juden aus anderen Städten angekommen, von der SS öffentlich verprügelt und auf den Ettersberg gebracht worden waren, wo man vor einem Jahr ein Konzentrationslager errichtet und ihm den Namen Buchenwald gegeben hatte.

In Jugoslawien sang man nach einer alten Melodie ein neues Lied: »Ach wie froh sind wir als Neutrale!« Man sang das Lied auch, als Deutschland Polen angegriffen und Großbritannien und Frankreich Berlin den Krieg erklärt hatten, allerdings weniger inbrünstig. Jetzt lauschte mittags auch Fritzi, wenn der Radiosender Nachrichten brachte, zwangsläufig Rudolf auch. Krieg? Für ihn klang das immer noch nach Abenteuer.

»Was sagst du dazu?«, fragte Fritzi ihren Mann.

»Ich verstehe nichts mehr. Moskau und Berlin haben einen Pakt geschlossen und Polen untereinander aufgeteilt, die Kommunisten sagen, dass es ein Krieg zwischen Imperialisten sei, der die Arbeiterklasse nichts angehe, und deswegen sind die Mitglieder der Kommunistischen Partei Jugoslawiens ziemlich verwirrt. Hoffentlich geht er uns tatsächlich nichts an.«

»Uns Jugoslawen oder uns Juden?«

»Es wird immer schwieriger …«

»Woher weißt du, was bei den Kommunisten los ist?«

Diese Frage blieb unbeantwortet.

Die jugoslawische Regierung verabschiedete Gesetze, die den Einfluss der Juden zurückdrängen sollten. Ein Kotau in Richtung Berlin. Nennenswerten Antisemitismus hatte es bis dahin nicht gegeben. In den Mittelschulen und Universitäten wurde jetzt ein Numerus clausus eingeführt. Es durften prozentuell nicht mehr Juden in die Schulen aufgenommen werden, als es in der Gemeinschaft gab. Welche Gemeinschaft war gemeint? Die genaue Auslegung der Gesetze blieb vorerst unklar. Rudolf war ein sehr guter Schüler, ihn betraf es vorläufig nicht, er konnte ohne Weiteres in Belgrad immatrikulieren und sein Studium der serbischen Sprache und Literatur beginnen. Dass er dieses Fach gewählt hatte, war für seine Eltern eine Überraschung gewesen.

»Uns hast du nichts von diesen Plänen gesagt!«, meinte seine Mutter vorwurfsvoll.

»Ihr habt euch in letzter Zeit nicht besonders für mich interessiert. Ärzte gibt es übrigens genug in unserer Familie!«

»Es ist nicht deine Muttersprache«, sagte Ferko kopfschüttelnd.

»Was ist meine Muttersprache? Deutsch? Und die Vatersprache? Ungarisch? Oder soll ich Hebräisch studieren, weil es heißt, wir seien Juden? Wir leben in Jugoslawien und ich habe die Absicht, Jugoslawe zu sein!«

»Insofern hast du recht und wir sind selbstverständlich immer für dich da. Wir werden jede deiner Entscheidung unterstützen, nicht wahr Fritzi?« Ferko verbiss sich die Frage, ob daraus ein Broterwerb werden könnte. Würde man einen Menschen mit jüdisch-ungarisch-deutschem Hintergrund erlauben, in Gymnasien die serbische Sprache zu lehren?

Juden wurde nun auch in Jugoslawien jede berufliche Tätigkeit und der Handel mit Lebensmitteln untersagt. Das Familiengut in Perlez verkaufte natürlich Getreide, Kukuruz, Obst, Gemüse, Rinder und Geflügel, aber das war nicht direkt untersagt. Oder doch? Ärztliche Tätigkeit wurde nicht erwähnt. Noch nicht?

»In Deutschland hat es auch so angefangen«, sagte Fritzi. Ihren Eltern hatte man das Telefon, den Radioapparat und sogar die Schreibmaschine weggenommen. Man schrieb sich weiterhin Briefe und Ansichtskarten, aber der Ton war sehr vorsichtig, stets hieß es, es gehe ja gut. Noch gut?

»Wir nehmen das meiste Geld aus den Banken und kaufen Gold«, sagte Ferko. »Wir deponieren es an verschiedenen Stellen.« Er war immer seltener zu Hause, versah immer öfter Nachtdienste. Zumindest behauptete er es und Fritzi hatte weder Lust noch Kraft zu kontrollieren, ob er wieder log, ob er tatsächlich Dienst hatte oder sich mit Frauen amüsierte. Dass es noch etwas Drittes geben konnte, kam ihr nicht in den Sinn.

Ein Stammtisch des Deutschen Kulturbunds in Petrovgrad befand sich in einem Wirtshaus mit dem etwas seltsamen Namen »Zum letzten Dinar«. Die Mitglieder des Vereins wurden immer lauter, sangen auch Nazilieder. Das ging den Burschen, die in der Organisation der Jungkommunisten, der SKOJ, versammelt waren, dermaßen auf die Nerven, dass sie Anfang März 1941 eine Sitzung des deutschen Vereins stürmten und Fenster, Türen und das Mobiliar des Lokals zerschlugen. Die Führung der KPJ reagierte nicht, obwohl der Pakt zwischen dem Großdeutschen Reich und der Sowjetunion bereits in Kraft war, anscheinend war sie verwirrt. Es war die erste gewalttätige Auseinandersetzung in der sonst scheinbar ruhigen Stadt. Von der Obrigkeit wurde sie als Rauferei zwischen besoffenen Gästen des Lokals abgetan, obwohl das so nicht ganz stimmte.

In Novi Sad wohnte der Rauchfangkehrer Peles in einer kleinen Wohnung im Erdgeschoß des Hauses im Hinterhof. Er war deutscher Abstammung. Seine Frau war an Tuberkulose verstorben. Die Ärztin Franziska Radvanji, die im Haupthaus wohnte und ihre Ordination dort betrieb, hatte sie gratis behandelt. Der einzige Sohn, Martin, ungarisch Márton, genannt Marzi, war danach regelmäßig bei den Radvanjis zur Jause eingeladen. Oft gab es Gugelhupf, das Kind versuchte, sich in dieser reichen Umgebung höflich und zurückhaltend zu benehmen, konnte sich aber nur hier wirklich satt essen. Dem Vater fehlte es nicht so sehr an Geld als an Energie, sich nach dem Tod seiner Frau dem Haushalt zu widmen.

Fritzi, kurz aus der Ordination in die Wohnung gekommen, streichelte Marzi den struppigen Kopf und rief: »Piroska! Wo stecken Sie? Kommen Sie, waschen Sie diesem Kind doch die Haare!«

Rudolf versuchte freundlich zu sein, obwohl ihm der Kleine langweilig war, der Altersunterschied war zu groß. Auf Bitte seiner Mutter lud er ihn trotzdem in sein Zimmer ein: »Such dir etwas aus, ich habe so viel Spielzeug, mit dem ich längst nicht mehr spiele.«

»Was machst du denn, wenn du nicht lernst?«

»Ich spiele Fußball, Schach, auch Karten, aber das darfst du nicht weitersagen. Indianerehrenwort?«

»Indianerehrenwort! Dieses rote Feuerwehrauto, darf ich das auch nehmen?«

»Aber ja.«

»Brauchst du alle diese Bälle?«

Mehrere lagen in einem Wäschekorb, in der Ecke.

»Den bunten kannst du gerne nehmen, den ledernen Fußball behalte ich noch, mit dem spiele ich wahrscheinlich in den Sommerferien.«

Die Deutschen rückten vor, hatten in Dünkirchen die Briten vom Festland verjagt, Norwegen eingenommen, die Nachbarn Jugoslawiens, Ungarn, Rumänien und Bulgarien, waren nun Verbündete Berlins, aber immer noch sang man das Lied von der Neutralität. Am 25. März 1941 unterzeichneten Ministerpräsident Cvetković und Außenminister Cincar-Marković den Beitritt des Königreichs zum Dreimächtepakt.

»Jetzt ist es aus!«, sagte Ferko.

»Und was machen wir?«

»Ich weiß es nicht …«

»Und Rudolf?«

Rudolf war in Belgrad.

»Wir telegrafieren, er soll alles abbrechen und nach Hause kommen.« Der junge Mann setzte sich sofort in den Zug, war am nächsten Morgen da und wütend, er hatte gefürchtet, einem der Eltern sei gesundheitlich etwas zugestoßen, man habe ihn für nichts und wieder nichts nach Novi Sad geholt. Morgen würde er zurück nach Belgrad fahren. Am nächsten Morgen jedoch, am 27. März, berichtete Piroska, nachdem sie Tee, Kaffee, und Milch, frische Kipferl, Butter, Salami und gekochte Eier zum Frühstück serviert hatte: »Auf den Straßen ist der Teufel los! Alles voll, alle brüllen durcheinander!«

»Ich muss schauen, was da los ist!«, sagte Rudolf.

»Erst isst du etwas Ordentliches, Rudi!« Weniger aus Folgsamkeit, sondern weil er hungrig war, gehorchte er.

»Ich beeile mich auch in mein Krankenhaus!«, sagte der Hausherr.

»Rudolf, pünktlich zurück zum Mittagessen, verstanden? Und du, Ferko?«

»Ja. Hoffentlich ja …«

Im Laufe der Nacht hatte eine Gruppe von Fliegeroffizieren einen unblutigen Aufstand organisiert, die Regierung verhaftet, alle strategischen Punkte eingenommen. Ein junger Hauptmann, der die Stimme des minderjährigen Königs, der noch tief schlief, imitieren konnte, verlas quasi in dessen Namen, er habe die Macht übernommen und dem Fliegergeneral Dušan Simović das Mandat für die Bildung einer neuen Regierung anvertraut. In Belgrad und vielen anderen Städten bildeten sich Demonstrationen zugunsten des Putsches und gegen das Deutsche Reich. Man rief »Lieber Krieg als diesen Pakt!« und »Lieber ins Grab, als Sklave sein!« Den deutschen Institutionen wurden die Schaufenster eingeschlagen. Rudolf marschierte mit, brüllte mit, da fiel ihm sein Freund Marko auf, der ihn beiseite winkte.

»Ich weiß, dass du ein Genosse bist …«

»Es ist doch richtig, dass wir mitmarschieren?«

»Ja, es ist sogar Direktive. In Belgrad haben wir schon die Straßen übernommen!«

»Wie passt das mit dem Abkommen zwischen der Sowjetunion und Deutschland zusammen?«

»Das verstehe ich auch nicht. Man wird es uns noch erklären.«

»Ich fahre gleich am Abend nach Belgrad zurück, ich bin dort organisiert.«

Natürlich kam Rudolf etwas verspätet zum Mittagessen. In der Tür stieß er mit seinem Vater zusammen, der ihn im Stiegenhaus aufhielt.

»Ich sage es dir hier, um deine Mutter nicht zu sehr aufzuregen. Ich habe dir immer gesagt, es gebe nichts Schlimmeres als Krieg. Jetzt sage ich dir, dieser Pakt mit Hitler wäre schlimmer!«

»Und?«

Vater und Sohn blickten einander an wie noch nie zuvor im Leben. Sie begriffen, dass sie Geheimnisse voreinander hatten.

Dass nicht ausgesprochen werden durfte, was sie wahrscheinlich in diesem Augenblick verband.

»Endlich, ihr beiden!«, rief Fritzi überrascht aber zufrieden, als ihr Mann und ihr Sohn gemeinsam eintrafen. »Wascht euch die Hände!« Dann betätigte sie die Klingel, ein Zeichen für die Küche und Piroska, die Suppe zu servieren.

»Es kommen ernste Zeiten«, sagte Ferko. »Ich muss schnell noch einmal ausgehen.«

»Nicht einmal in solchen Zeiten kannst du es lassen.«

Er küsste ihre Hände.

»Es ist nicht, was du meinst. Wirklich nicht. Es hat mit dem zu tun, was du zu recht ›solche Zeiten‹ nennst.«

In Petrovgrad hatten Jungkommunisten am 25. März am Nachmittag eine neue, gegen den Deutschen Kulturbund gerichtete Aktion organisiert, ein Schaufenster zerschlagen, in dem ein großes Porträt Hitlers und Propagandamaterial der Nazis ausgelegt waren. Unter den Rufen »Es lebe die Kommunistische Partei!« kam es am 27. März zu weiteren Demonstrationen. Ein Kordon von Polizisten versuchte den Sitz des Deutschen Kulturbunds zu schützen, konnte die wütenden, deutschfeindlichen Gruppen jedoch nicht abhalten, wollte es vielleicht auch gar nicht.

Einer der Redner, die die Absetzung der Regierung, die dem Dreimächtepakt hatte beitreten wollen, begrüßten, war Doktor Mischa Matić. Leopold Radványi stand in der Menge.

Winston Churchill erklärte im Rundfunk, Jugoslawien habe seine Seele wiedergefunden.

Der deutsche Angriff auf die Sowjetunion war für den 16. Mai geplant gewesen. Jetzt geriet die Südflanke Europas – Griechenland und Jugoslawien – in Unordnung. Hitler hatte einen seiner Wutausbrüche wegen der Unfähigkeit der Italiener, dort unten für Ordnung zu sorgen. Den Plan Barbarossa, den Angriff auf die Sowjetunion, musste er um vier Wochen verschieben. Niemand ahnte, dass diese vier Wochen im nächsten Winter Moskau davor retten würden, von den Deutschen eingenommen zu werden.

Jugoslawien wurde ohne Vorwarnung und Kriegserklärung am 6. April mit dem Bombardement Belgrads angegriffen, mit einem neuen Blitzkrieg in wenigen Tagen besiegt und in mehrere Teile zerschlagen.

Ferko hatte erwartet, dass so etwas geschehen könnte. Er war mit seinem Sohn nach Perlez ausgewichen, er hatte geglaubt, im Dorf würde es sicherer sein und es würde immer etwas zu essen geben. Er wollte sich auch von seinen Eltern verabschieden. Fritzi wies den Vorschlag zurück, auch nur vorübergehend dorthinzuziehen. Sie wollte weder ihre Patienten noch die Wohnung verlassen. Was sie nicht erwähnte war, dass sie das langweilige Leben auf dem Lande nicht leiden konnte.

Die Fahrt auf der vertrauten Route mit der Fähre über die Theiß durch den jungen Frühling war so schön, dass Ferko seufzte: »Wer kann sich jetzt einen Krieg vorstellen!«

»Werden die Deutschen kommen?«

»Hierher bestimmt, aber in den Bergen werden wir weiterkämpfen.«

»Wir? Wer sind wir? Meinst du wir Juden?«

»Das auch. Hoffentlich. Mit wir meine ich jedoch wir Jugoslawen, wir, die nicht aufgeben werden.«

Rudolf hielt es nicht im Dorf. Als sein Vater weg war, fuhr er nach Belgrad, obwohl es an der Uni keine Vorlesungen mehr gab. Wer konnte, war aus dem bombardierten Belgrad weggezogen, Rudolf gehörte zu den wenigen, die es hinzog.

Aus dem Banat hatten sich bis zum 10. April 1941 alle Einheiten des jugoslawischen Heeres kampflos zurückgezogen. Dutzende Angehörige des Deutschen Kulturbunds überquerten die kaum noch bewachte rumänische Grenze, um sich dort der deutschen Wehrmacht anzuschließen. Sie boten sich als Dolmetscher an und gaben Einzelheiten über die Gegend bekannt, forderten sogar den Einsatz von deutschen Fallschirmjägern, um Petrovgrad zu besetzen, was sich freilich als überflüssig, sogar lächerlich erwies, denn hier gab es überhaupt keinen Widerstand. Am Montag, dem 14. April, zog eine Handvoll SS-Männer unter dem Kommando eines einfachen Scharführers in die Stadt ein, am frühen Abend eine stärkere Einheit der Wehrmacht. Ihr Kommandeur, Major Foller, übernahm die Befehlsgewalt. Noch in derselben Nacht begann die Verhaftung von Juden und jenen Serben, die von ihren Nachbarn als Kommunisten denunziert worden waren. Am 19. April wurden die ersten neunzehn Menschen erschossen, unter ihnen Leopolds Schulfreund, Jevrem Petrović, der Möbeltischler geworden war. Als ihm zwei Tage davor ein anderer Schulfreund, der Deutsche Hans Steiner, auf der Hauptstraße entgegengekommen war, hatte er wie zufällig auf die andere Seite der Straße gewechselt, um einer Begrüßung auszuweichen. Den dritten Freund, Harry Kohn, der inzwischen Besitzer des Hotels »Rozsa« geworden war, verprügelte man auf dem Hauptplatz und folterte ihn, indem man tat, als wollte man mit einem heißen Bügeleisen seinen Buckel ausbügeln. Am 24. April wurde der Direktor der Zuckerfabrik, Viktor Elek, gehängt und der Serbe Sava Cukić erschossen. Bei Cukić handelte es sich um einen persönlichen Racheakt. Vor Kurzem hatte er beim Fußballspiel in seinem Dorf Aradac den deutschen Tormann der gegnerischen Mannschaft unabsichtlich so schwer verletzt, dass dieser an den Folgen im Krankenhaus verstorben war.

Novi Sad, die ganze Batschka, die Region westlich der Theiß, wurde von ungarischen Truppen besetzt, nach Sirmien, dem südlichen Rand der Woiwodina zwischen Save und Donau, dem neu gegründeten, faschistischen unabhängigen Staat Kroatien zugeschlagen, in den Banat sowie in Belgrad und ganz Serbien zogen aus Rumänien kommend deutsche Divisionen und SS-Brigaden ein.

Leopold war mit Frau und Tochter schon am 27. März, als fröhliche, jubelnde Massen und ein Trupp Soldaten, angeführt von berittener Militärmusik, durch die Straßen von Petrovgrad marschierten, nach Perlez gefahren. Er hatte gehofft, dort würde es stiller sein. Am 6. April hatte ihn ein Dröhnen am Himmel früh geweckt, er war in den Hof gegangen und hatte silberne Punkte auf dem Himmel erblickt, die sich in Richtung Süden bewegten. Da begriff er, noch bevor das laut gestellte Radio es meldete, dass Belgrad bombardiert wurde.

Vor einigen Tagen war Ferko mit Rudolf, seinem Enkelsohn, unerwartet mit dem Auto angekommen. Der Junge, sagte Ferko, also eigentlich ein junger Mann, solle ein wenig die Landarbeit kennenlernen, ausreiten, an den abendlichen Gesprächen im Wirtshaus teilnehmen. Daraus wurde jedoch nichts. Erst fuhr der Sohn wieder weg, dann auch der Enkelsohn. Nun, man hatte sich wenigstens gesehen. Noch einmal gesehen in diesem einzigen Leben? Sollte man so denken? Konnte man anders denken?

Die nächsten Tage aß Leopold wenig und trank viel Schnaps. Früher hatte er höchstens am Schnaps genippt, wenn es darum ging, Gästen Gesellschaft zu leisten.

»Das bekommt dir nicht, Leo!«, sagte Flora besorgt.

»Ich bin alt genug, um es mir gestatten zu können, Frau. Seit wann kümmerst du dich darum? War ich je ein Säufer?«

»Nein, gewiss nicht. Aber ich bin besorgt um dich, Leo. Wird es sehr schlimm werden?«

»Es ist gut, wenn man nichts tun kann. Zweifeln ist schlimm. Abwarten fordert nur Geduld.«

In Petrovgrad übernahmen die Donauschwaben die Macht, noch bevor die deutschen Truppen am 14. April einmarschiert waren.

Leopold hatte Logenbruder Doktor Matić angerufen.

»In bin in Perlez. Was soll ich machen?«

»Komm nicht nach Petrovgrad, bleib, wo du bist. Ich weiß nicht, was ich dir raten soll. Für uns Serben wird es schlimm, für Juden noch schlimmer und wenn man dazu Freimaurer ist am allerschlimmsten.«

Am nächsten Tag wurde Doktor Matić verhaftet. Rechtsanwalt Imre Várady bildete mit dem Serben Erdeljanov und dem Deutschen Elmer im Rathaus einen vorläufigen Ausschuss, um die Ordnung aufrechtzuerhalten. Sie bereiteten einen Aufruf vor, der aber nicht mehr veröffentlicht wurde, weil der SS-Scharführer, der nun den Sessel des Bürgermeisters innehatte, den selbst ernannten Dreierausschuss am 14. April aufforderte, einen anderen Aufruf an die deutschen Truppen zu richten, der sie um den Einmarsch in die Stadt bat, obwohl sie schon da waren. Als die drei sich weigerten, schmiss er sie einfach hinaus.

Als Leopold in seinem Dorf davon erfuhr, wusste er, dass die Ruhe fern der Städte auch nicht mehr lange anhalten würde, aber mit wem konnte er hier offen darüber reden? Mit Vater und Sohn Lorenz? Unmöglich. Die Spannung zwischen ihnen lag in der Luft, noch waren sie höflich, aber ihre Blicke … Mit seiner Frau? Wozu sie auch noch aufregen? Was kommen würde, würde sie bald genug treffen. Er gönnte ihr jede Stunde, die sie noch nicht in Todesangst verbringen musste.

Es gelang ihm nicht, eine Telefonverbindung nach Novi Sad zu seinem Sohn herzustellen. Wahrscheinlich wusste man dort auch nichts Bestimmtes, obwohl es hieß, jenseits der Theiß seien die Ungarn einmarschiert. Er konnte jedoch weder klären, ob das stimmte, noch ob das für die dortige Bevölkerung, insbesondere für die Juden, wesentlich besser war.

Der Frühling lag in der Luft. Ein Frühling noch. Schäfchenwolken auf einem uninteressierten Himmel. Der letzte Frühling? Für ihn vielleicht, sicher nicht für die Welt. Die Luft war gut. Trotzdem schien ihm, dass etwas fehlte.

An diesem Abend war das Wirtshaus in Perlez leer. Es war erst April, aber schon sommerabendfrisch. Am Morgen duftete es hier üblicherweise nach frisch gebackenem Brot, mittags nach gegrilltem Fleisch, auch am Abend, später mischte sich der säuerliche Atem der alkoholisierten Gäste dazu. Doch heute war kein Geruch auszumachen, die Bedienung war nicht gekommen, weder der Koch noch der Grillmeister. Die Leute hatten Angst vor einander. Oder sie wollten nicht zum Juden. Es wäre ihm früher nicht in den Sinn gekommen, dass das hier ein Problem sein könnte. Vater und Sohn Lorenz hatten sich an diesem Tag irgendwohin verdrückt. So saß er da, der Himmel im Westen änderte seine Farben von hell- auf dunkelblau, rot, grau, dunkelblau … Dann holte er sich den ersten Schnaps und beobachtete die Spatzen, die sorglos herumhüpften. Und oben auf dem Sims Schwalben. Er wusste, dass es auch Mauerschwalben gab, konnte sie aber nicht von einfachen unterscheiden, die flogen im Winter nach Afrika, die Spatzen blieben da. Obwohl Tierarzt, hatte er sich nie besonders um Ornithologie gekümmert, nur um das Federvieh. Huhn und Perlhuhn, Ente, Gans, Truthahn, die klinischen Symptome der Geflügelkrankheiten, ihrer Inkubationszeit, Salmonellen, Geflügelpest … Es war traurig, wenn er Notschlachtungen verordnen musste, wenn gestandene Bauern weinten oder versuchten ihn zu bestechen, der Herr Doktor möchte doch diesmal, bitte, von der Strafe absehen. Man glaubte ihm manchmal nicht, dass es keine Strafe war, sondern die Not, die Notwendigkeit, die Gesundheit, das Leben anderer Tiere und der Menschen zu schützen.

Ab und zu hatte er auch einen Pfau behandelt, sich um Kanarienvögel und Wellensittiche gekümmert, die steinreichen Dundjerskis hielten sich sogar einen Kakadu. Schmetterlinge. Bienen, Wespen, Hornissen. Ameisen. Über Insekten wusste er viel zu wenig. Tierärzte gab es auch in Zoologischen Gärten. Kranke Löwen, Tiger, Elefanten, Affen, Krokodile und Echsen. Fische. Die Welt war viel reicher und wunderbarer als er es wahrgehabt hatte. Leopold hatte nie eine Möwe in den Händen gehalten und untersucht, nie einen Falken oder Seeadler und schon gar keinen Albatros. Allein der Name dieses riesigen Vogels war so schön wie ein Sonnenuntergang am Meer. Das war noch viel exotischer als eine Zirkusreiterin in Budapest.

So vieles hatte er in diesem Leben unterlassen. Unterlassen müssen? Hätte er etwas Wichtiges in der Wissenschaft leisten können, etwas, das Bestand gehabt hätte, was man lange, lange noch in der Fachwelt zitiert hätte? Mehr als die Dissertation über Zirkuspferde und ihren Nutzen für die Kavallerie hatte er nicht zustande gebracht. Das war damals wichtig, wurde auch gebührend anerkannt, aber jetzt war es längst passé, jetzt führte man den Krieg nicht mehr mit Pferden, sondern mit Panzern.

Zu faul, zu bequem war er nicht gewesen. Nein, tröstete er sich, faul bin ich wahrlich nie gewesen, nur gelang es mir oft nicht, das Wesentliche vom alltäglichen Kram zu unterscheiden. Die Vögel habe ich unterschätzt. Alle Vögel sind frei, aber die Juden sind vogelfrei. Das Gegurre im Taubenschlag. Das

Gutenacht-Gezwitscher einiger Singvögel. Die ersten Sterne einer Aprilnacht über dem Banat.

War es das? Er wäre gerne noch einige Jahre einfacher Gutsherr und Gastwirt in seinem Geburtsort geblieben, den Nachbarn und ihren Tieren hätte er auch weiterhin ein wenig helfen können. Den Ruhestand hatte er sich verdient. Keine Frage. Leo küsste Frau und Tochter und dachte an seinen Enkelsohn aus Novi Sad, der in das zertrümmerte Belgrad in die Höhle des Löwen gefahren war, den er nicht gut genug kennengelernt hatte. Er fühlte für alle die gleiche Art von Zärtlichkeit. Seine Ehefrau war nicht seine große Liebe gewesen. War seine immer so traurige und verzweifelte Mutter die große Liebe seines Vaters gewesen? Kaum. Heirateten Juden nie aus Liebe? Selten? Sein Sohn hatte sicher aus Liebe geheiratet. Also doch! Hatte er, Leopold, eine große Liebe in diesem seinem einzigen Leben gehabt? Nein, die Reiterin in Budapest, die Selma, sicher nicht, obwohl … Was hieß schon »obwohl«, sie war ihm jetzt eingefallen. Ihre braunen, langen Beine und wie sie die Flanken ihres Pferdes mit den Schenkeln drückte, wie sie auf einem Bein auf dem Sattel balancierte, während das Ross im Kreis galoppierte, im Kreis, immer im Kreis. Sie hatte darauf bestanden, dass sie vom Fleisch ihres Lieblingspferdes aßen, nachdem man ihm den Gnadentod gegeben hatte, um die Seele des Tieres in sich aufzunehmen. War seither in seiner Seele etwas von dem Zirkuspferd? Bis jetzt?

Seine Mutter hatte gewünscht, er solle eine Jüdin heiraten. Das hatte er. Und er sollte als gläubiger Jude leben. Das hatte er nicht gekonnt.

Für seine Frau würde es, dachte er, hoffte er, auch weiterhin Milch von eigenen Kühen, Honig von eigenen Bienenstöcken, Eier von eigenen Hühnern geben. Und Gold war nun einmal Gold, dachte er ebenfalls. Sie war versorgt. Er würde nicht mehr erfahren, dass das ein Irrtum war. Dass man alle, alle, alle Juden umbringen würde, konnte er sich nicht vorstellen.

»Was soll's! Ich gehe früh schlafen, mein Schatz!« Sie küssten einander flüchtig wie immer.

Vater Samuel hatte einmal gesagt, sie seien kein langlebiges Geschlecht, er war jetzt sechsundsiebzig, das war doch lang genug? Hatte er sich mit dem Namenswechsel auch ein längeres Leben eingehandelt? Er musste kurz lachen, dass ihm so etwas Blödes eingefallen war. Dann griff er nach seinem schönen, alten Band Ovid, den er sich als Student in Budapest gekauft hatte, weil Professor Török auf diesen Dichter Wert gelegt hatte, und schlug ihn aufs Geratewohl auf: »Exitus acta probat!«

Richtig, dachte Leopold, »der Ausgang bestätigt die Taten«. Er holte sich drei Flaschen und ging in sein Zimmer. Sein Blick fiel auf den in eine Ecke gelehnten Spazierstock mit dem Silbergriff, den er nach abgelegter Reifeprüfung als Geschenk erhalten, später nie mehr benützt hatte. Ja, einmal hatte er nach einem Schelmenstreich seinem Sohn damit gedroht. Wie jung war er damals gewesen, wie schnell war die Zeit vergangen. In der Hausapotheke hatte der Tierarzt auch sonst noch, was er brauchte. Er dachte an seinen Vater Samuel, der ein braver Anhänger der Monarchie gewesen war, mit Begeisterung Österreicher sein wollte. Er selbst hatte sich stets als Ungar gefühlt, jedoch mit dem neuen Staat, in dem er jetzt schon dreiundzwanzig Jahre lang lebte, brav abgefunden. Und sein Sohn? Der Enkelsohn war augenscheinlich mit Leib und Seele Jugoslawe geworden.

Und jetzt? Schon der zweite Weltkrieg, in den er hineingeraten war. Mochte das Banat nun zum Großdeutschen Reich gehören, aber ohne ihn. Das alles war wirklich mehr als genug für ein einziges Leben.

Als Flora besorgt, weil er vormittags um zehn noch immer

nicht erschienen war, an seine Tür klopfte und, weil keine Antwort kam, erschrocken eintrat, lag er tot auf seinem Bett. Auf dem Boden die drei leeren Flaschen.

»Ist eigentlich gut so!«, sagte der ältere Lorenz zu seinem Sohn. »Es wäre mir doch peinlich gewesen, ihm alles wegzunehmen nach all den Jahren …«

Der Jüngere war nicht so sentimental und lachte: »Selbstmord mit Maulbeerschnaps ist jedenfalls eine originelle Idee, das muss man dem alten Juden lassen!«

5. RUDOLF

Frühling. Für Ungarn waren dieses Jahr die Grünanlagen in Novi Sad grüner, die Blumen strahlender bunt. Mit zum Hitlergruß gehobenen Händen hatten sie den Einmarsch ungarischer Truppen begrüßt, auch die deutschen Mitbürger waren unter ihnen. Parolen wurden ausgerufen: »Das invalide Ungarn ist mies, das ganze Ungarn ein Paradies!« und »Ungarn ist nicht gewesen, es wird sein!« Gemeint war damit, dass man über das Ungarn der Stephanskrone lange nur geträumt hatte, jetzt jedoch glaubte, dieser Idee näher gekommen zu sein. Aufgrund eines in Wien ausgesprochenen Schiedsspruches hatte Ungarn auch von Rumänien enorme Gebiete erhalten. Sie sagten »zurückerhalten«.

Novi Sad war bis 1918, also bis vor einundzwanzig Jahren, ungarisch gewesen, hatte Újvidék geheißen, daran konnten sich noch viele Menschen erinnern. Inmitten des Jubels hielten sich die meisten Serben zurück, manche freilich beeilten sich, sich der neuen Macht als Mitarbeiter anzudienen. Bald breitete sich jedoch auch bei den einheimischen Ungarn Missmut aus. Viele waren enttäuscht. Sie hatten gehofft, mit dem Wechsel gute Positionen in der Verwaltung und der Wirtschaft zu bekommen, alle interessanten Stellen wurden jedoch mit Bewerbern aus dem Mutterland Ungarn besetzt. Sie wurden hämisch Fallschirmspringer genannt, weil sie vom Norden – auf der Landkarte gesehen von oben – im Sprung nach unten alles, was sie wollten, erobert hatten.

Rudolf war, wie er angekündigt hatte, gleich nach dem Putsch und dem Kurzbesuch in Perlez nach Belgrad gefahren, um zu klären, was mit seinem Studium sein würde. Zumindest hatte er es seinen Eltern so erklärt.

In der Nacht vom 4. auf den 5. April war Ferko nicht nach Hause gekommen, dabei hatte er zuvor nichts von einem Nachtdienst gesagt. Er wird doch mitten in dieser nervösen Zeit nicht wieder angefangen haben, dachte Fritzi. Sie telefonierte am Morgen. Nein, Doktor Radvanji sei nicht da. Nein, Doktor Radvanji habe keinen Nachtdienst gehabt. Ja, eigentlich sollte er hier sein, man wisse nicht, was ihn abgehalten habe. Seine Abwesenheit habe den Operationsplan durcheinandergebracht.

Es klingelte. Es war der kleine Peles.

»Der Herr Doktor hat mir gestern Abend diesen Brief für Sie gegeben, ich musste versprechen, dass ich ihn erst heute Früh übergebe.«

Fritzi riss den Umschlag auf. Wenige Worte: »Ich musste dringend weg! Ich liebe Dich und küsse die schönsten Hände auf der Welt!«

Fritzi war jetzt allein mit Piroska in der großen Wohnung. Mariza kam wie gewohnt in die Ordination. Die Zahl der Patienten hatte sich kaum reduziert, niemand sonst in der Stadt verfügte über diese Anzahl von medizinischen Apparaten. Als Währung wurde der ungarische Pengő eingeführt. Fritzi hatte vor nicht so langer Zeit die Inflation in Deutschland, die Übergänge von der Mark auf die Rentenmark und die Reichsmark miterlebt, die Reform, als man für hundert Milliarden eine Reichsmark bekommen hatte. Hier hatte sie sich dann schnell an den Dinar als Währung gewöhnen müssen. Es war ihr egal, wie die Münzen und Banknoten aussahen und hießen, es war wesentlich, was man dafür bekam, und vorläufig konnte sie sich das Dienstmädchen, die Ordinationsgehilfin und alles, was sie zum Leben brauchte, leisten.

Da waren auch noch die Dukaten und ihr Schmuck im kleinen Safe, der im Schlafzimmer in die Mauer eingelassen und vom Landschaftsbild eines einheimischen Malers verdeckt war. Man würde sie vielleicht fragen, wo ihre Reserven seien. Jedermann würde davon ausgehen, dass sie welche hatte. Sie glaubte, besonders schlau zu sein, als sie beschloss, etwas in dem kleinen Panzerschrank zu lassen und gegebenenfalls demütig zu zeigen, aber das meiste Gold anderswo zu verbergen. In einer einsamen Nacht, als sie nervös in der Wohnung herumgelaufen war, stolperte sie in der Küche über eine der Bodenfliesen. Sie hob sie hoch, schaufelte unter ihr mit den Händen etwas Platz frei und legte einige Dutzend Dukaten hinein, drückte sie fest und merkte sich, dass es vom Herd ausgehend die vierte, von der Wand die zweite war. In einer weiteren Nacht nahm sie einen ihrer Pelze aus dem Schrank und nähte zwei Dutzend Dukaten ein. Das war sicher überflüssig. Unnötige Panik. Ja, Ferko und sie würden darüber lachen, wenn der Krieg zu Ende sein würde. Es gab so viel nachzuholen. Ja, ihr Mann war ein Schwein. Sie war verliebt in dieses Schwein von einem manchmal aufbrausenden, sogar jähzornigem Mann. Ihrem Mann. Aber sie selber war ja mitschuldig, sie hatte zu selbständig sein wollen, sie hatte zu viel gearbeitet, sie hätte leiser treten sollen. Kann man sich so verändern, wie ich mich in zwei Jahrzehnten verändert habe? In Unterwäsche betrachtete sie sich im Spiegel. Sie war schon über vierzig, aber wer hätte ihr mehr als dreißig gegeben? Es ging nicht um das Aussehen, sondern um Gefühle, den verloren gegangenen Übermut, die strahlende Lebensfreude …

Wo war ihr Sohn? Ihr Mann?

Die Nachrichten von der Front waren schrecklich, als aber Deutschland am 22. Juni die Sowjetunion angriff, dachte sie trotz der ersten Siege, der Krieg würde nicht mehr lange dauern. Das durfte er nicht. Sie wollte noch leben und gut leben.

Nachholen, was ihr wegen zu großer Sorge um ihre Arbeit entgangen war. Etwas vom alten Trotz der Studentin Fritzi Friedemann erwachte jetzt in der Frau Doktor Franziska Radvanji, und mit etwas Likör besiegte sie ihre nächtliche Einsamkeit. Tagsüber gab es genug zu tun, mit Freundinnen gönnte sie sich in der Konditorei manchmal einige Mignons. Denn sie hatte noch Freundinnen, die den Mut hatten, sich mit ihr in der Öffentlichkeit zu zeigen.

Wenn sie nur irgendwelche Lebenszeichen von Ferko und Rudolf erhalten hätte. Wo steckten sie? Hatten sie wenigstens miteinander Verbindung? Wieso fanden sie keine Möglichkeit, ihr eine Nachricht zukommen zu lassen? Es würde alles gut werden, es musste gut werden, sie musste nur Geduld haben.

Und dann klingelte es gegen Mittag an der Wohnungstür. Fritzi hörte es, war aber mitten in einer Diathermiebehandlung und verließ sich auf das Dienstmädchen. Es klopfte an der Ordinationstür.

»Nicht jetzt!«, rief sie ungehalten.

»Die aus Perlez sind da!«

»Wer?«

»Ihre Schwiegermutter, Frau Doktor. Und noch eine alte Dame!«

Fritzi vergewisserte sich, dass sie die Behandlung für einige Minuten unterbrechen konnte, entschuldigte sich und lief in das Wohnzimmer. Sie umarmte die Damen, ließ sich ganz kurz berichten, begriff von all dem nur das Wichtigste, Rudolf war bei ihnen gewesen, ein deutscher Oberst hatte ihn in Schutz genommen, er lebte, er war gesund. Das war die Hauptsache. Sie lief zurück in die Ordination.

»Alles in Ordnung?«, fragte Frau Wukalo, die Patientin, Gattin eines serbischen Automechanikers und Werkstattbesitzers.

»Danke, oh ja. Familienangelegenheiten!«

Und dann konnten sich die alten Damen aus dem Banat mit Fritzi zum Kaffee setzen, es gab auch Mohnkuchen, als wäre alles in Ordnung, und sie sprachen miteinander vom Schrecken, den sie bisher erlebt hatten. Über Leopolds Tod. Die Erschießungen in Petrovgrad. Das Benehmen der Lorenz. Als Fritzi berichtete, wie Ferko plötzlich einfach weg gewesen war und nur einen Zettel hinterlassen hatte, erzählte Flora von seinem Militärdienst in Albanien, seiner Flucht und wie er sich damals durchgeschlagen hatte, Leopold habe ihn damals bereits als tot abgeschrieben gehabt, sie aber habe geahnt, nicht geahnt, sondern gewusst, dass er lebte und nach Hause kommen würde.

»Jetzt fühle ich das auch! Sei ruhig, Fritzi, er ist geschickt, er kennt sich aus, er weiß, was Krieg bedeutet …«

»Wo ist eigentlich Roza?«

»In Budapest bei einer Freundin.«

Jüdische Männer im wehrpflichtigen Alter wurden in der Batschka zum Arbeitsdienst im Rahmen der Honvéd, der ungarischen Armee, rekrutiert. Sie mussten gelbe Binden tragen, viele von ihnen an der Ostfront unter schwersten, lebensgefährlichen Bedingungen Minen entschärfen oder Unterkünfte und Schützengräben bauen, andere wurden in das Kupferbergwerk Bor in Serbien gebracht. Die Radvanjis hatten in Novi Sad niemanden, den das treffen konnte. Ferko und Rudolf wären betroffen gewesen, aber sie waren ja, Gott sei Dank, nicht da. Aber wo waren sie? An einem sichereren oder, Gott behüte, noch schlimmeren Ort? Was bedeutete es, dass ein deutscher Oberst Rudolf zu sich genommen hatte?

Obwohl es jetzt zwischen Ungarn und Deutschland Postverkehr gab und Novi Sad formal zu Ungarn gehörte, kam aus Weimar keine Antwort auf Fritzis Briefe. Erst befürchtete sie, sie seien der Zensur zum Opfer gefallen, also schrieb sie Postkarten mit wenigen unverfänglichen Worten, dass es hier jedermann gut gehe und herzliche Grüße, aber auch darauf folgte kein Lebenszeichen. Sollte sie deutschen Nachbarn schreiben und nachfragen? Vielleicht wäre das keine gute Idee. Sie ließ es bleiben.

Im Oktober brachte Piroska einen nicht adressierten Umschlag in die Wohnung: »Lag in unserem Postkasten. Ist es recht, dass ich ihn heraufgebracht habe, Frau Doktor? Ich kann den Brief ja wieder nach unten bringen oder wegwerfen.«

Fritzi öffnete das Kuvert. Zum zweiten Mal kam auf diese Weise eine Nachricht. Die Schrift erkannte sie sofort: »Kuss für die schönsten Hände der Welt wie in Auerbachs Keller.«

Niemand anderer hätte begriffen, von wem das stammte, aber Fritzi wusste, dass Ferko unbedingt seine Anonymität und Illegalität bewahren musste. Sie zeigte den Brief ihrer Schwiegermutter und sagte: »Er lebt!«

»Habe ich doch gesagt, Kind!«, nickte Flora, aber auch in ihrem Lächeln war eine große Erleichterung zu erkennen.

»Setzen Sie sich doch für einen Augenblick«, sagte Oberst Hellmer. Rudolf hatte wie üblich seinen Bericht, den er der Sekretärin diktiert hatte, stehend kommentiert. »Dieser, wie heißt er gleich, dieser in Pančevo …«

»Sie meinen den Vukov, Herr Oberst?«

»Vukov? Ein Sohn des Wolfes? Vuk bedeutet doch Wolf, nicht wahr? Der ist kaum einer, eher ein Schaf, das von jedermann geschoren werden will. Na, meinetwegen. Ja, also, Sie haben seine Tochter zu mir gebracht. Hübsches Ding. Haben Sie etwas mit ihr?«

Rudolf errötete.

»Aber nein. Ich habe sie an diesen Tag zum ersten Mal und seither nicht mehr gesehen.« Das war zwar richtig, aber er hatte sehr oft an sie gedacht. Oft? Täglich. Beziehungsweise nächtlich vor dem Einschlafen.

»Umso besser. Also, ich habe ihn freigekriegt. Der SD hatte den Verdacht, dass er Mehl und Nudeln sowohl an die Tschetniks als auch an die Partisanen liefert. Wäre komisch, nicht wahr? An beide? Nun, ich habe ihn freigekriegt, weil wir ihn brauchen können, und es heißt, dass er tüchtig ist. Was mich angeht, soll er erledigen und liefern, was wir von ihm fordern, und sonst ...« Hellmer machte eine wegwerfende Handbewegung. »Nun gut, das geht mich insofern nichts an, als der SD Beweise liefern muss, bevor ich gestatte, dass man ihn wieder verhaftet. Ich habe gesagt, ich brauche ihn. Wer hat das gesagt?, hat der Höttl gefragt. Ich habe es gesagt, habe ich ihm erklärt und gefragt, ob ich General Dankelmann einschalten soll oder lieber gleich Berlin? Dann hat er den Schwanz eingezogen. Die sind doch alle Feiglinge, die in der schwarzen Uniform!«

Rudolf wunderte sich sehr. Noch nie hatte der Oberst ihn in solche Gespräche verwickelt. Was durfte er? Eine eigene Meinung haben? Da eine Pause entstand, fiel ihm nichts Besseres ein als zu sagen: »Jawohl, Herr Oberst!«

»Also, Radványi, Folgendes. Sie fahren jetzt mindestens einmal wöchentlich hin. Sie überprüfen die Produktion in der Mühle und in dieser Nudelfabrik, oder wie sich das nennt, aber machen der Kleinen den Hof, verstehen Sie? Man soll denken, dass Sie deshalb so oft kommen, weil Sie das Mädchen sehen wollen. Und Sie sprechen ja alle Sprachen dieses Teils der Welt, Sie hören sich ein wenig um.«

»Herr Oberst!« Rudolf war entsetzt. »Ist das nicht, wie Sie gerade sagten, Sache des Sicherheitsdienstes?«

»Nein. Die verstehen davon nichts. Ihre geheimen Mitarbeiter sagen doch nur, was sie glauben, dass die höheren Dienststellen hören wollen, ich aber möchte wissen, was wirklich los ist, und dann entscheiden, was ich mache, bevor die Herren von der SS wieder zu neugierig werden. Wissen Sie, was der Höttl von mir und Ihnen hält? Er glaubt, dass wir ein Pärchen sind. Und das dulde ich immer noch lieber, als dass er mir auf andere Fährten kommt. Er glaubt, mich in der Hand zu halten, ich ihn aber mindestens genauso …«

Rudolf überhörte die Intrige bewusst, überlegte nur, was Hellmer von ihm forderte. Der Oberst hatte ihn in Schutz genommen, Großmutter und Großtante aus Perlez gerettet.

»Das möchte ich nicht, Herr Oberst …«

»Lieber Radványi, mich interessiert einen Scheißdreck, was Sie möchten. Ich möchte auch vieles, was ich mir nicht leisten kann, und möchte nicht, was ich hier und überhaupt in dieser Uniform tun muss. Undatierte Marschbefehle lasse ich Ihnen heute noch ausstellen, Sie tragen immer das Datum ein, wenn Sie hinwollen, und lassen sich dafür einen Dienstwagen geben.« Da Rudolf noch stumm dastand, sagte Hellmer laut, aber gleichzeitig mit einem fast spitzbübischen Lächeln: »Sie können wegtreten, Radványi.«

Dem jungen Mann blieb nichts anderes übrig, als eine Verbeugung anzudeuten und sich zu entfernen. Die Sekretärin blickte im Vorzimmer von ihrer Schreibmaschine auf, sagte jedoch nichts. Was wusste sie? Schreibmamsellen wissen immer fast alles.

War er jetzt in die Rolle eines Doppelagenten gerutscht? Anfangs war ihm vieles abenteuerlich, interessant erschienen, aber inzwischen hatte er begriffen, dass es immer gefährlicher wurde. Darüber konnte das bequeme Leben nicht hinwegtrösten.

Als er Petar auf dem Terazije-Platz begegnete, blieben die beiden wie angewurzelt stehen.

»Wie geht es dir, Mensch?«, fragte Rudolf als Erster.

»Ganz gut, ich lebe noch, wie du siehst. Und dir? Fein siehst du aus.«

Rudolf hätte nur zu gerne erzählt, was er jetzt alles machte, hätte nur zu gerne vor dem früher so intimen Freund geprahlt, wusste aber, dass er es nicht durfte, möglicherweise hätte er ihn damit zusätzlich gefährdet, er hatte nur eine einzige Verbindung zur Partei. Und eine Ersatzverbindung.

»Also, mach's gut!«

»Pass auf auf dich!«

»Ja, sicher … So gut es geht.«

Am selben Abend hatte er sein Treffen. Die Kontaktperson wartete beim Denkmal des Dichters Branko Radičević in der Grünanlage bei der alten Festung Kalemegdan. Er ging an ihr vorbei. Wenn etwas nicht in Ordnung war, sollte er sich schnäuzen und das Taschentuch fallen lassen und wieder aufheben. Das wäre eine Warnung und es gab auch schon den Ersatztermin bei einer anderen Dichterbüste im selben Park. Wenn er meinte, alles sei sauber, sollte er bis zur Brüstung gehen, von der aus man die Mündung der Save in die Donau sehen konnte. Sein Kontakt, von dem er nicht einmal wusste, wie der Mann tatsächlich hieß, er hatte sich als der Läufer vorgestellt, gesellte sich nach einigen Minuten zu ihm, um zu fragen, ob er Feuer für eine Zigarette habe.

Rudolf steckte dem Läufer einen Zettel zu. Das waren Angaben über die Tätigkeit der Intendantur, die er zufällig aufgeschnappt hatte, direkt sollte er nichts heimlich untersuchen, auf keinen Fall auffallen, vielleicht würde man ihn einmal ganz konkret auf etwas ansetzen.

»Da ist noch etwas …«, sagte Rudolf. Der Läufer vergewisserte sich mit einem kurzen Rundblick, dass niemand in Hörweite war. An diesem warmen Oktoberabend gab es viele Spaziergänger. Liebespaare flanierten vorbei.

Auf dem gegenüberliegenden Ufer der Save verbesserten Angehörige der Organisation Todt einige von deutschen Bombenangriffen beschädigte Pavillons der Belgrader Messe. Es war schon ausgehandelt, dass dort ein Konzentrationslager für serbische Juden eingerichtet werden würde, das Problem war bloß, dass das Gelände jetzt zu Kroatien gehörte, die Insassen und auch ihre Verpflegung sollten aus Belgrad kommen, und wie immer kümmerte sich die SS um alles und verkomplizierte mit ihrer ewigen Bürokratie so einfache Probleme wie die bevorstehende Endlösung der Judenfrage. Darüber redeten Rudolf und der Läufer nicht, sie wussten auch nicht, dass in zwei Wochen, am 28. Oktober, die ersten Häftlinge eingeliefert würden. Auch viele Bekannte Rudolfs aus Petrovgrad, Freunde seines Großvaters Leopold und ihre Familien.

»Wenn ich dir das nicht hätte sagen sollen, vergiss es«, sagte Rudolf.

»Ich glaube, es ist richtig, dass du es mitgeteilt hast. Ich weiß natürlich nicht, wer dieser Vukov ist. Wenn es für uns Bedeutung hat, kriegst du das nächste Mal Bescheid …«

»Du meinst, ich soll dem Befehl des Obersten folgen?«

»Selbstverständlich, das trifft sich doch hervorragend.«

In der Woche darauf sagte ihm der Läufer: »Und was diesen Müller in Pančevo angeht, du darfst ihn auf keinen Fall irgendwie belasten. Im Gegenteil. Nimm ihn so weit in Schutz, dass du dich selbst nicht gefährdest, im Augenblick bist du der Wichtigere. Das kann für uns gut werden.«

Gut für uns kann es werden, sagt meine Partei, dachte Rudolf. Für uns? Und für mich? Im Augenblick bin ich der Wichtigere. Und wenn ich im nächsten Augenblick weniger wichtig sein werde? Wird man mich dann opfern, wie einen Bauern im Schachspiel? Sehr interessant, Gott verdammt und verflucht.

Wieso Gott? Ich bin doch Kommunist und Atheist. Ich habe mich freiwillig in dieses Rollenspiel begeben. Ist das nicht immer noch besser als Jude zu sein, während die deutschen Divisionen vor Moskau und Leningrad stehen? Wenn ich nur wüsste, was Vater macht. Ob wir beide an unterschiedlichen Posten auf derselben Seite stehen? Auf Deutsch kann ich nicht einmal fluchen. Ich muss auf Serbisch oder Ungarisch denken, um richtig fluchen zu können. Er holte ein Stück Brot aus der Tasche, zerkrümelte es und streute es auf den Boden, aufgeregte Spatzen versammelten sich und zankten um jeden kleinen Bissen.

»Warum machst du das?«

»Es sieht so gut und unverfänglich aus. Ist es nicht eine feine Tarnung?«, fragte Rudolf.

»Allerdings. Wer hat dir das beigebracht?«

»Niemand, es war meine eigene Idee.«

Herr Vukov war zwischen vierzig und fünfzig – schwer zu schätzen. Anzug mit Weste, dezente, aber augenscheinlich teure Krawatte, Rudolf kannte das von seinem Vater. Und vom Großvater. Könnte er vielleicht Freimaurer sein? Oder gewesen sein? Leopolds Freunde waren auch immer so … so wie? Bürgerlich? Nun, eben so, das ließ sich nicht beschreiben. Fragen konnte er so etwas nicht, Freimaurer zu sein war zur Zeit tödlich und er ein Abgesandter der deutschen Militärintendantur.

Endlich war er mit Irina allein in der kleinen Villa neben der Mühle, weil man Vukov dringend in die Fabrik gerufen hatte. Sie setzten sich an den Tisch und sahen einander lange in die Augen. Minutenlang fiel keinem der beiden ein, was sie sagen hätten können, und dann sprachen sie fast gleichzeitig: »Haben Sie sehr viel zu tun, dort in Belgrad?«, fragte Irina und Rudolf: »Gehen Sie noch zur Schule oder ist sie jetzt ausgesetzt?«

Die Gusseisenöfen waren gut eingeheizt, draußen war es schon kalt, Schnee war allerdings noch nicht gefallen. Die Laubbäume waren kahl, die Tannen und Fichten im Garten auf die weiße Pracht wartend, wie eine junge Frau, der jeden Augenblick das neue Kleid für den Ball geliefert werden soll. Von draußen von allen Seiten her nervöses Hundegebell. Auch diese Tiere warteten auf Schnee. Opapa hatte oft gesagt, man solle alle Geschöpfe der Natur, natürlich auch Hunde, verehren, aber nicht missbrauchen, nicht als Sklaven halten. Diese armen Köter draußen hätten sicher jeden Preis bezahlt, um in ein warmes Zimmer kriechen zu können, und sei es um den Preis ihrer Freiheit. Bevor sich zwischen den beiden jungen Menschen noch ein richtiges Gespräch entwickeln konnte, kam der Hausherr zurück.

»Welche Sprache wünschen Sie mit mir zu sprechen? Sie sind ein deutscher Beamter, aber dem Nachnamen nach Ungar, wenn ich das sagen darf …«

»Die Sprache des Gastgebers natürlich«, antwortete Rudolf auf Serbisch.

»Wollen wir nicht in mein Büro gehen?« Rudolf und Irina tauschten nur noch einen Blick aus.

»Sie haben mich gerettet …«, begann Vukov, als sie sich gesetzt hatten. Sein großer Schreibtisch war voll beladen mit auf den ersten Blick unübersichtlichen Papiermengen, davor standen schwarze Ledersessel, neben Ikonendrucken leuchtete ein rechteckiger heller Fleck von der Wand. Rudolf starrte ihn einen Augenblick an, Vukov bemerkte es und erklärte.

»Dort war das Porträt vom jungen König Petar, das war so Sitte, das wissen Sie ja … Und jetzt … Muss ich ein Hitlerbild aufhängen?«

»Nein. Aber hängen sie irgendein Bild darüber, damit es nicht so auffällt. Und nicht ich habe Sie gerettet, sondern

Oberst Hellmer ist von Ihrer Unschuld überzeugt und benötigt Ihre Fachkenntnisse …«

»Aber gewiss doch, Herr Radványi. Wie kann ich Ihnen helfen?«

Rudolf zuckte noch immer zusammen, wenn man ihn so anredete, Herr Radványi war doch sein Vater. Und sein Großvater.

»Helfen können Sie mir, wenn Sie an dem Bericht, den ich schreiben muss, so mitarbeiten, dass der Oberst mit uns zufrieden ist.«

»Sie hätten Vertrauen zu mir? Sie sind doch der Kontrolleur?«

»Ja, manches ist komisch zur Zeit. Es geht nicht um Vertrauen, sondern um Ihre Intelligenz und Ihre Berechnungen, Herr Vukov. Wenn etwas Falsches herauskommt und entdeckt wird, habe ich Unannehmlichkeiten, werde im schlimmsten Fall entlassen, aber Sie sind dann ein toter Mann! Wir haben in dieser Hinsicht dieselben Interessen.«

War das schon zu viel, war er zu weit gegangen? Wenn Vukov doch die Partisanen unterstützt, muss er mir helfen, es zu verschleiern, aber darf er bemerken, dass ich damit einverstanden bin?

»Radványi, ein schöner Name. Hat es in Betschkerek nicht einen Tierarzt gegeben, der so geheißen hat? Aber der war Jude, oder?«

»Von dem habe ich gehört.« Rudolf musste sich verstellen, durfte nicht zeigen, wie sehr es ihn berührte, dass man von seinem Großvater als verstorbenen Menschen sprach. Er nahm sich zusammen. »Juden haben, wie Sie wissen, oft besonders schöne ungarische Namen angenommen.«

»Stimmt. Der Vater dieses Radványi war Gastwirt in Perlez, kennen Sie das Dorf?«

»Kenne ich …«

»Der hat noch Rotbart mit Nachnamen geheißen …«

Der weiß zu viel, dachte Rudolf, der weiß viel zu viel. Ich bewege mich auf einem sehr heißen Boden.

Irina kam mit Kaffee und setzte sich zu ihnen, nachdem sie einen Blick mit ihrem Vater gewechselt hatte. Sie hatte ihr schwarzes Haar zu einem Knotenzopf gebunden, trug einen weiten hellgrauen Pullover, einen halblangen dunkelgrauen Rock. Den Blick meist auf ihren Schoß gesenkt, saß sie brav da, aber wenn sie ihn auf Rudolf richtete, blitzte er kurz auf. Vukov nahm einen Schluck und stand auf: »Ich bitte, mich für einen Augenblick zu entschuldigen, meine Tochter wird Ihnen Gesellschaft leisten.«

Irina schwieg. Rudolf wusste nicht, wie er die Geste beurteilen sollte, ihn mit dem jungen Mädchen allein zu lassen.

»Was machen Sie so den ganzen Tag?«, fragte Rudolf, um die Stille zu unterbrechen.

»Papa im Büro helfen, Mama in der Küche. Abends legen wir Schallplatten auf, wir haben viele …«

»Welche?«

»Verschiedene. Klassik, neue serbische Schlager. Auch deutsche.«

»Wir auch. Ich bin aus Novi Sad. Also, der Altersunterschied zwischen uns ist nicht so groß, wollen wir uns nicht duzen, Irina?«

Er hatte eine ablehnende Reaktion erwartet, aber das Mädchen sah ihm ruhig ins Gesicht: »Wenn Sie es wünschen, Herr Radványi …«

»Ich heiße Rudolf, Rudi«.

»Ich sage Rudi, Herr Radványi.«

Ich muss einen klaren Kopf behalten, dachte Rudolf. Ich soll ihr den Hof machen, um einen Vorwand zu haben, öfter zu kommen, das wird mir nicht schwerfallen, weil sie mir gefällt, es ist aber ein heißes Pflaster … Jedenfalls muss ich mich nicht verstellen …

So seriös er sich anziehen mochte, um älter auszusehen, mit welcher Wichtigkeit er auch aufzutreten versuchte und wie laut er sprach, um Autorität vorzuspielen, Rudolf war noch keine zwanzig Jahre alt. Und von oberflächlichen Wangenküssen abgesehen hatte er keine Erfahrung mit dem anderen Geschlecht. Es war an der Zeit, dass etwas geschah. Bot der Vater hier seine Tochter auf dem Servierteller an, um die deutsche Kontrolle abzulenken? Wollten Herr Vukov und seine Partei dasselbe, was er auch herbeisehnte? Und der deutsche Oberst auch? Konnte so etwas gut ausgehen?

Sie verabschiedeten sich freundlich: »Ich muss noch nach Kovin und unterwegs in das Dorf Bavanište …«

Irina hatte er noch im Haus die Hand gegeben. Sie hatte eine schmale, heiße Hand. Rudolf fiel ein, wie oft sein Vater die Schönheit der Hände seiner Mutter gelobt hatte. Herr Vukov begleitete Rudolf zum Auto und öffnete ihm höflich die Tür, als jemand rief: »Rudi!«

Rudolf drehte sich um. Es war Marko. Marko aus Novi Sad. Sein Schulfreund. Marko, der natürlich wusste, dass er Jude war. Mit dem er vor etwas mehr als einem halben Jahr gegen die Regierung, die den Beitritt des Landes zum Dreimächtepakt unterschrieben hatte, marschiert war und kommunistische Losungen gerufen hatte. Marko kam ihnen entgegen: »Wie kommst ausgerechnet du zu einem deutschen Militärauto?«

»Darf ich vorstellen, Herr …«, sagte Vukov.

»Danke, wir kennen uns sehr gut!«, sagte Marko.

»Aus Novi Sad«, fügte Rudolf hinzu, aber dann fasste er sich. »Ich hab dir was Privates zu sagen, Marko, unter vier Augen!

Wo haben wir etwas Ruhe?« Jetzt ging es endgültig um alles oder nichts. »Entschuldigen Sie, Herr Vukov.«

»Bitte, bitte.« Das klang verlegen. Der Mühlen- und Fabriksbesitzer überlegte gewiss, was diese Bekanntschaft für ihn bedeutete, ob sie gut oder gefährlich war.

»Komm!«, sagte Marko. Er führte Rudolf hinter das Haus, in einen kleinen Garten. Augenscheinlich kannte er sich hier gut aus. Sie setzten sich auf eine Bank, obwohl es ziemlich kalt war. »Also, wie kommt einer wie du dazu, für die Nazis zu arbeiten? Was hast du alles verraten, um nicht in ein Lager gebracht oder gleich umgebracht zu werden?«

»Das ist jetzt gegen alle Regeln, aber nicht einmal unsere Regeln haben so etwas vorgesehen wie unsere Begegnung ausgerechnet unter solchen Umständen. Wenn wir uns im Wald begegnet wären, wäre es etwas anderes. Ich habe nur einen Kontakt und eine Reserve, sonst darf es niemand wissen, verstehst du das?«

»Halbwegs. Kann ich dir vertrauen?«

»Du kennst mich. Ich glaube nicht, dass du meine Angaben nachprüfen darfst, ich glaube auch nicht, dass du zu meinem Kontakt durchdringen könntest. Wir alle gleiten auf sehr dünnem Eis, Marko. Aber du hast mich gekannt. Du kennst mich.«

»Wo sind die deinen?«

»Mutter und Großmutter in Novi Sad. Hoffentlich. Großvater in Perlez tot …«

»Aber der Doktor, dein Vater?«

»Ich frage dich jetzt nicht nach deiner Familie aus, Mensch, Genosse. Wir beide müssen Initiative ergreifen. Hier. Jetzt. Du und ich. Jedes Risikos bewusst. Die Deutschen … Die eigene Partei … Mach die Augen zu und denk nach, du kannst ja blind simultan mit mehreren Partnern Schach spielen.«

Die beiden hielten sich nicht an die strengen Gebote der Illegalität. Sie konnten nicht auf die Weisheit der Partei setzen, sie mussten selbst entscheiden. Sofort. Und sie beschlossen, Vertrauen zueinander zu haben. So erfuhr Rudolf, wie Wagenladungen mit Mehl und Nudelsäcken in das befreite Gebiet im Herzen Serbiens transportiert wurden. Das war deshalb gut, weil er nun besser verdecken konnte, was er bereits wusste, besser, als wenn er unerwartet darauf gestoßen wäre.

Die Störche und Schwalben waren schon längst nach Afrika geflogen, nicht des Krieges wegen, sondern wie jedes Jahr. Akazien und Maulbeerbäume streckten ihre kahlen Äste dem kalten Himmel entgegen. Krähen schrien aufgereiht über die Baumkronen fliegend, es schien, als gäbe es mehr von ihnen oder sie waren zumindest lauter als sonst. Es war zu kalt, um auf der eisigen Bank sitzen zu bleiben. Ein sehr kalter Winter brach an.

Floras Schwester war nach Budapest zu einer Freundin gefahren, einer ebenfalls älteren Dame, einer Witwe mit großer Wohnung. Hier wollte sie nicht stören. Roza war ja auch in der ungarischen Hauptstadt.

Fritzi zwang sich, zweimal täglich spazieren zu gehen, sie ließ sich auch von Schneeregen und kaltem Wind nicht abhalten. Flora konnte sie jedoch nicht überreden, mitzukommen.

»Sie sollten manchmal hinter dem Ofen hervorkommen, Mutter!« Doch das verhallte ergebnislos.

»Wenn es wieder Frühling wird. Ich habe Geduld, Liebstes.«

Fritzi bewunderte diesen mit einer gewissen Faulheit gepaarten unerschütterlichen Optimismus. Flora fiel es nicht im Schlaf ein, irgendetwas im Haushalt zu tun, sie behauptete, sie wolle nicht störend eingreifen. Als erinnerte man sich nicht, dass sie bei kurzen Aufenthalten vor dem Krieg, als Ferko und

Rudolf noch da gewesen waren, nur zu gerne ihre Lieblingsgerichte gekocht, auch selbst auf den Bauernmarkt gegangen war, weil sie behauptete, dass Piroska keine Ahnung von gutem Fleisch und frischem Gemüse habe. Fritzi hatte nie Zeit für solche »Einkauferei« gehabt.

Es kamen immer weniger Patienten, Fritzi ordinierte nur noch nachmittags von drei bis sechs und empfing vor allem Frauen, denen die elektrischen Wärmewellen Linderung verschafften. Der Gehilfin, Mariza, musste sie kündigen:

»Wenn Sie mich brauchen, komme ich auch ohne Geld, Frau Doktor ... Ich verstehe doch ...«

Sie verabschiedeten sich verlegen. Fritzi dachte, dass sie die junge Frau vielleicht persönlicher, freundlicher behandeln, manchmal zum Tee oder einer Mahlzeit hätte einladen können. Eigentlich wusste sie nichts von ihr.

Im Keller gab es genug Koks und Kleinholz für diesen Winter, aber das erste Goldstück musste verkauft werden. Fritzi bestand nicht darauf, dass alle Patientinnen zahlten. Es herrschte kein Mangel an Nahrungsmitteln, aber sie wurden immer teurer.

Im Süden der Region Batschka, einige Dutzend Kilometer von Novi Sad entfernt, regte sich Widerstand gegen die ungarische Besatzungsmacht. Am 4. Januar 1942 kam es zu einem Feuergefecht, bei dem zwei ungarische Soldaten und zwei Gendarmen getötet wurden. Daraufhin wurden aus den umliegenden Garnisonen ungarische Honvéd-Soldaten und Gendarmen in die Gegend verlegt, in den umliegenden Dörfern nahe am Tatort die Einwohner – Männer, Frauen und Kinder – aus den Häusern gejagt und umgebracht, im zugefrorenem Fluss Theiß wurden Löcher ins Eis geschlagen und die Leichen hineingestoßen.

Zwischen dem 21. und dem 23. Januar wurde in Novi Sad eine Fahndungsaktion veranstaltet, man sprach von einer Razzia. Am frühen Morgen kehrte Piroska, die einkaufen gegangen war, mit leeren Händen in die Wohnung zurück:

»Gnädige Frau, es ist Ausgehverbot, aber wir haben noch Semmeln von gestern, soll ich sie aufwärmen?«

»Was heißt Ausgehverbot?«

»Überall hängen Plakate, die ausdrücklich verbieten, sich auf der Straße zu bewegen. Was soll ich machen?«

»Vorerst nichts!« Fritzi versuchte die Ruhe zu bewahren. »Gut, wärmen Sie die Semmeln für das Frühstück auf.«

Flora erschien im Schlafrock: »Was ist los?«

»Das weiß ich noch nicht, aber ziehen Sie sich für alle Fälle an, Mutter!«

Sie selbst zog den Pelzmantel an und lief die Treppen hinunter und vor das Haus, aber aus der Richtung der Hauptstraße kam keuchend eine Nachbarin gelaufen und schrie: »Zurück, Frau Doktor! Die gehen von Haus zu Haus und suchen Juden!«

Die beiden alten Damen waren zwar dank Oberst Hellmer aus Perlez legal aus dem Banat über die Theiß gekommen, aber Flora hatte sich nicht formal angemeldet, war demzufolge doch illegal anwesend. Im Hof stand der kleine Marzi Peles. Fritzi winkte ihn zu sich.

»Komm doch bitte für einen Augenblick herauf!«

Da sie keinen anderen Zettel fand, schrieb sie schnell auf ein Rezept: »Ihr Lieben, wer immer von euch zurückkommt, hebt in der Küche die Fliese auf, die ich hier bezeichne. Ich habe keine Zeit mehr. Fritzi«. Sie beschrieb genau, um welche Fliese es sich handelte und steckte die Nachricht in einen Umschlag.

»Marzi, liebes Kind, ich habe großes Vertrauen in dich. Vielleicht werde ich jetzt wegmüssen. Bitte, bewahre diesen Brief gut auf, das kannst du doch, nicht wahr? Versteck ihn irgendwo bei euch. Sag niemandem etwas davon, auch deinem Vater nicht. Wenn mein Mann oder mein Sohn früher als ich zurückkommen, gib ihn ihnen, sonst niemandem. Bitte! Das bleibt unser Geheimnis, verstehst du mich?«

Die Kinderaugen leuchteten auf: »Aber natürlich, Frau Doktor!«

Kaum war der Junge weggegangen, stampften Stiefel das Stiegenhaus hinauf, schon auf das erste harte Klopfen öffnete Fritzi. Drei Gendarmen betraten das Vorzimmer. Auf den schwarzen ungarischen Gendarmenkappen prangten Hahnenfedern. Sie hatten die Gewehre geschultert. Einer fragte im Befehlston: »Wer ist im Haus?«

Piroska erschien in der Küchentür und rief erschrocken: »Ich bin Ungarin! Soll ich meinen Ausweis zeigen?«

»Unnötig. Wir wissen alles. Wir wollen die Radványis, die Juden. Die alte und die junge Frau. Du, verschwinde!«

Piroska griff nach Mantel und Tasche und lief zum Ausgang, warf Fritzi nur einen verzweifelten Blick zu, wagte nicht einmal zu grüßen.

»Wo sind die Männer?«

»Mein Mann ist tot!«, sagte Flora. Ihre Stimme klang ruhig.

»Stimmt. Wissen wir auch. Und der Doktor ist schon längst weg. Also gut. Anziehen, mitkommen. Oder hat er sich doch hier irgendwo versteckt?« Sie nahmen sich nicht sofort die Zeit, die Wohnung zu durchsuchen, aber ein Gendarm blieb da.

»Mitkommen!«

Die Frauen gehorchten, ohne ein Wort zu verlieren. Sie durften ihre Pelze anziehen. Fritzi warf noch einen Blick auf die Wohnung. Schnell ging ihr alles durch den Kopf. Die Liebe. Der Streit. Ihre Flucht nach Weimar, als Ferko sie betrogen hatte. Die Patienten, die Apparate. Der Sommer in Omiš. Und was sie alles versäumt hatte in all den Jahren. Ferko … Rudolf …

Auf der Straße lagen drei männliche Leichen. Fritzi kannte

sie nicht. In Eilschritt wurden sie auf die Hauptstraße geführt, mussten sich einer Kolonne anschließen, darunter waren auch Bekannte, man nickte einander zu. Sie wurden in Richtung des Donaustrands getrieben.

Fritzi fiel es nicht schwer zu gehen, sie dachte sogar, ich hätte noch viel mehr spazieren gehen sollen in diesem Leben. Und weniger arbeiten. Wie viele meiner Patienten werden jetzt auch so abgeholt? Ihre Schwiegermutter hängte sich bei ihr ein, versuchte tapfer das Tempo mitzuhalten.

Unter den Pappeln am Strand wurden sie in eine Reihe gestellt. Langsam rückte man vor. Sie begriffen, was geschah. Die Menschen wurden reihum umgebracht und in ein Loch gestoßen, das in das Eis der Donau gebohrt war.

»Du tust mir ja so schrecklich leid, Fritzi!«, sagte Flora mit ruhiger Stimme. »Du bist noch so jung. Auf mich wartet Leo, schon mehr als ein halbes Jahr … Ich hätte früher gehen sollen. Aber die Hauptsache ist, dass Ferko und Rudolf leben. Das weiß ich, mein liebes, liebes Kind!« Sie dachte an ihren Sohn. Wer wusste, wo er sein mochte. Und an Roza in Budapest. Und an Elisabeth, die kleine Sisi, die so kurz gelebt hatte, aber das alles jetzt nicht erleben musste. Vielleicht gab es dieses Jenseits doch. Flora weinte nicht.

Noch einmal wandte sie sich um: »Sie leben, ich weiß, dass sie leben …« Und wie ein Mantra wiederholte sie: »Sie leben, sie leben, sie leben …«, bis der Gewehrkolben sie am Hinterkopf traf.

Fritzi war die Nächste. Sie warf den Pelzmantel mit den eingenähten Goldstücken von der Schulter, die Fische würden sie nicht brauchen, jemand würde sich verwundert freuen, wenn er den Fund entdecken würde, sie ging so aufrecht in den Tod, wie sie als Medizinstudentin in Leipzig die Nachtlokale betreten hatte.

6. IRINA

Deutschlands Macht hatte sich auf ganz Europa ausgebreitet. Überall hatte sich die Bevölkerung mehr oder weniger mit der neuen Ordnung abgefunden, nur in Jugoslawien nicht. Ein guter Teil Serbiens mit Užice als Hauptstadt war den ganzen Sommer 1941 freies Gebiet.

Deutsche Garnisonen wurden überrannt. Deutsche Soldaten wurden Kriegsgefangene auf dem Balkan. Damit hatte Berlin nicht gerechnet. Um der Lage Herr zu werden, zog das Oberkommando der Wehrmacht Truppen ab, die in Frankreich für Ordnung sorgen hätten sollen oder für den Plan Barbarossa – den Angriff auf die Sowjetunion – vorgesehen gewesen waren. Zum Oberbefehlshaber der Operation wurde der aus Österreich stammende Infanteriegeneral Franz Böhme ernannt. Der Befehl, für jeden toten Deutschen hundert, für jeden verwundeten fünfzig Geiseln zu erschießen, wurde übererfüllt. Nicht nur militärisch, sondern psychologisch entscheidend war, dass die Verbände der Tschetniks unter dem Kommando des Obersten Draža Mihailović, die im Sommer gemeinsam mit den kommunistischen Partisanen bewaffneten Widerstand gegen die Besatzungsmacht geleistet hatten, die Fronten gewechselt hatten und seit Oktober mit den deutschen Truppen gegen ihre früheren Verbündeten kämpften. So wurde die befreite Zone im Herzen Serbiens gesäubert, die Partisanen mussten sich in die Berge und nach Bosnien zurückziehen.

Ein Hauptmann der Abwehr, Josef Matl, einst Professor in Graz, war der unmittelbare Verhandler mit den Tschetniks. Darüber unterhielt er sich sehr freizügig mit dem Chef der Intendantur, seinem Landsmann Oberst Martin Hellmer, der von der Operation aber ohnehin alles wusste, weil die Versorgung mit Waffen, Munition, Gerät, Bekleidung und Schuhwerk, Sanitätsmaterial und was Soldaten im Einsatz sonst noch brauchten, über seinen Schreibtisch gingen. So erfuhr auch sein junger Mitarbeiter Rudolf von Radványi davon und über dessen Kontaktperson der Stab der Partisanen.

Mit Widerstand in Serbien, wenn auch keineswegs mit so starkem, hatten die deutschen Dienste gerechnet, aber nicht mit dem Widerstand, der im Banat aktiv wurde. Wo sollten illegale Gruppen in diesem flachen, unbewaldeten Land schon Versteckmöglichkeiten finden? Irrtum. Der übermannshohe Kukuruz glich einem Urwald. Im Juli 1941 wurden in Petrovgrad – die Stadt wurde jetzt offiziell Großbetschkerek genannt – und Pančevo Partisanengruppen gegründet. Ihre Aufgabe war, Getreidelieferungen an die Wehrmacht zu verhindern. In dieser Hinsicht war Rudolf in eine doppelte Zwickmühle geraten. Von Marko wusste er viel von diesen Leuten und ihrer Tätigkeit, über das Büro des Oberstintendanten kannte er auch Pläne, wie man sie bekämpfen wollte. Er hätte den Partisanen berichten können, was geplant wurde, und umgekehrt den Deutschen, was die Rebellen vorhatten. Die klare, strenge Weisung der Partei war jedoch, er solle sich bis auf Weiteres aus allen konkreten Aktivitäten herauszuhalten, er würde vielleicht eines Tages für etwas weitaus Wichtigeres gebraucht. Weiterleben? Na wunderbar. Wenn man jung und tatendurstig genug ist, überzeugt ist, etwas zu tun, was richtig, gut, tapfer, wenn auch vielleicht unvernünftig ist, hat man auch die Kraft, Geduld zu haben. Und alle Sorgen und Ängste beiseitezuschieben und jede Nacht gut zu schlafen.

Über Marko hatte er von einer Weisung gehört, die im Bulletin des Obersten Stabes der Partisanen veröffentlicht war: »Die Vernichtung des Getreides ist die wichtigste Aufgabe der

Partisanen in der Woiwodina, weil die Deutschen von dort aus die meisten Nahrungsmittel für die Kriegsführung gegen die UdSSR und die Fortsetzung ihrer verbrecherischer Herrschaft beziehen …«

Im Büro des Obersten Hellmer las er: »Das Getreide ist wegen kommunistischer Sabotageakte in Gefahr … Jede Dreschmaschine ist am Tag und insbesondere in der Nacht zu bewachen, die Wachen haben aus acht bis zehn Mann zu bestehen, die Hälfte muss bewaffnet sein. Jede Person, die sich den Maschinen nähert, hat sich auszuweisen, ist zu durchsuchen und im Falle eines Fluchtversuchs sofort zu erschießen. Rauchen ist strengstens verboten. Die Riemen sind nach Beendigung der Arbeit von den Maschinen abzumontieren und gesondert streng zu bewachen. In den Dörfern hat der Trommler überall bekannt zu geben, dass jeder Bauer für den Schutz seines Getreides vor Sabotageakten persönlich verantwortlich ist.«

Die meisten Bürger besaßen keinen Radioapparat, wichtige Nachrichten wurden selbst in größeren Städten wie Betschkerek noch immer von Trommlern verbreitet. Sie blieben an bestimmten Stellen stehen und verkündeten nach einem Trommelwirbel, was die Behörden für richtig und wichtig hielten. Das war auch vor dem Krieg so gewesen. Rudolf hatten Trommlernachrichten in Perlez gefreut und belustigt, obwohl ihn der Wortlaut der Meldungen überhaupt nicht interessierte.

Eine Dreschmaschine nach der anderen ging in Flammen auf, der geerntete Weizen wurde mit Benzin übergossen und angezündet, der Schein der Feuer war bis in die Städte hinein zu sehen.

Oberst Hellmer bestellte Rudolf zu sich: »Was hören Sie von dieser Schweinerei, Radványi? Sie sind jetzt oft genug im Banat und kennen doch alle möglichen Leute?«

»Ich höre dort von nichts dergleichen, Herr Oberst! Ich

komme im deutschen Militärwagen, jeder weiß doch, wer ich bin. Was ich weiß, erfahre ich hier im Büro. Ich kann doch nicht …«

»Können Sie nicht, oder wollen Sie nicht?«

»Darf ich offen sein, Herr Oberst?«

»Das erwarte ich!«

»Leuten, die ich von früher her kenne, gehe ich aus dem Weg. Vor denen habe ich Angst. Die wissen, dass ich Jude bin, und wenn sie sehen, dass ich mit den Deutschen …«

»Gut. Schwamm drüber. Ist Sache der Gestapo und des SD, aber wenn die Lieferungen nicht stimmen, geht es mir auch an den Kragen. Die Versorgung der Ostfront hat nun einmal Priorität.«

Es lief im Sommer und Herbst 1941 alles so, wie der Führer es befohlen hatte. Erst der stärkste Verbündete der Russen schon zu Napoleons Zeiten, der Winter, würde den siegreichen Vormarsch vor den Toren Moskaus endlich aufhalten.

Schon im Oktober wurde es in Belgrad sehr kalt, der Ostwind Koschawa ließ es schlimmer erscheinen, als das Thermometer angab. An einem stürmischen Morgen sollte Rudolf wieder in den Banat, er forderte das Auto vom Fahrdienst an.

»Das kann wacklig werden mit der Fähre über die Donau, ich würde es nicht wagen …«, sagte der Gefreite, der ihn fahren sollte.

»Sagen Sie das dem Herrn Oberst, Müller, ich bin Ihnen dankbar, wenn Sie ihn dazu bringen, unsere Fahrt abzusagen. Glauben Sie, ich habe Lust zu arbeiten, statt mich hinter dem warmen Ofen zu verstecken?«

»Ich traue mich nicht, Herr von Radványi, der Herr Oberst schnauzt mich an und fragt, ob ich lieber an der Ostfront wäre.«

»Na, sehen Sie. Ich mag ihn auch nicht verärgern.«

Rudolf fand es komisch, dass er, der junge Jude, den mindestens doppelt so alten deutschen Gefreiten streng mit dem Nachnamen ansprach, er ihn jedoch mit Herr. Wenn er wüsste …

Die Fähre schaukelte stark. Als sie sich nach der Überfahrt wieder in den Wagen gesetzt hatten, sagte Müller: »Bald wird die Donau vereisen. Man hat mir gesagt, dass sie in jedem Winter zufriert. Dann wird der Fährdienst eingestellt und wir können nicht mehr hinüber …«

»Um so besser!«

»Das sagen Sie. Aber ich muss dann möglicherweise in bandengefährdetes Gebiet. Dieser gottverdammte, elende Krieg!«

Sollte Rudolf jetzt mit aufmunternden Naziparolen antworten, mit dem ewigen »Der Führer weiß, was er befiehlt«? Das wäre möglicherweise übertrieben gewesen. Den Unwillen des Gefreiten durch Kritik an der Kriegsführung bestätigen wollte er aber erst recht nicht. Also schwieg er eine Weile und sagte dann: »Hoffentlich gibt es dort nichts zu übersetzen, zumindest nicht für die Intendantur …«

»Sie sind ja noch so jung. Das Leben liegt vor Ihnen …«

»Wenn ich den Krieg überlebe!«

Der ältere Mann nahm das nicht zur Kenntnis: »Ich habe zwei Kinder zu Hause in der Eifel. Sieben ist die Kleine, erst vier der Sohn.«

»Wie schön für Sie!«

Keine Intimitäten, sagte sich Rudolf. Abstand halten. Private Gespräche können gefährlich werden, bloß bei guter Laune halten sollte man den Fahrer, für alle Fälle. Zu jedermann freundlich sein, niemanden nahekommen lassen. Ein einfaches Prinzip, auch wenn es in der Praxis nicht immer leicht zu befolgen war.

Sie klapperten einige Dörfer im Osten des Banat in der Gegend von Alibunar ab. Zum Wind gesellte sich Regen.

Der Kukuruz war geerntet, die Felder kein Urwald mehr, in dem sich die Partisanen gut getarnt bewegen konnten. Inzwischen waren einige ihrer Abteilungen auf über hundert Mann angewachsen und hatten sich unterirdische Verstecke gebaut. Ab und zu kam es zu Gefechten, in denen die Wehrmacht ernsthafte Verluste hatte. Die Direktive der Partei jedoch war, kleine Gruppen von drei bis sieben Mann zu bilden, möglichst von noch unkompromittierten Genossen, die bei sich zu Hause weiterleben konnten. Sie sollten alles vernichten, was der Besatzungsmacht diente, Eisenbahnstrecken sprengen, Magazine anzünden, Spione und Mitarbeiter der Deutschen umbringen, aber die kleinen Gruppen sollten sich auf keinen Fall in offene Kämpfe einlassen, das sei den größeren Partisanenverbänden überlassen.

Die Polizeigewalt in Betschkerek hatte ein seltsamer Mensch übernommen, er nannte sich jetzt Doktor Georg Spiller, war jedoch mit dem Namen Juraj Špiler als Kroate zur Welt gekommen und hatte in Zagreb zur Zeit des Königreichs Jugoslawien Karriere gemacht. Anfang April 1941, unmittelbar vor dem deutschen Angriff auf Jugoslawien, wurde er Polizeichef in Novi Sad. Die Ungarn verhafteten und verurteilten ihn, mit anderen führenden jugoslawischen Beamten, zum Tode. Er wurde zur Hinrichtung gebracht, mit der ersten Salve aber nur verletzt, stellte sich tot und schleppte sich später in ein Krankenhaus, von wo er die Verbindung zu Mitgliedern des deutschen Kulturbunds herstellte, denen er als jugoslawischer Polizist mehrfach geholfen hatte. Sie brachten ihn über die Theiß.

In Betschkerek erklärte er seinen Mitarbeitern, dass ein bei den Partisanen eingeschleuster Agent mehr nütze als eine Kompanie Soldaten. Seine Methode hatte Erfolg, Mitte Oktober flog die illegale Parteiorganisation in der Stadt auf, fünfundsechzig

Kommunisten, unter ihnen fünf Mitglieder des Komitees, wurden verhaftet. Er verhörte die meisten persönlich unter Einsatz brachialer Foltermethoden. Ein deutscher Unteroffizier zeigte ihn an, er sei ein Sadist. Das schadete ihm bei der deutschen Gestapo natürlich nicht, ganz im Gegenteil.

Rudolf und sein Fahrer waren sich durchaus bewusst, dass sie jeden Augenblick Opfer eines Anschlags werden konnten. Rudolf hatte zusätzlich Angst, dass ihn jemand erkennen könnte. Er war zwar nicht viel in Betschkerek und im Banat gewesen, in Novi Sad bloß in die Volksschule und ins Gymnasium gegangen, aber so wie Marko konnte auch jederzeit ein anderer früherer Kamerad auftauchen.

Am Nachmittag trafen sie bei den Vukovs ein. Rudolf wollte wieder einen Blick in die Bücher werfen. Irina brachte Tee ins Büro, Müller wurde in die Küche eingeladen. Der Sturm wurde immer stärker, der peitschende Regen von Schneesturm abgelöst.

Vukov hatte ihn zuerst mit den Büchern allein gelassen, kam jetzt ins Büro: »Sie können keinesfalls über die Donau. Bleiben Sie über Nacht bei uns.«

»Ja, aber der Fahrer?«

»Der kann gerne ebenfalls bei uns übernachten, in den Arbeiterunterkünften ist Platz, im Sommer sind viel mehr Leute bei uns als zur Zeit.«

Rudolf fand Müller bestens gelaunt mit geröteten Backen in der Küche. Der Fahrer war nur zu gerne damit einverstanden, hier in Ruhe zu essen und zu übernachten.

»Aber das erklären Sie dem Herrn Oberst, Herr von Radványi!«

»Keine Sorge. Es ist höhere Gewalt. Ich schreibe darüber einen gesonderten Bericht, wir können das Risiko nicht eingehen, dass mit dem Auto etwas passiert, und den meteorologischen Bericht haben unsere Vorgesetzten ohnehin eingesehen …«

Endlich lernte Rudolf Frau Vukov kennen. Die stille Frau, die an dem ovalen Esstisch saß, war sicher einst schön gewesen, sie war es immer noch. So also würde Irina in zwanzig, dreißig Jahren aussehen.

Als sie Platz nahmen, dachte Rudolf an seine Eltern. Es gab Nudelsuppe, gekochten Schinken mit Kren, Backhuhn und Erdäpfel. Weißwein in Wassergläsern, Sodawasser wurde aus grünen Siphonflaschen gespritzt. Mohntorte. Das Abendessen hätte so auch beim Großvater in Perlez stattfinden können, jedenfalls bei feierlichen Anlässen. War Rudolfs Besuch eine überraschende, besondere Angelegenheit für die Vukovs?

»Kaffee?«

»Nein danke, nicht so spät am Abend.«

»Aber noch einen kleinen Barack?« Das konnte er nicht ablehnen, er wollte ja erwachsen wirken, kein Grünschnabel sein, auch schon, weil das verdächtig scheinen hätte können.

»Zigarette, Zigarre?«

»Vielen Dank, ich rauche nicht.«

»Ein echter Ritter ohne Fehl und Tadel. Welche Schwächen haben Sie überhaupt, junger Mann, wenn ich Sie so ansprechen darf?«

»Natürlich dürfen Sie. Warum sollte ich Ihnen meine Sünden verraten, wie sagt man doch, die Summe aller Laster bleibt gleich.«

Was hätte der Hausherr gesagt, wenn ich ihm meine größte Sünde eingestanden hätte, nämlich dass ich Jude bin, fragte sich Rudolf. Undenkbar, nicht weil dieser serbische Mühlenbesitzer und heimliche Unterstützer der jugoslawischen Freiheitsbewegung Antisemit sein könnte, sondern weil Rudolf ihm dann hätte erklären müssen, wieso er doch für die Deutschen an so einer verantwortungsvollen Stelle arbeiten durfte. Lag Misstrauen in der Luft? War die angenehme Atmosphäre getrübt oder bildete sich das Rudolf nur ein?

Das Radio wurde eingeschaltet. In der Kesselschlacht bei Smolensk gab es große Erfolge der Wehrmacht. Die Doppelschlacht Wjasma, Brjansk. Das Unternehmen Taifun. Eine OKW-Sondermeldung: Vormarsch auf Moskau. Rudolf und Vukov sahen sich wortlos an. Keiner der beiden wusste, was er vor dem anderen sagen durfte. Wehrmachtsender Gruppe Südost. Das war eigentlich Radio Belgrad. Punkt zehn Uhr wie jeden Abend: »Vor der Laterne, vor dem großen Tor …«

»Wenn Sie müde sind nach dem langen Tag, Irina zeigt Ihnen das Gästezimmer …«

Das Mädchen ging den langen Gang voraus, öffnete die vorletzte Tür und sagte: »Die letzte Tür führt zum Badezimmer. Ich werde frische Handtücher bereitlegen. Wir haben dein Zimmer am frühen Abend eingeheizt, hoffentlich ist es schon warm genug. Mein Vater hat einen seiner Pyjamas auf das Bett gelegt.«

»Das ist … Das ist einfach zu freundlich!«

Irina legte den Zeigefinger auf den Mund und warf ihm einen Kuss zu, dann zog sie schnell die Tür hinter sich zu. Hatte er gehofft, sie würde bei ihm bleiben? Gedacht, es sei womöglich mit ihrem Vater abgesprochen? Wenn sie gar nicht so unschuldig war, wie sie aussah mit ihrer Stupsnase, den Grübchen in den Wangen, den Bewegungen des schlanken Körpers, die man unter der weiten Kleidung sehr gut erahnen konnte? Nein, wäre es verdächtig, wenn sie … Dann klopfte es leise an der Tür.

»Ja?«

Sie öffnete die Tür nur einen Spaltbreit: »Neben dem Ofen in der Kohlenkammer ist Koks, Sie können nachlegen, wenn Sie es die ganze Nacht warm haben wollen. Pardon, du kannst nachlegen.« Pause. »Möchtest du, dass ich zurückkomme, wenn meine Eltern eingeschlafen sind?«

»Ja, aber …«

Und schon war die Tür wieder zu. Was für ein Spiel war das? Eisige Regentropfen klopften an das schmale Fenster. Es fiel kein Schnee mehr, aber die Straßen würden morgen vereist sein. Nach einigen Minuten ging er in das Badezimmer. Der Gang war leer. Der rote Badeofen war eingeheizt. Er betrachtete sich im Spiegel und war unzufrieden mit sich. Seinen Vater hielt er für einen schönen Mann, er war groß, hatte breite Schultern, eine mächtige, ziemlich stark behaarte Brust, lange Beine. Schon als Kind wusste er, dass »der Doktor«, wie ihn jedermann nannte, die Blicke der Damen auf sich zog. Selbst die Hornbrille, die er selten, auch am Strand nur wenn er ins Wasser ging, ablegte, stand ihm gut. Rudolf war auch groß, aber schmaler in den Schultern, und obwohl er mager war, hatte er einen kleinen Bauchansatz und seine Hüften waren breiter als die Schultern. Er fand, er war seiner Mutter nachgeraten, aber was bei einer Frau schön ist, sieht nicht gerade männlich aus. Er nahm sich immer wieder vor, ernsthaft Gymnastik zu betreiben, seine Muskeln zu trainieren.

Zurück ins warme, altmodisch möblierte Zimmer mit dem Daunenbett. In der Woiwodina sind Gänsefedern billig, so war er es gewöhnt. Ein runder Tisch, vier gepolsterte Stühle, ein Schrank aus einem anderem Holz als das Bett. Auf der Kredenz eine blaue Schale. Er zog sich aus, legte den Pyjama an, der ihm zu groß war, und legte sich hin. Sollte er warten?

Als sie später an seinem Bett saß, wusste er im ersten Augenblick nicht ob er träumte. Zum ersten Mal sah er ihr langes schwarzes Haar aufgelöst, es fiel über ihre nackten Schultern.

»Ich muss dir etwas sagen«, flüsterte sie. »Ich bin noch unschuldig …«

»Ich auch!«, sagte er, es war ihm einfach herausgerutscht und schon bereute er es.

Das Mädchen stand auf und ging zwei, drei Schritte rückwärts, Rudolf löschte die Nachttischlampe, stand schnell auf, hatte vergessen, dass ihm der Pyjama zu weit war, die Hose rutschte hinunter, spontan bedeckte er sich mit beiden Händen, beide mussten lachen, er ließ die Hose fallen. Den beiden jungen Körpern musste niemand erklären, wie man das macht.

Rudolf schlief sehr fest. Plötzlich war er hellwach, warf einen Blick auf die Armbanduhr. So spät? Fünf nach neun. Als er aufsprang, stellte er fest, dass er ohne Pyjamahose geschlafen hatte. War es das gewesen? War er jetzt ein Mann? Schnell zog er sich an, lief ans Fenster. Alles war ruhig, augenscheinlich windstill. Der Gang war leer. »In die Luft gespuckt und durchgesprungen« hatte seine Mutter die allerschnellste Morgentoilette genannt. Sehr verlegen ging er Richtung Wohnzimmer. Frau Vukov und Irina saßen am nur noch für ihn gedeckten Frühstückstisch.

»Guten Morgen«, sagte die Hausherrin. »Tee oder Kaffee?«

»Kaffee bitte. Entschuldigen Sie, dass ich ...«

»Guten Morgen«, sagte Irina. Ihre Blicke trafen sich und ihre Augen lachten, ohne dass sich die Wangen bewegten. »Darf ich Rudolf zu Ihnen sagen?«

»Ja, bitte, aber lieber noch Rudi, und da ich der Ältere bin, wollen wir uns dann nicht duzen, Irina?« Und zu Frau Vukov. »Ist dann ein züchtiger Wangenkuss erlaubt, gnädige Frau?« Sie warteten die Erlaubnis nicht ab und tauschten zwei Wangenküsse aus. So naiv, wie sie tat, war Irinas Mutter gewiss nicht, sie hüstelte: »Ihr Fahrer ist in der Küche, Herr von Radványi. Das Wetter hat sich, Gott sei Dank, gebessert, Sie werden gut über die Donau kommen.«

Herr Vukov kam ins Zimmer.

»Zufrieden?«, fragte er Rudolf.

»In jeder Hinsicht. Und vielen Dank für die liebenswürdige Aufnahme.«

»Gerne geschehen. Sie müssen sich beeilen, ich fürchte, die Donau wird bald zugefroren sein.«

Als alle vor die Tür traten, kam ihnen Marko entgegen und winkte Rudolf beiseite.

»Ist das jetzt nicht unvorsichtig?«, wunderte sich Rudolf.

»Es musste sein!« Er blickte sich um, niemand war in Hörweite. »Sag unseren Leuten, dass Vukov nicht nur die Deutschen und uns, sondern zusätzlich die Tschetniks beliefert ...«

»Sicher?«

»Sicher! Auf Wiedersehen. Oder auf Nimmerwiedersehen ...«

Sie umarmten sich kurz, Marko kehrte ihm den Rücken und ging in Richtung der großen Vorratskammern.

»Wir sind in Novi Sad zusammen ins Gymnasium gegangen«, sagte Rudolf, sich fast entschuldigend

»Ja, das haben Sie uns schon gesagt. Ein tüchtiger Mann, der Herr Marko, eine große Hilfe für uns«, sagte Vukov. »Na dann, es ist schön, mit Ihnen zusammenzuarbeiten, Herr von Radványi.«

»Und noch einmal Dank. Und auch dir Dank, Irina ...«, er zögerte einen Augenblick und fügte hinzu: »für die Betreuung.«

Händeschütteln. Mehr wäre nicht ... Ein allessagender Blick, war da eine Träne in ihren Augen versteckt?

»Na, dann wollen wir!«, versuchte er forsch zu sein, winkte in Richtung des Wagens, der Gefreite Müller fuhr vor, noch einmal wurde gewinkt und sie fuhren ab. Die Straße war noch rutschig, aber die Überfahrt über die Donau ruhig. Der Himmel schwer verhangen von dunklen Wolken.

Es war so, wie es der Gefreite vorausgesagt hatte. Die kleinen Leute wissen oder ahnen zumeist genau, was die Großen tun werden. Instinkt? Es geht um ihren Kopf.

»Also, alles zusammen ... Den Bericht habe ich natürlich gelesen. Kompliment, so viel schreiben und so geschickt nichts sagen ist bewundernswert, Radványi!«, sagte der Oberst ironisch. »Setzen Sie sich doch!«

»Ich bemühe mich ... Vielleicht könnten Sie mir Berichte von anderen geben, Herr Oberst, damit ich sehe, wie man es richtig macht.«

»Nicht zu frech werden! Das ist jetzt schon fast verdächtig, Sie haben ohnehin zu viel Einsicht in alles Mögliche. Was mich jetzt so unter uns interessiert, was ist Ihre Meinung, arbeitet dieser Vukov mit den Rebellen zusammen, wie es unser SD auch weiterhin behauptet?«

Die Atmosphäre war angespannt. War er mit der Bitte, andere Berichte zu sehen, zu weit gegangen?

»In seinen Büchern ist nichts Verdächtiges zu finden, auch in den Lagerhäusern nicht ... Aber wie kann ich ausschließen, was ich nicht mit Sicherheit weiß?«

»Gut. Und dort haben Sie einen gewissen Marko getroffen, mit dem sie in Novi Sad ins Gymnasium gegangen sind? Und zu Gunsten des Putsches gegen uns demonstriert haben?«

Rudolf gelang es, dem Blick des alten Offiziers standzuhalten.

»So ist es, Herr Oberst.«

»Dann sage ich Ihnen etwas, Sie sollen es von mir erfahren. Vukov ist verhaftet und ins Lager Banjica eingeliefert worden. Ihren Marko wollten sie auch verhaften, er hat sich gewehrt, auf die SS-Männer geschossen und die letzte Kugel in den eigenen Kopf. Der Höttl ist wütend, weil er sich auf diese Weise dem Verhör entzogen hat. Sie wird er nicht offiziell verhören. Mir zuliebe nicht, noch nicht, Sie wissen ja, er glaubt, zwischen uns beiden funkt etwas anderes ... Immer noch besser, als wenn er wüsste, dass Sie Jude sind. Aber weil er Fotos von Ihnen und diesem Marko auf der Demonstration in Novi Sad besitzt, wird er weiterbohren. Also, mit dem Banat ist erst einmal Schluss. Der Fährdienst wird ohnehin bald eingestellt. Dort drüben hat ein gewisser Spiller alles in der Hand, wir konzentrieren uns von hier aus jetzt auf Serbien. Šumadija heißt doch das Herzstück des Landes – bedeutet das nicht Land der Wälder?«

»Ja.«

Die Sekretärin klopfte, sagte von der Tür aus: »Herr Wolkow hat sagen lassen, er komme in etwa einer halben Stunde ...«

»Boris Wolkow, auch ein Dolmetscher«, erklärte der Oberst. »Ein Exilrusse, er arbeitete für die Gestapo in Betschkerek, vielleicht kennt ihr euch sogar, das könnte unangenehm werden. Ich gebe Ihnen noch etwas«, sagte der Oberst und reichte ihm ein graues Kartonschächtelchen mit Reichsadler und SS-Runen. »Haben sonst nur wir vom höheren Dienst. Wenn Sie die Pille zerbeißen, ist es sehr schnell und relativ schmerzlos vorbei. Tut mir leid, aber wenn der Höttl uns auf die Schliche kommen sollte ... Sie wissen, was die alles machen. Mit der Pille befreien Sie sich von der Folter und retten vielleicht mir das Leben, weil Sie dann nicht sagen können, dass ich ... Sie wissen ja. Studieren Sie draußen die Dokumente über Serbien, die ich für sie freigegeben habe. Wir müssen so viel absahnen, wie es geht, aber die Serben nicht so sehr hungern lassen, dass sie massenhaft zu den Heckenschützen überlaufen.«

Rudolf stand auf, verneigte sich leicht und verließ mit der Zyankalikapsel in der Sakkotasche das Kabinett des Oberst-Intendanten. Boris Wolkow! Der Bekannte, nein, wahrscheinlich der Geliebte seiner Mutter damals in Omiš. Würde er ihn verraten und dem sicheren Tod ausliefern, wenn sie sich in der deutschen Intendantur begegneten?

Im Herbst und Winter 1941 konzentrierten sich deutsche Luftangriffe auf Russland, das Bombardement englischer Städte, das im vergangenem Jahr so furchtbar gewesen war, ließ merklich nach. Dagegen hatten die Engländer mit flächendeckenden, nächtlichen Luftangriffen begonnen, Brandbomben entfachten Feuerstürme in deutschen Städten.

»Ein Glück, dass die Meinen in einem Dorf leben«, sagte der Gefreite Müller zu Rudolf von Radványi, als sie zusammen nach Kragujevac geschickt wurden. In der serbischen Stadt wurden einige Tausend Menschen umgebracht, auch alle Schüler der höheren Klassen des Gymnasiums gemeinsam mit ihren Professoren. Es wurde die letzte Fahrt Rudolfs als Zivilangestellter der Wehrmacht, aber das wusste er noch nicht.

Hitler hatte persönlich den Befehl ausgegeben, Moskau zu erobern, es lief jedoch nicht so, wie er es sich vorgestellt hatte. Der Meisterspion des Zweiten Weltkriegs, Richard Sorge, meldete aus Tokio, die Japaner würden die Sowjetunion nicht angreifen, sondern sich auf Südasien, auf die Schlachten gegen die britische Kolonie konzentrieren. Stalin konnte frische Truppen aus Sibirien holen, die für strenge Kälte ausgerüstet waren. Als die Temperatur auf unter dreißig Grad minus fiel, hatten die deutschen Truppen noch nicht einmal Winteruniformen bekommen. Obwohl ein deutscher Vortrupp bis in eine Vorstadt Moskaus, dreiundzwanzig Kilometer entfernt vom Kreml, vorgedrungen war, stieß sie eine Gegenoffensive im Norden hundertfünfzig Kilometer nach Westen zurück.

Die Erstürmung Leningrads gelang nicht, die Stadt wurde eingeschlossen, Tag und Nacht mit Artilleriebeschuss und

Fliegerbomben bestürmt, viele Menschen starben an Hunger, aber die Stadt mit dem symbolträchtigen Namen konnte nicht besiegt werden. Im Süden jedoch wurde die Hauptstadt der Ukraine, Kiew, erobert.

Rudolf erfuhr über seine Kontakte nur, was die jugoslawischen Kommunisten wussten oder wissen sollten, die Wende im Osten kündige sich an, das sei der Anfang vom Ende Hitlers. In Angesicht der Tatsache, dass die Deutschen ganz Europa in ihre, wie sie sagten, Festung verwandelt hatten, war das Trost und Beruhigung, nachdem das befreite Gebiet von Užice aufgegeben werden musste. In der bosnischen Kleinstadt Rudo am Ufer des Flusses Lim wurde am Geburtstag Stalins, am 21. Dezember 1941, die Erste proletarische Brigade der Volksbefreiungsbewegung Jugoslawiens gegründet. Ihre Bezeichnung »proletarische« bedeutete, dass das Ziel nicht nur die Befreiung des Landes von der deutschen Besatzung war, sondern auch eine neue Gesellschaftsordnung.

Als Rudolf nach einiger Zeit endlich wieder Kontakt hatte, bat er, zu den Partisanen kommen zu dürfen.

»Ich bin jetzt wirklich in Gefahr, mein Oberst hat es mir angedeutet und mir eine Zyankalikapsel gegeben, damit ich ihn nicht verrate, falls man mich als Juden erwischt, er sagt, ich sei dem SD verdächtig geworden. Der Folter muss ich nicht standhalten, wenn nötig, bringe ich mich einfach um, aber im Wald bin ich nützlicher als tot!«

Sie hatten sich an einem helllichten, sonnigen, wenn auch sehr kalten Wintertag im verschneiten Park Kalemegdan getroffen. Rudolf streute den Spatzen wieder Brotkrümel aus. Deutsche Ordnung war auch hier sichtbar, viele Pfade waren mit Salz bestreut oder freigeschaufelt.

»Ich werde berichten!«

Die Verbindung klappte im letzten Augenblick. Man muss

Glück haben. Als die Gestapo Mitte Januar 1942 Rudolf von Radványi verhaften wollte, war die Garçonnière leer.

»Ihr Jüngelchen ist ausgeflogen, Hellmer!«, sagte Höttl zum Oberst.

»Bereitet mir Kopfzerbrechen, einen so guten Dolmetscher finde ich nicht ohne Weiteres ... Übrigens, herzlichen Glückwunsch zum Eisernen Kreuz zweiter Klasse. Sicher wohlverdient!«

»Lenken Sie nicht ab, Herr Oberst! Die Kleinigkeit, dass Sie wahrscheinlich einen Partisanenspion auf Ihrem Schoß gehätschelt haben, bereitet Ihnen kein Kopfzerbrechen?«

»Überhaupt nicht. Wenn es so ist, war es Ihr Fehler. Für Sicherheitsfragen sind Sie verantwortlich, Obersturmbannführer, meine Aufgaben sind andere, aber mindestens genauso kriegswichtig.«

Erst mit der Eisenbahn, dann ein Stück Weges auf einem gemieteten Bauernwagen durch dunkle Wälder, die letzten fünfzehn oder zwanzig Kilometer zu Fuß durch Schneegestöber, mit zwei Genossen, die er auf dem Berg Kosmaj nahe Belgrad getroffen hatte, kam Rudolf an einem späten Abend im Wirtshaus an, wo sie abgeholt werden sollten. Die beiden neuen Freunde waren wortkarge Menschen, trugen Lammfelle, wie serbische Bauern, er seinen blauen Wintermantel aus dem deutschen Winterhilfswerk in Belgrad. Ziemlich unpassend. Jetzt hätten sie zum ersten Mal die Gelegenheit gehabt, miteinander in Ruhe zu sprechen, sich einander genauer vorzustellen, aber sie nutzten sie nicht. Sie waren von der Partei erzogen worden, nie ohne Not etwas von sich zu erzählen, die Illegalität zu bewahren. Auch voreinander?

Der Verbindungsmann erschien nicht. Das Wirtshaus war voll zechender Männer, an einem der Nachbartische war eine

Gruppe mit den schwarzen Pelzmützen der Tschetniks, deren Karabiner an den Stühlen lehnten, besonders laut. Sie grölten und sangen. Rudolf fiel wegen seiner Kleidung auf, die vor diesem winterlichen Abenteuer elegant gewesen war.

Einer der Besoffenen torkelte an ihren Tisch: »Was für Scheißkerle seid ihr? Könnt ihr euch ausweisen?«

Das konnte gefährlich werden und Rudolf beschloss, alles auf eine Karte zu setzen. Er hoffte, dass kein Steckbrief von ihm hergelangt war, und zückte seinen deutschen Ausweis. Der Bärtige studierte ihn lange, senkte die Stimme: »Und was suchen Sie hier, zum Teufel?«

»Das sage ich eurem Kommandeur. Wenn du ihn benachrichtigen kannst, melde ihm, dass ich in Sachen des Herrn Vukov aus Pančevo unterwegs bin ...«

»Und die beiden Lümmel da?«

»Die beiden Herren gehören zu mir!«

Dieselben Worte hatte er schon einmal erfolgreich angewendet. Auch diesmal ging seine Rechnung auf.

»Eine Runde für die da auf unsere Rechnung!«, schrie der Tschetnik dem Wirt zu, dann zog er mit seinen Freunden ab, natürlich ohne zu bezahlen. Kaum waren sie weg, stand von einem Tisch in der Ecke ein bisher unauffälliger Mann auf, kam zu ihnen, sagte das Kennwort und fügte hinzu: »Mit denen hatten wir hier nicht gerechnet ...«

Todmüde stapften sie durch die Nacht und den frühen Morgen bis zum Stützpunkt der Partisanen. Dort fiel Rudolf auf einen Strohsack und schlief, schlief, schlief. Mit vernebelten Sinnen wachte er auf und hoffte einen Augenblick lang, es könnte ein Bett sein und Irina an dessen Rand sitzen. Würde er sie nie wiedersehen? Und Mutter und Großmutter? Und seinen Vater? Die Angst, die er im Laufe der vorigen Nacht erfolgreich bekämpft hatte, erfasste ihn plötzlich. Komisch, dachte er zitternd, dass man tatsächlich vor Schrecken zittern kann, habe ich gar nicht gewusst.

Als man feststellte, dass er nicht beim Militär gedient hatte, keine Schießausbildung hatte und schwächlich war, wurde er dem Stab der Zweiten proletarischen Brigade, die man am 1. März 1942 im Dorf Čajniče mit tausend Mann gegründet hatte, als Schreibkraft und Dolmetscher zugeteilt.

Ein Feldlazarett der Partisanen. Ein ehernes Prinzip unter den Widerstandskämpfern lautete, verwundete Kameraden unter keinen Umständen zurückzulassen. Sie würden von der Wehrmacht nicht als Kriegsgefangene behandelt werden, sondern als Terroristen, nicht erschossen, sondern zu Tode gefoltert. Das wussten alle Kämpfer, oft brachten sie sich mit letzten Kräften um, um den Genossen nicht zur Last zu fallen.

Doktor Franja Radovan operierte Tag und Nacht, mitunter vierzehn, fünfzehn Stunden lang ohne Unterbrechung. Mit Betäubungsmitteln musste er sparsam umgehen, manchmal sogar mit Wasser, Sliwowitz war oft die einzige Möglichkeit, Schmerzen zu lindern. Die Hälfte wurde auf die Wunden gegossen, die andere dem Patienten eingeflößt. Manchmal erinnerte er sich an die Nächte in Leipzig, die er durchgezecht hatte, am frühen Morgen danach noch gebüffelt, dann an den Vorlesungen teilgenommen, jedenfalls durchgehalten hatte. Und die Nächte mit Fritzi. Damals hatte er mitunter nur jede zweite Nacht geschlafen, aber in einer solchen Form war er nicht mehr.

Wenn er sich für einige Stunden in seinem Zelt auf das eiserne Bett, das man für ihn aufgetrieben hatte, niederlegen konnte, fragte er sich, was mit seiner Familie, insbesondere was mit seinem Sohn geschehen sein mochte. War es richtig gewesen, ihn nach Perlez zu bringen? Möglicherweise war es ein fataler Irrtum gewesen. Hatte er seine Frau in Novi Sad nicht zu schnell und ohne richtigen Abschied verlassen? Dass er Verbindung zu den Aufständischen hatte, dass er Kommunist war, hatte er nicht einmal ihr sagen dürfen. Es war besser gewesen, als Lebemann zu gelten und damit jeden politischen Verdacht zu überspielen.

Rechtzeitig hatte er als Pseudonym den serbischen Namen Radovan angenommen, um seine Familie nicht zu gefährden. In seiner Sippe war die Veränderung der Nachnamen ja nichts Neues, Hauptsache der Anfangsbuchstabe stimmte – Rotbart, Radványi, Radvanji, jetzt Radovan. Ferenc, Franz, Ferko, Franja. Und immer war es dasselbe Herz, derselbe Kopf, dieselbe Seele. Zum Kuckuck, man ist doch Mediziner. Seele? Was hatte Virchow gepredigt? Jedenfalls dieselben Erinnerungen, Sehnsüchte. Darüber nachdenkend, konnte er endlich einschlafen.

Nur einen Tagesmarsch entfernt von ihm übersetzte sein Sohn einstweilen die Aufzeichnungen, die man in der Feldtasche eines Majors der Wehrmacht gefunden hatte. Aber die beiden wussten nichts voneinander.

7. DER PARTISANENKRIEG

In der Zweiten proletarischen Brigade fand Rudolf in der Stellvertreterin des politischen Kommissars, Cana Babović, eine mütterliche Freundin, obwohl sie nur sechzehn Jahre älter war als er. Ihr Sohn ging in der Sowjetunion zur Schule, sie hatte schon lange keinen Kontakt mehr zu ihm. Sie war eine einfache Textilarbeiterin, hatte sich aber in der Kommunistischen Partei eine gewisse Bildung angeeignet. Immer wieder war sie verhaftet worden, aber es hieß ja nicht zu unrecht, »Die Gefängnisse sind unsere Universitäten«. In Moskau war sie auf Schulungskurs gewesen. Sie war Mitglied des Zentralkomitees der Kommunistischen Partei Jugoslawiens.

Cana wunderte sich, dass Rudolf unbewaffnet war. Wer Waffen brauchte, sollte sie dem Feind direkt abnehmen, aber man nahm ihn mit dem Argument, er würde stören, zu keinen Aktionen mit. Sie schenkte ihm eine Walther PP, zeigte ihm, wie man schießt, wie man die Waffe säubert.

Inzwischen war es wärmer geworden, die Laubbäume in den Mischwäldern mischten ihr helleres Grün mit dem dunkleren der Nadelbäume. Aufgewacht aus dem Winterschlaf, wird die alte Eiche von der Tanne begrüßt. Unterschiedliche Baumarten vertragen sich gut, sie könnten Serben, Kroaten und Moslems ein Beispiel sein.

Er erlebte lange Märsche, viele Gefechte und nur selten ruhige Abende und Nächte und Vogelgezwitscher. Und doch hatte Rudolf die Natur nie so intensiv erlebt und bewundert. Cana war aufgefallen, dass er noch kein Parteimitglied war, obwohl so lange Jungkommunist. Auf ihre Anregung hin wurde er zwischen zwei Kämpfen aufgenommen. Wenn es einmal eine ruhige Nacht gab, ohne Sitzungen der Parteizelle oder des Stabes, wenn er sich früher hätte schlafen legen können, nahm sie Rudolf beiseite und fragte ihn nach seinem bisherigen Leben aus. Es interessierte sie, wie ein Bürgersöhnchen Kommunist geworden war. Nur weil die Deutschen die Juden verfolgten?

Nein, sagte Rudolf, sein Vater sei »immer schon links« gewesen. Ob er Verbindung mit der Partei gehabt hatte? Das wusste der Sohn nicht.

»Klar, das hätte er dir nicht erzählen dürfen. Radvanji, Radvanji … Den Namen habe ich nie gehört, häufig ist er nicht, oder?«

Rudolf sagte, er kenne außerhalb seiner eigenen Familie niemanden mit diesem Nachnamen. Sein Großvater sei noch als Leopold Rotbart auf die Welt gekommen und habe sich dann Radványi genannt. So kam er in Fahrt, erzählte von Perlez, vom Großvater, dem Tierarzt, der sei Freimaurer gewesen. Hatte Cana von der Antifreimaurerausstellung in Belgrad gehört? Das hatte sie, erklärte ihm jedoch, das sei Nazipropaganda, Blödsinn. Über Rudolfs Tätigkeit bei Hellmer wollte sie nichts hören.

»Einzelheiten will ich gar nicht wissen. Du bist von den Genossen überprüft worden, das Urteil ist, dass du dich richtig verhalten hast, sehr tapfer und nützlich warst, das genügt.«

War ich so tapfer, fragte sich Rudolf, es hat mich doch immer nur in bestimmte Situationen hineingespült, ich habe gar keine Gelegenheit gehabt, feig zu sein. Das sagte er natürlich nicht.

»In der Ausstellung wird ganz besonders gegen Moša Pijade als Freimaurer, Kommunist und Jude gewettert – was weißt du von dem?«

»Ein überaus wertvoller Genosse … Er war vierzehn Jahre lang im Zuchthaus, hat dort Marx übersetzt und ist ein Vertrauter von Genosse Tito …«

»Sie kennen ihn also …«, rasch verbessert er sich, unter Genossen muss man sich natürlich duzen, aber das fiel ihm gegenüber dieser Frau noch schwer. »Du kennst ihn?«

»Ja«, lacht sie. »Ich kenne beide.«

»Auch den Genossen Tito?«

»Möglicherweise wirst du ihn auch bald kennenlernen, der Oberste Stab sucht Leute wie dich, wir wollen eine eigene Presseagentur gründen.«

Rudolf hatte nur seine Woiwodina, endlose Felder, breite, aber ruhige Flüsse, kurz auch die Adria kennengelernt, jetzt marschierte er durch Wälder, pflückte Walderdbeeren, sah Zyklamen und hätte sie gerne für seine Mutter gepflückt, bewältigte Felshöhen, auch mitten im Schusswechsel bemerkte er Kräuter, Büsche, Blumen, die er bisher nie gesehen hatte, fragte nach ihrem Namen, zum Ärger seiner Kampfgenossen:

»Andere Sorgen hast du nicht?«

Er hungerte oft, das Essen schmeckte anders, wenn man tagelang fast nichts zum Kauen gehabt hatte und dann von Bauern zu einem Kohlgericht mit gepökeltem Schweinefleisch eingeladen wurde. Man konnte so müde sein, dass man im Schlaf mit der Kolonne weitermarschierte. Endlich hatte man ihm einen Karabiner anvertraut, er warf sich zu Boden, wenn andere es taten, schoss, wenn andere schossen, in dieselbe Richtung, hatte aber noch nie einen Feind zu sehen bekommen, noch nie einen Menschen getötet. Trotz der Anstrengungen und des Fastens war er nun kräftiger denn je, wusch sich in eiskalten Bächen, prüfte heimlich seinen Bizeps, rasierte sich regelmäßig, wobei er den kleinen Spiegel auf einen Ast vor sich hängte. Rudolf fand mit Genugtuung, dass er jetzt erwachsener aussah. Er war ja viel zu lange sehr verwöhnt gewesen. Auch als die meisten Juden aus seiner Heimat bereits umgebracht oder in Konzentrationslager gesteckt worden waren, hatte er seine Wohnung mitten im besetzten Belgrad gehabt und war mit einem deutschen Auto durch die Gegend gefahren. Der Gefahr war er sich bewusst gewesen, aber nie hatte er geglaubt, dass ihn das Schlimmste treffen könnte. Auch jetzt war er der Gefahr ausgesetzt, jeden Tag, jede Stunde, aber nicht allein, sondern mit Kameraden, Genossen. Als Kämpfer fühlte er sich unnütz, aufzuschreiben gab es wenig, zu übersetzen noch weniger – einige in Dörfern gefundene Aufrufe der Deutschen, deutsche Zeitungen von vorvorgestern –, zu dolmetschen gab es überhaupt nichts.

»Vielleicht machen wir Gefangene, dann kommst du zum Zug!«, tröstete ihn Cana.

Bei den Partisanen galt die strenge Regel, den Bauern nichts mit Gewalt oder unter Drohungen wegzunehmen. Man musste sich von den Tschetniks und den Deutschen unterscheiden, das Herz des Volkes gewinnen. Wenn man eingeladen wurde, durfte man alles annehmen, was in den Dörfern angeboten wurde. Das war oft der Fall, manchmal aus Furcht, oft auch weil die Leute den Freiheitskämpfern helfen wollten.

Nenad war ein vierschrötiger, sehr starker, gutmütiger und ziemlich einfältiger Bursche. Manchmal musste man ihm dreimal sagen, was man von ihm erwartete, wenn er es begriff, war er jedoch auf eifrige Art folgsam, half gerne, man mochte ihn.

Eines Abends traten Stab und Parteikomitee zusammen. Nenad war in einen Bauernhof eingebrochen. Der Hausherr hatte behauptet, er habe nichts, könne nichts hergeben. Nenad hatte die Hühner gackern gehört, war dann nachts über den Zaun geklettert, hatte einem fetten Hahn den Hals umgedreht und bei der Gelegenheit noch einen zum Trocknen auf der Leine aufgehängten roten Pullover mitgenommen. Der Bauer hatte es beobachtet, nicht gewagt einzugreifen, war aber am Morgen in den Stab gekommen, um sich zu beklagen. Das Bataillon musste antreten, der Mann zeigte auf Nenad, der sofort geständig war. Er sei sehr hungrig gewesen, habe den Hahn gerupft, gebraten, aufgegessen und die Reste vergraben.

»Dass du sie vergraben hast, beweist, dass dir bewusst war, dass du Unrecht tust!«, sagte Milinko Kušić, der Kommissar. »Nicht einmal für deine Kameraden hast du etwas übrig gelassen.«

»Ich werde so etwas nie wieder tun!«

»Sicher nicht!« Der Kommissar wandte sich an die versammelten Partisanen. »Unsere Direktiven sind klar. Für solche Fälle gibt es nur eines: die Todesstrafe. Abstimmen!«

Alle Hände hoben sich, nur Rudolf war damit nicht einverstanden: »Nenad ist doch ein guter Kämpfer, wenn auch etwas begriffsstutzig. Es ist vielleicht unser Fehler, dass wir nicht besser auf ihn aufgepasst haben. Wir können doch einen Kameraden nicht erschießen.«

»Verstehe. Du bist dagegen. Alle andere dafür? Ja? Beschlossen! Der Beschluss gilt auch für dich, Rudi, und weil du dich als Schwächling erwiesen hast, führst du die Todesstrafe aus. Du gehst mit Nenad abseits in den Wald und fertig!«

»Nein, nie! Das kann ich nicht!«

»Das ist nicht nur Befehlsverweigerung, sondern Widerspenstigkeit, Verweigerung eines Beschlusses deiner Partei, Genosse!«

»Mach es einfach, Mensch!«, sagte Nenad. »Ich bin ohnehin nichts wert …«

Cana mischte sich ein: »Entschuldige, Milinko, das geht nicht. Wenn er einen Kameraden nicht umbringen kann …«

Der Kommissar sah überrascht seine Stellvertreterin an. Nenad hob die Hand: »Genosse, ich mache es selber. Wer will meine Schuhe? Die sind gut, aber Größe fünfundvierzig …«

Mit seiner Entscheidung waren alle einverstanden, so große

Füße hatte jedoch keiner in der Brigade. Nachdem er beiseitegegangen war und sich in den Kopf geschossen hatte, wurde er mit seinen Schuhen begraben. Der Pullover wurde dem Bauern zurückgegeben.

Rudi litt an starkem Durchfall. Nach einigen Tagen des Fastens waren sie in ein bosnisches Dorf gekommen, in dem man sie freudig begrüßte. In der Nähe waren Tschetniks aufgetaucht. Es wurden einige Ferkel geschlachtet und am Spieß gebraten, Fladen gebacken, Rudi hatte zu viel fettes Fleisch gegessen, es hatte zu fantastisch geschmeckt.

Er schämte sich. Er konnte sich nicht einfach die Hosen hinunterstreifen und hinhocken, als wäre der Wald seine private Toilette, er suchte immer ein Gebüsch abseits der anderen, verkroch sich. Klopapier gab es nicht, die Natur bot breite grüne, weiche Blätter als Ersatz an. Alle Menschen, auch die Genossen Stalin und Tito, mussten scheißen, kannten wohl Verdauungsprobleme. Die Kolonne war weitergezogen, er säuberte sich erleichtert – da hörte er ein Geräusch im Dickicht. Schatten fielen auf das Gras vor ihm, und als zwei deutsche Soldaten mit ihren Schmeißern vorsichtig auf die Lichtung traten, schoss er mit seiner kleinen Walter wie im Film. Und er traf. Zufallstreffer. Wie im Film. Rudi, Rudolf Radvanji, wenn man so will, von Radványi, tötete seine ersten Feinde, ohne begriffen zu haben wie, aus dem Stegreif, aus der natürlichen Abwehrsituation, in der er sich befand, mit der Pistole, mit der er erst vor Kurzem gelernt hatte umzugehen. Und dann wischte er sich den Hintern mit den weichen Blättern ab, warf einen Blick auf die toten deutschen Soldaten. Blut. Tote. Tote Menschen. Er hatte sie umgebracht. Er hatte sie in den Kopf getroffen. Beide. Wenn er sie nur verwundet oder danebengetroffen hätte, hätten sie ihn ohne Weiteres getötet. Sie waren als Soldaten gewiss besser ausgebildet als er. War er jetzt ein erwachsener Mensch, weil er gemordet hatte? Ein Kämpfer? War es möglich, dass er, der Nichtsnutz, der ungeschickteste Partisan aller Zeiten, tatsächlich mit zwei Schüssen zwei Soldaten der großdeutschen Wehrmacht umgebracht hatte? Ja, Zufallstreffer! Wie wenn jemand zum ersten Mal Roulette spielte und gewann? Das Auftauchen der beiden Soldaten mitten im Wald bedeutete, dass ihnen die Deutschen auf der Spur waren, sie aber nicht so nahe vermuteten. Er beeilte sich, seine Truppe einzuholen, zu berichten, das verdiente Lob entgegenzunehmen. Cana schlug ihn für seinen ersten Orden vor.

Bisher war Rudi von seinen Kampfgenossen mit milder Verachtung behandelt und als Schützling des Stabes belächelt worden. Nun war er nicht mehr der Klugscheißer aus dem Banat, sondern unser Rudi. Man brachte ihm, was man bei den beiden Deutschen gefunden hatte: Bleistifte, Füllfederhalter, ein schönes, in Leder gebundenes Notizbuch, in dem einer der Toten ein Tagebuch begonnen hatte. Der Soldat hatte geschrieben: »Heckenschützen von allen Seiten, aber nicht nur gegen uns. Nie hätte ich geglaubt, dass so etwas in Europa möglich ist. Hier in den Schluchten des Balkans schlachten sich die Serben, Kroaten und Moslems gegenseitig ab, Kommunisten, Tschetniks, Ustaschis oder einfach Banditen. Wir werden gar nicht gebraucht, die erledigen einander von selbst. Ich kann nur vertrauen, dass der Führer weiß, wohin er uns geschickt hat …«

Rudi behielt das Büchlein ziemlich lange mit der Absicht, selbst Tagebuch zu führen, Momente aufzuzeichnen wie den Blick von einem hohen Berg hinunter in das Dorf mit dem spitzen Turm der Moschee und dem Bauernmädchen, das kleine Stücke Butter auf Weintraubenblättern und gekochte Kartoffeln anbot. Nie hatte frische Butter so gut geschmeckt.

»Sprichst du auch Englisch?«, fragte der Kommissar.

»Ein wenig ...«

»Kannst du das da übersetzen? Hat einem englischen Offizier gehört, der bei den Tschetniks war und gefallen ist.«

Rudolf verstand die Notizen ganz gut, auch den Sinn des Ganzen, wenn er einige Worte nicht kannte, konnte er sich alles zusammenreimen. Für die Kommandantur wurde er immer wichtiger, man hielt ihn so gut wie möglich von den vorderen Kampfreihen fern.

Die Hochebene von Kupres südlich von Zentralbosnien liegt tausendeinhundertfünfundachtzig Meter oberhalb des Meeresspiegels, die Berge Malovan und Mosor, die sie begrenzen, sind über achtzehnhundert Meter hoch. Rudi wusste nicht, dass der Mosor sie von der Adria trennte, dass es derselbe Berg war, auf dessen anderer Seite die Ruinen der Piratenburgen standen, die er als Kind bewundert hatte. So nahe war seine Kindheit und so fern. Zwanzig kleinere und größere Seen schmückten die nur vierundzwanzig Kilometer lange und zehn Kilometer breite Fläche. Eine Zauberlandschaft, er hätte sie bewundert, wenn seine Brigade hier nicht im August 1942 in die bisher schwersten Kämpfen verwickelt gewesen wäre.

Es gab hier wenige deutsche Einheiten, die Zone war von Italienern besetzt. Das Städtchen Kupres war vor dem Krieg mehrheitlich von Serben bewohnt gewesen, sie wurden von den kroatischen Eliteeinheiten, den Ustaschi, massakriert. Der erste Angriff der Partisanen wurde zurückgeschlagen, der zweite gelang besser, fast die ganze Stadt wurde erobert, aber die kroatische Schwarze Legion hatte sich in der Kaserne und einem Hochsilo festgesetzt. Einen ganzen Tag und eine Nacht dauerte das Gemetzel. Die Verluste waren fürchterlich, Rudi gewöhnte sich daran, dass ein guter Freund, mit dem man am Morgen ein Stück Speck geteilt hatte, am Abend tot sein konnte. Es wurde normal, dass man sich freuen durfte, wenn man am Leben geblieben war, nicht mehr entsetzt war, wenn einer gefallen war. Verwundete versorgte man und schickte sie in die Partisanenlazarette, Tote begrub man. Wenn es möglich war. Endlich erkannte der Oberste Stab die Unmöglichkeit, diese Stellung zu erobern, und ordnete den Abzug und Marsch Richtung Jajce an.

Das Laub auf den Bäumen färbte sich langsam hellgelb, dann braun. Der Sommer nahm Abschied.

Jajce, die bosnische Königsstadt des Mittelalters, konnte erobert werden, die Partisanen machten wichtige Beute an Haubitzen, Gewehren, Munition, Uniformen, Nahrungsmitteln. Es wurden deutsche Gefangene genommen, Rudi dolmetschte bei Verhören, unterhielt sich mit den deutschen Soldaten, stellte fest, dass ihre Moral nicht gut war, schrieb darüber Berichte, der Oberste Stab wurde auf ihn aufmerksam.

»Wir müssen uns von dir trennen«, sagte Kommissar Kušić.

»Wieso? Warum? Bist du unzufrieden mit mir?« Rudolf erschrak, überlegte, ob er im Laufe der schrecklichen Kämpfe um Kupres als feig aufgefallen sein konnte, er wäre doch in den ersten Reihen mitgestürmt, wenn man ihn nicht absichtlich davon ferngehalten hätte.

»Im Gegenteil. Du bist angefordert worden. Du gehst nach Bihać.«

»Wo ist das?«

»Am Fluss Una. Das wirst du ja sehen …«

Keiner seiner Mitkämpfer war ein enger Freund geworden, Genossin Babović war längst anderswohin beordert, trotzdem tat es ihm leid, dass er diese Gruppe verlassen musste. Es überraschte ihn, dass auch viele seiner Kameraden den Abschied bedauerten, sie hatten einen jungen Ochsen aufgetrieben und brieten ihn am Spieß, auch Schnapsflaschen machten die Runde.

Bihać war einige Zeit lang Residenz des ungarischen Königs Béla IV. gewesen. Seine Burg thronte auch weiterhin über der Stadt. Auch diese Siedlung war von hohen Bergen umringt. Die bosnischen Burgen erinnerten Rudolf an die Piratenfestungen in Omiš und an Schlösser aus Ritterromanen, aber hier waren sie Wirklichkeit aus Stein.

Die Ustaschi hatten im Sommer 1941 alle Serben, Juden und Roma in Bihać umgebracht. Als die Partisanen die Gegend einnahmen, konnte der Stab Racheaktionen nicht verhindern. Tito wollte zeigen, dass nach dem Verlust der Republik Užice, die im Sommer des vergangenen Jahres einige Monate lang der Besatzungsmacht getrotzt hatte, jetzt in einem ganz anderen Teil Jugoslawiens, auch in mehrheitlich von Kroaten bewohnten Regionen, seine Kräfte nicht nur siegreich waren, nicht nur Heckenschützen, sondern eine Bewegung mit staatstragenden Ideen. In der selbst ernannten »Republik von Bihać« wurde als Kriegsparlament der Antifaschistische Rat der Volksbefreiung einberufen, eine Kriegsregierung gebildet.

Die wenigsten wussten, dass es zwischen Titos Stab und Moskau einen nervösen Meinungsaustausch gab. Stalin war mit dem Vorpreschen in Jugoslawien nicht einverstanden, dass Eliteeinheiten »proletarisch« genannt wurden, hielt er für voreilig. Die königliche jugoslawische Regierung saß im Londoner Exil, der Tschetnikführer Draža Mihailović war ihr Kriegsminister, einen Konflikt mit den Westalliierten wollte der Kreml vermeiden, Linksabweichungen nicht dulden.

»Euer Verhalten kommt einem Dolchstoß in den Rücken der Sowjetunion gleich!«, lautete ein mit »Djed« – Opa – unterschriebenes Telegramm. Das war in dieser Konstellation das Pseudonym von Stalin persönlich.

In Bihać bekam Rudolf eine Uniform und saubere Wäsche, in der Kaserne nach langer Zeit nicht nur ein eigenes Bett, sondern sogar einen Polster und eine Decke. Dann hatte er sich bei Moša Pijade zu melden, dem Mann, dem auf der Antifreimaurerausstellung in Belgrad ein ganzer Raum gewidmet gewesen war. War seither nur ein einziges Jahr vergangen?

Pijade, ein kleingewachsener, ältlicher Mann, musterte ihn durch seine scharfe Brille. Er schien ungekämmt, unter der dicken Nase saß ein unordentlicher Schnauzbart. Er befragte Rudolf auf Deutsch, der verstand, dass das eine Sprachprüfung war:

»Kannst du stenografieren?«

»Leider nein.«

»Auf der Schreibmaschine schreiben?«

»Das kann ich.«

Er musste kurz seinen Lebenslauf beschreiben, ausführlich über seine Familie berichten.

»Gut. Schreib das kurz auf, kommt in dein Dossier.«

Als er merkte, dass das Gespräch zu Ende gehen sollte, sagte Rudi: »Ich habe einiges über Sie auf der Freimaurerausstellung in Belgrad gesehen …«

»Wir duzen uns hier, Genosse.«

»Sind Sie … bist du wirklich Freimaurer, Genosse Pijade?«

»Quatsch. So wenig wie du!«

»Aber mein Großvater war einer.«

»Schreib ruhig alles auf, was du für wichtig hältst.«

Warum war er nach dieser Begegnung so aufgeregt? Was war Bewundernswertes an diesem kleinen Juden? Er hatte Marx übersetzt und führte eine Revolution an. Rudis Vater hatte Menschen operiert, sein Großvater Rinder, Pferde, Katzen und Hunde, war das weniger wert?

Rudi durfte jetzt in der Mensa des Stabspersonals essen, Suppe, Fleisch, Gemüse. Noch kannte er niemanden, aber augenscheinlich war man hier plötzlich auftauchende, neue Gesichter gewöhnt. Man nickte einander freundlich zu, aber das war alles. Rudolf war recht einsam als kleines Mitglied einer großen Bewegung.

Zu übersetzen gab es jetzt viel. Dann verließ Rudolf gemeinsam mit dem Obersten Stab Bihać und wanderte mit ihm kämpfend durch das Land. Es ist schon etwas Besonderes, ein Land – sein Land, sein Vaterland – zu Fuß kennenzulernen. Mit einer Pistole an der Hüfte, einem Karabiner im Arm.

Tito, Pijade und alle anderen führenden Genossen aßen dasselbe wie Rudi oder die zahlreichen Kuriere. Eine Ausnahme gab es trotzdem. Für einen Mann wurde eine Kuh mitgeführt, regelmäßig gemolken und er bekam die Milch. Man erklärte Rudi, das sei der berühmte kroatische Dichter Vladimir Nazor, früher konservativ, glühender Katholik, Freimaurer, jetzt Anhänger Titos und sehr wichtig, denn man wollte zeigen, dass an diesem Kampf nicht nur Kommunisten, sondern Patrioten aus allen Schichten, allen Nationalitäten teilnahmen. Rudolf spitzte die Ohren: Freimaurer?

Ein Jahr später wurde die Umgebung von Jajce zum neuen freien Gebiet. Zwei Flüsse, Vrbas und Piva, bildeten mitten in der Stadt einen zwanzig Meter hohen Wasserfall. Die Stadt war im sechzehnten Jahrhundert Sitz des Königs Tvrtko gewesen.

Bis vor Kurzem hatte es nur Kommandeure und Politkommissare von Einheiten gegeben, jetzt wurden Offiziersränge eingeführt und entsprechende Streifen und Sterne auf Uniformen genäht. Damit wollte man nicht nur die Bevölkerung beeindrucken, sondern auch erreichen, dass festgenommene Partisanen als Kriegsgefangene behandelt würden und nicht als Terroristen. Rudolf wurde Leutnant.

Am 9. September 1943 kapitulierte Italien. In den bisher von Italienern besetzten Gebieten fielen den Partisanen bedeutende Mengen von Waffen und Munition in die Hand.

Nach den schweren Niederlagen der Deutschen bei Stalingrad und in Afrika in El Alamain war die Atmosphäre bei den jugoslawischen Partisanen umgeschlagen, man war nicht mehr nur trotzig, sondern überzeugt, der Sieg sei gesichert. Rudolf bemerkte, dass sich in der Stadt irgendetwas vorbereitete, es gab mehr Truppen, neue Uniformen, bessere Verpflegung und einige Häuser wurden herausgeputzt. Er war jedoch längst gewöhnt, keine Fragen über Dinge zu stellen, die ihn nichts angingen. Er war ohnehin gut mit dem Übersetzen und dem Berichteschreiben beschäftigt. Endlich erfuhr er, dass eine Sitzung von Delegierten aus allen Teilen des okkupierten Jugoslawien vorbereitet wurde. Plötzlich erschien ein Bote und sagte, er solle alles stehen und liegen lassen und in den Stab kommen. Dort empfing ihn ein uniformierter Mann, der sich gar nicht vorstellte, sondern gleich befahl: »Setz dich, Genosse. Du sprichst auch Englisch?«

»Ja, aber …«, er wollte sagen, dass er es nicht besonders gut beherrschte. Er wusste, dass Vertreter Großbritanniens und der USA beim Obersten Stab waren, aber er war bisher keinem begegnet. Sein Gegenüber ließ ihn nicht ausreden.

»Gut. Wärest du bereit, mit einer wichtigen Mission nach Kairo und wahrscheinlich weiter nach London zu fliegen?«

»Ja, ich …« Rudolf war überaus freudig überrascht, aber der unbekannte Genosse ließ ihn nicht ausreden.

»Gut. Geh zurück an deinen Arbeitsplatz, du wirst benachrichtigt, wenn die Entscheidung gefallen ist.«

Nervös und zerstreut widmete sich Rudolf der Arbeit. Spät in der Nacht, unter schnarchenden Genossen, dachte er: London! Zuerst fiel ihm die Adresse Baker Street 221b ein. Sherlock Holmes. Gab es diese Straße wirklich?

Am nächsten Morgen hieß es: »Du sollst sofort zum Genossen Pijade!«

Pijade bot ihm nicht einmal an sich zu setzen, sondern blickte von den vielen Papieren auf seinem Schreibtisch auf: »Wir haben uns ja schon einmal kennengelernt, Genosse. Ich habe mir sagen lassen, dass du dich bisher gut gehalten hast, aber wie fällt dir jetzt ein zu intrigieren, dass du nach Kairo kommst? Ist es dir hier zu gefährlich oder zu langweilig geworden?«

»Nein, aber ich habe nicht … Mich hat …« Pijade ließ ihn nicht ausreden, warum unterbrach ihn jedermann?

»Kommt nicht infrage. Du wirst hier gebraucht. Du gehst jetzt sofort zum Genossen Ribnikar, wir haben eine Presseagentur gegründet, du wirst dort arbeiten!« Endlich folgte ein angenehmer, freundlicher Blick. »Wie sagst du, dass du heißt? Gefällt mir nicht, klingt nicht gut. Ab sofort heißt du Radvan. Rade Radvan. Was guckst du so blöd, auch Tito ist ein Pseudonym …«

»Mein Urgroßvater hieß Rotbart, mein Großvater nahm den Namen Radványi an, muss unsereins mit jeder Generation seinen Namen wechseln?«

Jetzt musste der strenge Pijade doch lächeln: »Ist ja nur ein Kriegsname. Mach es gut, junger Freund, aber jetzt kannst du gehen, wir alle haben viel zu tun!«

Es gab also Intrigen, die einen wollten ihn nach London schicken, die anderen beim Stab behalten, er hatte nichts zu entscheiden, er war ein Objekt, das man hin und her schob. Aber das war doch gut, es war besser, ein wichtiges Objekt zu sein als ein Niemand von einem Subjekt.

Vladislav Ribnikar war Besitzer der wichtigsten Tageszeitung in Jugoslawien, der *Politika*, gewesen. Ein steinreicher Mann und wie es für die Mitglieder dieser Bürgerschicht selbstverständlich war, Freimaurer. Sein Großvater, ein Arzt, war aus Slowenien nach Serbien gekommen, sein Vater und sein Onkel hatten 1904 die Zeitung gegründet, die bald die seriöseste in

Serbien wurde, beide fielen im Ersten Weltkrieg, im Herbst 1914 als serbische Offiziere. Nach dem Krieg übernahm Vladislav die Leitung und machte das Blatt zu einem der wichtigen Presseorgane in Europa. Bei einem Besuch in Moskau lernte er 1927 führende jugoslawische Kommunisten kennen, wollte sich ihnen anschließen, wurde jedoch gebeten, das nicht öffentlich werden zu lassen, aber einigen Genossen als Mitarbeiter oder Grafiker das legale Leben zu erleichtern. Nach dem Einmarsch der Deutschen wohnte Tito wochenlang in Ribnikars Villa auf dem Nobelberg Dedinje, in dieser Villa fand am 4. Juli 1941 vor der Nase des deutschen Garnisonskommandanten die Sitzung des Politbüros der KP Jugoslawiens statt, auf der der Aufstand beschlossen wurde. Trotz der Anweisung der deutschen Besatzungsmacht, die *Politika* weiter erscheinen zu lassen, lehnte Ribnikar das ab. Er wurde verhaftet, aber wieder freigelassen und dann gelang ihm und seiner jungen dritten Frau, Jara, der Tochter des berühmten Pianisten Emil Hajek, die Flucht zu den Partisanen.

»Radvanji, Radvanji, den Namen habe ich doch irgendwo gehört …«, sagte Ribnikar bei Rudolfs Vorstellungsgespräch.

»Mein Großvater war Tierarzt in Petrovgrad. Und Freimaurer.«

»Der ist aber sicher viel älter als ich.«

»Er ist gestorben.«

»Tut mir leid, aber dein Vater …«

»Der ist Arzt. Nach dem Einmarsch der Ungarn ist er verschwunden, ich habe immer heimlich gehofft, dass er bei uns, bei den Partisanen ist.«

Ribnikar schüttelte den Kopf: »Wenn es einen Doktor Radvanji bei uns geben würde, hätte ich bestimmt von ihm gehört.«

Tatsächlich operierte Doktor Franja Radovan nur einige Dutzend Kilometer weit von ihnen entfernt. Er hatte viel Sanitätsmaterial, insbesondere Instrumente für Operationen, Anästhetika, Medikamente, die die Italiener zurückgelassen hatten, gesichtet und arbeitete an ihrer Verteilung an Partisanenlazarette, operierte jedoch auch weiterhin selbst, war unersetzbar, sonst hätte man ihn gerne als Vertreter der Woiwodina nach Jajce geschickt.

Der Maler Djordje Andrejević Kun schuf große Porträts von Stalin, Roosevelt und Churchill, das neue Wappen des zu bildenden Staates und Skizzen für die Rangabzeichen der Uniformen. Der Komponist Oskar Danon sollte ein Musikstück finden, das als Hymne geeignet war, in der Eile entschied er sich für ein Lied der Turnorganisation »Sokol«, das der polnischen Hymne sehr ähnlich war. Danon wurde von den Partisanen Zigo, Zigeuner, genannt, obwohl er Jude war, wohl weil er seine Geige durch alle Schlachten mitschleppte.

Rudolf blieb in seinem neuen, warmen Uniformmantel, auf dem Kopf die Partisanenmütze mit dem roten Stern, vor dem Wasserfall stehen. Er kannte jetzt Berge und dichte Wälder, Seen und Kaskaden, aber als Kind der endlosen Weizenfelder war er immer noch von diesen Wundern der Natur beeindruckt. Und von ihren Düften.

Ein Offizier stellte fest, dass die beste Stickerin in der Stadt die Muslima Emina Zjaja war, er brachte Skizzen und goldenen Faden zu ihr und bat sie, für einen Uniformkragen goldene Ähren auf rotem Grund zu sticken, für die Ärmel dieselben, aber größer und mit einem fünfzackigen Stern.

»Ist das für unseren neuen Zaren?«, fragte die schlichte Frau.

»Wir haben keinen Zaren, das ist für den Genossen Tito.«

»Ich weiß, dass Kaiser und Zaren herrschen, ein wichtiger Führer kann doch kein Genosse sein …« Aber sie leistete gute Arbeit und wurde dafür in kroatischer Währung bezahlt.

Rudolf, bisher bekannt als Genosse Rudi, jetzt Rade Radvan, durfte als junges Redaktionsmitglied der Presseagentur *Tanjug* vom Balkon aus die zweite Sitzung des Antifaschistischen Rates der Nationalen Befreiung verfolgen. Die erste hatte vor einem Jahr in Bihać stattgefunden. Es präsidierte Doktor Ivan Ribar, der als bekannter Rechtsanwalt und führendes Mitglied der Demokratischen Partei 1920 Präsident der verfassungsgebenden Sitzung des Parlaments des Königreichs der Serben, Kroaten und Slowenen gewesen war, bei der die Tätigkeit der Kommunistischen Partei verboten worden war, er selbst jedoch verteidigte später als Rechtsanwalt angeklagte Kommunisten. Auch er war Freimaurer. Sein Sohn, ebenfalls Ivan getauft, aber schon um den Unterschied zum Vater zu betonen, Ivo Lola Ribar genannt, wurde Sekretär der kommunistischen Jugendorganisation SKOJ und einer der engsten Mitarbeiter Titos.

Zwei Tage vor der Sitzung sollte Ivo Lola Ribar als bevollmächtigter Vertreter der jugoslawischen Befreiungsbewegung an der Spitze einer kleinen Delegation nach Kairo und von dort aus weiter nach London fliegen. Auf einem freien Feld zwischen den Bergen im Karst, Glamočko Polje, stand am 27. November ein Flugzeug bereit. In dem Moment, in dem die Männer einsteigen wollten, tauchte jedoch aus heiterem Himmel ein einzelner deutscher Flieger auf und warf seine Bomben ab. Ivo Lola war auf der Stelle tot. Ob das ein Zufall war oder jemand verraten hatte, dass ein wichtiger Partisanenführer von hier aus starten wollte, wurde nie geklärt. Zwei Tage davor war Lolas jüngerer Bruder, Jurica, im Kampf gegen die Tschetniks gefallen. Tito musste dem Vater die schreckliche Nachricht überbringen, der in zwei Tagen zwei Söhne verloren hatte. Trotzdem hielt Doktor Ribar das Eröffnungsreferat.

Rudolf dachte auf dem Balkon des Tagungssaals darüber nach, dass er jetzt wahrscheinlich tot wäre, wenn man ihn mit demselben Flugzeug nach Kairo und London geschickt hätte, statt hierher, um zuzuhören und zu überlegen, wie er den Bericht über die Beschlüsse der Sitzung auf Deutsch und Englisch verfassen sollte. Er war gut gelaunt und zuversichtlich, weil er immerhin schon mehrmals dem Tod von der Schippe gesprungen war. Er applaudierte, wenn es andere taten, schrie begeistert mit der Masse. In der Schule hatte er so viel über Schlachten und Umstürze gebüffelt, jetzt nahm er aktiv an solchen Ereignissen teil. Seine Enkelkinder würden über das alles in der Schule lernen. Falls er, Rudolf Radvanji, genannt Rudi, Rade Radvan, überleben, Kinder und Enkelkinder haben würde.

Die Zeit verflog immer schneller. Nachrichten, die aus allen Teilen des Landes meist über Kuriere von Mitkämpfern eintrafen, sammeln, bündeln, übersetzen. Irgendwo schlafen, irgendwo essen. Zwischendurch hatte Rudolf manchmal auch ein Pferd, reiten hatte er ja schon bei seinem Großvater in Perlez gelernt.

Sechs Monate nach der Bildung der Kriegsregierung in Jajce verlegte Tito das Hauptquartier in die Stadt Drvar in einem bosnischen Talkessel mit dem romantischen kleinen Fluss Unac. Am 24. Mai feierte er seinen zweiundfünfzigsten Geburtstag, mit von der Partie war auch der Sohn Winston Churchills, Randolph, der mit dem britischen Chefspion und Politiker Fitzroy Maclean mit dem Fallschirm in Bosnien abgesprungen war. Mit dabei war auch ein Hauptmann der Nachrichtenabteilung der britischen Luftwaffe, Christopher Lee. Nach dem Krieg sollte er als Idealbesetzung des Balkanvampirs Dracula Filmgeschichte schreiben.

Rudolf bekam vom Oberkommando eine braune Feldtasche geschenkt, die einem gefallenen deutschen Offizier gehört hatte: »Übersetz die Papiere, die Tasche kannst du behalten.« Er konnte seine Habseligkeiten darin unterbringen, seine tagebuchartigen Aufzeichnungen, auch die kleine Schachtel mit der Zyankalipille, die ihm Oberst Hellmer gegeben hatte.

Das deutsche Oberkommando hatte erfahren, wo Tito sich aufhielt, und wollte seinen Stab zerschlagen, ihn lebendig festnehmen und so dem Horror auf dem Balkan ein Ende setzen. Die Aktion erhielt den Decknamen Rösselsprung.

Für den Widerstand gegen die mit Segelfliegern angekommenen Luftlandetruppen des Fallschirmjägerbataillons 500 und der SS-Division Prinz Eugen unter dem Kommando des Befehlshabers der 2. Armee, Generaloberst Lothar Rendulic, wurden alle greifbaren Kräfte in der Nähe zur Verteidigung zusammengezogen, vor allem die Offiziersschule der Partisanen, Dolmetscher, Journalisten, Krankenschwestern, Lehrerinnen.

Der Kommandeur verkündete: »… wir schaffen es, aber am wichtigsten ist, dass Genosse Tito nichts passiert!« Rudolf stand mitten in der Verteidigungslinie, die sich langsam zurückzog und Munition sparen musste. Zuerst bemerkte er nur, dass er sein rechtes Bein nicht mehr bewegen konnte, danach, dass in seinem Hosenbein ein Loch war und aus seinem Schenkel Blut floss, viel Blut. Er blieb im hohem Gras liegen, sah weiße Wolken hoch oben am Himmel, höher irgendwie, als er sie je bemerkt hatte: »Das war es also, ist ja interessant gewesen, sehr interessant …« Er wusste, dass er jetzt das Bewusstsein verlieren würde und dachte, das sei der Tod.

Die Deutschen hielten ihn wahrscheinlich tatsächlich für tot, die Wiese war von Leichen übersät, Blutlachen hoben sich farbenfroh vom grünem Gras und den weißen Blumen ab. Wer ihn gerettet, wer ihn mitgenommen hatte, erfuhr er nie. Partisanen ließen ihre Verwundeten nie im Stich.

Tito musste aus seinem Quartier, einer in eine Höhle gebauten Hütte, über den Berg fliehen und wurde aus dem Tal Glamočko Polje, demselben, in dem Ivo Lola Ribar von einer deutschen Fliegerbombe getötet worden war, mit seinen Mitarbeitern in einem russischen Flugzeug unter dem Schutz britischer Jagdflieger nach Bari gebracht und mit seiner Delegation auf den britischen Zerstörern »Blackmore« und »Eggisford« mit militärischen Ehren empfangen. Randolph Churchill und Fitzroy Maclean hatten sich vor dem Angriff der Deutschen rechtzeitig abgesetzt und schlossen sich ihnen erst jetzt wieder an. Auf der dalmatinischen Insel Vis wurde das neue Hauptquartier, der Sitz der Kriegsregierung, organisiert.

Rudolf schlug am Ufer der Adria die Augen auf, als man ihn in eine Barke hob, die lange, lange über das Meer tuckerte, bevor sie auf Vis ankam. Er hatte viel Blut verloren. Es wäre vielleicht sicherer für ihn gewesen, wenn man ihn nicht so weit mitgenommen, sondern an der Küste in das Lazarett der Partisanen unter dem Kommando von Doktor Franja Radovan gebracht hätte. Dann hätte er seinen Vater mitten im Krieg wiedergesehen.

Als er aus seiner Ohnmacht erwachte, war eine der ersten Fragen, die Rudolf stellte: »Habt ihr nicht eine braune Offizierstasche bei mir gefunden und mitgebracht?«

»Was für eine Tasche! Sei froh, dass du am Leben bist!«

Der nächste Patient hatte ein zerschossenes Bein. Ferko konzentrierte sich auf die schreckliche Wunde, die Masse Fleisch und die Knochensplitter abwärts vom Knie, achtete weder auf Gesicht noch Uniform. Dann hörte er auf Deutsch mit der scheinbar festen Stimme, die Todgeweihten manchmal unmittelbar vor dem Ende gegeben ist: »Kennen wir uns nicht, Doktor?«

Und als Ferko verwundert zurückfragte: »Wieso?«

»Doch. Platzmann. Platzmann aus Auerbachs Keller in Leipzig.«

Erst jetzt sah der Arzt, dass er einen deutschen Major vor sich liegen hatte.

»Dieser Krieg ...« Was sollte er sagen? »Schlimm für dich, Platzmann. Ist schon eine Gangrän. Wundbrand. Ich werde versuchen, dir das Bein zu amputieren, sonst ... Einverstanden?«

»Habe ich eine Wahl?«

»Wir haben hier nur primitive Mittel, ich kann nichts versprechen, außer schreckliche Schmerzen ...«

»Also habe ich keine Wahl. Umso besser. In Leipzig hat man ordentliche Mediziner ausgebildet, also mach nur, Kommilitone. Was suchst du eigentlich als Ungar bei den Partisanen?«

Und dann stöhnte er doch auf, aber Ferko war es gewöhnt. Sollte er dem Sterbenden sagen, dass er kein Ungar war, dass ein Jude versuchen würde, ihm das Leben zu retten? Im Augenblick, als er die Säge ansetzte, betrat der Kommissar das Zelt: »Schieb den Deutschen beiseite, wir haben einen wichtigeren Mann da.«

»Immer der Reihe nach.«

»Das ist eine Parteidirektive.«

»Für den Arzt sind alle Menschen gleich. Eid des Hippokrates ...«

»Griechische Götter interessieren uns nicht.«

»Hippokrates war kein Gott, sondern ein Arzt, das ist unter Umständen wichtiger.«

»Die Partei ...«, begann der Kommissar noch einmal und trat einen Schritt näher zum Operationsfeld. Ferko stieß ihn mit seinen blutigen Handschuhen so stark gegen die Brust, dass er taumelnd auf den Rücken fiel, sein Hemd war jetzt blutbefleckt, er rappelte sich mühsam auf und murmelte nur noch: »Das wird Folgen haben, Genosse!«

Platzmann starb unter Ferkos Händen. Vor der Parteizelle zur Verantwortung gezogen, erklärte Ferko: »Wenn ich operiere, bin ich der Generalsekretär. Wenn ihr das nicht akzeptieren könnt, schickt mich an die Front, ich habe auch als Frontsoldat Erfahrung, ich habe in Albanien gekämpft, als ihr noch in die Hosen geschissen habt. Oder erschießt mich! Macht es kurz, ich bin müde, ich habe fünfzehn Stunden lang operiert.«

Es blieb bei einer Rüge wegen mangelnder Disziplin. In seine Charakteristik wurde eingetragen, er sei ein hervorragender, hingebungsvoller Arzt, ein tapferer Kämpfer, aber aufbrausend, unbeherrscht und undiszipliniert.

Nach der Kapitulation Italiens war es den Deutschen gelungen, die Küste und die meisten dalmatinischen Inseln zu besetzen, Vis jedoch hatten die Engländer eingenommen, als eine Art Gouverneur residierte dort Tom Churchill, ein Neffe des Premiers. Es war das von der Küste am weitesten entfernte Eiland Jugoslawiens.

Es herrschte Stille mitten im Sturm. Rudolfs Wunde heilte schnell. Es wurde immer wärmer. Sommer. Grillen und Glühwürmer. Wie in Omiš. Man konnte sogar baden. Unter den inzwischen mehr als zehntausend Jugoslawen und etwa achthundert Engländern waren auch Frauen Mitarbeiterinnen im Hauptquartier. Sie lagen in ihren Badeanzügen am Kieselstrand, als wäre der Krieg vorüber.

Mehr als drei Jahre waren vergangen, seit Rudolf »Lieber Krieg als der Pakt!«, »Lieber tot, als Sklave sein« schreiend durch Novi Sad gelaufen war. Sieben oder acht Jahre, er wusste es selbst nicht mehr genau, die Zeit war ja so rasend schnell vergangen, seit er mit seiner Mutter und diesem seltsamen Russen von Omiš aus Richtung der Inseln Brač und Scholta gesegelt war, von dem sich später herausgestellt hatte, dass er als Dolmetscher für die Nazis arbeitete. War sie verliebt gewesen in den glatzköpfigen, gut gebauten, singenden Mann? War nicht nur sein Vater ein Schürzenjäger gewesen, sondern sie auch, sie »eine Schürze« für einen Jäger? Durfte man so über seine Eltern denken, wenn man ein Mann geworden war?

Der Sieg war Gewissheit geworden. Der Ring um Leningrad durchbrochen, Minsk und die Krim befreit, Rom und halb Italien erobert, schwere Luftangriffe zerstörten eine deutsche Stadt nach der anderen, die Alliierten waren in Frankreich gelandet. Für Rudolf gab es viel zu tun, aber Angst hatte er nicht mehr. Verwundert hörte er vom Einmarsch deutscher Truppen in Ungarn, was bedeutete das für seine engere Heimat? Für seine Mutter? Er wusste weder, dass sie bereits ermordet worden war, noch dass sein Vater ganz in der Nähe auf dem Festland ein Feldlazarett der Partisanen leitete und fünfzehn Stunden am Tag operierte.

Winston Churchill hatte endgültig begriffen, dass die Tschetniks Verbündete der Deutschen geworden waren. Als ihm Fitzroy Maclean mitteilte, Tito wolle nach dem Krieg keine Demokratie einführen, sondern den Kommunismus, fragte der Premier ironisch: »Beabsichtigen Sie, nach dem Krieg dort zu leben?«

»Natürlich nicht …«

»Was kümmert Sie das dann? Mich kümmert, wer jetzt gegen die Nazis kämpft!« Und er zwang die jugoslawische Exilregierung, mit Tito direkten Kontakt aufzunehmen. Am 1. Juni 1944 wurde Doktor Ivan Šubašić Premier, er flog auf die Insel Vis, am 16. Juni vereinbarte er mit Tito die Bildung einer gemeinsamen Regierung. Die »Vereinbarung von Vis« unterzeichnete er als Ministerpräsident der königlich jugoslawischen Regierung und Tito als Präsident des Nationalkomitees – praktisch der Kriegsregierung der Partisanen. Im Namen des Königs wurden die Tschetniks aufgerufen, sich unter das Kommando von Tito zu stellen.

Tito schickte Vladimir Velebit als Vertreter der Volksbefreiungsbewegung nach London. Mit ihm flog auch Rade Radvan, der frühere Rudolf Radvanji, er sollte das Büro Velebits unterstützen, gleichzeitig aber auch als Korrespondent der Nachrichtenagentur *Tanjug* arbeiten.

Vladimir Velebit war Sohn eines königlich jugoslawischen Generals, Enkelsohn eines österreichisch-ungarischen Generals, mit österreichischen Adelsgeschlechtern verschwägert. Tito hatte ihn seinerzeit in Konstantinopel kennengelernt und direkt in die Kommunistische Partei aufgenommen. In seiner Autobiografie, die er als Neunzigjähriger schrieb, vermerkte Velebit nichts über seine Zugehörigkeit zu den Freimaurern, sicher ist, dass er mit vielen von ihnen befreundet war, sicher auch, dass Tito damit rechnete, dass er Briefe für eine der Großlogen in Großbritannien mitnehmen würde und dass das für die Anerkennung der Volksbefreiungsbewegung nützlich sein würde.

Belgrad wurde am 20. Oktober 1944 befreit. Tito kam von Rumänien aus, Doktor Franja Radovan rückte mit seiner Sanitätseinheit unmittelbar nach der Ersten proletarischen Brigade von Süden her in die jugoslawische Hauptstadt ein, ihm wurde eine möblierte Vierzimmerwohnung im ersten Stock einer Villa im Nobelviertel Dedinje zugewiesen. Aber kaum hatte er seinen Rucksack ausgepackt und sich die Hände im rosa verfliesten Badezimmer gewaschen, erschien ein aufgeregter Kurier in einem Jeep, er solle sofort kommen und operieren, es seien viele, viele Verwundete eingeliefert worden. Die Volksbefreiungsarmee hatte das Krankenhaus des alten jugoslawischen Heeres übernommen, aber für Formalitäten gab es keine Zeit, es ging wie immer in der Chirurgie um Leben und Tod, nur dass die Bedingungen für die Ärzte in normalen Operationssälen und mit der notwendigen Ausrüstung und Medikation andere waren. Ferko meinte, es seien endlich »normale« Umstände geschaffen worden. Er hatte keine Zeit, sich um Menschen zu kümmern, es ging um schwere Verletzungen, Amputationen der Glieder von zusammengeschossenen jungen Soldaten, auch vieler Russen und deutscher Kriegsgefangenen.

Ein Soldat war für ihn als Offiziersbursche abkommandiert, ein Bauernjunge, der nach der Befreiung rekrutiert worden war. Der kümmerte sich um alles, auch um seine Wäsche, und war glücklich, nicht an die Front zu müssen. Im Westen, in Syrmien, wütete immer noch der Krieg, die sowjetischen Soldaten, die bei der Befreiung Belgrads und eines Teils Serbiens mitgekämpft hatten, waren nach Norden Richtung Ungarn abgeschwenkt.

Ferko arbeitete zwar viel, aber trotzdem nahm er die alte Gewohnheit wieder auf, möglichst jeden Abend auszugehen. Es gab Offizierskasinos, Hotelrestaurants, die nur mit besonderem Ausweis besucht werden konnten. Die ehemaligen Partisanen, jetzt hohe Offiziere, Minister, Inspektoren der Geheimpolizei, Männer im besten Alter, waren so froh, am Leben geblieben zu sein, gesiegt zu haben, dass sie sich nun vor allem darum kümmerten, zu feiern, zu trinken. Nur mit den Mädchen war es schwierig, die Partei war prüde wie einst die Kirchen, die Genossen sollten möglichst heiraten und Kinder bekommen. Liebesaffären hielt man möglichst geheim. In den ersten Nachtbars fand man preiswerte Prostituierte, die als Sängerinnen oder Tänzerinnen auftraten, aber das war nicht nach Ferkos Geschmack. Er war jetzt Sanitätsoberst der Volksarmee, ging gerne in Uniform aus. Seinen Nachnamen hatte er auch offiziell am Standesamt zu Radovan verändert.

Ferko wollte lieber nicht wissen, wem die ihm zugewiesene Wohnung gehört hatte, seiner Familie hatten »die anderen« ja auch alles weggenommen. Rachegelüste hatte er nicht, aber auch kein Mitgefühl mit Menschen, die jetzt litten. Deutsche wurden »eingelagert«, wenn sie nicht nachweisen konnten, für »die Bewegung« gewesen zu sein, also gegen »die eigenen«.

Die jungen Krankenschwestern trugen unter ihren weißen Kitteln nicht viel mehr als Unterwäsche, wenn sie durch die langen Korridore huschten. Und es gab lange Nachtschichten. Am Morgen fuhr er mit dem Dienstwagen in seine Wohnung. Eine sehr große, trotz der anständigen Möblierung, die er übernommen hatte, sehr leere Wohnung, die sich nicht wie seine eigene anfühlte. Er war achtundvierzig Jahre alt.

Ein Kriegskamerad, Obrad, dem er in Bosnien den Arm gerettet hatte, war bei der Polizei gelandet. Auf Ferkos Bitte hatte er in Novi Sad, Betschkerek und Perlez nachgefragt, aber nichts über lebende Mitglieder der Familie Radvanji in Erfahrung bringen können. Von den Menschen, die im Laufe der Razzia im Januar 1942 in Novi Sad und vielen umliegenden Dörfern ermordet worden waren, gab es keine Namenslisten. Die Juden aus dem Banat waren abtransportiert und in Konzentrationslager gebracht worden, vor allem auf dem Messegelände in Belgrad, von dem aus Gaswagen … Es sei also zu befürchten … Als Radvanji oder Radványi in Serbien gemeldet war niemand. Fritzi und seine Mutter waren in Novi Sad gewesen, also … Aber sein Sohn?

Als er sich damit schon fast abgefunden hatte, allein auf dieser neuen Welt zu sein, er war ja leider nicht der Einzige, der seine ganze Familie verloren hatte, bekam er über den Geheimdienst Ozna eine seltsame Nachricht. Ein gewisser Rudolf von Radványi habe als Mitarbeiter des deutschen Oberstintendanten Martin Hellmer als Inspekteur und Dolmetscher für die Besatzungsmacht gearbeitet. Sowohl Hellmer als auch dieser von Radványi würden als Kriegsverbrecher gesucht, seien aber wahrscheinlich rechtzeitig ins Ausland geflohen. Sein Sohn als

Jude konnte doch unmöglich für eine deutsche Militärstelle gearbeitet haben. Gab es vielleicht Radványis, von denen er nie gehört hatte? Konnte es außer seinem Sohn noch einen Rudolf Radványi geben?

Ferko setzte alles in Bewegung, um weltweit nach Radvanjis in allen Schreibweisen zu suchen.

»Mensch, wir haben Wichtigeres zu tun!«

»Mir zuliebe, bitte!«

Überall suchte man nach dem doch relativ unwichtigen Kriegsverbrecher, nur nicht in den eigenen Reihen. Rade Radvan, der aus London für die *Tanjug* schrieb, wurde nicht beachtet.

Rudolf hatte ebenfalls versucht, über Kollegen in Erfahrung zu bringen, was mit seiner Familie geschehen war. So erfuhr er alle Einzelheiten über den Freitod seines Großvaters, die Razzia in Novi Sad. Aber über seinen Vater? Er ließ nach einem Doktor Franjo, Franz oder Ferenc Radvanji suchen. So einen gab es nicht. Er hatte gehofft, dass sein Vater, der ja Sanitätsoffizier der Reserve war, vielleicht bei den Partisanen gewesen sein konnte, dass er seinen Namen geändert haben könnte, kam ihm nicht in den Sinn.

Monatelang verschob Ferko die Idee, nach Novi Sad zu fahren, nach Perlez und Petrovgrad – die Stadt wurde später erneut umbenannt und heißt seit 1946 Zrenjanin, nach einem im Krieg gefallenen Freiheitskämpfer. Der Doktor und hochdekorierte Partisanenoberst hatte Angst vor der Begegnung mit der Vergangenheit.

Die deutsche Wehrmacht unterzeichnete die bedingungslose Kapitulation am 7. Mai 1945 mit Geltung vom 8. Mai um dreiundzwanzig Uhr, die Jugoslawische Armee musste jedoch in Slowenien, teils auch in Österreich, bis zum 15. Mai weiterkämpfen, weil sich die ihnen entgegenstellenden deutschen Einheiten nicht ergeben wollten.

Das Militärkrankenhaus stellte es seinen höheren Arztoffizieren frei, ab und zu ein Auto für Privatzwecke zu nutzen. Es war Ende Mai, aber warm wie im Sommer, als sich Ferko endlich überwand und einen Opel Kapitän aus der Vorkriegszeit nahm. Noch war die Brücke über die Donau nicht wieder errichtet, man musste mit der Fähre über den breiten Fluss setzen.

Ferko fuhr direkt vor die Villa seines Vaters, im Amerika genannten Stadtteil seiner Geburtsstadt, in der er aufgewachsen, von der aus er über die eiserne Begabrücke in die Schule gegangen war. Auf der Eingangstür zum Vorgarten war eine Tafel angebracht: »Volksfront – Sektion 3«.

So wie jetzt war er vor der Villa gestanden, als er vor achtundzwanzig Jahren aus Albanien, aus dem Ersten Weltkrieg nach Hause gekommen war. Jetzt war er aus dem Zweiten Weltkrieg gekommen und stand vor demselben Haus, aber »zu Hause« konnte es hier nicht mehr sein. Langsam ging er durch den ungepflegten Garten, über durstiges gelbes Gras. Er klingelte, öffnete aber gleich selbst die unverschlossene Tür. Im Vorzimmer saß hinter einem Pult eine junge Frau mit schwarzem, zu einem Knoten gebundenem Haar. Erst klang es streng: »Ja, Sie wünschen?«

Dann erkannte sie seine Uniform. »Guten Tag, Genosse Oberst.«

Sie kam hinter ihrem Pult hervor. Trotz der Wärme trug sie Schaftstiefel, das war Mode bei jungen Leuten, es sollte militärisch wirken, als wäre man im Partisanenkampf gewesen. Ehemalige Partisanen waren meist froh, dieses Schuhwerk losgeworden zu sein, wenn sie keine zur Uniform tragen mussten. Zur Uniform eines Oberst durfte man bequeme schwarze Halbschuhe tragen.

»Das Haus hat meinem Vater gehört. Ich bin hier aufgewachsen und zum ersten Mal seit Kriegsende da.«

»Ja«, sagte das Mädchen verwirrt. »Also hier hat ein deutscher Offizier gewohnt. Ich weiß nicht viel darüber ... Soll ich den Genossen Vorsitzenden anrufen?«

»Nein, danke. Darf ich durch das Haus gehen?«

»Selbstverständlich, Genosse Oberst.«

Warum ließ sie dieses Genosse, Genosse, Genosse nicht bleiben? Zuerst ging er in Leopolds Arbeitszimmer. Die alten Möbel. Oft hatte er als Bub hier Rede und Antwort stehen müssen. In diesem Sessel war er gesessen und hatte seinem Vater über die kleinen Prügeleien in der Schule berichtet. Ziemlich abgewetzt war alles in der Zwischenzeit. Er nahm für einen Augenblick Platz. Damals war ihm das Möbelstück riesengroß vorgekommen, jetzt füllte er den Sessel aus. Das Bücherregal fast leer, kein einziger Band, der seinem Vater gehört hatte, bloß noch die Werke, die jetzt in allen Bibliotheken standen. Der Anti-Dühring. Die Geschichte der sowjetischen Partei, die auf allen Sitzungen aller möglicher Institutionen studiert wurde. An den Wänden Porträts von Stalin, Roosevelt, Churchill und Tito.

Das Mädchen stand stumm im Türrahmen. Ferko wusste nicht, was er sagen sollte, und stand auf. Diesem unbedarften Ding seine Lebensgeschichte erzählen? Im Speisezimmer stand jetzt ein Konferenztisch und viele unterschiedliche Stühle, augenscheinlich war es der Sitzungssaal.

»Gehen wir hinauf?«

Sein Zimmer, das Zimmer der Schwestern, die Schlafzimmer der Eltern – jetzt waren sie Büros. Vom Balkon aus der traurige Blick auf den früher so wunderschönen Garten mit den Blumenstöcken. Fast hätte er eine Bemerkung gemacht, man solle auch im Sozialismus Gärten in Ordnung halten, Rasen und Blumen pflegen, aber er dankte nur. Fast verschlug es ihm die Stimme.

Die Treppe hinunter. Das Mädchen ihm nach:

»Wissen Sie, Genosse Oberst, vormittags ist hier nicht viel los, die Genossen kommen am Nachmittag, wenn Sie dann wiederkommen möchten … Man würde sich sicher freuen …«

»Danke«, sagte er zum dritten Mal. »Das glaube ich nicht. Ich habe noch viel vor heute.«

»Steht da vielleicht noch etwas herum, das Ihnen gehört hat, Genosse Oberst?«

Er könnte ja das Arbeitszimmer seines Vaters in seine Wohnung in Belgrad bringen lassen, verwarf jedoch den Gedanken. So wie er seinen Namen gewechselt hatte, so auch das ganze Leben.

»Ja, aber das schenke ich der Volksfront. Alles Gute!«

»Tod dem Faschismus, Genosse Oberst!« Das war der übliche Gruß und Ferko antwortete müde, wie es von ihm erwartet wurde: »Freiheit dem Volk!«

Mit Doktor Matić und Rechtsanwalt Várady hatte er sich im Garten des Hotels »Rozsa« verabredet. Alle sagten »Rozsa«, obwohl das Haus seit 1918 »Vojvodina« hieß.

»Donnerwetter, gut siehst du aus!«

»Man darf dich doch noch duzen, oder?«

Man bestellte Bier.

»Kannst du dich noch erinnern, wie du in Omiš beim Sprung vom Brett immer auf dem Bauch gelandet bist?«

»Natürlich«, aber er war nicht gekommen, um darüber zu reden.

Der Rechtsanwalt erzählte vom Einmarsch der Deutschen und seinen Versuch zu helfen, wo es möglich war, auch dass er einen Juden einige Zeit lang auf seinem Dachboden versteckt hatte, der Doktor über seine kurze Verhaftung. Und dann kamen sie endlich auf den Tod ihres Freundes und Logenbruders zu sprechen.

»Dein lieber Vater hat nie viel getrunken, nur gerade, um in Gesellschaft mitzuhalten, nie habe ich ihn auch nur leicht beschwipst gesehen, aber er ist im Rausch gestorben. Er hat sich gewissermaßen zu Tode getrunken …«, erzählte Doktor Matić.

»Vielleicht hat er das Richtige getan. Er hat so diese schrecklichen Erniedrigungen vermieden«, fügte Várady hinzu.

»Aber was ist mit meiner Mutter geschehen? Und mit meiner Schwester? Wisst ihr etwas?«

»Das weißt du nicht?«

»Keine Ahnung. Sagt es mir es doch!«

»Da ist ein deutscher Oberst aufgetaucht, der Leo, deinen Vater, von früher gekannt hat, und der hat ihnen allen legale Papiere verschafft, um über die Theiß zu gehen, weil es bei den Ungarn in der Batschka besser sein sollte. Die wollten zu dir … Und jetzt bist du Oberst?«

»Und mein Sohn? War der nicht in Novi Sad? Oder in Belgrad? Weiß jemand etwas?«, fragte der Doktor.

»Leider nein. Von der Razzia in Novi Sad hast du ja gehört, Ferko, oder … Roza war in Budapest, soviel wir wissen, aber von dort hat man die Juden auch …«

Jetzt sollte Ferko über sich erzählen, er machte es so kurz und einfach wie möglich, man habe Ärzte gebraucht, er habe vier Jahre lang operiert.

»Es ist gut für mich, so ein Handwerk zu haben, Sie können sich das leicht vorstellen, Onkel Mischa, es hat schreckliche Verwundungen gegeben, auch Typhus und was so zum Krieg dazugehört.« Natürlich sprach er den alten Doktor an wie in seiner Kindheit. »Und jetzt mache ich so weiter im Militärkrankenhaus und das lenkt mich von allem anderen ab.«

Man begann sich zu verabschieden, er versprach, bald wieder zu kommen. Jetzt nach Perlez zu fahren, hatte er keine Lust, das wolle er später einmal tun, und Várady begann ungefragt zu erklären, dass der Verwalter, wie hieß er gleich, ja, dieser Lorenz, Gut und Gasthaus an sich gerissen hatte und vor der Befreiung geflohen war. Und jetzt war alles der Genossenschaft zugeschlagen worden.

»Ich weiß nicht, wie sich das entwickeln wird. Vielleicht hast du als Kriegsveteran gewisse Anrechte. Soll ich …«

»Danke. Im Augenblick nicht. Vielleicht später einmal.«

Dass er seinen Nachnamen verändert hatte, sagte er den beiden alten Herren nicht. Vielleicht hätten sie es falsch verstanden, vielleicht war es ein Fehler, wenn sie ihn in Belgrad suchen würden, würden sie ihn nicht finden. Umso besser.

Als er am nächsten Wochenende nach Novi Sad fahren wollte, war kein Auto im Fuhrpark frei. Man fragte, ob man ihn für den nächsten Samstag vormerken sollte, aber er hatte keine Geduld und nahm den Zug. Einem hohen Offizier der Volksarmee machte man sofort Platz im überfüllten Waggon. Aus Angst? Aus Respekt? Ferko trug gerne Uniform. Er wusste, dass sie ihm gut stand. Es war zu warm, aber eine Uniformjacke auf der Straße aufzuknöpfen war unmöglich. Es wäre vielleicht doch besser gewesen, in Sommerhosen und Hemd mit kurzen Ärmeln zu gehen, aber dann hätte er sich an manchen Stellen ausweisen müssen. Langsam ging er die Straße vom Bahnhof Richtung Stadtmitte, zum Teil war es derselbe Weg, der aus seiner Wohnung zum Donaustrand geführt hatte, nur in umgekehrter Richtung.

Einen Augenblick lang überlegte er, ob er sein altes Krankenhaus aufsuchen sollte, um die Begegnung mit seiner Wohnung zu verschieben. Dumme Idee, dort müsste er mit alten Kollegen Kaffee trinken, wahrscheinlich auch Schnaps. Am Hauptplatz mit dem Rathaus und der katholischen Kirche schnell vorbei, dann links in die Gasse abbiegen, die er so oft eilig durchquert hatte. Zu jeder Jahreszeit. Das Haustor. Im Haustor hockte ein junger Bursche, der natürlich Platz machte, aber dann fragend rief: »Herr Doktor?«

»Ja. Wer bist du?«

»Der Marzi. Der Peles, der Junge aus dem Hinterhof, Herr Doktor. Sie sind Offizier? Bitte, warten Sie hier …«

»Was fällt dir ein! Warum soll ich warten?«

»Die gnädige Frau hat einen Brief für Sie hinterlassen. Bevor man sie weggeschleppt hat. Ich laufe ihn holen …«

Ferko setzte sich auf den Treppenabsatz. Von oben kam eine dicke Frau. Ein Offizier, der in ihrem Stiegenhaus saß! Er rührte sich nicht, sie schlängelte sich vorsichtig an ihm vorbei und er sah noch, wie sie sich im Tor bekreuzigte. Marzi kam aufgeregt aus dem Hinterhof und reichte ihm einen vergilbten Umschlag.

Er riss ihn auf. Auf ihrem Rezeptblatt, die Handschrift seiner Fritzi: »Ihr Lieben, wer immer von euch zurückkommt, hebt in der Küche die Fliese auf, die ich hier bezeichne. Ich habe keine Zeit mehr. Fritzi.« Sie hatte nicht einmal Zeit gehabt, einen Gruß zu schreiben, außer mit der Anrede zu sagen, dass sie sie liebte. Wen? Ihren Sohn. Ihren Mann. Ferko versuchte nicht zu weinen, wie er es sich vorgenommen hatte, und drückte mit den Fäusten beide Augen zu. Er hatte auch nie Zeit gehabt, sich nie Zeit genommen, ihr zu sagen, wie sehr er sie liebte. Geliebt hatte. Immer noch liebte.

Als er die Augen aufmachte, ein Taschentuch aus der Hosentasche holte und sich die Tränen abwischte, stand der junge Marzi regungslos, stumm da.

»Wir gehen hinauf!«, sagte Ferko. Auf seiner Haustür ein Täfelchen: »Stefanović«. Klingeln. Eine Frau im Schlafrock machte auf, zuckte erschrocken zurück: »Entschuldigung, ich dachte, es sei der Postbote … Bitte?«

»Ich habe hier gewohnt.«

»Uns ist die Wohnung ordentlich zugeteilt worden, ich kann Ihnen die Papiere zeigen, alles rechtmäßig …«, augenscheinlich hatte sie Angst vor der Uniform.

»Ich will Ihnen nichts wegnehmen, nur in der Küche etwas anschauen …«, und ohne ihre Erlaubnis abzuwarten, ging er in die Küche, warf einen Blick auf das Rezeptblatt, kämpfte wieder mit den Tränen, tastete mit dem Fuß die Bodenfliesen ab, fand eine wackelig. Die Frau und Marzi waren nachgekommen.

»Ein Messer!«, sagte Ferko im Befehlston, den er in Operationssälen gebrauchte. Sprachlos holte die Frau ein Küchenmesser aus einer Schublade und reichte es ihm, er nahm es wie einen Skalpell und hob geschickt, als löste er Haut von Brustrippen, die Fliese auf. Dukaten.

»Wir haben keine Ahnung gehabt!«, schrie die Frau.

»Das glaube ich Ihnen.« Wieder musste er sich die Augen mit dem Taschentuch abwischen und dann sammelte er die Goldstücke auf und steckte sie in die Tasche des Uniformrocks. Nachdem er aufgestanden war, fragte die Frau leise: »Wollen Sie sich die Wohnung ansehen? Vielleicht ist da noch etwas, was Ihnen gehört? Soll ich meinen Mann anrufen, dass er herkommt? Er arbeitet im Rathaus, er ist …«

»Nein. Im Augenblick will ich nichts. Vielleicht komme ich einmal, um die Wohnung anzuschauen, weil Sie es freundlich angeboten haben, aber keine Angst, ich will nichts, ich brauche nichts. Auf Wiedersehen. Komm bitte mit, Marzi.«

Die ersten Schritte die Treppe hinunter ging er langsam, dann lief er, als müsste er möglichst schnell weg von hier, erst vor dem Haustor blieb er stehen. Marzi hatte ihn eingeholt. Er fischte drei Dukaten aus der Jackentasche und wollte sie dem Burschen überreichen.

»Nein! Nein, Herr Doktor! Ich will nicht belohnt werden!«

»Es ist kein Lohn, mein Junge, obwohl du ihn verdienen würdest, weil du all die Jahre den Brief aufbewahrt und das bedeutet, an uns gedacht hast. Nimm das als Erinnerung an meine Frau. An uns. Was ist mit deinem Vater?«

»Er war nur eine Nacht lang in Haft, als die Partisanen … Als Ihre Leute gekommen sind, Herr Doktor. Dann hat man ihn freigelassen, er ist ja Rauchfangkehrer, die braucht man, er arbeitet. Die Frau Doktor! Und Ihre Mutter, Herr Doktor! Ich weiß! Ich war da, als sie abgeführt worden sind. Ich war ja noch ein Kind, was hätte ich machen sollen? Die Frau Doktor hat mir den Brief gegeben … Aber was ist mit Ihrem Sohn? Er hat mir damals einen Ball und ein rotes Spielzeugfeuerwehrauto geschenkt.«

Ferko musste wieder sein Taschentuch benützen, es war inzwischen zerdrückt und nass von Tränen.

»Ich weiß nichts von ihm und der Krieg ist schon lange zu Ende …«

Ferko hatte jetzt keine Kraft, sich die Stadt wieder anzusehen, er ging an der Konditorei vorbei, in der er … In der er eigentlich angefangen hatte, seine Fritzi zu betrügen. Das war das einzige passende Wort. Er war ein Betrüger. Es war zu spät, es war sinnlos, sich Vorwürfe zu machen.

Auf der Hauptstraße dachte er wieder über den Tod seiner Mutter und seiner Frau nach. Erschlagen hatte man sie. Und in die Donau geworfen. Wie hatten sie sich im letzten Augenblick gefühlt, wie waren sie gestorben? Der Tod war nichts Fremdes für den Kriegschirurgen, auch zu Friedenszeiten waren manchmal Patienten auf dem Operationstisch gestorben, aber wenn er jetzt an Fritzis Körper dachte, als sie so rührend jung und frech gewesen war, später sorgenvoll, übermüdet, und er selbst …

Aus diesen Gedanken riss ihn eine fröhliche Stimme, ein richtiger Redeschwall: »Doktor Radvanji. Lieber Kollege! In Uniform? Meine Hochachtung. Sie haben also gut überlebt. Oberst? Bravo! Und Ihre schöne Frau?«

Ferko schlug dem Mann mit der Faust ins Gesicht. Der ging zu Boden und Ferko begann ihn mit Fußtritten zu traktieren. Sofort bildete sich eine große Menschenmenge um die beiden. Ein Partisanenoffizier prügelte auf einen gut gekleideten Zivilisten ein. Erst nach einigen Minuten erschien ein Milizionär, baute sich vor Ferko auf und schrie: »Genosse Oberst!«

Jemand half Doktor Szendre aufzustehen. Sein Gesicht blutete. Seine Jacke war zerrissen. Er wandte sich schnell ab und ging.

»Sie! Sie sollen zu Protokoll geben, was geschehen ist!«, rief ihm der Milizionär nach. Szendre winkte nur ab. Hilflos wandte sich der Milizionär Ferko zu. »Ich muss Sie bitten, ins Revier zu kommen, Genosse Oberst.«

Seine Wut war verflogen. Er wurde höflich behandelt und befragt. Ja, er habe die Schlägerei auf offener Straße angefangen. Ja, er habe den Mann gekannt. Ja, sie hätten schon vor dem Krieg Zerwürfnisse gehabt. Er habe gerade die Wohnung besucht, aus der man seine Frau und seine Mutter in den Tod geführt habe. Habe dieser Szendre etwas damit zu tun gehabt? Nein. Man würde seinen Vorgesetzten in Belgrad Meldung machen müssen, das verstehe er doch. Gewiss verstand er das.

Der nächste Zug nach Belgrad fuhr erst in drei Stunden. Im Bahnhofbuffet bestellte er Kaffee und Schnaps. Und noch einen Schnaps und noch einen, Soldaten, die vorbeieilten und salutierten, grüßte er nur mit einem Kopfnicken. Fast hätte er es überhört, als man die Abfahrt des Zuges ausrief.

In Belgrad angekommen ging er langsamen Schrittes nach

Hause, die lange Straße zum Hügel Dedinje hinauf. Der leichte Rausch war noch nicht ganz verflogen, aber er dachte über nichts mehr nach, über gar nichts, als wäre sein Gehirn leer. Vor der Villa mit seiner Wohnung stand rauchend sein Offiziersbursche, warf den Glimmstängel weg, nahm Haltung an und meldete: »Da ist ein junger Genosse bei Ihnen, Genosse Oberst. Ich habe ihn hineingelassen, weil …«

»Weil du verrückt bist!«, sagte Ferko wütend. Im Wohnzimmer stand tatsächlich ein junger Mann in leichtem Sommeranzug, Seidenkrawatte, braver Scheitel.

»Es war verflucht schwierig, dich zu finden, Papa. Warum hast du deinen Namen geändert?«

Nachdem sie sich umarmt und gesetzt und eine Zeit lang geschwiegen und einander nur betrachtet hatten, noch bevor sie anfingen, einander über die Jahre, die sie sich nicht gesehen, im Laufe derer sie nichts voneinander gewusst hatten, zu erzählen, antwortete Ferko: »Die Frage, warum er seinen Nachnamen geändert hat, hat schon dein Urgroßvater deinem Großvater gestellt.«

»Ja. Weiß ich. Ich habe meinen Namen auch ändern müssen, weil es unsere Partei so gewünscht hat.«

Ferko schickte den Burschen in den nahen Klub für Parteiführer und höhere Offiziere, um Fleisch vom Grill und eine Kiste Bier zu holen. Die Nacht wurde sehr lang, sie hatten einander viel zu erzählen. Wie war das mit dem »Verräter« von Radványi und dem deutschen Obersten Hellmer, den beiden »Kriegsverbrechern«?

»Mein kleiner, unbeholfener Sohn Doppelagent? Du warst damals in hundertmal größerer Gefahr als ich, jeden Tag hätte dir ein alter Bekannter über den Weg laufen und dich als Jude anzeigen können …«

»Wenn ich jetzt nachträglich darüber nachdenke, wundere ich mich auch, wie ich das so ruhig durchgestanden habe.«

»Und mitten im Krieg waren wir so nahe voneinander …«

Sie mussten immer wieder lachen, schüttelten sich sogar vor lachen oder weinen, dann schämten sich die beiden Männer, Vater und Sohn.

»Und ich dachte, du seist tot, Vater.«

»Ich dachte das auch von dir …«

Um vier am Morgen sagte Ferko, jetzt müsse er drei Stunden lang schlafen, denn er hatte seinen Operationsplan, für Rudolf gab es ein ordentliches Bett, Schulterklopfen statt eines Gutenachtkusses, er solle sich ausruhen, gegen drei Uhr nachmittags würde er ihn abholen, um irgendwo anständig essen zu gehen, inzwischen könne er nachschauen, was im Kühlschrank war.

Szendre hatte keine Privatklage wegen Körperverletzung eingereicht. Ferko erhielt ein Disziplinarverfahren und eine neue Parteirüge, er habe dem Ansehen der jugoslawischen Volksarmee großen Schaden zugefügt, man sagte ihm, er sei zu aufbrausend, es seien nun friedliche Zeiten angebrochen, er solle sich immer bewusst sein, dass er als Arzt, hoher Offizier und Kommunist …

»Ja, ja, bitte, nehmt meine Selbstkritik an, Genossen!«

»General wirst du so nie!«

Er wurde gebraucht und bald war alles vergessen.

»Warum hast du das gemacht?«, fragte Rudolf seinen Vater, als er von der Affäre erfahren hatte.

»Es war dumm von mir. Aber ich musste etwas tun. Vielleicht hätte ich in unserer früheren Wohnung das Geschirr in Scherben schlagen sollen. Ein Glück, dass ich keine Dienstpistole bei mir gehabt habe. Vielleicht hätte ich diesen Szendre erschossen. Und jedermann auf der Straße, der noch lebte. Dann wäre ich mit keiner Parteirüge davongekommen …«

8. MASCHA

Rudolf, Rudi Radvanji, aus London in die Zentrale der staatlichen Nachrichtenagentur *Tanjug* in Belgrad versetzt, in der er als Journalist den Namen Rade Radvan führte, unterzeichnete seine Texte meist mit R. R. Offiziell änderte er seinen Nachnamen am Standesamt zu Radvan, er behielt aber seinen Vornamen Rudolf. Er zog bei seinem Vater, Sanitätsoberst Doktor Franja Radovan, in die Vierzimmerwohnung einer Villa auf dem Nobelhügel Dedinje ein. Sie sahen einander tagsüber selten, hatten viel zu tun in Tages- und Nachtschichten. Wenn sie gemeinsam am Abend in der Wohnung waren, freuten sie sich, als hätten sie sich zufällig irgendwo in der Stadt in einem Café getroffen und plauderten ein Stündchen. Viel über Fritzi. Die Gattin. Die Mutter.

»Du bist noch ein junger Mann, Vater«, sagte Rudolf einmal. »Tu nicht so … Du warst ja immer ein Schürzenjäger. Du glaubst doch nicht, dass ich das nicht geahnt habe.«

»Toten Frauen ist man treuer als lebenden … Das wirst du hoffentlich nie erfahren.«

Eines frühen Morgens, als Ferko von der Nachtschicht nach Hause kam, fand er auf dem Tisch im Salon ein aufgeschlagenes Buch, Gedichte des kroatischen Lyrikers Dobriša Cesarić, mit Bleistift unterstrichen waren die Verse:

Wer weiß? Man weiß nichts.
Wissen ist Schaum.
Vielleicht fiel ein Strahl der Wahrheit auf mich,
vielleicht nur ein Traum.
Es könnte noch eine Liebe geschehen,
geschehen ganz still,

doch ich weiß nicht recht, ob ich sie will
oder nicht will.

Ich will, sagte sich Ferko, mein Sohn hat recht, ich will. Fünfzig Jahre sind kein Alter für einen Mann wie mich. Was sagst du dazu, Fritzi? Als Arzt konnte er einigermaßen beurteilen, wie normal oder abnormal es war, dass er mit seiner Frau, seit er wusste, dass sie tot war und wie und wann man sie ermordet hatte, ausführlichere Dialoge führte als früher mit der lebenden, übermüdeten Gattin. Jetzt hatte sie immer Zeit für ihn, war nie zu müde.

Die Nachrichtenagentur *Tanjug*, die im Laufe des Krieges mit einer einzigen Schreibmaschine und einem Vervielfältigungsgerät der Marke Gestetner angefangen hatte und in Höhlen oder Zelten untergebracht gewesen war, erhielt ein supermodernes Gebäude im Belgrader Zentrum, das zur Zeit der Besatzung Sitz der Sonderpolizei gewesen war. Hier hatte man gefoltert, Angaben über die Widerstandskämpfer aus den fast toten Menschen gepresst. Hierher hätte man mich gebracht, wenn ich aufgeflogen wäre, dachte Rudolf. Und jetzt bin ich doch hier, aber als Genosse Redakteur. Als R. R.

Der erste Tag in der Redaktion, neue Kollegen, alle freundlich, die einen waren sehr zurückhaltend, die anderen neugierig. Das war verständlich, da kam einer mit dem Veteranenabzeichen, man hatte ihn aus dem Kampf direkt nach London geschickt und das von der Insel Vis aus, wieso war er dann jetzt nur einfacher Redakteur? War das eine Strafe für ihn? Oder sollte er sie bespitzeln? Was war das überhaupt für ein Name, Radvan? Oder hieß er, wie manche behaupteten, eigentlich Radvanji, oder Radványi? Klang ungarisch. Wer war der eigentlich? Ein wenig overdressed war er. Londoner Angewohnheiten? Natürlich hatte er keinen Hochschulabschluss.

Der fehlte allerdings vielen nach dem Krieg. Dass er Sprachen sehr gut konnte, stellte man bald fest. Zu den Chefs oben ging er nicht besonders oft, aber wer wusste schon, mit wem er sich wo wann traf.

Rudolf – Rudi, Rade – wusste, was man von ihm erwartete, Nachrichten aus aller Welt zu lesen, aber nicht, um sie zu übersetzen und nur leicht verändert als eigene weiterzugeben, sondern um auf ihrer Grundlage Texte über Ereignisse der Welt vom Standpunkt »unserer Politik« aus zu verfassen. Er konnte sich vorstellen, was andere über ihn dachten, und es war ihm gleichgültig. Zumindest vorerst.

Rade wurde zum Direktor bestellt.

»Genosse Ribnikar hat nachgefragt, wie du dich machst. Um es gleich zu sagen: wir sind sehr zufrieden mit dir. Und du mit deiner Arbeit?«

»Alles in Ordnung.«

»Fein. Also, wir sind der Meinung, dass du studieren solltest. Ab Montag arbeitest du bei uns nur den halben Tag bei vollem Gehalt. Es wurde eine Hochschule für Journalistik und Diplomatie gegründet. Die Partei schlägt dir vor, dort zu studieren.«

Ferko war über diese Entscheidung sehr froh. »Dein Großvater war Doktor, ich auch, also mach das. An einer Universität lernt man zumindest eines, nämlich wie man lernt. Man lernt lernen. Und dass das meiste, was man lernt, ohnehin Blödsinn ist.«

Zufall regiert die Welt. Nur was zufällig geschieht, ist interessant, nur das kann man sich merken. Was einem nicht zufällt, sondern die Regel ist, nennt man Alltag.

Ein großer Zufall kam Rudolf an einem Maimittag mitten in der Stadt entgegen. Es war sommerlich warm. Er schlenderte über den Terazije-Platz, als sie ihm entgegenkam. Ein reiner

Zufall, beide spazierten zu gleicher Zeit und wären fast aneinander vorbeigegangen. Er blieb als Erster stehen und fixierte die junge Frau, die ein etwa vierjähriges Mädchen an der Hand hielt. Jede Frau bemerkt, wenn sie ein Mann bewundernd anstarrt.

»Rudi! Du?«

»Irina!«

Die erste Umarmung war freundschaftlich, aber dann drückte Rudolf sie sehr fest an die Brust und fühlte, dass ihr Körper, gehüllt in ein leichtes Sommerkleid, entgegenkam. Und sie küssten sich. Und ließen einander endlich los. Er trat zwei Schritte zurück, um sie besser zu sehen.

»Du bist also verheiratet ...«

»Nein.«

Das Kind wurde unruhig und wollte weitergehen.

»Aber deine Tochter ...«

»Nein. Ein Nachbarskind. Die arme Frau hat drei ältere Kinder und so viel zu tun, deshalb gehe ich manchmal mit der Jüngsten spazieren. Sei still, Olga, du bekommst dein Eis!«

»Ein ganz großes!«, versprach Rudolf.

Schnell berichteten sie einander, was sie während des Krieges erlebt hatten. Vukov war jetzt Beamter, Experte für Teigwaren im Wirtschaftsministerium. Sie hatten eine schöne Wohnung in Belgrad bekommen.

»Du musst uns besuchen. So bald wie möglich. Vater wird sich freuen. Versprochen?«

Er kam mit einem Blumenstrauß und Pralinen. Sonst war Schokolade Mangelware, aber für bestimmte Funktionäre gab es alles, was man brauchte, es hieß »Diplomatenmagazin« und bot nach sowjetischem Vorbild die Möglichkeit, führende Genossen je nach Rang – es hieß je nach Verdienst – auf besondere Weise zu versorgen. Fleisch, Wurstwaren, Gemüse, Obst, Zigaretten, Anzugstoffe, Seide, alles, was der Mehrheit, die auf Nahrungsmittelkarte und Bezugsscheine angewiesen war, fehlte.

Vukov empfing Rudolf bestens gelaunt. Er erzählte, wie die Sowjets, unterstützt von operativen Gruppen der einheimischen Partisanen, Pančevo befreit hatten. Er war verhaftet worden, ein Bekannter, wie sich jetzt herausstellte, und illegaler Mitarbeiter der Widerstandsgruppe im Ort konnte im letzten Augenblick verhindern, dass er geschlagen wurde, erklären, dass er unter den Deutschen gelitten, der Befreiungsbewegung geholfen hatte. In Haft war er nur drei Nächte lang.

»Genau wie unter den Deutschen, das ist doch lustig, nicht?«

Als sein Eigentum, Fabrik, Gut, Haus, verstaatlicht wurde, wurde er zuerst als Stellvertreter des Generaldirektors mit der Bitte eingesetzt, die neuen Chefs anzulernen, was er gerne tat. Danach wurde er nach Belgrad versetzt.

»Jetzt lebe ich besser als je zuvor. Früher habe ich nie gewagt, meinen Betrieb länger als zwei Tage zu verlassen, ich glaubte, alles persönlich kontrollieren zu müssen, Tag und Nacht, als Beamter habe ich Sommerurlaub, Urlaub im Winter, ein sicheres Einkommen.«

Ganz klar war nicht, ob er das alles ironisch meinte.

Rudolf war bald regelmäßig zu Gast bei den Vukovs. Seine Hochzeit mit Irina auf dem Standesamt war bescheiden, obwohl beide Väter gerne ein Fest daraus gemacht hätten. Rudolf zog zu den Vukovs und studierte fleißig, ohne seine Arbeit für die Presseagentur aufzugeben, aber das ging gar nicht gut, er war zu sehr gewohnt, ein eigenes Leben zu führen, er konnte sich in kein geregeltes Familienleben, auf das Frau Vukov bestand, einfügen. Nach drei Jahren erhielt er sein Diplom als Politologe, eine Beförderung in der Nachrichtenagentur und eine kleine Wohnung in der Siedlung Neubelgrad. Irina pendelte einige Monate lang hin und her, sie wollte ihre inzwischen schwer erkrankte Mutter nicht verlassen. So still und friedlich, wie sie geheiratet hatten, ließen sie sich auch scheiden, versprachen, Freunde zu bleiben, denn die erste Liebe vergesse man nie, sie sahen einander aber nie wieder. Als Rudolf in einer Tageszeitung die Todesanzeige las, Genosse Aleksandar Vukov, Abteilungsleiter im Ernährungsministerium, sei nach kurzer, schwerer Krankheit gestorben, schickte er ein Beileidstelegramm und das war alles.

Die Kriegsjahre hatten eine Ewigkeit gedauert, nachdem sich die erste riesige Freude über den Sieg gelegt hatte, der Stolz, zu den Siegern zu gehören von der Normalität des Alltagslebens überschattet wurde, schien die Zeit innezuhalten, sich zu verlangsamen.

Morgenvisite. Es waren Menschen, die da in den Betten lagen, keine Lungenkrebse oder Blinddärme. Ferko war immer freundlich zu den Patienten, wenn ihm jedoch die Geduld riss, brüllte er in den Fluren jüngere Kollegen und Krankenschwestern an und konnte nach seinen Wutausbrüchen nur hoffen, dass man nichts davon in den Krankenzimmern mitbekommen hatte. Man hörte es jedoch im Verteidigungsministerium und ließ ihn einmal mehr wissen, so würde er nie zum General befördert werden.

»Solange ihr mich operieren lasst, ist es mir egal, welche Art von Schulterklappen ich tragen darf.«

Selbst das Essen wurde langweilig, wenn man nicht mehr hungrig war, die ewigen Schnitzel mit Kartoffeln und Salat, weiße Bohnen mit Schweinerippchen, Szarma, serviert von artigen Kellnern im Offiziersklub. Ferko beschloss, kochen zu lernen, fand aber keine Zeit dafür.

Als ihn ein hoher Offizier der Garde nach einer gelungenen Operation fragte, wie er sich bedanken könnte, sagte der Arzt: »Kannst du mir organisieren, dass ich irgendwo reiten kann?«

»Du kannst reiten?«

»Ich bin schon als Kind und nachher als junger Mann im Dorf bei meinem Vater viel und gerne geritten, aber …«

»Das ist überhaupt kein Problem.«

Wann immer er mehr als einen halben Tag Zeit hatte, bestieg Ferko nun einen Sonderbus, der mehrmals täglich die Verbindung zum Gut Karadjordjevo unweit von Novi Sad unterhielt. Es wurde vom Militär betrieben, das auch eine Koppel mit Reitpferden besaß. Dort befand sich auch ein Ferienhaus, das Tito gerne benützte.

»Nachdem dir keine richtige Ehe gelungen ist, werde ich jetzt heiraten«, kündigte Ferko, inzwischen zum Professor ernannt, eines Tages unerwartet an. Rudolf dachte, sein Vater scherze, aber das war nicht der Fall.

Martha war Krankenschwester. Volksdeutsche aus dem Banat. Ihr Vater war in der SS-Brigade Prinz Eugen gefallen. Nach dem Einmarsch der Partisanen war sie mit ihrer Mutter eingelagert worden. So hieß das damals. Ihre Mutter starb im Lager, sie selbst wurde herausgeholt, weil man gelernte Krankenschwestern brauchte. Sie kochte für die Doktoren Kaffee, zufällig blieb sie einmal mit Ferko allein im Ärztezimmer. Zufällig? Zufall regiert die Welt? Nachdem sie dann auch bei ihm in seiner Wohnung gewesen war, wo sich alles so natürlich abspielte, weil sie ihren Chef ehrlich anhimmelte, stellte sich heraus, dass sie hervorragend kochen konnte, so wie er es aus seinem Elternhaus gewohnt war, sie hatte es von ihrer Großmutter gelernt. Die Küche war bei Ungarn, Serben und Deutschen im Banat die gleiche.

Ferko lud seinen Sohn zum Abendessen ein.

»Es gibt Hase mit Knödel.«

Rudolf sah die hübsche, stille Frau mit braunem Haar, braunen Augen in einem einfachen blauen Kleid zum ersten Mal.

»Das ist mein Sohn, von dem ich dir viel erzählt habe, und das ist Martha, von der ich dir noch nie etwas gesagt habe.«

Die beiden Männer setzten sich, Martha brachte die Kristallflasche mit dem Schnaps und drei Gläser.

»Aber nur kurz, ich muss in die Küche …«, sagte sie.

Als sie sich zurückgezogen hatte, erzählte Ferko zuerst: »Den Hasen habe ich von einem Patienten. Ein begeisterter Jäger. Er war in Titos Begleitbataillon. Ein sehr tapferer Mann.«

Danach sprach er langsamer. Aus seiner Sicht sei Martha die Tochter eines Henkers. Aus ihrer Sicht er der Mitmörder ihrer Eltern. Beide seien sie Opfer und passten daher zusammen. Rudolf würde später vielleicht denken, sie sei einfach zu primitiv, zu ungebildet, aber Goethe und Heine hätten sich doch mit Frauen von einfachem Gemüt …

»Du willst sagen, sie ist hier mehr als eine Haushälterin?«

»Ja, sie ist viel mehr als eine Haushälterin. Sie wird bald deine Stiefmutter sein.«

»Papa, muss das …?«

»Nichts muss. Ich kann als ihr Vorgesetzter nicht mit ihr als Mätresse zusammenleben, aber ich will mit ihr zusammenleben. Und noch etwas. Ich möchte … Ich könnte nie etwas mit einer Frau haben, die nur annähernd an Fritzi … an deine Mutter erinnert, in ihrer Liga ist. Das kannst du ohnehin nicht verstehen. Ich frage dich nicht, ich teile es dir mit. Es ist mein Leben und du hast deines.«

Ferko, Doktor Radovan alias Radvanji, war vierundfünfzig Jahre alt, Martha vierunddreißig, nur fünf Jahre älter als Rudolf.

Der Koschawa genannte Ostwind wurde immer stärker, Äste trommelten an die Fenster. Es war schon kurz vor Mitternacht, als der Jüngere sagte, er müsse morgen früh aufstehen, er wolle sich verabschieden. Sein Vater bot ihm an, einen Sanitätsjeep kommen zu lassen, um ihn nach Hause zu bringen.

»Das wäre dir sicher ein wenig peinlich, Papa.«

»Ich kann es mir leisten.«

»Bei den Partisanen habe ich an schwierigeren Märschen teilgenommen als es ein Spaziergang durch die Belgrader Herbstnacht ist.«

Es ging die Straße von Dedinje bergab. Wenige Passanten. Im Laufe des Abends hatte der Arzt viel von seiner Jugend, seinem Studium, seiner Liebe zu Fritzi gesprochen, als wäre dieses Mädchen, von dem er traurig schwärmte, nicht die Mutter seines Gesprächspartners gewesen. Ferko brauchte jemanden, um sich auszusprechen. Ob der eigene Sohn eine geeignete Person dafür war? Er hatte keine andere. Das freche, selbstherrliche, geistreiche, zum Lachen anspornende Mädchen, von dem sein Vater gesprochen hatte, konnte Rudolf nicht mit seiner zwar schönen, aber stets müden, oft schweigsamen, abwesend wirkenden Mutter in Übereinstimmung bringen. Nur damals in Omiš, am Meer, im Segelboot, mit diesem Russen, dem Gestapodolmetscher, war sie der beschriebenen Jugendliebe seines Vaters ähnlich gewesen. Hatte sie sich für Ferkos Seitensprünge rächen oder bloß noch einmal jung und begehrt sein wollen?

Im Laufe seiner Kindheit hatte sich sein Vater selten mit ihm beschäftigt, dann aber intensiv. Er war die Respektsperson gewesen, ein Vater, wie er sein soll. Hätte ihn damals jemand gefragt, ob er Mama oder Papa lieber habe, hätte er sofort geantwortet, Papa! Heute war das anders geworden. Dieser alternde Mann, den er bisher für so überaus korrekt gehalten hatte, mit einer seiner Krankenschwestern … Der Hase, die Knödel und die Sauce waren freilich ausgezeichnet gewesen.

Der Wind pfiff immer stärker, aber irgendwie war es belebend, durch diesen Sturm zu gehen. Rudolf besaß überhaupt keine Kopfbedeckung, er setzte sich gerne Regen, aber auch Schneegestöber aus. Den Mantelkragen hatte er hochgeschlagen und musste leicht vorgebeugt den Schritt beschleunigen, um gegen die Windstöße anzukämpfen.

Wenn Vater seine Frau so geliebt hatte, warum hatte er sie dann betrügen müssen? Betrog er jetzt ihr Andenken mit dieser Schwäbin? Diese Frau als Stiefmutter akzeptieren ... Brechen mit dem Vater würde er gewiss nicht, aber verehren würde er ihn auch nicht mehr können, eher achselzuckend leicht verachten. Wäre es besser gewesen, wenn er im Kampf gefallen wäre, in Novi Sad oder Perlez ein Denkmal für ihn stehen würde, an dem man einen Kranz niederlegen könnte? Den Gedanken weiterspinnend, denn im Gehen durch den Sturm ließ es sich gut nachdenken, sagte er sich dann, sie beide, Vater und Sohn, hätten jedenfalls auf derselben Seite gekämpft, bereit, das Leben für dieselbe Idee zu opfern, und waren als Sieger aus dem Krieg gekommen. Das würde laut ausgesprochen pathetisch klingen, so etwas sagte man in Festreden, aber es war doch wirklich gut, stolz auf sich selbst sein zu können. Und auf seinen Vater. In dieser Hinsicht gewiss. War das alles, was ihm jetzt durch den Kopf ging, ein einziger Widerspruch? Das Leben besteht oft aus Widersprüchen.

Als er auf der menschenleeren Brücke über die Save angelangt war, begann plötzlich ein so starker Regenschauer, dass er sich am Geländer festhalten musste. Die Scheinwerfer eines ratternden Lastwagens durchbohrten mit zwei langen, strahlenden Fingern die Regenwand und die Nacht. Vorsichtig kämpfte er sich Schritt für Schritt weiter über die Brücke.

Dann fiel ihm Perlez ein, wo er auch einige Stürme erlebt hatte. Von zu Hause in Novi Sad konnte er sich an keine solchen Unwetter erinnern, im Dorf waren sie ihm intensiver erschienen. Vor einem Sturm wurde das Rindvieh in den Stall getrieben, Vater und Sohn Lorenz schrien, die Pferde in ihrem Stall wurden nervös. Das Kind war begeistert und hatte nie Angst vor den Gewalten der Natur. Das war gut. Als Partisan hatte er drei schwere Winter überlebt, am Ende den letzten Kriegswinter in London.

Wir sind schon eine seltsame Familie. Möglicherweise ist ja jede Familie für die eigenen Mitglieder seltsam. Großvater Leopold war einen Kopf größer als sein Sohn, und Ferko größer als Rudolf. Wurden die Rotbarts, Radványis, Radovans, Radvans immer kleiner? Vater hatte etwas zugenommen, vielleicht kochte diese Martha zu gut, aber für sein Alter war er immer noch ein attraktiver Mann. Großvater hatte man sich selbst im Dorf nicht ohne Anzug mit Weste und goldener Uhr an einer Kette in der Westentasche vorstellen können. Vater hatte oft bunte Fliegen um den Hals gebunden und eine goldene Armbanduhr, goldene Tabakdosen und Feuerzeuge gehabt. Anstatt des Goldes zierten ihn jetzt die Uniformen mit den goldenen Epauletten und die Ordensspangen.

Inzwischen hatte der Wind nachgelassen, aber das war unwichtig, weil er vor seinem Wohnhaus angelangt war. Da die Wohnung ohnehin in Unordnung war, warf er den nassen Mantel einfach auf den Boden des Vorzimmers, dazu die Schuhe, auf dem kurzen Weg ins Badezimmer entledigte er sich auch der restlichen Kleidung, duschte heiß und kalt, kroch unter die warme Bettdecke und schlief sofort ein.

Doktor Franja Radovan schloss die Ehe mit Martha Reiser im Gemeindebezirk Dedinje, Zeugen waren zwei Kollegen aus der Klinik, sonst war niemand anwesend. Seinem Sohn teilte er die vollzogene Hochzeit telefonisch mit: »Natürlich ändert sich sonst nichts, außer dass es unpassend wäre, wenn ich weiterhin ihr Chef bliebe, sie geht als Oberschwester in die Kinderklinik.«

»Was soll ich sagen, Papa? Herzlichen Glückwunsch. Hoffentlich wirst du glücklich.«

»Auf Glück kommt es in meinem Leben nicht mehr an. Ich will es nur noch bequem haben. Wann kommst du zum Abendessen? Was hättest du gerne?«

»Weiß ich nicht. Übermorgen fliege ich nach London. Ich melde mich, wenn ich wieder zurück bin.«

Im Krieg hatte es nicht viel Zeit gegeben, Angst zu haben. Es galt, den nächsten Schusswechsel, den nächsten Artillerieangriff, die nächste frostige Nacht zu überleben, den Hunger zu stillen, jetzt jedoch hatten die Sieger auf einmal Angst. Waren alle Helden Feiglinge geworden? War der Siegesrausch in Gefahr? Das endlich unbeschwerte Leben? Alle seine Annehmlichkeiten? Drohten Krankheiten? Die weißbekittelten, Gesundheit versprechenden Magier, die Doktoren, die Ärzte waren sehr wichtig geworden. Ihr Handwerk, die Kunst der Operateure. Den Jüngern Äskulaps, den Meistern der Gesundheit wurde deshalb vieles nachgesehen. Fast alles. Ob das Ferko interessierte? Er war es gewohnt. Er arbeitete, er arbeitete gut, sonst kümmerte ihn wenig. Sein Sohn jedoch fragte sich immer wieder, wie es mit der Gerechtigkeit stand. Sozialistische Gerechtigkeit? Durfte es so etwas geben? Oder war für den einen etwas gerecht, was andere als Unrecht erlebten? Garantierte Recht Gerechtigkeit? Recht war, was Gesetze vorschrieben. Hitlers Rassengesetze auch? Die waren besiegt, aber genügte das? Warum wurde so ein Vukov eingesperrt? Für drei Tage? Falls er es verdient hatte, warum nicht länger? Falls er unschuldig war, warum überhaupt?

Als Journalist der staatlichen Nachrichtenagentur *Tanjug*, zuständig für Außenpolitik, musste er sich diesen Problemen nicht stellen, aber Rudolf fragte sich, was Gerechtigkeit war. »Dafür haben wir gekämpft!«, sagten seine Kampfgenossen aus dem Partisanenkrieg immer wieder öffentlich und privat, er aber fragte sich: Habe ich dafür gekämpft? Wofür? Habe ich für irgendetwas, was ich mir im Voraus vorstellen konnte, gekämpft, bin ich in alle Gefahren, die Doppelagentenrolle, in meinen Kampf im Wald, die Presseagentur, bewusst eingetreten? Bin ich nicht. Die ersten beiden deutschen Soldaten habe ich, aus dem Gebüsch heraus, das ich aus anderen Gründen aufgesucht hatte, nicht bewusst, sondern instinktiv getötet. Habe ich, Tito bei Drvar mit der Waffe schützend, bewusst gehandelt, oder hatte ich nicht anders können? Mich hat das Leben rein zufällig in alles hineingespült und ich wäre schon zehn Jahre lang tot, wenn ich die vermeintliche Sicherheit zu Hause in Novi Sad gewählt hätte, um mit Mama und Großmutter am Donaustrand erschlagen und unter die Eisblöcke geworfen zu werden.

Als Rudolf aus London nach Belgrad zurückbeordert wurde, war die erste Welle der Aufregung und Unruhe wegen des Bruches Jugoslawiens mit der Sowjetunion schon verebbt. Verwundert erfuhr er, wer von seinen ehemaligen Kampfgefährten und Genossen als Agenten Stalins verhaftet und in ein auf einer kahlen Insel errichtetes Lager verbracht worden war. Er war dank seiner Erziehung im Stab der Befreiungsarmee den Idealen eines eigenständigen Weges seines Landes aufrichtig treu. Unbedingt treu? Oder unter welchen Bedingungen? Also fragte er seinen Vater schon im Laufe ihrer ersten Begegnung nach diesen Ereignissen, was er darüber denke, und noch bevor er eine Antwort bekommen hatte, fragte er weiter: »Werden wir hier bei dir abgehört?«

»Wie kommst du auf die Idee? Na ja, du hast Spion gespielt. Also, erstens glaube ich nicht, dass man bei mir Abhöranlagen installiert hat, so wichtig bin ich doch nicht. Und zweitens, mich kann jeder ruhig abhören, die Russen, die Amerikaner, unsere Leute, ich sage ohnehin öffentlich, was ich denke, und wie ich handle, sieht man im Operationsaal …«

»Hast du je etwas von diesem Boris Wolkow gehört?«

»Von wem? Ach, von unseren Bekannten, der Wolgalieder gesungen hat? Ja, der muss ein oder zwei Jahre jünger sein als ich. Wieso fragst du? Nur weil er Russe ist?«

Gekannt hatte er ihn also. Wusste Vater überhaupt, dass er mit Mama gleichzeitig im Sommer in Omiš gewesen war, im selben Hotel? Und dass er später Dolmetscher für die Besatzungsmacht gewesen war? Er fragte lieber nicht. Falls Mama damals ein klein wenig glücklich gewesen war, gönnte ihr Sohn es ihr von Herzen.

Die Artikel, Kommentare und Reportagen der Nachrichtenagentur *Tanjug* wurden prinzipiell ohne Nennung des Autors verbreitet.

»Schreib doch ein Buch, Rudi«, ermunterte ihn eines Tages der Direktor. »Wir können für dich keine Ausnahme bei der Nennung machen, andererseits solltest du nicht anonym bleiben …«

»Ich habe für ein Buch nicht das Sitzfleisch.«

»Ach, das hättest du sicher. Aber gut, das ist deine Entscheidung. Dann habe ich eine andere Idee: Du könntest Vorträge halten zur aktuellen Politik und dabei deine persönlichen Erfahrungen einfließen lassen. Es ist für uns nützlich, wenn dein Name bekannt wird, und dir sollte es doch auch recht sein.«

»Schön. Ich will es versuchen.«

Das Jahr 1963 war angebrochen, für Jugoslawien eine ruhige

Zeit. Stalin war seit mehr als zehn Jahren tot, nachdem sein Nachfolger, Nikita Chruschtschow, nach Belgrad gekommen war, um sich für den Bannfluch Moskaus zu entschuldigen, war politisch alles wieder ins Lot geraten.

Seinen ersten Vortrag hielt Rudolf im Offizierskasino. Dort war der Erfolg vorprogrammiert. So jung sah er aus und wurde als Genosse und Mitkämpfer im Volksbefreiungskampf vorgestellt. Knabengesicht und Veteran. Er hätte sagen können, was er wollte, der Applaus wäre gleich groß gewesen. Das nächste Mal wurde er in eine technische Oberschule in Novi Sad eingeladen. Die jungen Menschen stellten viele Fragen, vor allem wie es mit der jugoslawischen Außenpolitik weitergehen solle, nachdem man von den Sowjets als faschistische Kettenhunde beschimpft worden war? War man jetzt proamerikanisch? Rudolf erklärte, man baue im Sozialismus je nach den Bedürfnissen der jeweiligen Völker auf und Außenpolitik beruhe auf Innenpolitik, nicht umgekehrt. Wer unseren Weg anerkenne, würde unser Verbündeter sein. Am einfachsten war es, sich bei solchen Gelegenheiten an die Phrasen der Parteipropaganda zu halten, aber das befriedigte ihn nicht. Angenehmer war es, von seinen konkreten Erlebnissen in England, Deutschland, Österreich zu erzählen.

Ein Mädchen saß in der zweiten Reihe und blickte aufmerksam zu ihm auf. Dunkelblondes kurzes Haar, starke Augenbrauen, Stupsnase, Grübchen in den Wangen, er bemühte sich angestrengt, sie nicht zu fixieren. Vergeblich hoffte er, dass sie eine oder mehrere Fragen stellen würde. Während der Diskussion mit ihren Schulkollegen, die sich lebhaft und angenehm entwickelte, hörte sie interessiert zu, sagte jedoch nichts. Als er mit dem Direktor der Schule und der Geschichtelehrerin noch am Pult stand, kamen einige Schüler auf ihn zu. Das dunkelblonde Mädchen war unter ihnen. Sie war schlank, er stellte fest, dass sie bemerkenswert aufrecht ging, ihr Schritte verrieten gezügelte Energie. Nie war ihm eingefallen, mit diesen Worten den Gang seiner Mutter zu beschreiben, aber etwas erinnerte ihn im Augenblick an seine Mama.

Rudolf sagte, er müsse jetzt langsam … Der Direktor dankte noch einmal für den Besuch. Plaudernd gingen sie die Treppe hinunter und auf den Ausgang zu, einige Schüler begleiteten sie, höflich Abstand haltend. Sie auch. Jetzt müsste er sie ansprechen, aber es wäre ihm peinlich gewesen, wegen einer hübschen Schülerin den Direktor abzuschütteln. So gingen sie alle seinem in der Nähe geparkten Auto entgegen, einem Škoda Superb. Die Nachrichtenagentur *Tanjug* hatte drei dieser Ende der dreißiger Jahre gebauten Wagen bekommen, sie waren in gutem Zustand und Journalisten der mittleren Klasse, wie Rudolf es höhnisch nannte, konnten sie dienstlich benützen. Sein Chef fuhr freilich einen nagelneuen Chevrolet. Als er sich vom Schuldirektor schon verabschiedet hatte, trat das Mädchen an ihn heran: »Darf ich Sie noch etwas fragen?«

»Selbstverständlich.«

Der Direktor ging, die anderen Schüler auch, sollte er sie einladen, in das Auto zu steigen? Man stand ja mitten auf der Straße, jemand würde es bemerken, das wäre schlecht für sie. Noch peinlicher wäre es allerdings für ihn, wenn sie ablehnen würde.

»Wenn Sie noch Zeit haben? Hier gleich gegenüber sehe ich eine Konditorei …«

So gingen sie hinüber. In der Ecke fanden sie noch einen kleinen Tisch.

Rudolf bestellte Eierlikör. Das Getränk war in Mode. Das Mädchen machte keineswegs Ausflüchte und trank das Stamperl in einem Zug aus. Rudolf bestellte eine zweite Runde. Bin ich jetzt, fragte sich Rudolf, Teil der neuen Klasse, über die Djilas gerade gestolpert ist? Ich doch nicht! Und mein Vater, der Chirurg der Militärklinik mit seiner Vierzimmerwohnung im Nobelviertel Dedinje, er auch nicht. Zur neuen Klasse gehören die bisherigen Freunde von Djilas, die Chevrolet- und Jaguarfahrer. Was darf ich mit einem jungen Mädchen, mit dem ich in einer Konditorei sitze und von dem ich nichts weiß, außer, dass es mir wahnsinnig gefällt, anfangen? Da fragte das Mädchen: »Was ich wissen möchte ist, hassen Sie die Deutschen?«

Sie sah ihm offen, nicht frech, aber weder unterwürfig noch mädchenhaft schüchtern, sondern einfach neugierig geradeaus ins Gesicht. Stets hatte er Frauen mit langen schwarzen Haaren bewundert, geliebt. Sie hatte kurzes, dunkelblondes Haar. Stets hatte er sich in dem Blick tiefschwarzer Augen verloren. Ihre Augen waren so strahlend grünblau, wie er es bewusst noch nie gesehen hatte. In jeder Hinsicht war sie anders? Als wer? Obwohl sie seiner Mutter gar nicht ähnlich war, außer vielleicht durch ihren Gang, musste er neben diesem Mädchen an seine Mutter denken. Nur weil sie in Novi Sad waren?

»Die Deutschen? Nein. Die Nazis hasse ich. Mein Leben hat ein Deutscher gerettet, ein Oberst der deutschen Wehrmacht. Die ersten Häftlinge in deutschen Konzentrationslagern waren Deutsche. Deutsche Kommunisten, Sozialdemokraten, deutsche Bibelforscher und Homosexuelle, Menschen, die man arbeitsscheu genannt hat oder die einfach nur Gegner des Regimes waren.«

Ihre Gesichtszüge zuckten ein wenig.

»Aha. Wie hat Sie dieser Oberst gerettet?«

»Das ist eine lange Geschichte. Aber wie heißt du überhaupt? Ich darf doch du sagen? Ich heiße Rudolf Radvan.«

»Ich weiß natürlich, wer Sie sind und selbstverständlich sollen Sie mich duzen …« Dann nannte sie ihren Namen. Mascha, Maria Tarlak, 1942 geboren, mitten im Krieg, neunzehn

Jahre jünger als Rudolf, Schülerin der vierten, letzten Klasse der Technischen Oberschule in Novi Sad, zwei Jahre hatte sie wegen einer Sportverletzung verloren, sie war eine der besten Weitspringerinnen in Jugoslawien, näherte sich dem Europarekord.

Mascha war Ukrainerin, in Jugoslawien geboren, die Eltern wohnten in Opovo. Rudolf wusste, dass im Banat mindestens fünfundzwanzig verschiedene Ethnien lebten.

»Meine Großeltern haben in Perlez gewohnt, dann sind wir ja Nachbarn. Ich war als Kind oft dort.«

Es war schon bald Mitternacht. Der Kellner begann die freien Tische abzuräumen und die umgedrehten Sessel auf sie zu stellen, deutete damit an, dass Feierabend sei. Rudolf fragte, ob er sie nach Hause fahren dürfe. Ohne Weiteres willigte sie ein. Es war nicht weit. Sie hielten vor einem dreistöckigen Wohnhaus einige Gassen von seiner ehemaligen Wohnung entfernt, das sagte er jedoch nicht, blickte sie nur fragend an, sie verstand und sagte: »Ich wohne mit drei anderen Mädchen oben in zwei Zimmern.«

»Kommst du manchmal nach Belgrad?«

»Oft. Ich bin in der Leitathletiksektion des Roten Sterns.«

»Nicht beim Partisan?«

Der Klub »Roter Stern« galt als proserbisch, sein Konkurrent »Partisan«, den die Armee unterstützte, als gesamtjugoslawisch. Mascha lachte, sie hatte die Anspielung natürlich verstanden.

»Nein, wir sind die besseren.«

»Sag, bist du in der Partei?«

»Diese Ehre habe ich noch nicht verdient«, sagte sie ironisch.

»Noch eine Frage. Warum trägst du die Haare so kurz? Ich glaube, du hast wunderschöne Haare.«

»Gefalle ich Ihnen so nicht?«

»Doch, du gefällst mir sogar sehr …«

»Beim Laufen und Springen stören zu lange Haare. Später, wenn ich damit aufhören muss, lasse ich sie mir wachsen.«

Rudolf gab Mascha seine private und seine dienstliche Telefonnummer. In Maschas Wohnung gab es kein Telefon. Es gab keinen Abschiedskuss, aber beinahe. Auf der Fahrt zurück nach Belgrad war Rudolf fröhlich wie schon lange nicht.

Wozu hat man Freunde im Geheimdienst? Petar, der kleine Pero, war aus dem Krieg als Hauptmann des Geheimdiensts mit blauen Schulterstücken auf der Uniform nach Belgrad zurückgekommen. Eine Woche nachdem Rudolf aus London zurückbeordert worden war, erhielt er einen Anruf im Büro der Nachrichtenagentur.

»Abteilung zum Schutze des Volkes!«, meldete die strenge Stimme. »Ist da ein gewisser Kriegsverbrecher von Radványi, ein Mitarbeiter der Besatzungsmacht, der sich unter dem falschen Namen Rade Radvan verbirgt?«

Rudolf stutzte nur einen Augenblick.

»Wenn das der kleine Pero fragt, kann ich ihn eventuell mit diesem Kerl verbinden, aber den falschen Namen hat ihm Moša Pijade persönlich angehängt!««

»Soll ich kommen und dich als Verräter des Volkes und deiner Partei verhaften?«

Sie trafen sich am selben Abend im Klub des Geheimdiensts in der Nähe des Terazije-Platzes. Sie waren so froh, so euphorisch, am Leben geblieben zu sein, noch mehr einander wiederzusehen, ohne jede Notwendigkeit, irgendetwas vor dem Freund zu verbergen wie damals, im Herbst 1941 in der Grünanlage der alten Festung Kalemegdan, als sie über die Save auf den Platz geschaut hatten, an dem später das Konzentrationslager gebaut wurde und Rudolf auf zögernde Fragen ausweichend mit dem Hinweis auf eine Wolke antworten musste.

»Irgendwie habe ich ja begriffen, dass du kein Verräter sein konntest, aber dass du ein so mutiges Spiel gespielt hast! Hochachtung von einem inzwischen alten Profi!«

»Ja, du hast die Angst in meinem Blick gelesen, hast du gesagt, und ich dir, dass du das Zeug zu einem Gestapobeamten hast. Und das bist du ja geworden.«

»Allein für diesen Vergleich müsste ich dich verhaften und auf die Kahle Insel verfrachten, Dummkopf großmäuliger!«

Dann erzählten sie einander alle Einzelheiten. Pero hatte den größten Teil des Krieges in Bosnien verbracht. Rudolf musste über die seinen berichten. Manchmal waren Vater Ferko, Rudolf und Petar nur wenige Dutzend Kilometer voneinander entfernt gewesen, sie hätten einander auch mitten im Krieg begegnen können.

»Der berühmte Doktor Radovan ist dein Vater?«

»Ja, meine Familie wechselt mit jeder Generation den Nachnamen. Man muss sich stets etwas Neues einfallen lassen, schon um den Fängen von deinesgleichen zu entgehen …«

Es war vielleicht nicht schön, aber Rudolf bat Pero, alles über die Familie Tarlak in Opovo herauszufinden. Wozu? Wegen eines Mädchens? Kein Problem. Der Rückruf kam schon nach zwei Tagen.

»Die Springerin. Hochachtung. Ich habe ihre Fotos gesehen. Also, die Eltern haben sich ein wenig gesträubt, in die landwirtschaftliche Genossenschaft einzutreten, aber diese Dummheiten haben wir ja aufgegeben. Freie Bahn, Genosse! Politisch keine Hindernisse!«

»Dann wirst du vielleicht mein Trauzeuge.«

»So weit bist du schon?«

»Nein. Gar nicht. Noch ist sie die Unschuld vom Lande. Aber ich könnte es mir vorstellen. Einmal habe ich das Eheleben ja schon kurzfristig probiert.«

»Der Geheimdienst weiß alles von den Vukovs.«

Das war voreilig von Rudolf gewesen. Er ärgerte sich über sich selbst. Eigentlich hätte es ja nur Frotzelei sein sollen. Erstens war es schlimm, dass er die Familie einer hübschen Bekannten über den Geheimdienst hatte überprüfen lassen. Selber hätte er nach Perlez fahren und fragen sollen, wer wen im benachbarten Dorf Opovo kannte, und er hätte wahrscheinlich mehr erfahren als über den kleinen Pero. Außerdem wusste er keineswegs, ob diese Mascha überhaupt an ihm interessiert war. Nach seiner Trennung von Irina hatte er lange darüber nachgedacht, ob er überhaupt eine Familie gründen wollte. Jetzt aber war er in gefestigter Position. Bald würde er vierzig sein. Wann überhaupt wollte er Familienvater werden? Womöglich ein besserer als sein eigener Vater gewesen war. Mehr Zeit haben ... Journalisten hatten mehr Freizeit als Chirurgen. Wenn er in Belgrad am Abend oder nachts nach Hause kam, fühlte er sich einsam. Darüber konnten Bücher nicht hinwegtrösten, obwohl er sich bald eine ansehnliche Bibliothek auf Serbisch, Deutsch, Ungarisch und Englisch angelegt hatte. Aber wenn er sich in seinen Sessel setzte und ein Buch in die Hand nahm, konnte er sich nur mit Mühe auf den Inhalt konzentrieren, seine Gedanken flogen einfach weg. Irgendwohin. Manchmal zu dieser Mascha. Drei Wochen nach ihrer ersten Begegnung rief sie ihn endlich an und sagte, am nächsten Tag würde sie in Belgrad sein. Sie müsse vormittags trainieren, denn bald gebe es einen wichtigen Leichtathletikwettkampf und sie müsse endlich herausfinden, ob sie zu etwas tauge, aber am Nachmittag ... Fast hätte er gejauchzt vor Begeisterung:

»Von wo kann ich dich abholen?«

»Vom Haupteingang des Stadions, nachmittags um drei.«

»Wunderbar. Bring einen tüchtigen Hunger mit.«

»Das sollte nach dem Training kein Problem sein.«

Rudolf holte das Mädchen mit seinem neuen Auto ab. In der alten serbischen Provinzstadt Kragujevac wurden die Modelle Fiat Campagnola und Fiat 750 nachgebaut, das war ein Familienauto mit Heckmotor, Rudolf wählte ein grünes Modell, dessen Farbe ihn an Vaters Laubfrosch erinnerte, den er zum letzten Mal in dem Schuppen in Perlez gesehen, und den Oberst Hellmer schon damals als Oldtimer bewundert hatte. Sie fuhren ins Stadtzentrum in den Journalistenklub. Der Empfang befand sich im Erdgeschoß, von dort aus fuhr man mit einem alten Aufzug direkt in den zweiten Stock. Vor dem Krieg war es die Wohnung des königlichen Außenministers, Momčilo Ninčić, gewesen, der kurz vor dem Einmarsch der Deutschen nach London geflüchtet war. Seine Tochter, Olga, war jedoch Kommunistin, lehnte es ab, ihn zu begleiten. Sie stieß zu den Partisanen, war Titos Englischdolmetscherin, Rudolf hatte sie damals kennen gelernt. Zur Zeit unterrichtete sie Englisch in Belgrad, aber die väterliche Wohnung war aus prinzipiellen Gründen enteignet worden. So hatte auch der ehemalige Direktor und Inhaber der größten Tageszeitung *Politika* seine Villa dem Staat übereignet.

Mit solchen Themen unterhielt Rudolf Mascha. Er hatte Hühnersuppe mit Nudeln, Rinderfilet mit Bratkartoffeln und Salat bestellt. Mascha hörte aufmerksam zu, aß mit bestem Appetit, trank vom schweren dalmatinischen Rotwein, dem Dingač. Es war unmöglich zu enträtseln, ob sie beeindruckt war oder aus Höflichkeit schwieg. Endlich bemerkte Rudolf, dass er zu viel redete, und fragte, ob sie das überhaupt interessiere.

»Am meisten würde mich interessieren, wie es war, für die Deutschen und gleichzeitig für die Partisanen zu arbeiten. Sie müssen wahnsinnig tapfer gewesen sein, ich habe immer geglaubt, so etwas gibt es nur im Kino.«

Es war also doch nicht nur Höflichkeit gewesen.

»Ich war nicht besonders tapfer, die Ereignisse haben mir zufällig diese Rolle zugeteilt. Aber möchtest du mich nicht endlich zurückduzen, Mascha.«

»Ich habe darauf gewartet, dass Sie das … dass du das vorschlägst.«

»Dann müssen wir Bruderschaft trinken.« Er bestellte einen Vinjak, den serbischen Weinbrand, dessen Name an Cognac erinnern sollte. Sie trank ihr Glas tapfer aus, fügte aber hinzu: »Das ist heute eine Ausnahme, Sportler dürfen nur sehr mäßig Alkohol trinken.«

Sie hatte »heute« gesagt, sie ging also auch davon aus, dass es nicht bei diesem einem Mal bleiben würde. Deshalb wagte er den nächsten Schritt, fragte, ob sie müde sei, sie könne sich in seiner Wohnung ausruhen, ein Nachmittagsschläfchen halten. Nach Novi Sad könne er sie heute leider nicht zurückfahren, weil er Abend- und Nachtdienst habe. Ihrem grünblauen, offenen Blick war schwer standzuhalten. Er ließ sie vorausgehen und stellte wieder verwundert fest, dass ihr Gang ihn an seine Mutter erinnerte. Ging der Ödipuskomplex so verschlungene Wege?

Als sie angekommen waren und Mascha sich auf den angebotenen Sessel setzte, rutschte ihr Rock ein wenig hoch und sie zog ihn nicht sofort wieder zurecht. Rudolf kochte einen türkischen Kaffee und das Mädchen begann: »Ich möchte etwas klären. Du bist so schrecklich schüchtern, Genosse Partisanenspion und Oberredner. Mein erster Freund, auch ein Athlet, ein sehr guter, hat das Land verlassen, ist nach Belgien gegangen, ich wollte nicht mit.«

Rudolf musste sich verstellen um nicht zu verraten, dass er das alles dank Pero schon wusste. Sie hatte ihn Partisanenspion genannt. »Mit Männern ist es bei Spitzensportlerinnen wie mit dem Alkohol. Nur ab und zu und nicht unmittelbar vor schwerem Training oder Wettkämpfen.«

»Entschuldige, Mascha, wie alt bist du überhaupt?«

»Einundzwanzig.«

»Ich bin neununddreißig.«

»Du siehst jünger aus.«

»Und du sprichst reifer, als es zu deinem Alter passt.«

Sie passten gut zusammen. Erst als sie nackt war, stellte er fest, wie wunderwunderschön sie war. Zumindest schien es ihm so, er begriff, dass er in sie verliebt war. Und sie, Mascha, war sie in ihn verliebt?

Ohne dass sie es verabredet und festgelegt hatten, hatte sich eingebürgert, dass Rudolf freitags bei seinem Vater zu Abend aß. Martha benahm sich wie die Frau des Hauses, die sich nach dem Essen zurückzog und die beiden allein ließ. Längst war die Sitte abgeschafft, dass hohe Offiziere einen Soldaten als Burschen halten durften, aber Martha brauchte ohnehin keine Hilfe.

Vater und Sohn sprachen miteinander gleichberechtigt, auf Augenhöhe, von Mann zu Mann. Beide Veteranen des Partisanenkampfes, beide Parteimitglieder – aber konnten sie ganz aufrichtig über alles miteinander sprechen? Rudolf erzählte, dass er eine Freundin aus Novi Sad habe und dass sie neunzehn Jahre jünger sei, aber nicht, dass sie ihn irgendwie an seine Mutter erinnerte. Das um Himmels willen nicht. Ferko tröstete ihn, dass der Altersunterschied zwischen ihm und Martha noch viel größer sei und alles gut gehe.

»Das kann ich dir als dein Vater vielleicht sagen, es ist wichtiger, mit wem du aufwachen möchtest, als mit wem du gerne ins Bett steigst.« Ferko machte eine Pause. »Man hat mich nach Leipzig eingeladen, ich soll an der Medizinischen Fakultät einen Vortrag über Kriegschirurgie und unsere diesbezüglichen Erfahrungen halten, was meinst du, soll ich annehmen?«

»Warum nicht?«

»Weil ich Angst habe vor Erinnerungen. In Zrenjanin und Novi Sad war es schlimm genug. Ich würde nur an deine Mutter als zwanzigjährige Medizinstudentin denken. Was soll ich in den Straßen und Gassen machen, die wir entlanggelaufen sind? Den Gaststätten, in denen wir getrunken haben? Mit der Erinnerung daran, wie sie mir mitgeteilt hat, dass sie ... dass du auf die Welt kommen wirst. Und daran, wie man sie umgebracht hat. Ja, ich weiß, ich soll nicht *die* Deutschen sagen, *die* Ungarn, ich sage das öffentlich nie, aber Leipzig ... Ich möchte noch immer jemanden umbringen, wie soll ich mich in Leipzig zurückhalten, um auf der Straße niemanden zu verprügeln, wie diesen blöden Doktor Szendre in Novi Sad?«

»Das musst du entscheiden, Papa. Ich habe mit einem Menschen wie dem Höttl ein Interview gemacht. Die Schlimmsten hat man verurteilt, auf Zweitschlimmste wirst du in der DDR nicht stoßen ...«

»Aber uns Jugoslawen haben diese Leute in Ostdeutschland mehr beschimpft als die im Westen, und jetzt wollen sie von uns lernen ...«

»Du lässt dir ein Bäuchlein wachsen, Papa.«

»Ja. Martha kocht zu gut und ich bewege mich zu wenig ...«

Die Reise nach Leipzig stellte sich im Nachhinein für den Arzt angenehmer dar, als er befürchtet hatte. Es war ein ganz anderer Lebensstil als damals in Leipzig zur Zeit der Weimarer Republik. Den DDR-Bürgern gegenüber fühlte er sich überlegen, er konnte jederzeit frei seine Gedanken äußern, seine Gesprächspartner waren außerhalb der fachlichen Diskussionen ängstlich, mieden jedes Wort, das politisch verstanden werden konnte. Ferko hätte gern über Krieg, Frieden, die Nazis, die Entwicklung des Sozialismus, das Verhältnis zur Sowjetunion einerseits und zu Westdeutschland andererseits diskutiert. Unmöglich.

Auf dem Flughafen wurde er von zwei Herren abgeholt, einer hielt eine Tafel mit seinem Namen in der Hand, es war der Fahrer, der andere stellte sich vor: »Kurt Belitz mein Name. Herr Doktor Radovan …«, und dann stockte er und fragte: »Kennen wir uns nicht von irgendwoher, Herr Kollege? …«

»Natürlich kennen wir uns noch vom Studium, Kurt. Ich habe damals allerdings anders geheißen, Radvanji.«

»Der ungarische Graf!«, freute sich Doktor Belitz.

»Ihr habt mich zum Grafen gemacht, mein Lieber, mein Fehler war lediglich, dass ich es nur halbwegs berichtigt habe. Wenn ich mich richtig erinnere, habe ich gesagt, dass nicht jeder Ungar ein Adeliger ist, aber dass ich Jude bin, habe ich euch lieber nicht gesagt.«

»Hier in der DDR haben wir nichts gegen Juden. Aber Zionist sind Sie nicht, Herr Kollege, oder?«

»Nein. Ich bin Kommunist, aber titoistischer, nicht stalinscher Prägung. Und es ist wirklich freundlich, dass man hier nichts mehr gegen Juden hat«, fügte er ironisch hinzu.

Zum Abendessen waren dann mehrere Herren von der Universität anwesend, es stellte sich heraus, dass Belitz inzwischen Professor und Herzspezialist geworden war, es wurde über Medizin im Allgemeinen und Chirurgie und Orthopädie speziell gesprochen. Belitz erzählte, er sei an der Ostfront gewesen, schreckliche Zeiten, sicher unvergleichbar mit der Tätigkeit eines Partisanenarztes. Kollege Radovan habe übrigens anders geheißen, als er in Leipzig studiert habe, warum, wenn er fragen dürfe, führe er jetzt einen anderen Namen und welcher sei echt?

»Eigentlich sind es drei Namen und alle sind echt. Mein Großvater hat Rotbart geheißen, mein Vater hat den Namen magyarisiert, Radovan war anfangs mein Pseudonym im Untergrund, nach dem Krieg habe ich ihn auch offiziell angenommen. Es kommt auf den Inhalt an, nicht darauf, was auf der Packung steht.«

Politische Sticheleien gab es keine mehr, Ferko war in Versuchung, ein wenig zu provozieren, aber er war ja nicht eingeladen worden, um die titoistische politische Linie in Ulbrichts deutschem Staat zu vertreten. An seiner alten medizinischen Fakultät hielt er einen Vortrag über die medizinische Versorgung im sozialistischen Jugoslawien im Allgemeinen und einen anderen über neue Operationstechniken in der Orthopädie, in Greifswald über Chirurgie unter den Umständen des Partisanenkrieges vor Militärärzten der Nationalen Volksarmee. Drei Themen in vier Tagen, das war mehr als genug. Etwas Zeit nahm er sich für den Besuch der Thomaskirche, und einen kleinen Ausflug organisierte man für ihn nach Dresden mit einem Besuch des Grünen Gewölbes und der berühmten Gemäldegalerie. Dazu kamen üppige Mahlzeiten mit Kollegen, zum Menü gehörte Fachsimpelei, gierig war man auf Anekdoten aus dem Krieg und selbstverständlich wurde dabei ausführlich getrunken. Ferko war in jeder Hinsicht mit sich zufrieden, vor allem mit seinem Durchhaltevermögen.

Jede Nacht vor dem Einschlafen, manchmal benebelt von Rotkäppchensekt oder Doppelkorn, ungarischen oder bulgarischen Rotweinen, dachte er, wie schön, wie unheimlich wundervoll es gewesen wäre, das alles in der Begleitung von Fritzi zu machen, der Medizinstudentin von damals. Oder der seriösen Ärztin, die sie heute wäre …

In dieser Situation fand er es überflüssig, nach Weimar zu fahren, das Haus, in dem die Friedemanns gewohnt hatten, in dem seine Fritzi aufgewachsen war, zumindest von außen anzuschauen. Den Rückflug trat er erleichtert an.

»Nein, ich bereue nicht, dass ich dort war«, berichtete er Rudolf. »Einige Gespenster bin ich losgeworden. Deutschland interessiert mich nicht mehr. Nazideutschland ist besiegt. Bei uns wird jeden Tag alles besser. Hast du bemerkt, wie gut tunesische Weine schmecken, die jetzt zu haben sind?«

»Wenn ich heirate und einen anständigen Haushalt habe, werde ich mich um Weine kümmern. In den Gasthäusern, in denen ich esse, fragt man nur, ob ich Weißwein oder Rotwein möchte.«

»Dann ist es höchste Zeit, dass du wieder heiratest. Wie geht es apropos deiner, wie heißt sie gleich, deiner Mascha?«

»Sie trainiert und trainiert und ist unzufrieden mit ihren Leistungen. Und sie weiß noch immer nicht, was sie eines Tages studieren will.«

Es ist gut, wenn zwei Menschen miteinander nicht nur reden, sondern auch schweigen können und einander trotzdem verstehen, in dieser Stille die vollkommene Zusammengehörigkeit spüren. Und wenn das mit Vater und Sohn so ist, umso besser.

»Ist es nicht fein, Papa, dass wir augenscheinlich alle beide dem Tod von der Schippe gesprungen sind?«

Jetzt kam doch ein großer Unterschied zu Tage, der Unterschied zwischen dem Arzt und dem Schreibenden: »Das ist ja eine nette Redewendung, aber es ist doch kindisch, den Tod zu personalisieren. Es gibt keinen Tod, der mit der Schaufel oder der Sense kommt. Der Tod ist ein physiologischer Vorgang. So einfach ist das.«

Ferko und Martha luden Rudolf und Mascha zum Neujahrsempfang in das Belgrader Rathaus ein. Sie hatten einen Vierertisch bekommen. Die meisten Menschen hatten den Eindruck, dass es ihnen von Jahr zu Jahr besser gehe. Gefeiert wurde in den Betrieben, in Hotels und Restaurants, Freunde und Verwandte feierten oft in einer größeren Wohnung. Tito hielt seine Neujahrsansprache und mischte sich danach irgendwo in eine Feier, manchmal sogar in mehrere in derselben Nacht.

»Ich habe nichts anzuziehen«, sagte Mascha verzweifelt.

»Typisch Frau! Hast du deine Matura gefeiert? Ja? Und etwas angehabt? Na siehst du. Wir sind doch keine Bourgeois.«

»Bist du sicher?«, fragte sie spitz.

Maschas halblanges Kleid war moosgrün und aus Seide. Marthas Kleid war lang und aus rotem Brokat. Im Saal waren Minister, Schauspielerinnen und Schauspieler, Musiker und Maler.

»So viele prominente Gesichter«, sagte Mascha mit Bewunderung.

»Von einigen habe ich schon mehr als die Gesichter gesehen, als sie nackt vor mir auf dem Operationstisch lagen«, sagte Ferko.

»Es sind sehr viele Geheimdienstler im Saal«, sagte Rudolf.

»Wie willst du das wissen?«

»Ich erkenne ihre Blicke, wenn sie so herumstarren.«

Plötzlich stand er auf. »Bald weiß ich mehr …«

Beim Eingang stand, an eine Säule gelehnt, sein alter Freund Pero im schwarzen Zweireiher mit silberner Krawatte.

»Gut siehst du aus!«

»Wie kommst du hierher?«

»Mein Vater hat einen Tisch bekommen, komm später vorbei und lass dich vorstellen.«

»Mach ich. Deine Athletin ist auch da?«

»Ja. Aber was ist hier los?«

»Das wirst du bald sehen. Ach, dir kann ich es ja sagen, ihr seid ohnehin alle noch einmal überprüft worden …« Er sah schnell auf seine Armbanduhr. »In zwanzig Minuten kommt Tito.«

Die Musik setzte aus und Tito trat mit seiner Frau Jovanka bestens gelaunt in den Saal, schlenderte durch den Mittelgang zwischen den Tischen und nahm an einer Tafel, die für seine Gesellschaft bereitstand, Platz. Danach wurde weitergetanzt. Einige Minuten vor Mitternacht kamen Pero und ein anderer Mann zu Ferkos Tisch, sie deuteten eine kurze Verneigung an:

»Genosse Tito möchte den ersten Walzer im neuen Jahr mit einer jungen Genossin tanzen, darf ich in seinen Namen bitten …«

Mascha begriff nicht gleich, dass sie gemeint war. Rudolf musste sie ermuntern: »Na, geh schon, er wird sicher nicht beißen.«

»Warum kommt er nicht selber?«

»Er ist sehr viel älter als du!«

Der Protokollmensch, der mit Pero gekommen war, machte ein saures Gesicht, die Bemerkungen gefielen ihm nicht, aber er ging vollendet höflich voraus, blieb mit Mascha stehen, als das Licht für einen Augenblick erlosch und eine Männerstimme über den Lautsprecher ein fröhliches, erfolgreiches Neues Jahr 1965 wünschte. Mascha wurde weiter zum Ehrentisch geführt. Ferko und Martha küssten sich und Rudolf stand etwas verdattert auf. Als der Walzer begann, küssten ihn sein Vater und Martha und nach einigen Minuten, während derer alle nur Titos Tanz mit Mascha beobachtet hatten, fingen nach und nach andere Paare zu tanzen an.

»Du darfst ruhig mit Martha tanzen«, sagte Ferko. »Ich bin zu faul und habe ohnehin zwei linke Beine … Ich tanze lieber Kolo, das ist unkompliziert.«

Fotos von Tito mit Mascha waren am nächsten Tag auf den Titelseiten der wichtigsten Tageszeitungen. Tito war gegen eins gegangen, erst danach wurde die Stimmung richtig ausgelassen und fröhlich. Mascha übernachtete ausnahmsweise bei Rudolf. Im Laufe des späteren Abends tanzte Ferko doch mit Martha, das war nicht unelegant, aber Rudolf und seine Leichtathletin waren das anmutigerer Paar. Gespräche am Tisch gingen unter im allgemeinen Lärm und lauter Musik

»Worüber habt ihr beide euch unterhalten?«, fragte Rudolf zum Frühstück.

»Über nichts besonderes …« Tito habe sie gefragt, was sie so mache, habe gelobt, dass sie Sport betreibe, sie hatte gelobt, wie gut er tanze, und er habe erzählt, dass er zuerst als Schlossergeselle und nachher als Unteroffizier der k. u. k. Armee Tanzunterricht genommen habe, wie viele andere zu jener Zeit.

»Warst du zu ihm auch so frech wie zu mir und dem Rest der Welt?«

»Das nun doch nicht. Aber ich habe dir etwas Wichtigeres zu erzählen.«

9. ZIGEUNERMUSIK

»Ich höre auf mit der Lauferei und der Springerei«, hatte Mascha zum Frühstück gesagt und die Marmelade so aufmerksam auf ihre Semmel gestrichen, als restaurierte sie ein Kunstwerk.

»Was ist los?«, Rudolf setzte die Teeschale ab. »Bist du böse, weil ich dich schon lange nicht nach deinem Training gefragt habe? Natürlich interessieren mich deine Erfolge, aber …«

»Es gibt keine Erfolge mehr. Ich werde definitiv nie Europameisterin. Die Zeit vergeht …«

»Ist das dein Ernst?«

»Ja. Und es gibt noch einige Gründe. Man wird mich hänseln, weil ich mit Tito Walzer getanzt habe, man sagt, ich sei für große sportliche Erfolge zu dünn, zu schwach und zu hübsch. Ich kann mir jetzt auch die Haare wachsen lassen, damit ich dir besser gefalle, und außerdem erwarte ich ein Kind von dir. Ich will es unbedingt behalten, egal was du dazu sagst, und nach so einer langen Pause, wie ich sie dann machen muss, kann ich wirklich nicht zurück.«

Rudolf ging so beherrscht er nur konnte langsam um den Tisch herum und hob sein Mädchen vom Stuhl. Sie war so wunderbar leicht, schmiegte sich an ihn an, als wäre sie nicht soeben noch schnippisch gewesen, erwiderte seinen Kuss. Er trug sie zum Sofa, setzte sie vorsichtig ab.

»Du bist verrückt, wie immer, tust, als ob du nicht wüsstest, was ich sagen werde. Ich bin begeistert. Und jetzt werden wir ganz schnell heiraten. Mein Trauzeuge wird der Pero, und deiner?«

»Ich heirate dich nicht, weil ich schwanger bin.«

»Wir heiraten, weil wir uns lieben und weil wir in einer Gesellschaft leben, die glaubt, dass sie unbedingt absegnen muss, was Menschen miteinander tun. Ohne Trauschein haben wir Probleme, ein gemeinsames Zimmer in einem Hotel zu bekommen oder ein Abteil im Schlafwagen. Außerdem hast du die schönsten Beine auf der ganzen Welt.« Er erinnerte sich, wie oft sein Vater gesagt hatte, dass seine Mutter die schönsten Hände auf der Welt habe, das hatte ihm gefallen, aber Mascha erzählen wollte er das nicht, weil … weil es zu intim war?

»Was den Trauzeugen angeht, wird mir schon jemand einfallen.«

»Ich telefoniere jetzt und sage meinen Leuten in der Agentur, dass ich eine schwere Grippe habe, wir setzen uns ins Auto und fahren nach Opovo, um es deinen Eltern zu sagen. Die werden sich freuen! Sie haben es nicht gezeigt, aber von ihrem Standpunkt aus …«

»Das ist eine gute Idee. Aber meine Mama hat es sehr wohl, wie du sagst, gezeigt, und mich gefragt, was wir planen. Ich habe mich immer auf den Sport ausgeredet.«

Gleich danach benachrichtigte er seinen Vater. Er hatte das Recht, es als Erster zu erfahren.

Sie fuhren dann doch nicht am nächsten Tag, Mascha hatte darauf bestanden, ihre Eltern über ihr Kommen im Voraus zu informieren, das seien nicht Leute, die man überraschen sollte. Umso besser, dachte Rudolf. Es wurde ein Samstag Ende Mai.

Heimat ist, wo das Herz unwillkürlich stärker schlägt. Vaterland ist etwas anderes, das kann man austauschen, wenn man den Reisepass wechselt. Vaterland ist mit einem Regime verbunden, mit Pflichten und Privilegien, mit Gemeinsamkeit, die man möchte oder nicht. Mit Papier. Die Heimat kann man nicht verlieren, nicht aufgeben, wenn man sie lange nicht sieht, erlebt, fühlt, tut es weh, das nennt die hilflose Sprache

Heimweh. Ich kann das nicht ausdrücken, weil ich es nicht ganz verstehe, dachte Rudolf, während er ruhig, langsamer als gewöhnlich, seinen Wagen durch endlose Felder lenkte, die Unendlichkeit vor sich. Wieso war ihm das breite Land Heimat, nicht die Städte, die kleinen Städte, in denen er aufgewachsen war. Klein? Im Vergleich zu Zrenjanin war Novi Sad groß, aber im Vergleich zu London … Im Augenblick sah er keine Störche auf Rauchfängen, sie fehlten ihm, aber vielleicht hatte er einfach keine Zeit, sich richtig umzuschauen, während er durch die Banater Dörfer fuhr. Nicht einmal für Mascha an seiner Seite, ihr Stupsnasenprofil, nahm er sich Zeit, sie blickte auch nur angespannt geradeaus und schwieg. Die dunklen Wälder Bosniens und Montenegros, steile Bergpfade, Felsen, die finsteren Schluchten, Siedlungen mit Burgen, Wasserfälle, die blaue Unendlichkeit der Adria, Flut und Ebbe, Kieselstrände, Oliven und Zypressen, alles war schöner, interessanter, aufregender als die langweilige Weite und das manchmal mit roten Blumen beklatschte, matte, öde Gold Pannoniens.

»Du bist so still, bereust du, dass wir zu meiner Familie fahren?«

»Im Gegenteil. Es war ja mein Vorschlag. Und vergiss nicht, einen Teil meiner Kindheit habe ich hier verbracht, was ist schon der Unterschied zwischen deinem Opovo und dem Perlez meines Großvaters und Urgroßvaters und …«

»Der Unterschied? Der Unterschied liegt nicht im Dorf, sondern in der Zeit, zwischen der Vorkriegszeit, dem Krieg und dem, was nach dem Krieg geschehen ist, als deine Leute den Bauern alles weggenommen haben.«

»Gut, dass du mich vorbereitest. Mein Großvater war sicher ein größerer Gutsbesitzer, hat mehr Land und Häuser und Vieh und Pferde besessen als deine ganze Sippe und …«

»Fein. Merke dir deine Argumente für meinen Vater. Der

freut sich, wenn er nach dem sechsten Bier mit einem echten Partisanenveteranen streiten kann, der noch dazu so gut aussieht wie du und im Begriff ist, ihm jetzt auch noch eine seiner Töchter wegzunehmen.«

Danach lachten sie um die Wette.

Rudolf hatte sich auf die Begegnung mit Maschas Familie vorbereitet wie auf einen Besuch beim Zahnarzt, pflichtbewusst. Vater Tarlak war wie die Leute, an die sich Rudolf aus der Schenke seines Großvaters in Perlez erinnern konnte, es schien ihm, als würde er ihn seit jeher kennen. Die ganze Familie wurde vorgestellt, Maschas Mutter Susanne, eine geborene Slowakin, der Bruder Igor, ein Maschinenmeister in der Zuckerfabrik in Zrenjanin, Julia, die jüngste, erst vierzehnjährige Schwester, alle strohblond. Frau Tarlak hatte das Haar zu einem bescheidenen Knoten gebunden, das Nesthäkchen trug bilderbuchlange Zöpfe. Mascha war die relativ dunkelste, als gehörte sie nicht ganz zu dieser Sippe. Umarmungen, Küsse, Marillenschnaps unter dem Kastanienbaum im Hof, erste Gespräche über Wetter, Ernte, der Weizen stand gut, was Mais und Zuckerrüben anging, würde man noch sehen. Rudolf erinnerte sich an ähnliche Gesprächsrunden der Erwachsenen, bei denen er höflich sitzen bleiben und sich mehrfach anhören musste, wie groß er geworden sei und sich fragen lassen, wie es ihm in der Schule so gehe, Runden, die ihm langweilig waren. Es erinnerte ihn auch an Erfahrungen bei den Vukovs am Anfang des Krieges, auch damals war von Äckern, Ernteerträgen und über das Wetter gesprochen worden, er konnte mithalten, was den Hausherrn angenehm überraschte, der Schwiegersohn in spe war doch kein so abgehobener Stadtmensch und hundertzehnprozentiger Expartisan, wie er gefürchtet hatte, sondern ein Mann mit Wurzeln im Banat. Danach konnte man sich zum üppig gedeckten Mittagstisch begeben.

Mehr als satt saßen Tarlak und Rudolf wieder unter dem Kastanienbaum, bei Schnaps und starkem türkischen Kaffee.

»Mein Igor wird auch bald heiraten«, begann der Hausherr. »Er bekommt eine anständige Wohnung von seiner Fabrik. Im Herbst wird Julia zu ihm nach Zrenjanin ziehen und die Handelsschule besuchen. Wenn sie keinen Romeo findet, der zurück aufs Dorf kommt, werde ich meinen Boden am Ende verkaufen müssen. Ich habe mich so angestrengt, nicht in eine Genossenschaft gezwungen zu werden, wissen Sie …«

»Das kann ich gut verstehen, bei uns ist es anders gegangen, mein Großvater ist zwar Tierarzt geworden, hat aber Land und Kneipe behalten, bis der Krieg … Sie wissen, Mascha hat es Ihnen erzählt. Aber, bitte, duzen Sie mich.«

»Gerne. Ich heiße Petar.«

»Einer meiner besten Freunde heißt auch Petar, Pero, aber wir nennen ihn immer Mali, der Kleine … obwohl er gar nicht so klein ist. Er soll mein Trauzeuge werden.«

Zum Bruderschaftstrinken musste man aufstehen und sich dreimal auf die Wangen küssen lassen. Rudolf mochte das nicht besonders, aber besser als ein Zahnarztbesuch war es immerhin. Es war die Einleitung zum peinlichen Gespräch über die Hochzeit, als würde der Zahnarztbohrer jetzt angesetzt.

Als Rudolf seinem Vater später davon berichtete, bemerkte Ferko, es sei seltsam, wie ähnlich und gleichzeitig verschieden vieles im Leben sei. Ähnlich war es bei den Friedemanns in Weimar gewesen, als er mitgeteilt hatte, dass er die Tochter des Hauses heiraten wollte. Weimar zur Zeit der Weimarer Republik und Opovo im Banat zur Zeit der Herrschaft Titos – zwei Welten und doch dieselbe Verlegenheit.

»Ich bin ein einfacher Bauer und werde es bleiben«, sagte Tarlak. »Ich war euch Stadtmenschen stets unterlegen, aber ich weiß, was Sie sagen wollen … was du sagen willst. Du willst mir sagen, dass du mir eigentlich nichts zu sagen brauchst, du bist Partisanenveteran und hast eine gute Stellung in Belgrad, Wohnung und Gehalt und ein Auto, und meine Tochter ist volljährig. Dass es bei uns Sitte war, um die Hand einer Tochter anzuhalten, kümmert euch nicht oder ihr wisst es gar nicht. Mascha war immer ein eigenwilliges Kind, mich überrascht nichts, aber ihrer Mutter hat sie doch alles erzählt. Ich weiß, dass ihr ein Kind erwartet. Mein erstes Enkelkind. Weißt du …« Das Duzen schien dem Brautvater allmählich leichter zu fallen, Rudolf hütete sich, ihn zu unterbrechen, obwohl er langsam sprach, als wählte er seine Worte vorsichtig. »Weißt du, einerseits bist du, wie man das bei uns nennt, eine gute Partie. Du bist bekannt, meine Nachbarn haben von dir gehört, aus einer guten Familie, noch dazu mit Wurzeln in unserer Nachbarschaft. Ich werde die ältere Tochter los, bringe sie unter die Haube, wie man so sagt. Meine Enkel, falls es denn mehrere sein sollten, werden in gute Schulen gehen. In dieser Hinsicht kann ich mich im Dorf und im Umfeld sehen lassen, alles ist in Ordnung.«

Es entstand eine Pause. Jetzt hätte Rudolf etwas sagen können, vielleicht sogar sollen, vielleicht erwartete es sein zukünftiger Schwiegervater, aber es fiel ihm nichts ein, also nahm er nur noch einen Schluck aus dem Kaffeeschälchen. Der Kaffee war schon abgestanden und schmeckte bitter.

»Wichtig, am allerwichtigsten ist, ob meine Mascha glücklich sein wird. Und wenn sie jetzt glücklich ist und sich nicht wieder in ein Abenteuer stürzt, wird sie glücklich bleiben. Du bist achtzehn Jahre älter als sie …«

»Sogar neunzehn!«, verbesserte Rudolf nun doch, als ob es darauf ankäme, und fragte sich, was für Abenteuer ihr Vater meinte.

»Damit, dass du Kommunist bist, habe ich mich abzufinden,

in meiner Familie ist es keiner. Muss Mascha jetzt in die Partei eintreten?«

»Aber nein! Wie kommst du darauf?«

»Mir hat man erzählt, dass ihr Kommunisten die Partei fragen müsst, wen ihr heiraten dürft.«

»Quatsch! Entschuldige, dass ich das so grob gesagt habe, aber das ist einfach Unfug …« Einen Augenblick dachte er nach. »Vielleicht war es früher einmal so.«

»Als Jude hast du dich vielleicht damit gerettet. Dass du Jude bist, stört mich überhaupt nicht.« Sollte Rudolf jetzt ironisch danke sagen? Nein, er blieb höflich. »Natürlich habe ich alles über deine Familie erfahren. Dein Großvater war weithin bekannt, er war auch öfter hier in Opovo. Mein Großvater hat deinen sicher gekannt, Tierärzte waren wichtiger für unsereins als Ärzte.« Er dachte nach, was er noch sagen sollte. »Also?«

Jetzt musste Rudolf sprechen. Er hatte sich ja darauf vorbereitet in dieser trotz des Weins und der drei Gläser Schnaps, die er getrunken hatte, zu nüchternen Atmosphäre. Wie sollte er jetzt diesem so sachlich sprechenden Mann sagen, dass er seine Tochter liebte. Alles an ihr. Vor allem ihre Art, ihren festen Körper, ihre schöne Beine, ihre manchmal nur sehr neugierigen, manchmal wirklich frech funkelnden Augen und wie sie ging, wie sehr ihn ihre stolze Gangart an kurze Sommertage mit seiner Mutter an der Adria erinnerte, damals vor dem Krieg, bevor eine Welt zusammengebrochen war, bevor er glaubte, am Aufbau einer neuen Welt teilzunehmen. Er nahm sich zusammen.

»Ich verstehe gut, was du mir sagen wolltest und ich danke dir für deine Offenheit. Ich will auch offen sein, ja, Mascha und ich können und werden ein gutes Leben führen. Es war meine Idee, dass wir diesen Besuch bei euch machen. Richtig, ich habe nicht formal um die Hand deiner Tochter angehalten,

Petar, es fällt mir schwer, Phrasen zu dreschen, aber das jetzt … dieses Gespräch … das ist es doch, um Himmels willen! Mein Besuch bei dir hier bedeutet doch, dass ich dir mitteilen will, dass ich mit deiner Tochter zusammenleben werde mit allen Formalitäten, und dass es mir sehr wichtig ist, dass du damit einverstanden bist. Was willst du mehr? Wir werden ganz bescheiden, nur von unseren Trauzeugen begleitet, am Standesamt unsere Beziehung amtlich machen. Man nennt das jetzt bei uns sich registrieren lassen, diese Bezeichnung für die Hochzeit mag ich nicht, du hasst sie wahrscheinlich. Mein Vater und meine Stiefmutter werden auch nicht dabei sein. Mich jünger machen als ich bin, kann ich nicht, aber ein so schrecklicher Altersunterschied ist es doch nicht, das ist ja bei euch auf dem Dorf oft auch so, nicht wahr?«

»Ja. Allerdings ist es bei uns auf dem Dorf, wie du sagst, üblich, Hochzeiten richtig zu feiern. Was ich jetzt sage, ist eine Bitte, Rudi. Lass mich nach eurer Registrierung, wie ihr es nennt, ein Fest hier ausrichten. Bring deinen Vater und natürlich seine Frau mit und vielleicht einige Freunde, bitte!«

»Danke für diese schöne Einladung, danke, danke aufrichtig, ich nehme sie selbstverständlich gerne an.«

Als Kind in Novi Sad hatte Rudolf seinen Vater geliebt und bewundert, aber relativ selten gesehen, er hatte wenig mit ihm geredet, fast gar nichts Bewegendes, kaum, dass er etwas von ihm gelernt, etwas Nachahmungswertes gefunden hätte. Ein Vater, wie er sein soll, sagte er als Kind, wenn ihn jemand danach fragte, aber das stimmte nicht. Prägender war für ihn das Personal gewesen, Piroska, das Kindermädchen, Frau Viktoria, von der er so viel gelernt hatte. Bisher war ihm nicht in den Sinn gekommen, sich jetzt, so viele Jahre nach dem Krieg, für diese Frauen zu interessieren, dafür, ob und wie sie lebten, überlebt hatten, gefährdet wie Juden und Kommunisten waren sie ja nicht gewesen.

Seine Ehe mit Irina? Hieß es nicht, erste Liebe roste nie? Bei ihm hatte sich das als unzutreffend erwiesen. In Mascha war er auf reifere Art verliebt und er wollte eine gute Ehe führen, eine bessere als seine Eltern. Er dachte an die Seitensprünge seines Vaters, der sein Temperament bis auf den heutigen Tag behalten hatte, auch wenn er sich merklich schwerer bewegte. Noch immer hatte er die Gewohnheit, aus seinem Sessel nicht gemächlich, eventuell an den Armlehnen aufstützend, aufzustehen, sondern er sprang daraus auf, mitunter mit einer Grimasse, die zeigte, dass er sich mit der zu forschen Bewegung Schmerz zugefügt hatte.

»Warum musst du immer so springen, Papa?«, fragte ihn Rudolf bei einer Gelegenheit.

»Glaubst du, das ist nur für Leichathletinnen reserviert?«

»Gefällt dir Mascha?«

»Ehrlich? Du fragst mich sonst selten nach meiner Meinung. Ja. Sie gefällt mir sehr, weil sie mich an deine Mutter erinnert. Ob du deine Mama in ihr suchst?«

Fast hätte Rudolf gesagt: »Dich erinnert sie auch an Mama?«, aber er lachte nur ironisch: »Ödipus?«

»Nein. Ich verdächtige dich nicht, dass du mich umbringen wirst. Ich halte nicht so viel von meinen Kollegen Seelenklempnern, außer wenn sie rechtzeitig Sedativa verschreiben.«

Eine ziemlich lange Pause trat ein. Dann begann Ferko leise: »Mein Vater, dein Großvater Leopold, war manchmal so ein widersprüchlicher Mensch. Aufrecht, pflichtbewusst, und trotzdem hat mich nicht gewundert, als ich gehört habe, wie er gestorben ist, dass er sich zu Tode getrunken hat. Irgendwie hat er stets wie in Fesseln gelebt. Als wir Kinder waren, hat er mich und meine Schwestern einmal wöchentlich in sein Arbeitszimmer geholt und uns ungarische Heldensagen erzählt – damals fand ich das nicht so wunderbar wie es mir heute scheint. Natürlich auf Ungarisch. Über den Kukuruz János, den Toldi Miklós. Du sprichst die Sprache, Rudi, aber die ungarische Kultur bedeutet dir nicht viel und schon gar nicht so viel wie deinem Großvater, der so gerne gehabt hätte, dass wir, seine Nachkommen, Ungarn sind, keine Juden.«

»Wir sind Jugoslawen, Papa. Mich geht das Judentum wirklich nichts an. Hätte es keinen Hitler gegeben, wäre es mir egal, aber ich bin ja auch sonst nicht einverstanden mit dem Hitler.«

Ferko wollte den Witz nicht verstehen.

»Gewiss sind wir Jugoslawen. Ich habe ja meinen Namen verändert … und du auch. Meinetwegen können wir gerne auch Serben sein, aber als Kommunisten sind wir Internationalisten, nicht wahr?«

Das klang wieder einmal wie eine Phrase. Warum konnten sie, was sie ehrlich meinten, nicht anders als mit so abgedroschenen Worten ausdrücken?

»Weißt du, was der größte Unterschied zwischen uns beiden ist, mein Sohn, obwohl wir ja beide im Partisanenkrieg auf derselben Seite gekämpft haben und gerne reiten?«

»Du bist größer und siehst besser aus.«

»Quatsch. Ich liebe die Abende, die Kneipen und Gasthäuser, Gesang und Zigeunermusik, ich tanze gerne Kolo, Csárdás, du nicht.«

Rudolf hörte kaum noch zu. Er musste an Mama in Omiš mit dem Russen denken. Und wenn er in einen solchen Zusammenhang auch an Mascha dachte, begriff er, dass er schon jetzt eifersüchtig auf die viel Jüngere war. Martha? Wie passte diese stille, einfache Frau zu Vaters Charakter? Ferko lobte die Ähnlichkeit der lebhaften, sprunghaften, geistreichen, oft ziemlich ironischen Mascha mit seiner ersten Frau, der Mutter seines Sohnes, seiner, wie er sagte, einzigen Liebe – aber gesucht hatte er als kräftiger, gut aussehender Mann, als Siegertyp, nichts Ähnliches, geheiratet hat er das Gegenteil. Und … Nein! Über das Geschlechtsleben seiner Eltern sollte man lieber nicht nachdenken. Martha war eine gute Hausfrau. War sie glücklich mit ihm? Dachte sie oft an ihren Vater, den SS-Mann? An die Lager für die Volksdeutschen nach dem Krieg?

»Irina hast du nicht so sehr gemocht, Vater?«

»Sie war deine Wahl. Aber … du sagst es. Ich hatte nicht den Eindruck, dass es deine ganz große Liebe war.«

Am Standesamt waren die Formalitäten schnell erledigt, eine Zeremonie konnte man diese Heirat kaum nennen. Pero hatte natürlich beste Verbindungen überallhin, hatte die Registrierung der Ehe, die er bezeugen würde, angemeldet, Mascha hatte ihren Trainer als Trauzeugen eingeladen. Rudolf ging ohnehin jeden Tag in seine Nachrichtenagentur in Anzug und Krawatte. So auch zur Hochzeit, Mascha kam in einem neuen, dunkelgrauen Schneiderkostüm. Nachdem der Standesbeamte das gesetzlich Vorgeschriebene verlesen und sie bestätigt hatten, dass sie einander heiraten wollten, das Notwendige unterschrieben war, lud Rudolf zum Mittagessen und zu einer Flasche einheimischen Sekts ein.

»Sie sind bei der UDBA?«, fragte der Sportler, als die erste Runde Schnaps als Aperitif ankam. Pero und Maschas Trainer hatten einander nicht gekannt.

»Oberinspektor bei der Direktion für Staatssicherheit.«

»Sie könnten auch eine Uniform tragen, sind aber in Zivil gekommen …«

»Sie doch auch nicht im Trainingsanzug.«

»Lasst das Frotzeln!«, befahl Rudolf und der Trainer wandte sich Mascha zu und sagte, dass sie mit jedem Tag schöner werde. Sie werde künftig sehr fehlen, sie sei für die ganze Mannschaft stets ein Lichtblick gewesen.

»Du weißt, dass der Adam vom Marmor zurück ist?«, fragte Rudolf Pero, weil Stille eingetreten war.

»Ja, ich habe ihn dort gesehen.«

»Du warst auch dort?«

»Man hat mich als Untersuchungsoffizier für ein Jahr hingeschickt, jeder von uns sollte sich bewähren. Das hat man von ganz oben befohlen. Du warst damals in London und hast nichts mitgekriegt.«

»Mascha hatte etwas mitbekommen, verstand es aber nicht richtig.

»Was ist für euch Marmor?«

»Die Kahle Insel«, erklärte Pero. »Das ist das Lager für Anhänger Stalins auf der dalmatinischen Insel.«

»Jetzt ist der Adam bei uns«, sagte Rudolf, »darf aber nur in der Dokumentation arbeiten. Glaubst du, dass er schuldig war?«

»Nein. Aber er hat dummes Zeug geredet.«

»Und wegen dummem Gerede habt ihr Menschen eingesperrt?«, fragte Mascha entsetzt. Der Trainer zog es vor zu schweigen.

»Leider ja. Wo gehobelt wird, fliegen Späne.«

»Rehabilitiert wird er nicht?«, fragte Rudolf.

»Es wäre falsch, solche Fehler offen zuzugeben. Dann würde uns niemand mehr glauben.«

Die junge Frau machte einen Gesichtsausdruck, der Rudolf eingreifen ließ: »Schau, Mascha, als ich für die Deutschen gearbeitet, aber eigentlich für die Unseren spioniert habe, hätten mich die Jungkommunisten, die das nicht wissen durften, als Verräter ermorden können. Dann hätte nie jemand erfahren, was ich wirklich war, denn es wäre undenkbar gewesen einzugestehen, dass unsere Leute einen eigenen Helden erschossen haben, nicht wahr Pero?«

»So ist es, mein Held.«

»Der deutsche Oberst hat mir damals eine Zyankalikapsel geschenkt, ich sollte mich bequem umbringen, wenn ich gefasst und in Gefahr geraten wäre, etwas zu verraten.«

»Das hast du mir nie erzählt!«, sagte Mascha immer erschrockener. Im Augenblick waren ihr Rudolf und Pero nicht ganz geheuer. »Und wo ist die jetzt?«

»Die Pille? Weiß ich nicht. Sie ist mir während des Krieges abhanden gekommen.«

Die heiße Suppe rettete die Lage nicht ganz. Das Hochzeitsmahl war aus dem Ruder gelaufen. Man widmete sich wieder dem Sport, das war ein ewiges Thema, und jetzt konnte man sich in aller Ruhe zanken, weil Mascha und ihr Trainer beim Klub »Roter Stern« waren, Pero hingegen Fan von »Partisan«. Rudolf war es egal, er genoss es immer, wenn sich die Anhänger der beiden großen Belgrader Klubs in die Haare gerieten.

War das alles? Nein. Das war keineswegs alles. Kaum waren sie, doch etwas verstimmt, in Rudolfs kleiner Wohnung angekommen, läutete das Telefon.

»Endlich bist du da!«, sagte Ferko. »Ist auch Mascha bei dir? Ist es vollbracht? Dachte ich mir. Also, ich habe für heute Abend ihre Eltern zu mir zum Abendessen eingeladen. Um halb acht. Ich habe ein Auto nach Opovo geschickt, um sie abzuholen. Es wäre natürlich schön, wenn ihr auch vorbeikommen würdet.«

»Was hast du gemacht, Papa?«

»Ich habe mich mit dem Tarlak in Opovo in Verbindung gesetzt. Du kannst natürlich machen, was du willst, aber ich auch. Also hat mir dein Schwiegervater erzählt, er wolle für euch ein Fest geben, ich aber habe gesagt, der Vater des Bräutigams hat ein gewisses Vorrecht, zumindest wir, die Eltern, sollten uns vorher kennenlernen, und das hat er eingesehen. Keine Angst, ich mache keinen großen Zirkus, wie ihr ihn im Dorf sicher haben werdet, also nur die Eltern der Jungvermählten und ihr beide.«

»Danke, Papa.«

Frische Austern und eine Torte hatte sich Ferko aus dem Klub für Parlamentsabgeordnete kommen lassen, die Fischsuppe und den Kalbsbraten mit Kartoffeln und den Paradeissalat hatte Martha zubereitet. Ferko öffnete die Austern für alle und machte das so selbstverständlich, dass die Gäste, die noch nie welche gegessen hatten, nicht verwirrt waren. Danach stellte er Fragen zur Ernte, zum Milchpreis, zur Zuckerfabrik in Zrenjanin – hatte er sich extra für dieses Abendessen vorbereitet? Eigentlich hatte Rudolf seinen Vater für eine Art Fachidioten gehalten, der sich außer für Medizin für nichts interessierte. Tarlak hatte Gelegenheit, über Themen zu reden, die ihm vertraut waren. Frau Tarlak und Martha flüsterten über anderes und Mascha und Rudolf hörten belustigt zu.

Für die Rückfahrt der Gäste um Mitternacht hatte Ferko auch ein Auto mit Fahrer organisiert. Sie glaubten alle, das könne er als Oberst, dass es eine private Bestellung war und er die Fahrten aus der eigenen Tasche bezahlte, brauchte niemand zu wissen.

Als Mascha und Rudolf dann endlich in ihrer Wohnung waren, fragte die junge Frau: »Wie macht man das eigentlich in der ersten Hochzeitsnacht, du hast doch Erfahrung?«

»Nicht mit schwangeren Bräuten!«

Zur Feier bei den Brauteltern am nächsten Wochenende fuhren sie in Ferkos Wagen. Rudolf schien es, als wären das halbe Dorf und ein Viertel der Einwohner der Stadt Zrenjanin eingeladen. Im Hof war ein großes Zelt aufgestellt. Ohne Zigeunerkapelle hätte man sich im Banat so eine Veranstaltung nicht vorstellen können. Als sie ausstiegen, gab es einen Tusch. Rudolf musste Hunderte Glückwünsche über sich ergehen lassen begleitet von je drei Wangenküssen, manche Männer waren schlecht rasiert, rochen nach Schweiß und Alkohol, viele Frauen und Mädchen waren zu stark parfümiert. Mit einem Blick vergewisserte er sich, dass sein Vater das alles fröhlich über sich ergehen ließ. Mascha war ausgelassen und glücklich, nur Martha war ein wenig zurückhaltend. Doch das störte niemanden – der Held war doch er, der Bräutigam.

Bald saß er mit Mascha am Kopf der Tafel. Alle sprachen durcheinander, sein Vater war einer der Lautesten, und als dann der Tanz begann, war er einer von denen, die am heftigsten den Kolo stampften, sich, wenn auch nicht sehr geschickt, im Walzer drehten und beim Tango mit jeder Frau flirteten. Später ließ er sich vom alten Zigeunerprimas am Tisch aufspielen. Es stellte sich heraus, dass sie einander kannten, vier Jahre lang in dieselbe Schulklasse gegangen waren.

»Pista und ich haben eingebildete Bürgerjungen verprügelt, als wir zehn waren«, erklärte er. »Dass wir überlebt haben, das ist doch schön …«

»Jeder auf seine Art und Weise, Ferko!«, sagte der Geiger.

Ferko war hier kein fremder Belgrader Arzt und Offizier, er gehörte hierher, sang die Volkslieder mit, danach bestellte er russische Lieder, griff zum Mikrofon und sang – nicht sehr gut, aber umso lauter. So hatte Rudolf seinen Vater noch nie erlebt. Dass er lustig und aggressiv sein konnte, hatte man ihm erzählt, aber jetzt sah er ihn in neuem Licht und beneidete ihn, dass er sich in der Menge so gehen lassen konnte.

Neben Rudolf saß die Brautmutter, Frau Tarlak, sie sagte fast nichts, wirkte ein wenig in sich zusammengesunken, aß aber mit, am Weinglas nippte sie nur. Er versuchte, mit ihr ins Gespräch zu kommen, doch sie reagierte kaum, fragte nur zurück: »Und wo ist Miron?«

Rudolf wusste nicht, wer Miron war, aber sie bestand auf einer Antwort, so wandte er sich wieder seiner jungen Frau zu. Etwas später stand Igor, Maschas Bruder, hinter ihnen, fragte, wie es ihnen gehe: »Alles zufrieden?«

»Wunderbar!«, antwortete Rudolf.

»Wo ist Miron?«, fragte Frau Tarlak neuerlich.

Igor wollte ohne Antwort gehen, aber sie erwischte ihn am Ärmel und wiederholte sehr laut, überraschend laut, sodass sich die anderen am Tisch ihr zuwandten: »Wo ist Miron?«

Igor beugte sich über sie, umarmte sie und sagte leise: »Auf dem Friedhof, Mutter!«

»Was macht er auf dem Friedhof?«

»Er ist tot, Mama. Er ist vor fünf Jahren gestorben.«

Igor küsste seine Mutter auf den Scheitel und ging. Mascha erklärte leise, Miron sei ihr Onkel gewesen, aber ihre Mutter vergesse immer wieder, dass er gestorben sei.

Rudolf war kein außergewöhnlich guter Tänzer. Im Tanzschulalter war er im Krieg gewesen, zuerst beim Oberst Hellmer in seiner seltsamen, gefährlichen Doppelrolle, danach bei den Partisanen, später in London, in der Fremde. Natürlich musste er jetzt den ersten Walzer mit seiner jungen Frau tanzen, sie kannte seine Ungeschicklichkeit und übernahm die Führung. Im Laufe des Abends tanzte sie aber ausgelassen mit ihrem Trainer, und Rudolf gefiel das nicht, er hätte sie lieber bei sich sitzen gehabt. Bin ich eifersüchtig?, fragte er sich. Hat sie früher auch mit ihm? Nie hatten sie darüber gesprochen, aber als Jungfrau hatte er sie nicht lieben gelernt. Er war jetzt so heftig eifersüchtig wie noch nie im Leben, und das auf der Feier zu seiner Hochzeit. Mag sein, dachte er, dass das gut so ist, Liebe und Eifersucht gehören zusammen.

Genosse Radvan, Herr Redakteur, Rudolf, Rudi – an alle mögliche Anreden hatte er sich gewöhnt, zuckte bei keiner mehr zusammen. Er hielt stets ein halb volles Glas in der Hand, früh hatte er begriffen, dass er sich nicht richtig besaufen sollte, sein Magen machte nicht mit, ihm wurde übel, bevor er in seligen Rausch gelangt war. Immer wieder füllte er Himbeersaft in sein Weinglas, um den Schein zu wahren. Ab und zu blickte er auf die Uhr. Sein Vater, der Doktor, war hier ein ganz anderer Mensch, er war einer der Lustigsten, man bewunderte und liebte ihn, weil er als Respektsperson angekommen war, sich aber als einer der besten Kumpel erwiesen hatte. Mascha tanzte immer noch wild, jetzt Gott sei Dank mit ihrem Bruder. Aber Ferko schien plötzlich müde geworden zu sein, sein bisher fröhlich gerötetes Gesicht war blass geworden, er suchte einen Stuhl unter einer Akazie auf, stützte sich am Tisch mit den Händen ab, als fiele es ihm sogar schwer sich zu setzen, augenscheinlich hatte er sich doch zu viel zugemutet.

Um ein Uhr morgens bestand Rudolf darauf aufzubrechen. Sie hatten sich in der Stadt zwei Hotelzimmer bestellt und ein Taxi kommen lassen. Auf dem Hauptplatz in Zrenjanin angekommen, stieg Ferko nur sehr schwer mit Marthas Hilfe aus dem Auto, erklärte mit schwacher, aber nicht lallender Stimme: »Dort war mein Gymnasium. Das hier war das Hotel ›Rozsa‹, die Idioten haben es zu einer Bank umgebaut und daneben dieses grässliche, moderne Hotel errichtet. Sie hätten eine Bank bauen sollen und das Hotel als Hotel stehen lassen …«

»Komm, Ferko!« Martha hatte bisher nicht viel gesprochen, war mit den älteren Frauen zusammengesessen. Jetzt hakte sie sich bei Ferko unter, aber Rudolf sah, dass sein Vater fast zusammengeknickt wäre und nahm ihn am anderen Arm.

»Du magst solche Feiern nicht besonders?«, stellte Mascha fest, als sie in ihrem Zimmer waren.

»Das zwar nicht, aber deinen Eltern zuliebe war es wichtig und außerdem liebe ich dich umso mehr …«

Ferko ging es auch am Morgen beim Frühstück augenscheinlich schlecht, er nahm nur einen Schluck Tee und sagte, er wolle sich noch für eine halbe Stunde hinlegen. Rudolf und Mascha fuhren mit dem Taxi nach Opovo, um das Auto zu holen, wurden noch einmal abgeküsst und mussten für sich und »den Doktor« zwei große Körbe mit Würsten, Speck, Grammeln, Gänseschmalz, Gläsern mit saurem Paprika, Essiggurken und Marillenmarmelade mitnehmen. Rudolf konnte sich erinnern, dass solche Fresskörbe immer wieder aus Perlez nach Novi Sad gebracht worden waren.

So ein Kater nach so einem Gelage, dachte Rudolf, mein munterer Vater wird eben älter, und setzte sich ans Steuer.

Während der Fahrt schwiegen sie eine Weile, dann sagte Ferko plötzlich: »Mich hat diese Feier an meine Kindheit erinnert, obwohl ich in Perlez zu jung war, um richtig an solchen Festen teilzunehmen, man hat sie *Mulatság* genannt … Und dann gab es einmal plötzlich einen starken Platzregen und danach den schönsten, hellsten, eindrucksvollsten Regenbogen, den ich je gesehen habe. So einen habe ich nie wieder gesehen … Ich habe meinen Vater gefragt, ob an der Stelle, wo der Regenbogen die Erde berührt, Schätze vergraben sind … Oder ob es wahr ist, dass über den Regenbogen tote Tiere in ihren Himmel steigen.« Er schwieg kurz, als müsste er Atem holen. »Solche unwesentlichen Momente haben sich tief in mein Gedächtnis eingegraben und wahrscheinlich habe ich viel Wesentliches vergessen. Wesentlich ist oft das Unwesentliche.«

Als sie in Belgrad angekommen waren, sagte er: »Fahr uns nicht nach Hause, Rudi, sondern gleich ins Militärkrankenhaus.«

»Papa, in so einer Verfassung kannst du doch nicht operieren.«

»Natürlich nicht. Nicht ich werde operieren, mich wird man operieren, ist schon alles vereinbart. Aber gestern habe ich noch einmal gut durchgehalten, Martha, nicht wahr? Das wollte ich mir nicht nehmen lassen in diesem meinem einzigen Leben. Und es hat mich auch sehr gefreut, dass ich den Pista noch einmal gesehen habe.«

Martha hatte also seit Langem etwas gewusst, was anderen gegenüber verschwiegen wurde. Sie war gelernte Krankenschwester. Hatte er sie deshalb geheiratet, um im Alter eine gute Pflegerin bei sich zu haben? Vor allem deshalb? Unter anderem auch deshalb?

Rudolf war jetzt schrecklich besorgt um seinen Vater. Erst jetzt, als ihn die Angst durchbohrte, begriff er, wie sehr er ihn liebte.

10. AEROBIC IN PEKING

Doktor Kamnik, der seinen Kollegen in der Militärmedizinischen Akademie empfing und sofort in ein Einbettzimmer begleitete, sagte Rudolf und Martha, sie sollten nicht besorgt sein, man würde einen Stent einsetzen, das sei eine Routineoperation.

»Wir dachten, er habe gestern Abend zu viel getrunken, es war eine Nachfeier nach meiner Hochzeit.«

»Gestern hat er viel getrunken? Das ist nicht gut. Kollege Radovan ist ein sehr guter, gewissenhafter Chirurg, aber ich weiß, dass er privat manchmal unvernünftig ist. Wir werden natürlich besonders aufpassen.«

Nach drei Tagen kam es jedoch zu einer postoperativen Embolie.

Oberst Professor Doktor Franjo Radovan wurde mit militärischen Ehren beigesetzt, er hatte eine Grabstätte in der Allee verdienter Bürger auf dem Belgrader Hauptfriedhof bekommen, der Sarg wurde auf einer Kanonenlafette gefahren, ein Zug Soldaten schoss Ehrensalut. Rudolf Radvan, sein Sohn, hatte es abgelehnt, ein Beruhigungsmittel einzunehmen, er stand ziemlich hilflos zwischen Martha und Mascha, um die vielen Reden über den Helden, Arzt, Humanisten und wunderbaren Menschen anzuhören, dessen Abwesenheit man lange schmerzlich spüren würde. Die Vertreter des Verteidigungsministeriums, des Militärkrankenhauses und der Medizinischen Fakultät ließen es sich nicht nehmen, den Verstorbenen zu rühmen. Seinen Sohn hatte man nicht gefragt, wie er sich das alles vorstelle, sondern ihm nur mitgeteilt, wie das Protokoll sein würde, und Rudolf war eigentlich dankbar dafür.

Ferko war keine sechzig Jahre alt geworden. Gerechter wäre es gewesen, wenn seine einzige große Liebe, Franziska, hier gestanden hätte, sie war zwei Jahre Jünger gewesen als er, aber man hatte sie mit Gewehrkolben totgeschlagen und in die vereiste Donau geworfen. Gemeinsam mit Großmutter, Vaters Mutter. Wo man Großvater Leopold am Anfang der Besatzungszeit verscharrt hatte, wusste Rudolf auch nicht. Ihnen allen sollte ein Teil dieser Ehrungen erwiesen werden. Hatte er selbst sich nie genug um seine Toten gekümmert? Bald würde sein Kind die Staffel übernehmen.

Ferko hatte kein Testament hinterlassen. Als sie sich nach der Trauerfeier in seiner Wohnung eingefunden hatten, erzählte Martha, sein Wunsch sei gewesen, dass sie und Rudolf die Wohnungen und alles, was in ihnen war, tauschen sollten. Nach kurzem Zögern war Rudolf einverstanden, sie erwarteten ein Kind, für die größere Familie war mehr als ein Zweizimmerliebesnest notwendig und Martha behauptete glaubwürdig, vier Zimmer würden ihr allein zu belastend sein. Sie könnte doch wieder heiraten, dachte Rudolf, sprach es aber natürlich nicht aus. Martha war ein anständiger Mensch und hatte Ferko über viele Jahre hinweg geholfen. Sie organisierte den Umzug, Hilfe leisteten Angestellte des Militärkrankenhauses, das einen Lastwagen zur Verfügung stellte, aber es gab ohnehin nicht viel zu tun, es ging nur um die Bekleidung und Kleinigkeiten. Möbel, Geschirr, Bilder, Bücher, Fotoalben, die vielen Orden und Diplome blieben in der Vierzimmerwohnung.

»Das gehört dem Sohn … und dessen Frau und dem Enkelkind, hoffentlich Enkelkindern. Und wenn ich euch helfen kann, rechnet mit mir, es wäre mir eine große Freude.« Die Uniformen, Anzüge und Wäsche Ferkos nahm Martha mit. Als Andenken. »Die will ich aufbewahren, wenn es euch recht ist.«

Mascha ließ sich die Haare wachsen, wie sie es versprochen hatte. Ihre Schwester Julia kam zu Besuch, Platz hatte man genug. Ferko und Martha hatten nicht im selben Bett geschlafen, Ferko in einem breiten, französischen Bett, Martha auf einer Couch im Salon. Natürlich nahmen Rudolf und Mascha das große Bett für sich, der Salon konnte auch als Gästezimmer dienen.

Rudolf hatte beruflich viel zu tun, die Welt hielt nicht still, er koordinierte die Berichterstatter der *Tanjug* in aller Welt, die Nachrichten der jugoslawischen Journalisten wurden über die Agentur von zahlreichen ausländischen Medien übernommen. Als Redakteur blieb ihm wenig Zeit, eigene Kommentare zu schreiben, sein Name tauchte selten in der Öffentlichkeit auf. Manchmal überlegte er, ob er nicht versuchen sollte, für eine Tageszeitung eine Kolumne zu schreiben, aber das hätte noch mehr Zeit gekostet.

»Wenn das Kind da ist, muss ich wieder irgendwas unternehmen«, sagte Mascha. »Mir wird schon etwas einfallen. Ich glaube, ich beginne ein Studium, um Sportlehrerin an Schulen zu werden.«

»Das wäre schön!«

»Aber vielleicht finde ich schon früher die Möglichkeit, zum Beispiel Schüler aus einem Gymnasium zu trainieren?«

»Gewiss doch.«

»Du hörst mir überhaupt nicht zu. Keine Sorge, unser Kind wird nicht zu kurz kommen.«

In der Umgebung von Belgrad wurden schöne, kleine Gaststätten eröffnet, eine im Norden am Ufer eines Nebenflusses der Theiß, eine andere unter dem Hausberg der Stadt, dem Avala, mit dem schönen Namen »Zu den tausend Rosen«, die tatsächlich um das Haus gepflanzt waren, eine weitere an einem kleinen See. Sie fuhren am Wochenende oft zum Mittagstisch hinaus in die Natur.

Mascha war die Schwangerschaft ziemlich lange kaum anzusehen. Bei einem Mittagsbesuch im Gasthaus »Zu den tausend Rosen« machte sie der Kellner diskret darauf aufmerksam, dass man hier Zimmer auch für Stunden mieten könne, um nach dem Essen auszuruhen.

»Das ist ein Kompliment!«, rief Mascha. »Sie halten uns für ein Liebespaar, nicht für brav verheiratete, biedere Eheleute.«

Anfang Juni verbrachten sie die Sommerferien in Dubrovnik. Rudolf nahm nicht den direkten Weg ans Meer, er musste immer wieder die Karte zu Hilfe nehmen, denn das letzte Mal war er zu Fuß und oft bäuchlings kriechend durch diese Gegenden gekommen, nicht auf den Straßen. Sie besichtigten Bosnien kreuz und quer, er zeigte seiner jungen Frau den Wasserfall in Jajce, die Höhle, in der Titos Quartier eingerichtet gewesen war, wo Rudolf verwundet worden und fast verblutet war.

»Unvorstellbar«, sagte Mascha überzeugend. »Wer wäre der Vater meines Kindes geworden, wenn du gestorben wärst?«

Dann ging es weiter nach Dubrovnik.

Das Wasser war für Sportler wie sie schon warm genug und Rudi wollte sich keine Blöße geben.

Mascha war jedoch die bessere, schnellere Schwimmerin als er.

»Übertreibe nicht, denke ans Kind!«

»Daran denke ich ständig, es trainiert jetzt mit.«

Mit einem Boot setzten sie auf die Insel Lokrum über, die etwa fünfhundert Meter vor der Stadt lag. Das Meer zwischen dem Festland und dem Eiland war seicht, man konnte zum Teil watend hinübergelangen, musste nicht viel schwimmen. Auf dem höchsten Punkt der Insel befand sich die von den Franzosen erbaute Befestigung Fort Royal. Dichte Mittelmeervegetation, Oliven, Zypressen, Agaven, Kakteen, Magnolien und Palmen. Außerdem Lorbeerbäume, Eichen, Kiefern und schwarze Pinien. Das Ufer der Insel gegenüber der Stadt war ein einziger Sandstrand, aber auf der anderen Seite, zum offenem Meer hin, fiel es als fast hundert Meter hohe, steile Felswand ab. Rudolf ließ seine Frau im Boot und begann hinaufzuklettern. Erst lachte sie, dann war sie richtig erschrocken: »Du bist verrückt!«

»Das haben mir schon viele gesagt!«

Als er endlich oben angekommen war, breitete er die Arme dem Himmel entgegen und rief: »Was für ein Blick in die Unendlichkeit!«

»Komm endlich herunter, aber vorsichtig, bitte. Ich bin ja schon deine Frau, du musst keine Mutproben mehr aufführen, um mir zu imponieren!«

»Ich muss das für mich selber tun!«

Fast wäre er doch abgestürzt, an einer Stelle rutschte er aus, konnte sich mit Mühe an einem Ast festhalten, schätzte dann die Situation ab, es war noch zehn bis zwölf Meter oberhalb des Meeresspiegels, stieß sich mit den Beinen ab und sprang in das blaue, blaue Meer. Der Sprung gelang überraschend gut, er dachte an Omiš, als man ihn wegen seiner ungeschickten Sprungversuche gehänselt hatte.

Die Hauptstraße längs des Ufers war schlecht und schmal, aber Rudolf hatte sich die Gegend erklären lassen, er bog links auf einen holprigen Weg, der nicht viel mehr als ein Ziegenpfad war, und fuhr im ersten Gang steil bergauf. So erreichten sie die Höhe des Berges Žarkovica, vierhundertfünfundsiebzig Meter über dem Meer. Die letzten zwanzig Meter konnten nicht mehr befahren werden, er trug Mascha hinauf. Auf der Höhe gab es eine kleine Schenke, sie bot dalmatinischen Schinken, den Pršut, selbst gemachten Käse, Brot und Wein an. Die Aussicht auf die Stadt und die Festung Dubrovnik, die Insel Lokrum, die See und die rote Sonne im Westen, die allmählich unterging, jedoch vorher alles märchenhaft verfärbte, nannte er die wunderbarste Ansicht auf der Welt. Wenn er vorher die Wette mit Mephisto abgeschlossen gehabt hätte, hier hätte er sie verloren, hier sagte er dem Augenblick, er möge verweilen, er sei zu schön – aber kein Teufel hatte ihm ein Angebot für seine Seele gemacht.

Obwohl Jugoslawien 1948 mit der Sowjetunion gebrochen und eine eigenständige, besondere Entwicklung begonnen hatte, hatten sich Sitten entwickelt, die an sowjetische erinnerten. Für Berufsgruppen, die die Staatsführung für besonders wichtig hielt, für Journalisten, Universitätsprofessoren, Schriftsteller, Architekten gab es Klubs, die eigentlich gehobene Restaurants für ihre Mitglieder waren, der beste darunter war jener für Parlamentsabgeordnete und hohe Beamte. Es gab sogar besondere Krankenhäuser, seit Langem das Militärkrankenhaus, das sich jetzt Militärmedizinische Akademie nannte, ein weiteres für Eisenbahner und ein Krankenhaus des Innenministeriums. Alle galten als besser als die Kliniken der Universität, zumindest waren die Krankenzimmer und Appartements für privilegierte Patienten schöner eingerichtet. Rudolf hatte alte Freunde und Kollegen seines Vaters befragt.

Doktor Perović war zu Besuch gekommen, hatte in Erinnerung an den stets so stürmisch gut gelaunten Kollegen geseufzt, und, während er Maschas Unterarm prüfte, ihr erklärt: »Sie werden eine leichte Geburt haben, meine Liebe, Sie haben starke Muskeln.«

Er empfahl das Krankenhaus des Innenministeriums, es habe die beste gynäkologische Abteilung, Mascha solle sich bei Doktor Popović melden. Rudolf und Mascha waren am 30. August 1965 schon zu Bett gegangen, Rudolf hatte sich wie immer in letzter Zeit an den Rand der Liege gekrümmt, um seiner Frau möglichst viel Platz zu lassen, denn getrennt schlafen wollten beide nicht, als sie plötzlich die Bettdecke von sich warf und aufstand: »Steh auf, Rudi, es ist so weit!«

»Was?« Er begriff nicht sofort, merkte dann jedoch, dass das ganze Bett nass geworden war.

»Die Fruchtblase ist geplatzt, wir müssen ins Krankenhaus!«

Schnell angezogen nahm sie sich einen Apfel aus ihrem Heimatdorf aus der blauen Schale, die auf dem Esstisch stand. Im Auto biss sie hinein. Es schneite wie im Bilderbuch, die Straßen waren nicht geräumt und rutschig.

»Schneller, Rudi!«

»Das geht nicht.«

Der angebissene Apfel sollte noch lange im Auto liegen und vor sich hin faulen. Der Sohn war freilich schon am Mittag nach der Einlieferung in das Krankenhaus zur Welt gekommen. Die Eltern hatten im Voraus vereinbart, wenn es ein Bub sein würde, sollte er Goran heißen, ein Mädchen Goranka. Rudolf hatte darauf bestanden, keine Namen zu nehmen, die in den eigenen Familien üblich waren.

»Von meiner Familie habe ich genug, Mascha, die bringt Unglück und frühen Tod, und dann ist es doch recht, dass wir auch deine vernachlässigen. Ich meine natürlich nur, was den Namen angeht. Von deiner Seite her wird unser Kind wunderbare Großeltern haben, von meiner nur Unglück. Mit unserem Kind soll ein neuer Abschnitt der Geschichte beginnen. Es soll normal und im Frieden aufwachsen, leben und glücklich werden.«

Goran Radvan wurde am 31. August 1965 geboren. Niemand konnte ahnen, dass bereits in wenigen Jahrzehnten der furchtbarste Bürgerkrieg nach dem Zweiten Weltkrieg das Land zerreißen und seine Generation bedrohen würde.

Rudolf hatte sich Zeit genommen, alle Dokumente über seine Vorfahren zu sammeln, die er finden konnte. Recherchen war er ja gewohnt, als Journalist hatte er Zutritt zu allen Archiven. Über alles, was sich im Banat abgespielt hatte, in Zrenjanin – früher Petrovgrad, davor Veliki Bečkerek, Nagybecskerek, Großbetschkerek – war der Zugang einfach und er hatte die unter der Besatzungszeit ausgestellten Urkunden erhalten, auch Protokolle und Berichte der Gestapo, die jetzt beim jugoslawischen Geheimdienst lagen. In Novi Sad gab es zwar alles über die Tätigkeit seiner Eltern als Ärzte, aber Einzelheiten zu den Morden im Laufe der Razzia gab es nicht. Die deutschen Behörden hatten alle Vorgänge minutiös und skrupellos aufgezeichnet, die ungarische Besatzungsmacht ganz im Gegenteil möglichst wenig.

Manchmal musste er verwundert lachen, besonders als er in den alten Aufzeichnungen des Gymnasiums feststellte, der Schüler Leopold Rotbart habe einen Verweis wegen des heimlichen Besuchs einer Tanzschule bekommen. Es war schwer sich vorzustellen, dass dieser ehrenwerte, überaus ernste, manchmal steif wirkende Herr auch ein unruhiger Schüler mit normalen Pubertätsproblemen gewesen war. Bei seinem Vater konnte er sich Jugendstreiche leichter vorstellen. Mit der Ausrede, wegen einer Recherche hinzumüssen, fuhr er zwei Tage nach Budapest und durfte an der Veterinärmedizinischen Fakultät Daten über seinen Großvater einsehen, obwohl der ungarische kommunistische Geheimdienst AVH dem jugoslawischen Journalisten gegenüber argwöhnisch war. Besonders interessant fand er das Wenige, was er über die Zugehörigkeit Leopolds zu den Freimaurern fand. Da gab es noch einiges nachzubohren.

Es gab auch einige Hefte mit Tagebuchaufzeichnungen seines Vaters, die die Ungarn in der Wohnung in Novi Sad gefunden und beschlagnahmt hatten, auch zwei Briefe, die Ferko schon als Partisanenarzt an seine Frau geschrieben hatte, die sie aber nicht mehr erreicht hatten. Rudolfs Urgroßvater, Samuel Rotbart, war als Jude ein besonders treuer österreichischer Patriot gewesen, Großvater Leopold, der den Namen Radványi angenommen hatte, Anhänger des ungarischen Teils der Doppelmonarchie, Freimaurer, Großbürger, der sich aber mit dem Königreich der Serben, Kroaten und Slowenen, später umbenannt in Jugoslawien, abgefunden hatte. Ein Opportunist? Und sein eigener Vater? Ungezogener Gymnasiast, österreich-ungarischer Fähnrich im Albanienkrieg, später Kommunist, Partisanenarzt, der den Nachnamen wechselte, ihm, Rudolf, hatte Moša Pijade einen neuen Namen aufgeschwatzt – in vier Generationen vier Nachnamen.

In einer bestimmten Hinsicht war Belgrad Mitte der sechziger Jahre eine kleine Stadt. Jeder kannte jeden, zumindest kannten einander die, auf die es ankam, die Kriegsveteranen, die in allen Bereichen gute Positionen in der Partei, der Regierung, der Stadtverwaltung, Wirtschaft und Kultur eingenommen hatten. Man musste nicht lange bitten oder betteln, gute Angebote kamen von selbst, wenn sich bestimmte Bedürfnisse herumgesprochen hatten. Es hieß im Jargon, Verbindungen müsse man haben.

Goran war gerade zehn Monate alt, seine Eltern hatten beschlossen, mit dem Kleinkind keine Ferien zu machen, sondern in der Stadt zu bleiben, natürlich mit der Absicht, ab und zu die Großeltern in Opovo zu besuchen, was Rudolf allerdings langweilig war. Mirko, ein Kamerad aus dem Krieg, zur Zeit Bürgermeister des Belgrader Stadtbezirks Dedinje, rief im Juli an: »Wie geht es? Fahrt ihr irgendwohin diesen Sommer? Nein? Wieso? Ach wegen des kleinen Kindes. Du, wir haben uns schon lange nicht gesehen. So viel verfluchte Arbeit, als wir im Krieg waren, habe ich mir unser Leben im Frieden anders vorgestellt. Und wie geht es deiner schönen Frau ? Schafft sie es mit dem Baby?« Dann kam er endlich zur Sache: Ab September werde im Gymnasium in diesem Stadtteil die Stelle einer Sportlehrerin vakant. Rudolfs Gattin sei doch Mitglied der jugoslawischen Nationalmannschaft in Leichtathletik gewesen, möglicherweise habe sie Interesse an diesem Job.

»Also, das ist sehr freundlich von dir. Ich freue mich wirklich, dass du angerufen hast, vor allem natürlich, weil wir uns schon so lange nicht gesehen haben. Was deinen Vorschlag angeht, vielen Dank, da gibt es freilich einige Probleme. Unser Junge wird im September erst ein Jahr alt sein und Mascha hat keine Ausbildung für so etwas. Sie beabsichtigt zwar, die Sporthochschule zu besuchen, wenn unser Sohn etwas älter geworden ist, aber ...«

»Sie kann sich auch gleich als externe Studentin immatrikulieren, das erledige ich mit einem Telefonat. Die Schule ist keine dreihundert Meter von eurer Wohnung entfernt und ...«

»Das hast du alles bereits überprüft?«

»Natürlich. Und mit den Genossen besprochen. In diesem Gymnasium darf nicht irgendwer lehren, von dem wir nichts wissen, dorthin schicken wir unsere Kinder, auch Titos Schwägerin ist in diese Schule gegangen ...«

Rudolf bedankte sich noch einmal sehr und versprach, Mascha noch am selben Tag zu fragen. Sie war sofort Feuer und Flamme.

»Martha wird helfen, sie wird die Rolle einer jungen Großmutter übernehmen und sich bestimmt freuen. Und für den Haushalt nehmen wir eine Hilfe, dafür sorge ich, mit meinem Gehalt kann ich das bequem bezahlen.« Es war ein so plötzlicher Redeschwall, dass Rudolf lachen musste, sein Gelächter steckte sie an und sie lachte auch, sie lachten noch immer viel miteinander, dann fuhr sie fort. »Und Goran schicken wir so früh wie möglich in den Kindergarten, die sind in unserem Stadtteil besonders gut, er soll nicht als Einzelkind aufwachsen.«

»Ich bin deiner Meinung, dass Goran schon früh mit anderen Kinder zusammen aufwachsen soll. Aber wieso sollte er ein Einzelkind bleiben?«

»Du, ich kann mir nicht vorstellen, so schnell wieder einen dicken Bauch herumschleppen und mich zwei Monate lang erbrechen zu müssen, Rudi!« Ihrem Blick konnte er nicht widerstehen. »Und jetzt, wo ich mit den Kindern Sport treiben darf, das ist wie im Traum!«

Mascha regelte alles, Rudolf konnte sich seinem Job widmen, Jugoslawien war außenpolitisch ein Faktor geworden, nachdem Tito mit den Präsidenten Indiens, Nehru, und Ägyptens, Nasser, die Blockfreien-Bewegung gegründet hatte, auch die Meldungen der staatlichen Nachrichtenagentur, die Rudolf betreute, gewannen nun mehr internationale Resonanz.

Im Winter baute Rudolf mit Goran den ersten Schneemann und im folgenden Sommer fuhren sie an die Adria und nahmen Maschas Schwester mit. Julia wurde immer hübscher. Es gefiel Rudolf, unter Palmen und den Auguststernen mit zwei so schönen Frauen Maraschino zu schlürfen und Goran zuzuschauen, wie er im Kies spielte.

Rudolf wusste, dass es schöne Jahre waren. Die hatte er sich ja gewünscht. Wenn er fröhlich unbeschwerte, unternehmungslustige Menschen beobachtete, dachte er oft an seine Eltern, die so früh verstorben waren. Das behielt er für sich.

Alltag. Rudolf benutzte das Badezimmer als Letzter, weil er für seine Morgentoilette Zeit haben wollte. Vor zehn musste er nicht in der Agentur sein, an normalen Tagen kam er erst gegen elf, fuhr um drei zum Mittagessen nach Hause, war aber ab fünf wieder im Büro, je nachdem, was anfiel, oft bis Mitternacht.

Er rasierte sich langsam und gründlich und beobachtete sein Gesicht, das feister geworden war und viele Falten aufwies. War es wirklich dasselbe Gesicht, waren es dieselben Hände, die vor mehr als fünfundzwanzig Jahren die Rasur hastig erledigen hatten müssen, um rechtzeitig, ordentlich gekleidet und frisch bei Oberst Hellmer zu erscheinen? War er wirklich dieser Rudolf von Radványi gewesen? Die alltägliche, stündliche Gefahr, der er damals ausgesetzt gewesen war, konnte er sich nicht mehr vorstellen, auch damals hatte er auch nicht an sie gedacht, war sich ihrer nicht ganz, zumindest nicht täglich, stündlich bewusst gewesen. Ich als Doppelagent, das ist doch unvorstellbar, lachte er in sich hinein. Und als Tollpatsch bei den Partisanen, die ersten zwei Deutschen, die ich erschossen habe, die schwere Verwundung, als ich geglaubt habe, mein Leben für Tito opfern zu müssen, wie verzweifelt ich gewesen bin, als die schöne Offiziersledertasche verloren ging.

Jeden Morgen ein perfekt gebügeltes Hemd. Aus England hatte er Stoffe mitgebracht, seine Anzüge waren maßgeschneidert. So hatte es auch sein Vater vor dem Krieg gehalten. Und das Frühstück war wichtig, am Frühstückstisch sollte die Familie zusammensitzen.

»Und was machst du heute?«

Rudolf und Mascha berichteten einander stets genau über ihre Tagespläne. Die junge Mutter war mit ihrem Job im Gymnasium sehr zufrieden, sie hatte nur zwanzig Stunden in der Woche. Außerdem trainierte sie die Mädchen, die sich besonders für Sport interessierten, aber dafür musste sie keine Hausaufgaben zu Hause korrigieren wie die Kolleginnen, die Serbisch oder Mathematik lehrten.

»Die eine, weißt du, die Tamara, die ist sehr gut im Hochspringen, die bereite ich darauf vor, dass sie ernst macht.«

Als Goran ganz klein gewesen war, hatte Martha bei ihnen

geschlafen. Hundertmal hatte sich Rudolf vorgenommen, einmal ausführlich mit ihr über ihre Jugend zu sprechen, wie sie heute über das Lager dachte, in dem sie als halbes Kind eingesperrt gewesen war. Nur weil sie Deutsche war. Natürlich kannte Martha das Schicksal seiner Familie, wusste, wie seine Mutter und Großmutter ermordet worden waren. Ein wenig peinlich würde so ein Gespräch sein, dafür brauchte man Zeit und Ruhe, vielleicht wäre es für Martha eine Erleichterung gewesen, sich auszusprechen, vielleicht eine Qual. Immerhin hatte sie an Ferkos Seite ein gutes Jahrzehnt als die Frau Doktor, Frau Professor, Frau Oberst gelebt. Sie war noch relativ jung. War ihr Leben schon vorbei? Er hatte keine Ahnung, wie sie die Zeit verbrachte, wenn sie nicht bei ihnen war, nicht Goran betreute. Der Knabe ging, wie verabredet, ab seinem dritten Jahr in einen Kindergarten. Meist führte Martha ihn hin. Später, als sie die Handelsschule in Zrenjanin abgeschlossen hatte, zog Maschas junge Schwester, Julia, zu ihnen, um Volkswirtschaft zu studieren. Auch sie kümmerte sich um Goran, der so mit vielen guten Bezugspersonen im Haus aufwuchs.

Im breiten Doppelbett schliefen Rudolf und Mascha jede Nacht eng aneinander geschmiegt, brauchten kaum mehr als ein Drittel ihrer Liege. Ihre Liebe hatte an Heftigkeit ab-, aber an Reife zugenommen, und ein Leben ohne Mascha konnte und wollte sich Rudolf nicht vorstellen.

Es war ein Mittwochabend, als Rudolf im Büro einen Anruf erhielt, er solle doch, bitte, morgen um zehn in die Kaderabteilung des Zentralkomitees kommen. Was wollten die jetzt von ihm?

»Was wollen die von dir?«, fragte auch Mascha, als er es ihr erzählte.

»Nicht in Ruhe lassen wollen sie mich«, meinte Rudolf.

»Möglicherweise war jemand von ganz oben mit unserer Berichterstattung über Titos Reise nach Afrika unzufrieden und man will sich mit mir verabreden, wer der Sündenbock sein soll.«

»Dich können sie nicht zum Sündenbock machen?«, fragte sie besorgt.

»Das glaube ich nicht. Aber lass uns einen Schnaps auf den Schrecken trinken.«

»Nein, nicht einen, sondern je zwei Schnäpse, der Mensch geht auf zwei Beinen«, und sie holte die Flasche mit dem Barack. Es war ein großer Vorteil, sich mit allem Möglichen aus dem Banat versorgen zu lassen. Auch in dieser Hinsicht hatte er gut geheiratet, nicht nur weil er sie immer noch so schön fand und weil sie immer so fröhlich war.

Die Sekretärin im Vorzimmer begrüßte ihn freundlich: »Genosse Milinko erwartet Sie schon, Genosse Radvan.«

Milinko? Milinko Kušić? Der war doch im Krieg kurz sein Kommissar gewesen, der Mann, der ihn dazu bringen hatte wollen, den Nenad, den dummen Jungen, der einen roten Pullover gestohlen hatte, zu erschießen.

Der alte Kriegskamerad kam hinter seinem großen Schreibtisch hervor und umarmte Rudolf sehr herzlich.

»Also weißt du, auf der Straße hätte ich dich nicht wiedererkannt«, sagte der Gast, nachdem sie sich in die schweren Ledersessel gesetzt hatten. »Ich kann mich an einen hageren, blassen Mann erinnern …«

»Zugegeben! Ich habe mich vernachlässigt. Du siehst hingegen gut aus. Kommt das davon, dass du eine Sportlehrerin als Frau hast? Auf welche Weise trainiert sie dich?« Er lächelte ekelhaft anzüglich. »Meine ist noch dicker als ich …«

»Du weißt offensichtlich alles über mein Privatleben.«

»Das ist doch mein Job, Rudi!«

Erst nachdem die Sekretärin den obligatorischen Kaffee serviert hatte, kam Milinko zur Sache. Man habe Sorgen mit dem Personal im Außenministerium. Man habe zwar ausgezeichnete Botschafter, aber die würden älter und älter und man müsse sich rechtzeitig um Nachwuchs kümmern.

»Wir haben beschlossen, dich zu übernehmen. Du hast zwei Möglichkeiten, entweder du gehst als Botschafter in ein kleines lateinamerikanisches oder afrikanisches Land oder als Botschaftsrat an eine der ganz großen Gesandtschaften, nach London vielleicht, du kennst die Stadt und das Land, oder nach Bonn. In dieser Funktion müsstest du allerdings auch die Angelegenheiten der vierten Etage übernehmen, du weißt, was ich meine?«

Rudi nickte, »vierte Etage« hieß im Jargon der Eingeweihten die Abteilung des Außenministeriums, die sich um den Geheimdienst kümmerte, lapidar gesagt um die Spione. Er wollte gleich etwas sagen, aber Milinko setzte fort.

»Wir werden noch entscheiden, wo du am besten deinem Land und der Partei dienen kannst, aber weil du es bist, wollte ich zuerst hören, was dir lieber wäre.«

»Ich will das überhaupt nicht, Milinko!«

Der dicke Genosse war so überrascht, dass er nicht gleich weiter wusste, dann sagte er: »Das verstehe ich nicht. Die Genossen reißen sich darum, Diplomaten zu werden!«

»Ich will kein Diplomat werden. Ich habe unsere Diplomaten kennengelernt, ich bin oft genug im Ausland gewesen und habe unsere Botschaften besucht. Ich mache das nicht. Ich mag keinen Frack oder Smoking anziehen, diese lächerlichen Diplomatenuniformen.«

»Uniformen stören dich? Wann hast du im Krieg eine richtige Uniform mit Rangabzeichen bekommen? In Jajce, in Drvar ...«

Rudolf dachte einen Augenblick lang nach: »Ich glaube in

Jajce. Oder schon früher? Es schien mir nicht so wichtig, aber ich gebe zu, damals war ich stolz …«

»Siehst du!«

»Das war im Krieg, Milinko!«

»Also, Genosse Rudi! Du warst schon immer undiszipliniert, aber jetzt sollst du niemanden erschießen, sondern dein Land im Ausland vertreten!«

»Du erinnerst dich daran?«

»Gewiss, das war nicht alltäglich. Ich weiß nicht, wie es ausgegangen wäre, wenn sich die Genossin Cana nicht eingemischt hätte … Na, das war einmal! Als wir euch als Journalisten in Jajce zusammengeklaubt haben, um in der ersten Verteidigungslinie Titos den Rückzug zu decken, hast du nicht mit der Wimper gezuckt, obwohl es lebensgefährlich war, und jetzt lehnst du eine Entscheidung deiner Partei ab, die Luxus und Bequemlichkeit anbietet?«

»Ich habe einen kleinen Sohn …«

»Das weiß ich. Ich habe vergessen dir zu gratulieren, wir haben uns ja so lange nicht gesehen. Bravo. Das berücksichtigen wir ohnehin, wir schicken dich gewiss nur an Orte, wo es gute Schulen für ihn gibt.«

»Im Krieg war es eine andere Sache, Milinko, aber jetzt haben wir schon lange Frieden und ich muss nichts, was ich nicht will, oder?«

»Deine Stellung als Chef der Auslandsabteilung der *Tanjug* musst du jedenfalls räumen. Überall muss es Veränderungen geben.« Milinko sah seinen Besucher scharf an, um zu erkennen, ob er ihn erschreckt habe, er konnte jedoch keine Gemütsveränderung feststellen und sah ein, dass er nachgeben musste. »Ich schlage vor, wir sehen uns in einer Woche wieder, vielleicht überlegst du dir das noch, besprichst alles mit deiner Frau, vielleicht möchte sie gerne Frau Botschafterin werden.«

»Auf deine Einladung bin ich selbstverständlich in einer Woche hier, aber anders überlegen werde ich mir nichts. Ich tauge nicht für die Diplomatie, ich kann das nicht, ich schreibe lieber.«

»Botschafter schreiben auch Berichte und Depeschen«, Milinko winkte mit der Hand, als gäbe er auf. »Ich werde mich natürlich mit den Genossen beraten.«

»An Goran hast du dabei überhaupt nicht gedacht?«, fragte Mascha, nachdem er ihr von seinem Gespräch mit der Kaderabteilung erzählt hatte. »Überlege, was es für ihn bedeuten würde, in gute ausländische Schulen zu gehen.«

»Ich bin auch in keine ausländischen Schulen gegangen …«

»Ja, deine Universität war der Volksbefreiungskrieg«, fiel die Frau ihm ins Wort. »Solche Universitäten wünschen wir unserem Sohn gewiss nicht.«

»Du denkst nicht an Goran, du denkst an dich, du wärst gerne die Frau des Botschafters.«

»Natürlich. Du hast mir erzählt, wie dick und gleichgültig die meisten unserer Diplomatenfrauen sind, wie sie bei Empfängen in einer Ecke zusammenstehen, statt mit den Gästen zu reden. Ich wäre ein seltsamer Vogel unter ihnen. Und ich würde sie auf Trab bringen, die müssten mehrmals wöchentlich mit mir trainieren und …«

»Ich schreibe lieber.«

»Wenn sie dir deinen Posten nehmen?«

»Dann arbeite ich eben freiberuflich. Ich kann auch für ausländische Medien schreiben, das kann ich als Mitglied der staatlichen Nachrichtenagentur nicht. Und, Mascha, dann verdiene ich doppelt und dreifach so viel!«

Auf das Thema kamen sie einige Tage lang nicht mehr. Der Alltag veränderte sich kaum, außer dass man in der Agentur bereits darüber flüsterte, dass Rudi in die Diplomatie wechseln würde. Im Namen seines Teams nahm sich ein Mitarbeiter die Freiheit zu fragen: »Wo wirst du eigentlich Botschafter?«

»Nirgendwo!«, sagte Rudolf so laut und ärgerlich, dass sein junger Kollege zusammenzuckte.

Am Abend bevor das nächste Gespräch in der Kaderabteilung angesetzt war, hatte Rudolf zu Hause angerufen, er würde spät kommen, etwas in der Kantine essen, man solle nicht auf ihn warten. Mascha wartete jedoch mit der Schnapsflasche und zwei Gläsern.

»Ich möchte nur, dass du bedenkst, dass ich meine Meinung gesagt und begründet habe. Zumindest zur Kenntnis nehmen solltest du das.«

»Jawohl. Zur Kenntnis genommen. Du hast so wunderschöne Haare. Ich liebe deine Haare«, lenkte er ab. »Auf dein Wohl, Liebling!«

»Auf das deine. Als ich sie kurz getragen habe, habe ich dir nicht gefallen?«

»Die Beweise, dass du mir gefallen hast, liegen doch auf der Hand. Ich habe dir jedoch schon damals gesagt, dass du sie wachsen lassen sollst …«

Ich bin älter geworden, dachte Rudolf. Bin ich schon alt? Fünfundvierzig ist doch kein Alter, oder? Mehrmals in meinem Leben habe ich wichtige Entscheidungen getroffen, ohne lange zu überlegen und sie trotzdem niemals bereut. Nein, meist haben andere entschieden. Der Hellmer, als er mich zu sich genommen hat. Hätte ich ablehnen können? Und dann? Die Partei, als sie endlich erlaubt hat, dass ich den zu gefährlich gewordenen Posten verlasse und zu den Partisanen komme. Was hätte ich damals anderes tun können? Und hundertmal der Zufall, dass ich am Leben geblieben bin. Ich war nie tapfer, kein Held, wirklich nicht, eher unseriös, oberflächlich, die Todesgefahr habe ich nie so richtig zur Kenntnis genommen, ich habe nicht geglaubt, dass mein Leben in Gefahr ist. In alles bin ich nur irgendwie hineingestoßen worden, habe später dafür Orden bekommen – aber jetzt verstehe ich nichts mehr … Jetzt fällt es mir schwer und ich weiß nicht … Doch! Ich weiß! Mein Gesicht verlieren darf und kann ich nicht und ich habe gesagt, dass ich es mir nicht anders überlegen werde. Der Milinko und die Kaderabteilung wissen, was ich getan habe, kennen meine sogenannten Verdienste, aber was ich denke, das weiß niemand. Ich lasse mich nicht mehr herumkommandieren, in etwas hineinstoßen, das ich nicht mag. Jetzt bin ich alt genug, eigene Entscheidungen zu treffen.

Rudolf war ein wenig überrascht, als ihn Milinko mit strahlendem Gesicht empfing und gleich Whisky bestellte.

»Auf unsere Kinder, Rudi! Meine Töchter gehen beide ins Gymnasium und die ältere ist schon in dem gewissen Alter … du weißt … Oder du weißt es eben nicht, ich glaube, mit Söhnen ist es leichter. Wie geht es zu Hause? Du hast ja auch deine hübsche kleine Schwägerin im Haus, das muss wunderbar sein, mit zwei so schönen Frauen unter demselben Dach.«

Was sollte das? Natürlich wartete er darauf, dass Milinko die Frage stellte, wie er sich entschieden habe, aber er blieb ruhig.

»Die Julia? Die sehe ich kaum, die studiert und hat ihren eigenen Umgang mit ihrer Generation.«

Eine halbe Wahrheit. An einem Nachmittag war Rudolf früher nach Hause gekommen, auf seine Rufe antwortete niemand, es war ein schöner Septembertag, wahrscheinlich war Mascha mit Goran spazieren gegangen. Er ging also zum Badezimmer, öffnete die Tür, in der Wanne stand Julia nackt, sie wollte augenscheinlich gerade duschen. Einen Augenblick lang blieb er bestürzt stehen.

»Pardon …«

Das Mädchen hatte einen frechen, vielleicht auffordernden Blick: »Wer ist schöner, meine Schwester oder ich?«

»Natürlich deine Schwester, du bist viel zu mager, Kleine!«

Dann schlug er die Tür zu. Julia war jünger, schmaler, aber zu mager war sie gewiss nicht, ihre Haut war … War das eine Aufforderung gewesen? Nur eine Versuchung? Sollte er Mascha von dem Vorfall erzählen? Lieber nicht. Und wenn Julia davon berichten würde und Mascha ihn fragen, warum er es nicht erzählt habe? Er würde sagen, was gibt es da zu erzählen? Die Gans hat vergessen die Badezimmertür abzuschließen. Seine Ausrede war nicht notwendig geworden, aber das Bewusstsein, mit diesem zweiten schönem Mädchen in derselben Wohnung zu leben, das blieb.

Milinko musste nachgeben.

»Wir haben einen guten Kompromiss für dich gefunden. Du musst nicht ins Außenministerium, du bleibst bei der *Tanjug* und gehst als Auslandskorrespondent nach China. Was sagst du dazu?«

Er war perplex. Es war der begehrteste Auslandsposten für Journalisten. Goran würde ein chinesisches Kindermädchen bekommen und Mandarin lernen. Und perfektes Englisch in der Amerikanischen Schule. Frau Botschafterin würde Mascha zwar nicht werden, aber mit ihrem dunkelblonden Haar und ihrem ganzen Auftritt auffallen. Und vielleicht könnte sie tatsächlich Leibesübungen mit den Damen des diplomatischen Corps und den Frauen anderer Journalisten organisieren.

Alles verlief nach Plan. In der relativ kleinen ausländischen Kolonie in Peking waren Diplomaten und Journalisten im Protokoll fast gleichgestellt, es kam mehr darauf an, wie geschickt man sich im komplizierten Raum der Möglichkeiten in der strengen chinesischen Gesellschaft bewegen konnte, und aus Jugoslawien zu sein, war in jedem Fall ein Vorteil.

Mascha hatte sich verändert, sie war nicht mehr die schmale Sportlerin von vor zehn Jahren, sie hatte mindestens fünf Kilo zugenommen und war eine reife und schöne Frau geworden. Etwas weniger frech, aber im Auftritt umso energischer. Unter den vielen relativ jungen weißen Frauen, Gattinnen von Diplomaten und Journalisten und den Sekretärinnen, fand sie eine etwa gleichaltrige Freundin, Diana Fleming, die unternehmungslustige Frau des amerikanischen Kulturattachés. Gemeinsam gründeten sie eine Bewegungsgruppe, Diana suchte die Musik aus, Mascha war für die Choreografie zuständig. Man traf sich in der amerikanischen Botschaft, zuerst waren es vier, fünf Frauen, dann sprach es sich herum, es wurden immer mehr, zwanzig, zweiundzwanzig … Es war etwas zwischen Gymnastik und Tanz. Rhythmus. Überflüssige Energie loswerden. Die chinesischen Stubenmädchen und Kellner lieferten Berichte, der Verbindungsmann für Medien im Außenministerium sagte eines Tages zu Rudolf: Eine tüchtige Gattin haben sie, Genosse Radvan, und eine schöne dazu. Unter uns, sogar Genosse Mao hat sich davon unterrichten lassen. Er schätzt jede Art von Leibesübungen.«

»Das ist eine große Ehre, wenn es die Möglichkeit gibt, lassen Sie Genossen Mao wissen, welche Freude es für meine Gattin und mich ist, dass selbst er ihre bescheidenen Versuche kennt, die Frauen in gesündere Bahnen zu lenken, was ja seinen Lehren entspricht …«

Diana sagte Mascha: »Weißt du überhaupt, was du machst? Nein? Dynamisches Fitnesstraining nennt man es in den Staaten. Der Arzt Kenneth H. Cooper hat diese Methode eigentlich als Training für Herz- und Lungenkranke erfunden, aber immer mehr Menschen betreiben sie, vor allem Frauen.«

»Wirklich? Ich folge ja mehr meinem Instinkt …«

Der kleine Goran sah oft zu.

»Du nützt mir, Mascha«, sagte Rudolf. »Du nützt mir und unserem Land, es wurden positive Berichte verfasst …«

»Unserem Land? Das ist doch eine blöde Phrase.«

»Gewiss und trotzdem wahr.«

Später erzählte Mascha gerne, sie habe Aerobic in Peking erfunden, lange bevor Jane Fonda auf die Idee gekommen war.

11. GORAN

Auf Basis der Aufzeichnungen seines Vaters, des Freiheitskämpfers und Journalisten Rudi Radvan, von Gesprächen mit dessen Freunden, Kollegen, Mitkämpfern und der Einsicht in verschiedene Dokumente, hatte sich sein Sohn, Goran, vorgenommen, die Chronik seiner Familie abzurunden, gewissermaßen einen Schlussstrich zu ziehen. Für den Mut und den Kampf seines Vaters und seines Großvaters empfand er Bewunderung, aber ihre Ideologie fand er naiv. Er selbst würde mit seiner Familie anders leben, er nannte das »normal leben«. Bedauerlich, dass sein Vater es nicht selbst geschafft oder am Ende nicht mehr gewollt hatte, die Familienchronik zu schreiben. Wenn er nicht beabsichtigt gehabt hätte, etwas abzurunden, hätte er nicht begonnen, Fakten, Dokumente, Berichte, Erinnerungen und Gesprächsfetzen zusammenzutragen. Ein wesentlicher Punkt war gewiss, dass Jahrzehnte nach dem Krieg eine Ledertasche aufgetaucht war, in der sich einige seiner wichtigsten Aufzeichnungen aus der Zeit des Krieges befanden. Er glaubte, sie verloren zu haben, als er verwundet gewesen war, sie war jedoch damals am Adriaufer liegen geblieben, jemand hatte sie mitgenommen, sie wurde später im Archiv über die deutsche Aktion Rösselsprung abgelegt, dem deutschen Versuch, Tito lebend gefangen zu nehmen. Von dort gelangte die Tasche in das historische Archiv Serbiens, Jahrzehnte nach dem Fund gab man sie Rudolf schließlich zurück. Goran war damals schon Student in London, aber Rudolf war so begeistert, dass er seinen Sohn sofort angerufen und ihm erzählt hatte, wie er sich freute und wie gerührt er war. Er erwähnte freilich nicht, dass auch die Schachtel mit der Zyankalipille, die er von einem deutschen Offizier, Oberst Hellmer, bekommen hatte, immer noch in dieser Tasche verwahrt war.

Goran trug seinen Namen nach dem kroatischen Dichter Ivan Goran Kovačić, den die kroatischen Ustaschi als Partisan gefoltert und umgebracht hatten, sodass sein Name in jugoslawischen kommunistischen Familien nach dem Zweiten Weltkrieg in Mode gekommen war. Rudolf hatte nichts Extravagantes gewollt, für die Generation seines Sohnes war Goran ein Allerweltsname.

Früher nannte man jugoslawisch-patriotische Juden Serben Mosaischen Glaubens. Goran war Halbjude, Viertelukrainer, Viertelslowake. Er empfand sich als Serbe.

Fast acht Jahre hatte er als Kind und junger Bursche in Peking verbracht, sprach Mandarin wie seine Muttersprache Serbisch und dank der Amerikanischen Schule, die er besucht hatte, Englisch ebenso gut. Von seiner Tante Julia hatte er auch etwas Ukrainisch gelernt, in der Ukraine sagte man ihm allerdings, er spreche eine zwar recht schöne, aber veraltete Sprache. Dank dem Serbischen und dem Ukrainischen hatte er sich Russisch leicht angeeignet. Auf Russisch machte er Fehler, manchmal lachte man ihn in Moskau oder Sankt Petersburg deswegen aus, insbesondere nach ein paar Wodka, aber er verstand alles und man verstand ihn gut. Überall. Auch Deutsch lernte er leicht. Mit seinen Sprachkenntnissen war er in jeder Gesellschaft zu Hause. In Serbien nannte man seinesgleichen nun Businessman, das klang eleganter als Geschäftsmann.

Die ersten Sonnenstrahlen am frühen Morgen des 9. Juli 1980 versprachen der Hauptstadt Serbiens, Belgrad, einen angenehmen Sommertag. Es würde hoffentlich nicht mehr so heiß werden wie in den vergangenen Wochen, als man mit nackten Füßen kaum auf den Asphalt hatte treten können und der wolkenlose Himmel wie ein blauer Deckel über dem siedenden Topf des Häusermeers gelegen war.

Sie waren in den Sommerferien nach Belgrad gekommen und Rudolf schlug seinem Sohn vor, gemeinsam auf dem Belgrader Hauptplatz, Terazije, spazieren zu gehen. Sie hielten vor einem schwarzen, vier Meter hohen, reliefgeschmückten Obelisken.

»Hast du dieses Denkmal je bemerkt?«, fragte Rudolf.

»Eigentlich nicht. Man eilt ja stets nur so irgendwohin … Wieso?«

»Und wie oft bist du an ihm vorbeigegangen?«

»Was weiß ich. Viele hundertmal. Worauf willst du hinaus, Papa?«

»Ich war genau in deinem jetzigen Alter, als hier Menschen aufgehängt worden sind. Und ich bin da gestanden und mich hätte man auch hängen können. Das ist keine Phrase, das war so. Und mich stört es, dass man es vergessen will.«

»Warum sagst du, dass man das will?«

»Ich habe den Eindruck, dass es so ist … Oder habt ihr einfach keine Zeit mehr nachzudenken?«

Jahre später führte Goran seine ausländischen Gäste immer vor diesen Obelisken, machte sie auf das Denkmal aufmerksam und ging dann mit ihnen hinüber auf die andere Seite des Platzes in das Hotel »Moskau«, um ein Bier zu trinken und ihnen zu erzählen, dass sein eigener Vater von dieser Stelle aus diese Grausamkeit beobachtet hatte. Die Welt hatte sich verändert, als wäre das vor Jahrhunderten und nicht vor Jahrzehnten gewesen. Oder doch nicht? Hatten wir nicht wieder Kriege, Morde im Land, in unseren Ländern, diesmal ohne Einmischung von auswärts?

Vater und Sohn waren keineswegs stets gleicher Meinung.

Goran behauptete, er wolle mit Politik nichts zu tun haben, er sei Geschäftsmann und finde es nicht schlecht, dass im Grunde genommen seinesgleichen die Welt regiere.

»Meinst du das im Ernst?«, ärgerte sich Rudolf. »Oder willst du mich nur auf den Arm nehmen?«

»Du sagst doch auch immer, dass es so ist.«

»Gott behüte. Das wäre das Schlimmste. Keine der verschiedensten Verschwörungstheorien ist richtig.«

»Diesmal bin ich einverstanden!«

Politik? Immer oder nie. Seine ureigene Überzeugung kann man, fand Goran, mit allen Umständen seines Privatlebens ausdrücken. Als er es sich leisten konnte, kaufte er seinen Volkswagen Touareg, weil er bis zu fünfzigtausend Kilometer im Jahr machte und einen starken, sicheren und verlässlichen Wagen brauchte, jedoch hätte er nie einen BMW, Mercedes oder Land Rover genommen, denn so eine Marke war eine politische Aussage. Genauso wie die Art und Weise wie und womit man telefonierte. Irgendwie hatte er das früh begriffen, seine Kindheit in China hatte sicher dazu beigetragen. Natürlich war er kein Maoist, aber er beobachtete aufmerksam, wie sich das bevölkerungsreichste Land der Welt entwickelte und war nicht der Meinung, dass die westeuropäisch-nordamerikanische parlamentarische Demokratie die einzige gute Lösung gesellschaftlicher Probleme anbot.

»Ich verstehe nicht, wie Leute behaupten können, dass sie es beurteilen könnten, obwohl sie nie dort gelebt haben und die Sprache nicht beherrschen«, sagte Goran seinem Vater. »Ich lese die Zeitungen im Original, wenn ich dort bin, unterhalte ich mich mit den Menschen auf der Straße, aber wie es in China weitergehen wird? Keine Ahnung. Wir müssen jedenfalls am Ball bleiben.«

Es war schwierig für ihn gewesen, als Teenager zurück nach Belgrad zu kommen, in ein serbisches Gymnasium zu gehen. Scheele Blicke der Schulkameraden. Er sprach die Sprache, denn im Elternhaus hatte man sich stets auf Serbisch unterhalten, nicht jedoch den Jargon seiner serbischen Altersgenossen. Oft verstand er nicht, was sie sagten, worauf sie anspielten, oder manchmal verstanden sie ihn nicht oder nicht richtig und lachte ihn aus. Vielleicht war das die Grundlage seines späteren Hanges, stets höfliche, aber zurückhaltende soziale Kontakte zu unterhalten. Keine Intimitäten im Geschäftsleben! Er war froh, als die Nachrichtenagentur seinen Vater fragte, wo er vor seiner Pensionierung noch einen Auslandsjob haben wolle. Beim Abendessen wollte er die Meinung seiner Frau und seines Sohnes hören.

»Mir ist es wirklich egal, Hauptsache, ich bin bei euch!«, sagte Mascha.

»Ist London möglich?«, wollte Goran wissen.

»Ja«, sagte Rudolf. »Ich habe gleich daran gedacht, ich habe dort gute Kontakte, und für dich gibt es dort die besten Hochschulen.«

»Woher willst du wissen, dass ich studieren will?«

»Ich ahne es. Oder willst du lieber das Gut deines Großvaters übernehmen und eine Schenke in Opovo aufmachen? Sogar wenn du das wolltest, wäre es nicht schlecht, vorher in London kochen zu lernen!«, lachte er. Mascha lachte mit. Goran fragte sich damals, ob viele Menschen Eltern hatten, die so viel, so oft und so schön bei jeder Gelegenheit lachten wie die seinen.

An der London School of Economics and Political Science, einer der besten Hochschulen der Welt, lernte Goran nicht nur Finanzen und Wirtschaft, soziales Verhalten und Psychologie, sondern vor allem wie man lernt, immer weiterlernen muss.

Sein Abschluss an dieser Universität und seine Sprachkenntnisse würden eine Garantie für gute Jobs sein.

Rudolf hatte mithilfe alter Freunde eine möblierte Dreizimmerwohnung am Londoner Park Drive nahe einer einzigartigen Grünanlage gefunden. Er konnte sich das gerade noch leisten, musste sogar noch etwas von früheren Ersparnissen zulegen. Die Wohnung war im Vergleich zu seiner Belgrader Bleibe eher eng, und die britische Hauptstadt ist nicht für eine Wetterlage bekannt, die viel Genuss durch die Nähe eines großen Parks mit See verspricht. Die Eltern hatten ein klassisches Schlafzimmer, Goran ein kleines Zimmer, in Österreich würde man sagen, ein Kabinett mit einem Sofa. Wenn aus Belgrad Martha oder Tante Julia zu Besuch kamen, mussten sie im Wohnzimmer schlafen.

Mascha hatte diesmal keine Möglichkeit mehr gefunden, sich irgendwo, irgendwie als Trainerin zu engagieren, vielleicht hatte sie schlicht auch keine Lust mehr gehabt. Gesellschaftliche Pflichten gab es weniger, die Eltern waren häufig eingeladen, mussten ihrerseits aber nicht unbedingt Gastgeber sein.

Es war an einem Oktoberabend. Lammrippchen mit Kartoffelpüree. Es schmeckte komisch.

»Mama, wieso sind die Kartoffeln süß?«

»Das ist einmal etwas anderes. Iss gefälligst, was auf den Tisch kommt«, sagte Rudolf.

»Ich bin kein Schulkind mehr, Papa. Ein Kartoffelbrei hat nicht süß zu sein.«

»Es ist meine Schuld«, sagte Mascha. »Ich habe versehentlich Zucker statt Salz genommen, und als ich nachgeschmeckt habe, wollte ich noch einmal salzen und habe wieder die Zuckerdose erwischt …« Da brachen Mascha und Rudolf in ihr übliches Gelächter aus, Goran musste mitlachen. Rudolf holte Brot und ein Glas Salzgurken und man aß die Rippchen mit bestem Appetit auf. Ohne versüßte Kartoffeln. Noch ahnte man nicht, dass das Missgeschick das erste Symptom war.

Mascha achtete nicht mehr auf ihre Frisur, ließ ihr langes, schönes dunkelblondes Haar einfach hängen. Sie machte auch keine Yogaübungen mehr.

»Ach, weißt du Goran, ich sitze manchmal im Badezimmer und weiß nicht mehr, was ich eigentlich vorgehabt habe, und dann vergesse ich, mir die Haare zu waschen. Morgen gehe ich zum Friseur.«

Es war schon fix, dass Goran gleich nach Beendigung des Studiums für einen ersten Job nach Singapur fliegen würde, als Vater und Sohn am Abend kurz nach fünf zufällig gleichzeitig nach Hause kamen, Mascha schlug sich auf die Stirn: »Ist es schon so spät? Ich muss noch schnell etwas einkaufen!« Sie setzte ihren Hut etwas schief auf, und weg war sie. Sie hatte es so eilig gehabt, dass sie Mann und Sohn nicht einmal wie üblich geküsst hatte.

Die Zeit verging, Goran kam in die Küche, Rudolf saß schweigend da, auf einem der unbequemen Stühle.

»Mutter ist noch nicht zurück?«

»Nein.«

»Es ist aber eine gute halbe Stunde, seit sie hinuntergegangen ist, hat sie nicht gesagt, sie wolle nur schnell noch etwas einkaufen?«

»Ja.«

Dann begann es zu regnen. Nichts Außergewöhnliches in London. Es war kein starker, sondern ein langsamer, langweiliger Frühsommerregen.

»Hat Mama einen Mantel angezogen?«

»Ich glaube ja. Einen Hut hat sie jedenfalls aufgesetzt.«

»Ja, ich erinnere mich auch. Aber einen Regenschirm hat sie nicht mitgenommen?«

»Das hat sie nicht, sie wollte ja nur schnell etwas besorgen und es hatte noch nicht geregnet.«

Manchmal erinnert man sich an jedes Detail einer gewissen Stunde, von der man später glaubt, dass sie eine entscheidende war. Als eine weitere halbe Stunde vergangen war, fragte Goran: »Machst du dir Sorgen, Papa?«

»Ja.«

»Was sollen wir tun?«

»Ich weiß es nicht.«

Inzwischen war es dunkel geworden. Endlich ging die Tür auf.

»Ich habe draußen vergessen, was ich wollte …«, sagte Mascha. »Ich bin dann nur so weitergegangen, hoffte, es würde mir schon einfallen. Aber ich wusste nicht, was ich soeben noch gewollt hatte, und dann war ich auf einmal in einem unbekannten Stadtteil. Dann … dann fiel mir plötzlich ein, dass ich Rudolfs Visitenkarte immer in meiner Geldbörse habe und ich winkte ein Taxi, habe die Adresse gezeigt und da bin ich. Wisst ihr, warum ich hinausgegangen bin?«

»Du wolltest ein wenig Luft schnappen. Mach dich frisch, meine Liebe, wir gehen irgendwohin essen.«

Beim gemeinsamen Frühstück am nächsten Morgen sagte Rudolf gespielt beiläufig: »Mama und ich fahren zu einer kleinen Routineuntersuchung zu Doktor Silbermann, du hast ihn doch kennengelernt, nicht wahr?«

Am Abend kam Goran spät heim, der Tisch war im Wohnzimmer gedeckt, Kerzen brannten, Kaviar, Lachs, verschiedene Salate, französischer Weißwein. War also alles gut? Mascha wollte keinen Wein, Goran musste berichten, was er über seinen Job in Singapur erfahren hatte. Dann sagte Mascha, sie sei müde und wolle etwas früher zu Bett gehen.

Als die Männer endlich unter sich waren, hielt es Goran nicht mehr aus: »Also, alles gut, Daddy?«

»Nein. Es ist überhaupt nicht gut. Es ist Alzheimer.«

Am Abend zuvor hatte Goran seinen Vater zum ersten Mal fassungslos gesehen, jetzt war er wieder energiegeladen, entscheidungsfroh. Die Diagnose sei leider sicher. Maschas Mutter habe höchstwahrscheinlich ebenfalls an dieser Krankheit gelitten, aber das habe man damals im Dorf nicht diagnostiziert, sondern ihre Vergesslichkeit und geistige Abwesenheit nur achselzuckend zur Kenntnis genommen. Die Entwicklung des Leidens sei individuell sehr verschieden. Übermorgen komme Martha, schneller konnte er ihr Visum für Großbritannien nicht erledigen. Mascha dürfe keinen Augenblick mehr allein bleiben, aber sie solle so wenig wie möglich bemerken, dass man sich große Sorgen um sie mache, es solle für sie aussehen, als müsste sie sich um die gealterte Martha kümmern. Er werde seine Mission hier – er nannte seine Journalistentätigkeit tatsächlich Mission – so stark verkürzen wie nur möglich, dann würden sie zurück nach Belgrad fahren. Doktor Silbermann glaube, die Rückkehr in eine altgewohnte Umgebung würde Mascha helfen. Was Goran angehe, er dürfe seine Karriere nicht gefährden, dass seine Eltern mit Krankheiten konfrontiert seien, sei normal in ihrem Alter.

»Ist Martha nicht auch schon sehr alt?« Goran biss sich fast auf die Zunge, warum hatte er »auch« gesagt, aber sein Vater ging darauf nicht ein.

»Sie ist rüstig, sie freut sich, eine Aufgabe zu haben, nützlich zu sein. Sie hat uns alle sehr gerne. Wir alten Leute werden schon fertig mit der neuen Situation. Für uns ist es am wichtigsten, dass du deinen Weg machst.«

Mascha ging es in Belgrad eine Zeit lang tatsächlich besser. In der Wohnung erkannte sie alles wieder, nahm alte Gewohnheiten wieder auf, merkte nicht, dass sie besonders behütet und umsorgt wurde, hielt es für selbstverständlich, dass man liebevoll mit ihr umging, das war ja immer so gewesen. Der Fortschritt der Krankheit konnte allerdings nur verzögert, nicht aufgehalten werden. Es war eine gute Periode. Im Vergleich zum Kommenden eine gute, im Vergleich zur Vergangenheit eine furchtbare Zeit. Unser ganzes Leben ist nur eine »Periode« zwischen Wiege und Sarg und wir wissen nicht, wie lang sie sein wird.

Goran lernte Marina auf einem Empfang der französischen Botschaft in Belgrad kennen. Als sie bald darauf heirateten, neckte ihn sein Vater, es sei gut, dass ihr Name denselben Anfangsbuchstaben habe wie der seiner Mutter, das Monogramm bleibe dasselbe. Auf der Hochzeit war Mascha sehr still, aber das fiel nur alten Freunden auf, die sie als überschäumende junge Sportlerin und attraktive Frau gekannt hatten.

Marina war Architektin. Erfolgreich war sie schon, als sie Goran kennenlernte. Sie bauten sich ein schönes Haus, natürlich nicht im Belgrader Nobelviertel Dedinje, das wäre wie Mercedes oder BMW fahren gewesen. Der Nachbarhügel Voždovac besaß ebenfalls schöne Gassen mit Villen, Bäumen, Blumengärten. Goran und Marina waren ein sehr erfolgreiches, fleißiges junges Paar.

Dass Goran eines Tages Freimaurer werden würde, geschah weniger aus Verbundenheit mit seinen Vorfahren väterlicherseits. Er verstand sein Leben mit Frau und Kindern als Neuanfang, der nichts mit der bisherigen Familiengeschichte zu tun haben sollte.

Das erste Angebot, Freimaurer zu werden, erhielt er bereits in London, noch vor Abschluss des Studiums. Er wunderte sich, er wusste kaum etwas von den Freimaurern, bloß dass sein Vater erzählt hatte, sein Urgroßvater sei einer gewesen, und dass viele Freimaurer im Volksbefreiungskampf in Jugoslawien teilgenommen hätten. Goran sagte, es sei eine große Ehre, aber er fühle sich noch nicht reif für so einen Schritt. Seine Mutter hatte ihm in Belgrad erzählt, mit derselben Begründung habe sie in seinem Alter das Angebot zurückgewiesen, in den Bund der Kommunisten einzutreten. Die Freimaurerei schien Goran anfangs der ursprünglichen Idee des Kommunismus sehr ähnlich. Oder des Christentums? Des Buddhismus? Man sucht die Gleichheit zwischen den Menschen, nicht die Unterschiede. Blind für Unterschiede, hellsichtig für Gemeinsamkeiten solle man sein, hatte ein serbischer Dichter einmal formuliert. Als Goran endgültig nach Belgrad umzog und das neue Haus eingeweiht war, erwähnte sein Architekt, Herr Sinobad, ein älterer Kollege und Mentor von Gorans Frau Marina, er sei Freimaurer. Er habe einem kürzlich erschienenen Buch über die Freimaurer im ehemaligen Jugoslawien entnommen, dass Gorans Urgroßvater Leopold Mitglied gewesen sei. Söhne von Freimaurern würden gerne aufgenommen. Gorans Großvater und sein Vater hätten zwar nicht dazugehört, aber die Tatsache, dass einer seiner Vorfahren Bruder gewesen war, bringe ihn dem Lichte näher, falls er das wahrnehmen wolle. In seiner Loge sei man überzeugt, dass er sehr gut in ihre Gesellschaft passen würde. Ob er interessiert sei? Da sagte er, er sei bereit, einmal habe man ihn bereits angesprochen, aber damals habe er sich nicht entschließen können.

Goran erzählte es gleich am nächsten Tag seinem Vater. Der lächelte ein wenig traurig: »Wenn du mir gesagt hättest, du würdest in eine der hiesigen politischen Parteien eintreten, weil es gut für die Geschäfte sei, hätte ich abgeraten. Von der schrecklichen Ausstellung über Freimaurer während der Besatzungszeit habe ich dir erzählt. Für die Nazis waren Kommunisten und Freimaurer fast dasselbe. Ich glaube, da schließt sich bei dir ein

Kreis zum Urgroßvater. Wir Kommunisten haben uns auch als Maurer verstanden, die den Tempel der Freiheit aufbauen wollten, nur sind unsere Mauern eingestürzt, lange bevor sie fertig geworden sind. Ich weiß nicht, ob es den Freimaurern in den Jahrhunderten, seit sie bestehen, besser gelungen ist oder je gelingen wird.« Er schwieg eine Weile, bevor er fortfuhr: »Dieser Oberst Hellmer, weißt du, mir hat er das Leben gerettet, er hat versucht, meiner Großmutter und meiner Großtante das Leben zu retten, dabei hat er womöglich sein eigenes aufs Spiel gesetzt. Wenn er das als Freimaurer getan hat, dann hat er gehandelt, wie ein Kommunist hätte handeln sollen.«

Zunächst musste sich Goran den geheimen Aufnahmeritualen unterziehen. Dabei spielte die Dunkle Kammer eine zentrale Rolle, die im Französischen »Chambre des reflexions« heißt. Der Kandidat wurde im Vorbereitungsraum und in der Dunklen Kammer zu vielem befragt, kein einziges Mal zögerte Goran, wahrheitsgemäß zu antworten. Bei der eigentlichen Aufnahmehandlung im Tempel war dem Suchenden als Antwort lediglich noch ein »Ja« oder »Nein« möglich.

In der Dunklen Kammer begann der Suchende seine Reise zum Licht. Er verließ sie mit einer Augenbinde und musste bis zur abschließenden Lichterteilung im Dunklen wandern. Auch zahlreiche antike Mysterien kannten das Licht als Symbol der Initiation. Im Mitraskult wurde der Suchende neun Tage lang in eine enge Höhle eingeschlossen und bei Wasser und Brot in völliger Einsamkeit seinen Meditationen überlassen. Die neun Tage symbolisierten die neun Monate, die der Embryo im Mutterleib verbringt. Die eleusinischen Suchenden wurden in eine Grube gelegt, um symbolisch die Verwesung zu erleiden, auf diese Weise sollte sich ihr wertvollster Teil, die Seele, entfalten. Damit wurde ein symbolischer Vergleich zum Samenkorn angestrebt, denn auch das Samenkorn wird in die dunkle Erde versenkt. Goran war zunächst skeptisch, aber als ihm im Dunklen ein Mensch die Hand reichte und ihn in das Licht führte, war er ergriffen.

Goran hatte schon sehr früh fast alles bekommen, was er sich gewünscht hatte. Schade, dass er sich nicht viel wünschte. Oder wünschte er sich nur nichts, was er nicht bekommen konnte? Seine Kindheit, seine Jugend waren so abwechslungsreich und interessant gewesen, seine Eltern so großzügig, dass er fast wunschlos aufgewachsen war. Soll man sich wünschen, keine Wünsche zu haben? Er hätte sich glücklich schätzen können, war jedoch bestenfalls zufrieden. Glück erlebt man durch die Erfüllung von Wünschen, ein wunschloser und ein glückloser Mensch gehen Hand in Hand. Goran war der Meinung, seine Vorfahren hätten Augenblicke des totalen Glücks erlebt, allerdings auch Lebensgefahr, Tragik, Unheil, wie er es nur vom Hörensagen kannte und sich eigentlich nicht vorstellen konnte. Für Urgroßvater Leopold galt das nicht. Auch in dieser Hinsicht schloss sich ein Kreis. Als Freimaurer war Goran in eine Gemeinschaft eingetreten, in der er Einsamkeit und Unsicherheit überwinden wollte. Zumindest zum Teil. Das symbolische Licht, das er empfing, tat gut. Er wollte ein guter Mensch sein. Er glaubte, er könne das werden.

In Belgrad hatte für Goran eine ruhige Zeit begonnen. Die Krankheit seiner Mutter entwickelte sich langsam, er besuchte seine Eltern mindestens einmal wöchentlich für zehn, fünfzehn Minuten und war nicht übermäßig besorgt, es war nun einmal so, dass Eltern älter werden, mitunter krank. Allerdings fiel ihm auf, dass seine Mutter seinen Blick nicht mehr so erwiderte wie früher, wenn sie zusammensaßen. Es ließ ihn darüber sinnieren, wie sehr wir Menschen uns im Laufe eines

Lebens veränderten. Diese immer noch schöne, aber stille, in sich zusammengesunkene alte Frau konnte doch nicht derselbe Mensch sein wie die vor Fröhlichkeit und Energie überbordende Mama aus der Pekinger Zeit, die sich und alles um sich herum in Bewegung gesetzt, mit Lachen angesteckt hatte und auf die er so stolz gewesen war. Vater war auch älter geworden, aber an intellektueller Kraft schien er nichts verloren zu haben. Wenn man Tag für Tag zusammen war, merkte man die Veränderungen nicht so sehr. Gorans Leben kreiste mehr um seine Frau und seine Kinder als um die alten Eltern. Und um seine Geschäfte, die gesellschaftlichen Verpflichtungen, das Licht der Freimaurerei.

Gorans weitere Verwandtschaft bestand vor allem aus Marinas Familie, ihren Geschwistern und Cousinen und den Angehörigen seiner Mutter, deren Bruder im Banat und dessen Kindern und Kindeskindern, deren Schwester Julia in Amerika. Seine Verwandtschaft väterlicherseits war ja ausgerottet – ausgerottet war das einzige richtige Wort. Es hatte den Großvater gegeben, den Partisanendoktor, es gab den Vater, gewiss interessante Persönlichkeiten, aber alle anderen Äste des Stammbaums waren abgesägt. Nahm in seinen Gedanken über seine Familie – die Rotbarts, Radványis, Radovans und Radvans – der Tod eine zu große Rolle ein? Nein, es war das Leben, aber das Leben endete mit dem Tod.

Onkel Igor, ein pensionierter Maschinenmeister der Zuckerfabrik in Zrenjanin, besuchte Goran in Belgrad, um ihm zu erklären, dass gesetzlich eine Restitution der zur Zeit des Sozialismus enteigneten Güter angeordnet worden sei. Es gehe um Boden und Liegenschaften, die Igors Vater vom Staat weggenommen und einem staatlichen Landwirtschaftsgut zugeschlagen worden waren. Die Erben seien Gorans Mutter Mascha, er und Tante Julia. Er glaube, Goran selbst, beziehungsweise sein Vater, hätten ebenfalls Recht auf Restitution der Güter, der Häuser und des Wirtshauses »Zum weißen Krug« in Perlez – ob er in dieser Sache etwas unternehmen wolle? Dann könnte er vielleicht auch prüfen, welche Chancen er, Igor, und seine Schwestern hätten.

»Du weißt ja, mit deiner Mutter kann ich so komplizierte Angelegenheiten nicht mehr richtig besprechen. Und du bist doch einer, der sich heutzutage auskennt, nicht wahr?«

Goran versprach, sich für diese Angelegenheit schon aus prinzipiellen Gründen zu interessieren. Wenn dabei etwas Materielles für Mascha, also indirekt für ihn, herauskommen würde, würde er es Onkel Igor und den Seinen abtreten. Schon am Abend berichtete er seinen Eltern. Mutter saß regungslos da, man konnte nur ahnen, ob es ihr angenehm war, wenn man da war und redete, aber genau wusste man es nicht.

Rudolf meinte, Goran solle alles zurückfordern, was möglich sei, und diesem Staat nichts schenken. Wenn er nichts davon haben wolle, stehe es ihm immer noch frei, die Immobilien beziehungsweise ihren Gegenwert dann nach eigenem Gutdünken zu verschenken. Es gehe nicht nur um das Gut, das Haus und das Wirtshaus in Perlez, sondern auch um die Villa in Zrenjanin.

»Du weißt, dein Großvater hat sie sich gleich nach dem Krieg angesehen, er hat sie dann dem Sozialistischen Bund überlassen, aber nie formal geschenkt, also hätte ich wahrscheinlich ein Recht auf sie. Nein, die Wohnung in Novi Sad hat nicht deinem Großvater gehört, sie war gemietet. Dort war das Versteck, in dem deine Großmutter die Goldstücke in Sicherheit gebracht hat, die ich immer noch in meinem Schreibtisch habe. Aber das weißt du ja alles.«

»Ja. Wollen wir nicht gemeinsam nach Perlez und Zrenjanin fahren, um uns anzuschauen, wie das alles jetzt aussieht?«

Rudolf dachte lange nach. Schon glaubte Goran, er würde gar nichts sagen, dann aber hatte er seinen Entschluss gefasst: »Das kann ich nicht. Zrenjanin ist mir relativ gleichgültig, da war ich manchmal als Kind, aber an Perlez erinnere ich mich zu gut. Wenn ich nicht zufällig gerade in Perlez gewesen wäre, als dieser Oberst Hellmer auftauchte, wenn er mich damals nicht mitgenommen hätte, wäre ich gewiss schon lange, lange tot und kein Quasiheld und ehemaliger Doppelagent geworden. Und meine Mutter … Man hätte sie auf eine andere Weise umgebracht, vielleicht in diesem Gaswagen vom Messegelände aus …«

Er brach ab und die Pause dauerte so lange, dass Goran überlegte, ob er den Faden wieder an sich reißen und etwas sagen sollte, aber dann sprach Rudolf mit ruhiger Stimme weiter: »In Perlez habe ich schon als kleiner Junge reiten gelernt. Ich bin dort mehrmals mit meinem Vater ausgeritten. Leider nicht oft genug, aber weißt du, es war wunderwunderbar, durch blühende reife Felder zu reiten, du kennst doch Rilke, reiten, reiten, reiten … Schade, dass du nicht reiten kannst!«

»Ich spiele Tennis und Golf, Papa!«, sagte Goran. Was er nicht sagte, war, dass er vor diesen großen Tieren Angst hatte.

Er kümmerte sich also für die Familie allein um die Restitution, er war überzeugt davon, die Angelegenheit würde positiv ausgehen. Es handelte sich um ein wirklich großes Vermögen.

Eine internationale Firmengruppe machte Goran das Angebot, für mindestens ein halbes Jahr nach Peking zu gehen, um von dort die Märkte in Shangai, natürlich auch Hongkong, eventuell in Singapur und Malaysia zu analysieren. Es gebe keinen besseren als ihn, um herauszufinden, wie und was man dort anlegen und wie man die Chinesen dazu bringen könne, in bestimmte Projekte einzusteigen. Es war eine große berufliche

Herausforderung. Goran fühlte sich im richtigen, reifen Alter, er war jetzt gerade fünfunddreißig, so eine Gelegenheit würde sich kaum noch einmal bieten. Als ihm einfiel, wie man seinen Vater überreden hatte müssen, Korrespondent der jugoslawischen Nachrichtenagentur in China zu werden, was ja die Voraussetzung dafür war, dass er die Sprache so gut sprach, musste er schmunzeln. So manches wiederholt sich im Leben, als ob das Schicksal nicht genug Fantasie hätte, sich etwas Neueres einfallen zu lassen.

Goran wollte, dass Marina ihn begleitete, die Architektur der asiatischen Metropolen sei doch faszinierend und müsse für sie eine Bereicherung darstellen, sie wollte aber ihren Job nicht aufgeben. Sie vereinbarten also, dass sie ihn ein- oder zweimal besuchen und er immer wieder für verlängerte Wochenenden nach Belgrad zurückkommen würde. Das neue China beeindruckte Goran, aber er litt an der schlechten Luft in Peking. In seiner Kindheitserinnerung an die Gärten der Botschaften war alles anders und schöner gewesen. Damals war es eine Stadt der Fahrräder gewesen, jetzt kam man mit dem Auto aus einem Stau in den nächsten.

Obwohl Goran mehrmals täglich mit Belgrad in Verbindung stand – per E-Mail, Videochat oder einfach Telefon –, sagte ihm sein Vater nicht, dass Martha gestorben war, auch nicht, wie schlecht es seiner Mutter ging, die nun nicht einmal mehr ihren Mann erkannte. Entweder sah sie einfach durch ihn hindurch, oder sie verwechselte ihn mit ihrem Vater, Petar, oder mit ihrem Sohn, aber nur für Minuten. Endlich überzeugten die Ärzte und Marina Rudolf, dass es für alle das Beste sei, Mascha in der einzigen guten Institution für Alzheimerkranke in Serbien in Novi Sad unterzubringen. Sie wusste ohnehin nicht mehr, wo sie war. Diese Verschwörung ging so weit, dass sie Goran so spät von ihrem Tod berichteten, dass er es nicht schaffte, rechtzeitig zu ihrer Einäscherung zu kommen, sondern erst zur Beisetzung der Urne am 9. Oktober 2001 auf dem Belgrader Zentralfriedhof. Die Nische war groß genug, um eine zweite hineinzustellen.

»Da komme ich hin«, sagt Rudolf leise. »Lasst nicht zu, dass sie mir ein Heldenbegräbnis in der Allee für verdiente Bürger mit militärischen Ehren bereiten. Ich war kein Held. Das steht auch in einem Brief an dich in der rechten Schublade meines Schreibtischs, Goran.«

»Sei beruhigt, das verspreche ich dir. Aber da haben wir noch viel Zeit. Du siehst allerdings tatsächlich nicht besonders gut aus, Papa, vor einigen Jahren hast du stark zugenommen, jetzt bist du abgemagert, dieses Auf und Ab gefällt mir nicht. Deine maßgeschneiderten Sakkos schlottern an dir, als hättest du sie von einem dicken Menschen geerbt. Ich kenne einen erstklassigen Schneider, zu dem solltest du gehen, der bringt dir alle Anzüge schnell wieder in Ordnung.«

»Darüber reden wir vielleicht ein anderes Mal …«

»Wann hast du dich zum letzten Mal durchchecken lassen?«

»Mir geht es gut!«

Rudolf wirkte in diesem Augenblick sehr ruhig, gefasst, als hätte er mit der Ablegung der Urne nur eine unangenehme Aufgabe erledigt. Sonst nichts? Hatte er ein Beruhigungsmittel eingenommen? Goran sagte, er habe an diesem Abend eine wichtige Sitzung, sie sei angesetzt worden, als er beschlossen hatte, nach Belgrad zu kommen, aber wenn sein Vater es wünsche, würde er sie natürlich verschieben.

»Das ist schon in Ordnung, mein Sohn.« Sprach er pathetischer als sonst? »Ich bin ja schon lange allein, ich bin es gewöhnt, Mascha war über einen Monat in Novi Sad in diesem Heim …«

Vater und Sohn verabschiedeten sich wie immer. Goran war

beruhigt. Oder hatte er sich eingeredet, er könne beruhigt sein? Sein Vater war achtundsiebzig, auch wenn man es ihm nicht ansah. Und Mutter, die schon lange irgendwie abwesend gewesen war, die Sportlerin und Verbreiterin guter Laune … sie war tot.

Es gab Ähnlichkeiten zwischen dem Tod seiner Ururgroßmutter und dem Tod seiner Mutter. Die späte Benachrichtigung seines Urgroßvaters, des damals jungen Mannes, die Umstände ihres Todes, seine Verspätung zu ihrer Beisetzung. Konnte das ein Zufall sein? Wiederholten sich Abläufe im Leben von Generation zu Generation, wurden sie vererbt? Oder waren Geschichten vom Tod der Eltern ohnehin immer und überall dieselben, nur dass man es eben ganz anders erlebte, wenn es einen selbst betraf?

Goran war überzeugt davon, er wäre ein guter Handwerker geworden. Maurer zum Beispiel. Ein freier Mensch und ein richtiger Steinmetz. Stein war hart, aus Stein ließen sich Kirchen errichten. Wie armselig waren im Vergleich dazu die Versuche, Licht in künstliche Tempel zu bringen. Aber wenn man es bescheiden und im Bewusstsein der Winzigkeit seines Strebens tat, konnte es sinnvoll sein. Sein Großvater und sein Vater hatten nicht so lange hin und her überlegt, was der Sinn ihres Tuns war. Sie hatten für ihre Ideen gekämpft. Ganz einfach. Zuerst glaubten sie, gesiegt zu haben, dann fiel ihre Schöpfung, die sie das sozialistische Jugoslawien genannt hatten, jämmerlich auseinander. Goran hatte nie begriffen, wie sehr sie darunter litten.

Am Nachmittag nach der Beisetzung der Urne kam er schon um halb fünf, klingelte, aber niemand öffnete. Im Vorgarten sangen Vögel. Lerchen? Vielleicht hatte Vater in seinem

Arbeitszimmer die Musik laut eingestellt. Goran hatte einen Wohnungsschlüssel, öffnete und rief, dass er da sei. Es war sehr still, nur das Parkett knarrte unter seinen Schritten. Seinen Vater fand er im Schlafzimmer. Er lag in braunen Cordhosen und blauem Hemd auf seinem breiten Bett. Neben ihm eine kleine graue Schachtel mit dem Zeichen der Nazis, dem Reichsadler und den SS-Runen, die braune Offizierstasche, die er im Krieg verloren hatte und die viel später in einem Archiv gefunden und ihm zurückgegeben worden war, war vom Bett gefallen.

Einen Abschiedsbrief hatte er nicht geschrieben. In der Schublade seines Schreibtischs lag nur der Brief, von dem er Goran erzählt hatte, mit der Anweisung, wie er kremiert und in einer Urne neben Mama beigesetzt werden wollte. Hatte er sich spontan entschlossen oder es schon länger geplant gehabt, als er die braune Feldtasche zurückbekommen und die kleine Schachtel mit der Pille in ihr gefunden hatte?

Rudolf hatte Goran wiederholt erzählt, Oberst Hellmer habe ihm unter Einsatz des eigenen Lebens das seine geschenkt. Er habe ihm jedoch danach auch die Todespille gegeben. Eine gute, eines Freimaurers würdige Tat, aber möglicherweise hatte Hellmer nur sein eigenes Leben schützen wollen. Durch seinen Freitod wäre ausgeschlossen gewesen, dass Rudolf ihn unter Folter verraten hätte. Was für eine Versuchung war so eine Todeskapsel gewesen. Goran würde nie im Leben so einer Versuchung ausgesetzt sein, nie. Oder doch? Und führe mich nicht in Versuchung, beten die Christen.

Rudolf hatte viele Tote gesehen, war oft in Lebensgefahr gewesen, der Tod und er hatten einander gut gekannt. Goran saß auf dem Bett neben seinem toten Vater, er war sechsunddreißig Jahre alt und es war der erste tote Mensch in seinem Leben. Die erste Leiche.

Am Totenbett des Vaters kamen ihm wieder die Geschichten über seinen Urgroßvater in den Sinn, den Freimaurer, der sich, wenn es keine erfundene Anekdote war, mit Schnaps, mit Maulbeerschnaps umgebracht, zu Tode getrunken hatte. Durfte das ein Freimaurer? Es musste schwieriger, langwieriger gewesen sein, anders als eine deutsche Giftpille zu zerbeißen, man musste einen sehr starken Willen für so etwas haben. Falls er es mit Absicht so gemacht hatte. Vielleicht hatte er sich nur einfach besaufen wollen und war dann eines gnädigen Todes gestorben. Vielleicht hatte er in seinem Medikamentenschrank noch ein Mittel gehabt, das den Erfolg des Tottrinkens garantierte. Damals, kurz nach der Okkupation Jugoslawiens, veranlasste man natürlich keine Obduktion eines toten alten Juden.

Goran musste nicht mehr überlegen, wie er einen Schlussstrich unter seine Familiengeschichte ziehen sollte, denn seine eigene sollte ohnehin ein Neubeginn sein. Ein Neubeginn in Normalität. Es war sein Vater, der den endgültigen Strich gezogen hatte. Für ihn war es vollbracht. Sollte er im Todeskampf für einen Augenblick schreckliche Krämpfe gehabt haben, furchtbare Schmerzen, so war es seinen ruhigen Gesichtszügen jedenfalls nicht anzusehen. Er hatte ihn ja erwartet, den Schmerz als Übergang. Goran glaubte nicht, dass Rudolf, bevor er die Pille mit den Zähnen zerbissen hatte, an die gehängten Genossen auf dem Terazije-Platz gedacht hatte, sicher jedoch an die Sportlerin, die Weitspringerin. Fotos hatte Rudolf nicht besonders gemocht. Goran wusste, dass Rudolf seine Mascha immer so vor sich sah, wie er sie kennengelernt hatte. Der tote Vater wirkte zufrieden, seine Augen waren offen, aber ohne Blick, gläsern blau, obwohl er zu Lebzeiten schwarze Augen gehabt hatte. Jetzt waren sie ausgelöscht, aber nicht traurig, er schien lächelnd gestorben zu sein. So hatte Goran ihn im Leben schon lange nicht mehr gesehen, so hatte er ausgesehen, wenn Mascha und er nach einem großen Lachen wieder still geworden waren und einander glücklich angesehen hatten. Vielleicht hatte er sich als Letztes an Ritte über Stoppelfelder im Banat erinnert oder an den Anblick von Dubrovnik und dem See vom Berg Žarkovica, an den Sonnenuntergang, von dem er so oft erzählt hatte, das war der Augenblick gewesen, in dem er gedacht hatte: Verweile doch, du bist so schön.

Goran war damals im Leib seiner Mutter bereits dabeigewesen.

WEITERE BÜCHER VON IVAN IVANJI

Die andere Seite der Ewigkeit
Zwanzig Geschichten vom Tod.
209 S., geb.
ISBN 978-3-85452-269-0

Der Aschenmensch von Buchenwald
Roman. 155 S., geb.
ISBN 978-3-85452-429-8

Barbarossas Jude
Roman. 280 S., geb.
ISBN 978-3-85452-299-7

Buchstaben von Feuer
Roman. 216 S., geb.
ISBN 978-3-85452-672-8

Geister aus einer kleinen Stadt
Roman. 199 S., geb., 2. Aufl.
ISBN 978-3-85452-633-9

PICUS VERLAG WIEN

WEITERE BÜCHER VON IVAN IVANJI

Das Kinderfräulein
Roman. 280 S., geb.
ISBN 978-3-85452-421-2

Mein schönes Leben in der Hölle
Roman. 295 S., geb.
ISBN 978-3-7117-2008-5

Schattenspringen
Roman. 240 S., geb.
ISBN 978-3-85452-642-1

Die Tänzerin und der Krieg
Roman. 288 S., geb.
ISBN 978-3-85452-456-4

Ein ungarischer Herbst
Roman. 234 S., geb.
ISBN 978-3-85452-280-5

PICUS VERLAG WIEN